第十八辑

陈思和　王德威　主编

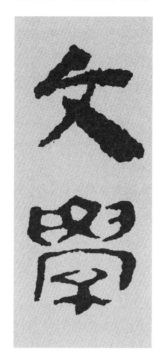

欧美诗歌与动物伦理

復旦大學出版社

目录

评论

· 欧美诗歌与动物伦理 ·

肉身的伦理：
德里克·沃尔科特的《白鹭》组诗

幻兽的哀歌：
当此处不再有龙

狄金森的动物盟友：
一种另类诗学视角

欧美诗歌与动物伦理

■ 主持／王柏华

【主持人语】

文本内外,想象中或现实中,动物无处不在。人类向文明演进,如何安放和重新安放自我的位置,在天地人神之外,还有动物,最棘手、最麻烦的存在,它们与人类如此难解难分、纠缠不清:人类的肉身来自动物? 本身就是动物? 动物性是人性的组成部分? 兽性是与人性对立的他者? 是人性中原始野蛮的残留物,需要不断管控和超越,否则禽兽不如? 人类是宇宙的精华、万物的灵长? 人类优越论? 人类中心论? 可我们就在自我之中,如何摆脱它?

在人类的智性活动中,动物从不曾缺席,但却从未参与过对话,它们不断被人类言说、被谈论(being talked about),却从不曾"回嘴"(talk back)。因为只有人类有说话的能力? 有语言? 因为我们彼此听不懂对方的语言?

动物与人类共同栖居于地球,是比人类更早的地球生物,随着人类发明了越来越强大的武器和运输工具,动物被人类捕获、猎杀、囚禁、转运、养殖、驯化、虐待,它们的身体被人类吞噬、利用、消费,它们在人类建造的动物园和囚笼里被人类凝视、品评,在马戏团里被人类娱乐,它们在科学家的实验室里被解剖、研究、制成标本,它们的躯体被分门别类收藏在博物馆和陈列室……

然后,人类开始谈论"动物保护",开始言说"动物伦理""生态批评""环境批评",理论花样翻新,文字不计其数……可是,动物依然沉默,问题依然存续,人类的自我追问依然那样的迫切……

"欧美诗歌与动物伦理"专栏诞生于"奇境译坊·复旦文学翻译工作坊"2022 年的"什么是后人类"读书小组和"欧美文学研究"专题研讨课。两位博士生孙昊和傅越阅读了大量相关理论著作,他们的论文从选题到立意均得益于当代理论的训练,但并没有生硬地套用或炫目地搬演时髦的理论话语,他们之所以在博士生阶段就能避免此病,主要得益于他们对各自研究对象的长期投入式的阅读和思考,特别是他们发自肺腑的热爱。

　　孙昊的论文对沃尔科特《白鹭》组诗的阐释充满思辨的张力,论点环环相扣,论述过程跌宕起伏,这让他的文风节奏显得异常稠密紧张,读起来有一种险象环生的快感。在一个同构的"框架"(frame)之中,孙昊尝试叠放或并置时空交错中的多重文本,从 19 世纪的猎人—画家—作家奥杜邦的猎枪和鸟类绘画,进入 20 世纪美国诗人沃伦的诗歌对奥杜邦的镜头式捕捉(这部分限于篇幅有待完善),重新返回 20 世纪西印度群岛诗人沃尔科特的视觉取景框,并发现了其中的隐藏的暗箱机制。苏珊·桑塔格对摄影史的洞见(摄影即捕食)、罗兰·巴特对摄影与欲望的阐释(虐/爱快感)和朱迪斯·巴特勒对后殖民伦理困境的反思("肉身"的脆弱性与不平等),让这些异质跨界的文本相互勾连碰撞,直至在孙昊的笔下发出强烈的震荡,余音不绝。沃尔科特是否从他脆弱的肉身中跳出限定的"框架",跃入白鹭翱翔的翅膀,融入生生不息的寰宇?

　　动物伦理的迫切性通常来自现世关怀,比如物种灭绝的危机主要关注于与人类共时栖居于地球的物种,但傅越的论文另辟蹊径,把我们的眼界延展到幻想生物或"神奇动物"。他如数家珍,向我们展示了一个曾经神龙出没的神奇世界及其濒危的过程,同时把我们的视线延展到读者不甚了解的托尔金的诗歌创作和他对绿龙的偏好。这里的问题"神奇动物在哪里"不是发自对想象与真实的质疑,而是发自幻想不再的惋惜。傅越所借用的"真相的幻影"(Aletheiagoria)或亦可理解为"幻影的真相",因为幻想一经出现,随即成为真实的一部分,与我们的体验相伴相生。当我们以工业文明生产出的各种怪兽无情地摧毁或悄然抹去幻想中的神奇野兽,代之以产业化流水线制造的贫乏单调的动物概念,人类就可能从此丧失了与时空幻化中的宇宙生灵往来沟通的能力,正是这种能力让人类得以超脱生命之有限和脆弱,得以抵御现实的平庸和扁平。正如勒古恩所言:"幻想的真实性挑战了、甚至威胁到所有的虚假之物,所有那些生活中被迫维系着生存,却是伪造、多余且浅薄的东西。他们害怕龙,是因为他们害怕自由。"

　　狄金森与维多利亚时代的民众共同见证了现代动物园的兴起,动物伦理问题急速加剧,并与种族、阶级、性别问题纠缠在一起,几乎无孔不入。不过,狄金森的生平有太多的谜语,她为什么选择独身和隐居?一位天才、敏感、孤独的女诗人如何应对性别麻烦?她如何评价自己的诗学实验和诗歌地位?王柏华的论文试图论证,狄金森的另类诗学与一系列另类动物具有内在的关联,在她野性未驯的诗学旅程中,她有意无意地与这些动物结为秘密盟友,表达了她委婉的抗争,并借此获得了野性的自由;与此同时,借助狄金森的诗学,那些被视为另类的动物也赢得了重新正名的权利。

肉身的伦理：德里克·沃尔科特的《白鹭》组诗

■ 文／孙　昊

1977 年,西印度群岛圣卢西亚诗人德里克·沃尔科特(Derek Walcott, 1930—2017)借其文学伯乐美国诗人罗伯特·洛威尔(Robert Lowell, 1917—1977)葬礼的契机,同苏联流亡诗人约瑟夫·布罗茨基(Joseph Brodsky, 1940—1996)结识,与其一同出席悼亡的美国作家苏珊·桑塔格(Susan Sontag, 1933—2004)①在 9 月 20 日至 9 月 26 日的日记中记下布罗茨基对沉默寡言的沃尔科特的最初印象:"[你]得稍微推他一下才能让他思想集中;然后他才能思考。"②

一、"飞行进入画面"：奥杜邦、沃伦与桑塔格

沃尔科特的诗处处回响着前辈的声音,他把生活和艺术视为一系列的"模仿","文化是建立在以前的文化之上的"③。2010 年,沃尔科特的晚期诗集《白鹭》(White Egrets)出版,这是一部追忆平生以及希冀救赎之作,年迈的诗人频频向时光

---

① See Bruce King, *Derek Walcott: A Caribbean Life*, New York: Oxford University Press, 2000, p.354.
② 苏珊·桑塔格:《心为身役:苏珊·桑塔格日记与笔记(1964—1980)》,姚君伟译,上海:上海译文出版社,2015 年,第 519 页。
③ Bruce King, *Derek Walcott*, p.3.

的镰刀发出直白的恳求,以望"进入那种平静/超越欲望摆脱悔恨(regrets)"①,与"悔恨"(regret)仅有一字之差的"白鹭"(egret)则屡屡现身,被吁请为携带拯救讯息的使者。而在同题组诗《白鹭》("White Egrets")中,面临死亡对脆弱肉身的侵袭,沃尔科特也频频召唤同白鹭相关的艺术前辈与故友布罗茨基与桑塔格们,让诗行得以推展:

> 这些鸟一直为奥杜邦充当模特,
> 我年轻时,一本书里的雪鹭
> 或白鹭会像翠绿的圣克鲁斯草地
> 一样显现②

> 一只白鹭的白色喘息
> 飞入这个画面(frame)③

美国艺术批评家托马斯·克莱文(Thomas Craven, 1888—1969)的《艺术宝库:从文艺复兴至今》(A Treasury of Art Masterpieces: from the Renaissance to the Present Day, 1939)是沃尔科特年轻时的艺术启蒙书④,书中介绍美国画家与鸟类学家约翰·詹姆斯·奥杜邦(John James Audubon, 1785—1851)"为他的鸟赋予了诗人的想象力与画家的手艺"⑤,文中附配了三张奥杜邦画作,其中一幅为《雪鹭或白鹭》(Snowy Heron or White Egret),正是这只鹭,飞进沃尔科特的诗歌框架(frame)。"框架"既指由景框封闭起来的画面,也指使画面封闭的这一框架本身。学者玛丽亚·富马加利(Maria Cristina Fumagalli)凭"框架"一词倾听出白鹭所携带的诸多回声,尝试指认出沃尔科特所自觉置身的创作传统——奥杜邦的白鹭画、美国诗人罗伯特·佩恩·沃伦(Robert Penn Warren, 1905—1989)的长诗《奥杜邦:一个幻象》

① Derek Walcott, *White Egrets*, London: Faber & Faber, 2010。中译参见德里克·沃尔科特:《白鹭》,程一身译,南宁:广西人民出版社,2018 年,第 15 页。
② 德里克·沃尔科特:《白鹭》,第 17 页。
③ 同上书,第 18 页。
④ See Bruce King, *Derek Walcott*, p.29.
⑤ Thomas Craven, "John James Audubon: Text and Black and White Illustrations", in Thomas Craven, ed., *A Treasury of Art Masterpieces: From the Renaissance to the Present Day*, New York: Simon and Schuster, 1939, p.223.

（*Audubon: A Vision*, 1969）①。

奥杜邦对鸟类及艺术的热忱曾令其发展出一个宏伟计划,企图将北美的所有鸟类以图画的形式予以留存,画册《美国鸟类》(*The Birds of America*, 1827—1838)便是这一计划的结晶。正当《美国鸟类》最初一百幅图页(plate)进入雕版与上色工序时,奥杜邦开始写作《鸟类学传记》(*Ornithological Biography*, 1831—1839),将这些文字作为画作的补充。同《雪鹭或白鹭》对应的文字大致可分为两部分:前半部分从奥杜邦个人经历出发,描述对白鹭生活习性的观察;后半部分则以异常精细准确的解剖学语言刻画白鹭的生理构造。前半部分活生生的白鹭被制作成后半部分失去生命特征的白鹭标本,其间的猎杀过程被奥杜邦按下不表(尽管有着少许暗示与线索)②。而在同《大蓝鹭》(*Great White Heron*)③图页对应的文字中,猎杀过程得到一次清晰展示:"我急于活捉它,好几次都想朝它射击(shooting)……我们发现我射中的鸟正躺在那里,张大翅膀,痛苦地死去。这幅画就是从这个[由这只鸟制成的]标本而来。"④就此,奥杜邦的整个创作流程浮现出来:先到鸟类的栖息地遥遥观察其生活习性,将其射杀带回,近距离观察其生理构造,将其制成生物标本,以标本为模型作画,最后再配以文字。射击、绘画、写作,三者不分彼此服务于奥杜邦的雄心:栩栩如生地画出北美所有鸟类,而这一创作模式让奥杜邦本人身兼猎人—画家—作家三重身份,以杀戮滋养其创造。

沃伦与奥杜邦二人虽相隔百年,但他对奥杜邦的处理同奥杜邦对白鹭的处理却不乏呼应之处。如果"诗人是正在追踪某种未知野兽的猎人,他的枪管里只有一次命中之机(shot)"⑤;这里的"shot"是一个双关语,既是捕猎时射出的"一击",也是拍摄时镜头快门的一次"摄取"。在酝酿《奥杜邦:一个幻象》时,沃伦曾苦苦寻觅那致命的一击却久久不得,他找不到合适的框架,也就是一条叙述线,将整首

① See Maria Cristina Fumagalli, "Audubon, Another Vision: Derek Walcott's 'White Egrets' and Adam's Task of Giving Things Their Names", in *New West Indian Guide/Nieuwe West-Indische Gids*, 89（2015）, p.244。Fumagalli 文中还提及尤多拉·韦尔蒂(Euroda Welty)的短篇小说《寂静时分》("A Still Moment"),但因篇幅问题,此处不纳入讨论。

② John James Audubon, *Ornithological Biography, or An Account of the Habits of the Birds of the United States of America*, vol. III, Edinburgh: Adam Black, 1835, pp.317-321.

③ 奥杜邦所称的 great white heron,如今通称大蓝鹭(great blue heron)。

④ John James Audubon, *Ornithological Biography*, pp.543-546。括号内的文字为引者所补。

⑤ Peter Stitt, "An Interview in New Haven with Robert Penn Warren", in Floyd C. Watkins, John T. Hiers, and Mary Louise Weaks, eds., *Talking with Robert Penn Warren*, Athens and London: The University of Georgia Press, p.241.

长诗组织起来,但一次闪电般突至的灵感为他指明了方向:以片段(fragments)式的、类似快照(snapshots)的方式处理①,诗中的每一个元素都将是对奥杜邦的"shot"②。

摄影媒介的出现意味深长:《美国鸟类》自1827年陆续出版,至1838年出齐,一年后的1839年,法国政府宣称该年为摄影元年,认定路易-雅克-芒代·达盖尔(Louis-Jacques-Mandé Daguerre)为摄影术的发明者③。略览早期摄影术对真实性的允诺——达盖尔在宣传其摄影术的册子中声称"达盖尔法不是描绘自然的工具,而是让自然得以自我表现的化学物理工艺"④——便可想见其对绘画媒介的冲击:摄影被视作一种由自然孕育而成的普世语言(universal language),"既适用于真正的人类进步又适用于科学事业的追求"⑤。奥杜邦如科学般精准再现鸟类的野心被照相机轻而易举实现,奥杜邦射击—绘画—写作的关联串被沃伦射击—摄影—写作的关联串所置换,仅仅使用肉眼的观察者奥杜邦也被借助精密科学仪器照相机的观察者沃伦所置换。但真正紧要的是,不论这一置换可以挖掘出怎样的媒介史深意,奥杜邦的方法论都已被沃伦所承袭,如同他所观察与射杀的白鹭,奥杜邦本人也成为被猎枪瞄准的猎物、被照相机观察及审视的对象。

桑塔格在其1977年秋天集结出版的《论摄影》(On Photography)中写道,"所有边界('框取'[framing])似乎都是专断的(arbitrary)"⑥,摄影行为具有"某种捕食意味。拍摄人即是侵犯人……一如相机是枪支的升华,拍摄某人也是一种升华式的谋杀"⑦。而吊诡的是,"从一开始,摄影就意味着捕捉数目尽可能多的拍摄对象",摄影反而被赋予了民主化与公正化的色彩,框取作为一种严格的主动选择,反

---

① Peter Stitt, "An Interview in New Haven with Robert Penn Warren", p.244.

② Eleanor Clark, "Interview with Eleanor Clark and Robert Penn Warren", in *Talking with Robert Penn Warren*, p.334.

③ 摄影术的发明时间迷雾重重而且争议不断,不仅牵涉技术源头的混杂性,也和民族国家间的文化政治相关。参见吴琼《摄影话语的视觉意志——兼论本雅明〈摄影小史〉的问题意识》,载《文艺研究》2015年第2期,第88页。

④ 玛丽·沃纳·玛利亚:《摄影与摄影批评家——1839至1900年的文化史》,郝红尉等译,济南:山东画报出版社,2005年,第6页。

⑤ 同上书,第9页。

⑥ Susan Sontag, *On Photography*, New York: Rosetta Books, 2005, p.14.中译参见苏珊·桑塔格:《论摄影:插图珍藏本》,黄灿然译,上海:上海译文出版社,2010年,第36页,译文有改动。

⑦ 苏珊·桑塔格:《论摄影:插图珍藏本》,第22页。

而逐渐蒙上不加区别的、消极被动的面纱,这又构成摄影的另一重侵略性①。"对视觉因素的吸收乃是诗歌的一部分……且必定体现于诗歌的框架之中——在一行诗中甚或是一节诗中"②,沃尔科特对视觉因素的吸收颇有民主意味,但对他来说,视觉因素更特指一种自我犹疑、自我质询的观看方式而可引带出如此追问:"在镜头/晶状体(lens)后观察的人是如何摆置好摄取的框架(the frame of the shot)的?这是怎样一种眼光?这眼光又是如何感知那被摄对象的?"③沃尔科特对媒介的敏感使其始终关注框架的选取等问题,而作为殖民地的孩子——其母国圣卢西亚1814年正式划归英国殖民地,直至1979年才宣告独立成为英联邦成员国——沃尔科特当然也知晓西方游客的照相机之眼对西印度群岛的诱捕与监禁等诸如此类的习常说法④,他对摄影等诸多观看方式与创作方式中的侵犯性也始终保持警惕。于是,从奥杜邦到沃伦再到桑塔格,射击—绘画—摄影—写作的线索就此被编织为沃尔科特诗歌框架的前理解结构,潜藏在其中的一个核心要素是创作暴力的伦理问题。

再回到沃尔科特的诗句,"一只白鹭的白色喘息/飞入这个画面(frame)"。这里被译作"画面"的词语正是"frame",即"框架"。在框架内外穿行的白鹭鸟,将沃尔科特串联进一个视觉的线索,其中既有奥杜邦为射击—绘画—写作模式所驱动的绘画创作,也有沃伦为射击—摄影—写作模式所驱动的诗歌创作,更有桑塔格对潜藏在前两者方法论中的侵略性的批判性书写,有着多重媒介意蕴的"frame"不仅是绘画术语、摄影术语("画面"、"景框"),沃尔科特也将之运用为诗歌术语,意指《白鹭》组诗中反思艺术前辈的创作暴力、反身自我批判、进而重审动物伦理与生命伦理的诗歌"架构"。

二、"两个模糊的晶状体":从窗户、暗箱到摄影

我观看着那些巨树在草地边缘摇晃

……

---

① 参见苏珊·桑塔格:《论摄影:插图珍藏本》,第12页。

② David Montenegro, "An Interview with Derek Walcott", in William Baer, ed., *Conversations with Derek Walcott*, Jackson, MS: University Press of Mississippi, 1996, p.135.

③ Jean Antoine and Derek Walcott, "Derek Walcott: In Conversation with Jean Antoine", in *The Poetry Ireland Review*, 34 (1992), p.73.

④ Jean Antoine and Derek Walcott, "Derek Walcott", pp.72-73.

当闪电炸裂,雷声吱嘎作响如同诅咒

而你是安全的,躲在圣克鲁斯深处的

一间黑屋里,随着灯光熄灭,电流突然消失,

你暗想:"谁会为颤栗的鹰、无罪无瑕的白鹭

和云雾颜色的苍鹭,还有看到黎明虚假的火焰

而恐慌的鹦鹉提供栖所呢?①

  一次闪电的炸裂提示出观察者沃尔科特的位置所在:圣克鲁斯山谷(Santa Cruz Valley)中的一间黑屋(dark house)。如果"飞行进入画面(frame)"的白鹭已然暗示出房间中作为取景框的窗框(frame)、以及作为一种视觉模式的"透过窗户的观看",闪电炸裂所引发的断电与黑暗则又将沃尔科特链接至另一重视觉装置——暗箱之中。暗箱(camera obscura),其拉丁语源即意为"漆黑的小屋"(dark chamber)。英国物理学家牛顿(Isaac Newton)将其机制描述为"在漆黑小室封闭的窗户上开一窗孔,大约三分之一英寸宽,再置入一片棱镜,由圆孔射入的太阳光线会折射,投于小室对面的墙上,由此形成太阳的彩色像"②,这一投射物像的壁墙,也即科学透视原理的总结者、意大利作家莱昂·巴蒂斯塔·阿尔贝蒂(Leon Battista Alberti)所谓的纱屏(velum),借此画家得以将三维世界中"多种不同的面和视锥体"③横截并转化为二维绘画平面上的单一截面,而纱屏这一由矩形木框撑起来的取景器,也被阿尔贝蒂比拟为"窗户"④。

  "窗户""纱屏",抑或"暗箱"装置,无一不蕴含人类观察者对真理性与客观性的热望。前者是倚靠理性推演对视觉进行整合的一次尝试⑤,数学和几何原理所允诺的可靠性甚至使画家几近获致芸芸众生之上"造物主"的视域⑥。后者则执行美国艺术史家乔纳森·克拉里(Jonathan Crary)所谓"去个人化"与"去身体化"

① 德里克·沃尔科特:《白鹭》,第 16 页,译文有改动。

② Isaac Newton, *Opticks: or A Treatise of The Reflections, Refractions, Inflections and Colours of Light*, London: William Innys, 1730, p.21.

③ 莱昂·巴蒂斯塔·阿尔伯蒂:《论绘画:阿尔伯蒂绘画三书》,罗科·西尼斯加利编译,高远译,北京:北京大学出版社,2022 年,第 36 页。

④ "首先,在要作面的平面上,我勾画出一个任意尺寸的四边形,四角为直角;我把它当作一扇打开的窗户,通过它我可以观想 historia",参见《论绘画:阿尔伯蒂绘画三书》,第 23—24 页。

⑤ 高远:《中译者导言》,收入《论绘画:阿尔伯蒂绘画三书》,第 15 页。

⑥ 莱昂·巴蒂斯塔·阿尔伯蒂:《论绘画:阿尔伯蒂绘画三书》,第 30 页。

（decorporealize）的操作，因置身于漆黑的暗室内部，而与外部世界相区隔，观看行为便"从观察者的身体切割开来"，"感官欺骗人，理性矫正错误"，观察者主体所扮演的司法审判者角色就此"保证并监管外部世界和内部再现的汇通……排除任何无法无序的"感官因素①。由是，所引片段开头的"观看"乃是一种理智的观望，骇人的风暴令屋外恐慌的鹦鹉陷入感官错乱，将闪电的光亮误认作黎明的火焰，而躲在黑屋内的沃尔科特，既逃离了风暴的险境，又规避了感官的失序，其识见既是"安全"无虞，也是稳固可靠的。不过若此，沃尔科特所"暗想"的鸟儿们张皇颤抖的画面及诗人为其提供栖所的同情，又是否仅是其理性揣测的结果，经由了观察者理智框架的筛选与过滤？组诗下一首中，沃尔科特的暗想（暗箱）旋即便被白鹭的肉身经验纠正——它们会"在飓风天气里／逃离灾难"②。甚至在组诗系列中被加以反复纠正——看着这些逃离飓风的白鹭"在雨中漫步"，沃尔科特作出"似乎死亡对它们毫无影响（affect）"③的猜想，但随即，白鹭的肉身经验再度闯入：

> 一只白鹭的白色喘息
> 飞入这个画面……
> ……一只鹰站在
> 树枝的弯处，悄无声息，像一只猎鹰，
> 突然冲上天空……
> 带着那种和你相同的极度冷漠，
> 此刻它落下来，用爪子撕扯一只田鼠。
> ……
> 一只白鹭令页面出奇，那只兴奋的鹰
> 对着死物尖叫，一种纯粹是虐待的爱。④

同猎鹰的并置昭示着那些被奥杜邦的枪管所瞄准的、被沃伦的照相机所捕获的白鹭，不仅是有死的猎物，其自身毋庸置疑也是招致死亡的捕猎者，既然《美

---

① 乔纳森·克拉里：《观察者的技术》，蔡佩君译，上海：华东师范大学出版社，2017年，第65—70页。
② 德里克·沃尔科特：《白鹭》，第17页。
③ 同上书，第19页。
④ 同上书，第19页，译文有改动。

国鸟类》图页的先后顺序制造出的叙述连贯性,可令读者转瞬间便"在视觉上经验杀害者与受害者、捕猎者与猎物之间的变换:某一图页中作为行凶者的鸟,在下一图页中就以潜在受害者的形象再度出现"①,依此逻辑逆推,白鹭便并非"无罪无瑕"(impeccable),当然也会"上下扭动它们的脖子,弯曲起伏,/在雨后捕食虫子和蚯蚓"②。

非但如此,与作为捕猎者的白鹭一道揭示的,还有"一种纯粹是虐待的爱"(a love that was pure punishment)的感情。正如美国人文地理学者段义孚所言,"支配可能是残忍的剥削,不掺杂丝毫情感……另一方面,支配也可能同感情携手",感情(affection)并非支配(domination)的反面,"支配和情感,热情和虐待,残忍和仁慈……两种特性可能在同一人身上共存"③。奥杜邦本人即在鸟类的谋害者与保护者角色间反复跳转,他既是"它们狂热的爱慕者,也是其蛮横的毁灭者"④,杀死鸟类、研究鸟类以便将其在画布上栩栩如生地复活,热爱恰恰成为其毁灭的动因,同理,沃伦笔下的奥杜邦也正以知识的热爱之名,行残忍的杀戮之事⑤,他也共享着如猎鹰般的、一种纯粹是虐待的爱的感情。但问题恰恰在于,沃尔科特诗中这一人类同鸟类的情感共享(在奥杜邦的书写中也随处可见),并非惯例性地由人类推及动物,而是借由白鹭同猎鹰的并置,以及对奥杜邦的指涉,从鸟类动物推及至人类。因而,这一行诗与其说是将人类情感赋予鸟类的人类中心主义式的化人论(anthropocentric anthropomorphism)⑥,不如说是借助人类与鸟类的比拟而发出一连串质问:人类对风暴中鸟儿的同情及为其提供栖所的"暗想",是否也是一种近乎虐待的爱,可能对其造成伤害?人类自身是否也如白鹭一般既暴虐又脆弱,已然处于杀害者与受害者、捕猎者与猎物的变折循环之中,并将遭受来自他者的虐待的

① Christoph Irmscher, *The Poetics of Natural History*, New Brunswick, Camden, and Newark, New Jersey, and London:Rutgers University Press, 2019, p.237.
② 德里克·沃尔科特:《白鹭》,第 20 页。
③ 段义孚:《制造宠物:支配与情感》,赵世玲译,上海:上海人民出版社,2022 年,第 4 页、第 168 页。
④ Christoph Irmscher, *The Poetics of Natural History*, p.225.
⑤ "What is love? //One name for it is knowledge", see Robert Penn Warren, *Audubon: A Vision*, New York:Random House, 1969, p.30.
⑥ Anthropomorphism,由两个希腊语词根构成,"ἄνθρωπος"(anthrōpos)意指"人类","μορφή"(morphē)意指"形式",本意为"将人类形状或属性赋予神明",后含义拓展至动物、机器等诸多事物。中文多译作"拟人论",但 anthropomorphism 本指人类主动向外界的赋予与投射,"拟人"却带有外界主动向人类模拟的意味,故采用另一种译法,"化人论"。

爱？人类捕猎者，是否也可能沦为他者的猎物？白鹭所逃逸的，并非仅仅飓风天气，也是人类观察者的理性认知框架。白鹭丰厚的肉身经验，便是这一框架内在动荡与紊乱的多重证明。

> 你疲惫的眼睛突然潮湿
> 在两个模糊的晶状体后面，日升，日落，
> 糖尿病在静静地肆虐。
> 接受这一切……①

无独有偶，人类观察者其实也难逃肉身经验的制约，组诗第一首沃尔科特就已将其生理感官因素祖祶出来，糖尿病并发症视网膜病变（diabetic retinopathy）使他的晶状体逐渐模糊（clouding lenses）。并非巧合地，沃尔科特的眼球所见与白鹭构成了双关，在他一片模糊（clouding）的视域中漫步走动的，正是"云雾颜色的苍鹭"（the cloud-coloured heron）以及拥有"云雾颜色"（color … of clouds）②的白鹭，正是它们，将人类观察者的肉身经验连带出来。不过若进一步注意到"lens"既指眼球的晶状体，也可指照相机汇聚光线的镜头——将二者的互相比照推衍下去，瞳孔则类似调节光线的快门，视网膜类似感光与显像的底片——这另一重双关又意味深长地同视觉史上的一次剧烈重组关涉起来。1810年至1840年左右，以暗箱为典范的视觉模式被以立体视镜（stereoscope）为典范的视觉模式所取代，暗箱为视觉提供真相的客观基础出现松动，向着人类生理机能的不稳定性与暂时性逃逸，17、18世纪探讨光与视觉传导之机械作用的物理光学（physical optics），向着19世纪探讨人类主体之生理构成的生理视学（physiological optics）转移——而摄影，便是"此一系统转化之后的后续症候或结果"。③

三、"白鹭尖利的提问"：脆弱性、暴力与动物伦理困境

> 草地的页面和这打开的页面是相同的④

---

① 德里克·沃尔科特：《白鹭》，第14页。
② 同上书，第19页，译文有改动。
③ 乔纳森·克拉里：《观察者的技术》，第9页、第135页。
④ 德里克·沃尔科特：《白鹭》，第14页，译文有改动。

明亮的草地如何不设防御

应对白鹭尖利的提问(stabling questions)①

奥杜邦离世后不久,鸟类的喙(beak)被确证并非是无感知的,而是其"身上触觉最敏感的部分"②,"潜行的白鹭扭动它们的喙,吞咽下蠕虫"③时,无疑是有触感的,甚至"用它们迅猛的戳击(stab)啄食蚰虫"④时,也可感知到反作用力引发的痛感。若此,白鹭的狩猎行为便是一种自戕与自虐。如果同意罗兰·巴特(Roland Barthes, 1915—1980)⑤的论断,"摄影者的凭借器官不是眼睛,而是手指,与镜头的起动松扣、金属感光片的滑入皆有关联"⑥——摄影者从这些机械声响体验到的,近乎感官肉欲——那么同样地,人类的摄影行为也有着类似的自戕与自虐症候。首先,考虑到摄影针对被摄对象的进犯性与谋刺性,摄影者按下快门(press/click the shutter)的举动则也可被类比为一种刺戳(stab the shutter);其次,屡屡逃脱人类理性框架的白鹭,也在奥杜邦的图页中对框架(frame)实施着凌厉的戳击,第281图页(Plate 281)中那只正蜷曲、扭动颈部以吞食猎物的大蓝鹭,其鸟喙溢出至画面外的空白处,仿佛戳击着并刺破了(stab)整个框架⑦;由是,白鹭飞行进入画面就成为巴特笔下"箭一般飞来射中"人类观察者的"刺点"(punctum),刺点"如野兽奔逃而出之前,蜷起身来,鼓足精力",给正执行摄影操作的手指留下一个针孔、一

---

① 德里克·沃尔科特:《白鹭》,第18页。

② "在喙(和舌)的不同部位藏有许多微小的突起,这些突起就是触觉感受器",参见蒂姆·伯克黑德《鸟的感官》,沈成译,北京:商务印书馆,2017年,第88—89页。

③ 德里克·沃尔科特:《白鹭》,第14页,译文有改动。

④ 同上书,第17页,译文有改动。

⑤ 值得注意的是,在20世纪70年代的英文世界,交相辉映地出现了一系列"有影响力而具有挑衅性的评论"[如桑塔格的《论摄影》、约翰·伯格(John Berger)的《观看之道》(*Ways of Seeing*, 1972)等],为摄影的"文化人类学发展作出了贡献"。罗兰·巴特的摄影批评此时也被译入英文世界,譬如 *Image-Music-Text*, trans. Stephen Heath, New York: Hill and Wang, 1977,以及稍晚的、此处所引的 *Camera Lucida: Reflections on Photography*, trans. Richard Howard, New York: Hill and Wang, 1981。参见乔弗里·巴钦《热切的渴望:摄影概念的诞生》,毛卫东译,北京:中国民族摄影艺术出版社,2016年,第9—10页。

⑥ Roland Barthes, *Camera Lucida: Reflections on Photography*, p.15. 中译参见罗兰·巴特:《明室:摄影札记》,许绮玲译,台湾摄影工作室,1995年,第24页。

⑦ See John James Audubon, *The Birds of America*, New York: The Macmillan Company, 1937, p.281.

个小洞、一个小斑点与一道伤痕①。

也就是说,每当摄影者按下快门,刺向被摄对象时,便同时经受着来自照相机与白鹭的反刺(stab back)——请注意诗中不断复现的白鹭的主动态:"这些鸟一直为奥杜邦充当模特"(keep modelling)——若再考虑到巴特笔下的刺点与"知面"(studium)相对,后者只属于喜欢(to like),前者则属于爱(to love)②,那么,"一种纯粹是虐待的爱",便也在摄影的媒介中,由被摄对象(鸟类动物),逆转方向至摄影者(人类)。摄影,既是其爱与享乐,也是其痛楚。由此,摄影者按下快门的行动,便也被转换为一种自戕与自虐,对摄影,应"以伤口看待之"③,沃尔科特逐渐模糊的晶状体,便正换喻着猎人、画家、摄影者、作家等人类观察者潜在的伤口,这,就是摄影所连带出的人类肉身的脆弱性(vulnerability)。

脆弱性又将美国学者朱迪斯·巴特勒(Judith Butler,1956—)引入这里的诗歌框架④。巴特勒将脆弱性——意味着生命永远经受外界他者掌控与威胁的境况——指认为所有生命都具有的普遍特质,这一特质"乃是人类生命的共同弱点……甚至是人类与非人类动物的共同特点"⑤。巴特勒将脆弱特质的不公平分配视作生命不平等起因之一种,某些生命的脆弱肉身不被承认与珍视,脆弱肉身所受到的伤害也不被呵护与哀悼,这种对他者脆弱性的不公平分配将导致针对他者的霸凌甚至虐杀⑥。但需要质疑的是,将脆弱性分配给他者而不预留给自身,不躬身自问自己是否也是脆弱的,这种对他者的同情与呵护便是可疑的、冷漠的,甚至是共谋的,因此,沃尔科特最初远离危险的、安居于黑屋内的暗想,才带有一丝"千万别发生在我身上"的意味而显得伪善,其共情并无共通的基础,也因此,《白鹭》组诗的伦理洞见才恰恰在于其对自我脆弱性的不公平分配的拆穿——将人类自我的肉身纳入考量,对非人类动物的关切才可能真切有效。

正是在此意义上,为沃尔科特所承袭的奥杜邦的第二人称策略,才被改造出批

---

① 参见罗兰·巴特:《明室:摄影札记》,第36页。
② 参见同上书,第37页。
③ 同上书,第31页。
④ 巴特勒《战争的框架》一书的第三章《刑求虐待与摄影伦理:与桑塔格一同思索》,是对桑塔格《关/观于他人的痛苦》(Regarding The Pain of Others)一书的回应,因此也可纳入沃尔科特的诗歌框架。参见朱迪斯·巴特勒:《战争的框架》,何磊译,开封:河南大学出版社,2016年。
⑤ 朱迪斯·巴特勒:《战争的框架》,第55页。
⑥ 参见同上书,第73页。

判性：

> 你们必须设法宽宥这些杀戮，实际上，如果不是我在佛罗里达群岛上时常念想起你们(读者)，这些杀戮的数目不会如此之巨。①

> 细察时间的光……
> 当你，不是它们[白鹭]，或你和它们，已消失(gone)②

奥杜邦的第二人称，企图亲昵地拉近观众、读者(你们)与杀戮者(我)的距离("我时常念想起你们")，以转移与开脱其罪责("正因为你们，才有此杀戮")，脱责程序完成后，仅仅作为幌子的"你们"同"我"便再无交集，不仅鸟类被排除在人称以外，人称内的双方最终也单子般各自为政；而沃尔科特的第二人称，既指代其读者，也是反身的自指与自诘，再经由"你和它们"的统括(白鹭、沃尔科特，与读者)，肉身可亡(gone)的脆弱性，便为三者提供出一个可衡量的、可公平分配的基础，在这一基础上展开的对人类杀戮罪责的伦理反思也并不限于沃尔科特这个个体，他也在向全体读者同时发出吁请，承担伦理责任。沃尔科特的第二人称增补出脆弱特质的普遍性，正是在此基础上，生命(人类生命、非人类动物生命、自然植物生命)得以被重新构想为唇齿相依的"系统关系体"(systemic relations)③。

> 我们共有一种天赋：贪婪喂养
> 我钢笔的鸟喙，叼起扭动的昆虫
> 像叼起名词并把它们咽下去，钢笔尖在阅读
> 当它书写时，愤怒地甩掉它的鸟嘴拒绝的。
> 选择是白鹭教导的要义④

如果白鹭的启示将我们联结为生命的"系统关系体"，脆弱的肉身便既暴露于彼此，又相互依存，既有其威胁，亦有其保障，既有遭受屈辱与不幸的可能，亦有解

---

① John James Audubon, *Ornithological Biography*, p.389.
② 德里克·沃尔科特：《白鹭》，第14页，括号内的文字为引者所补。
③ 朱迪斯·巴特勒：《战争的框架》，第148页。
④ 德里克·沃尔科特：《白鹭》，第20页，译文有改动。

除苦痛、理解正义与关爱的希望。但这启示又并非可轻易等同于富马加利的乐观结论——"白鹭的教导'选择'（selection）并不带来毁坏（destruction）"，仿佛"动物世界的重生力量可凌驾于死亡"①，须知，毁坏的暴力之"力"（power），也是活力与生机之"力"（power），富马加利过分洁癖地将生命中的暴力摘除干净。暴力始终在主体塑型过程中发挥作用，甚至"只有在暴力历史的塑型与影响之下，我才能够继续存在"，正是这种"关系建构了我们，同时也褫夺了我们"②。由是观之，"我们共有一种天赋"，脆弱的肉身既是"我们"（人类）与生俱来的天赋（the given），也是他者（动物）与生俱来的天赋，所以"我们"也就共有着戳刺（to prick）他者的天赋（instinct，同 to prick 有着词源关联），所以当"我钢笔的鸟喙，叼起（pluck up）扭动的昆虫"，当"我"觉察暴力的衍生以及传递——鸟喙所叼起的扭动的昆虫（wriggling insects），也是"我"钢笔所叼起的白鹭的扭动的喙（egrets to wriggle their beaks）——才需要鼓起（pluck up）勇气，直面其中的伦理问责与恐惧。

> 糖尿病在静静地肆虐。
> 接受这一切，用齐整的句子（level sentence）③
>
> 进入那种平静
> 超越欲望摆脱悔恨，
> 或许最终我会到达这里④
>
> 而捕获他……使之发生的
> 是那只鸟，泛着幽灵似的白光。⑤

所以才激荡出伦理困境中的骇人张力。沃尔科特所召唤的、希冀其带来疗愈与超越的白鹭（egrets），并未令他静静接受糖尿病的判决，也并未令他超越欲望、摆脱悔恨（regrets），在组诗最后，其反而呈示出死亡与幽灵的面目，反而提醒着暴力

---

① Maria Cristina Fumagalli, "Audubon, Another Vision", p.3 & p.23.
② 朱迪斯·巴特勒：《脆弱不安的生命：哀悼与暴力的力量》，赵磊等译，开封：河南大学出版社，2016 年，第 35 页。
③ 德里克·沃尔科特：《白鹭》，第 14 页，译文有改动。
④ 同上书，第 15 页。
⑤ 同上书，第 21 页，译文有改动。

的不可规避性,将他的故友布罗茨基捕获。肉身是构成生命存在的条件,脆弱性是肉身无从规避的特征,暴力则始终在脆弱处乘虚而入。因此,沃尔科特实际并不齐整的句子并非仅仅是其写作的语法,更是其创作的伦理学,同诗中遍布的双关语一道,不断演示着他自我犹疑、自我裂解的伦理困境与伦理缠斗。正因身不由己地经受暴力,正因身不由己地施展暴力,他才身处其中,他才深陷其中。或许也正因沃尔科特自我奉献的肉身,我们读者才可能听到"在暴力的塑造下,主体是否还有可能反抗暴力? 是否可能扭转暴力的重复循环?"①诸如此类的微弱呼声,才能鼓起承担伦理责任的勇气?

---

① 朱迪斯·巴特勒:《战争的框架》,第 282 页。

幻兽的哀歌：当此处不再有龙

■ 文／傅　越

　　谈及"动物伦理"的议题，当下的人们对"保护动物"这类宣传口号似乎都早已麻木了，打小就受过教育，但凡有人的共情能力，道理自然都懂。另一方面，我们却又永远懂得太晚，在这个星球上，留下了太多难以弥补、无法挽回的失落。时至今日，我无意再对此老调重弹。我想提出的是一个现实以外的角度：在人类的想象层面同步面临着的一场物种灭绝的危机。这场同样足以摧毁生物多样性的剧变，发生在通常概念里的幻想生物，或者说"神奇动物"，它们如何也正逐步陷入濒危和生死存亡的边缘。

　　从古老的传说纪元开始，人们就相信世界的某些角落，存在着许多不可思议的奇珍异兽。欧洲的绘图师在海图的空白之处，用拉丁语标识出"此处有龙"（hic sunt dracones），这是因为龙出没的地方，长久以来被视为无人跋涉到的秘境。如今人类的足迹遍布所有大洲，人们仿佛遗忘了曾经世代流传的信念：在遥远的过去，幻想动物曾被堂而皇之地记载于各种艺术、游记和史书的图录中，如今被认定为虚构的生物，在当时世人眼中都是实际存在的。从老普林尼的《自然史》、中世纪的动物寓言集（*Bestiary*）、马可·波罗和约翰·曼德维尔的异域游记，再到博尔赫斯的《想象的动物》、涩泽龙彦的《幻想博物志》，都曾"佐证"过这些"真实的幻兽"。对此，作家卡斯帕·亨德森（Caspar Henderson）设想出了一个合成词，专门解释这些"神奇动物"所形成的一种"真相的幻影"（Aletheiagoria），即 Phantasmagoria（幻景、幻影，电影出现前的一种幻灯表演）加上希腊语 aletheia（真相、揭露），意味着在更广阔现实中显现的"真实"图景。①

　　如此便出现了一个堪称"神奇动物学"版的"费米悖论"②，即假如神奇动物果真存在，它们在哪儿呢？对此，纽特·斯卡曼德(J. K. 罗琳的化名)曾在著作中给出了足够清晰的解释，在"麻瓜"对巫师的迫害达到顶峰的一段历史时期后，人类世界分道扬镳，国际巫师联合会决定将神奇动物加以隐藏，并制造出一种假象，即它们从未存在过。常用手段包括搅乱视线的幻身咒；修改记忆的遗忘咒；或直接与麻瓜高层联络，就集体事件给出合理的非魔法解释，将该地区标为不可被绘图。虽也有漏网之鱼，但麻瓜往往会主动将目击证词归为酒鬼和疯子的癔症或谎言。凭此，神奇动物才在这个变化多端的世界中得以幸存下来。③ 身为麻瓜的人自然可对此种说法嗤之以鼻，但要知道大航海时代以前，鸭嘴兽也曾被认为是不可能存在的传说物种。许多既有观念中属于"想象"生成的动物，即便是从最严谨的生物学角度，也是能够从物种演化史上找到原型的，而非只是凭空的"虚构"。

　　讲到这里，我有必要请出本文真正的主角了——"龙"，它就是最为"麻瓜"所熟知的"真实的幻兽"。我想先从生物学特征、行为习性、进化学和分类法等角度，具体考察一下龙究竟存在着哪些主要的"亚种"和旁系亲属。首先是龙族中绝对的正宗：巨龙(Dragon，拉丁语词源 draco)，通常被描绘为四足双翼，会吐息的两栖爬行类动物，拥有高等智慧的语言和魔法；挨下来是三支与巨龙关系最近的亲族，Drake 是四足无翼的龙兽，智力低等，不会魔法，可被视为"亚龙"；Wyvern 是飞行能力最强的翼龙，与巨龙的差别是仅有双足，惯用毒液攻击；Wyrm 是源自古代"世界巨蟒"形象的蛇龙，这种没有四足和双翼的"古龙"，也是龙在早期有"蠕虫"(worm)之称的由来。在更多关系较疏远的亚种和旁支中，Dragonette 是后肢强劲的双足战龙，这种"乘龙"可等同于龙族中的骑士；Amphiptere 是无足有翼能够短距离滑翔的翼蛇；Hydra 是颈部类蛇的多头龙；Coatyl 是全身覆盖着羽毛而非鳞甲的羽龙；Feydragon 是体型娇小的精灵龙，也是仙子和精灵的生物原型。最后是传

---

① "真实的幻兽"即卡斯帕·亨德森所著 *The Book of Barely Imagined Beings: A 21st Century Bestiary* 一书的中文译本标题，笔者认为，在构词上"真相的幻影"这个译法更贴近亨德森生造的 Aletheiagoria 一词。

② 物理学家费米提出的一个悖论，关于地外文明客观存在的极高可能性与至今并无实际证据之间的矛盾，其源头是费米有一次在与人聊起外星人时忍不住发出的一句感叹："他们都在哪儿呢？"

③ 纽特·斯卡曼德：《神奇动物在哪里》，一目、马爱农译，北京：人民文学出版社年，2018 年，第 xvii—xxvii 页。

说中毒液具有石化能力的 Basilisk，它是一种陆生的蛇怪，其形象包括拉弥亚（Lamia）和梅露辛（Mélusine）这类半人半蛇的蛇妖，海中的蛇龙又与利维坦等海怪联系在一起，梅尔维尔（Herman Melville）甚至断言圣乔治（St. George）屠的龙是一种大鲸。① 无论是在陆地、天空或海洋，龙的形象都让人想起了从远古时代开始，曾经统治地球的那些最危险的爬行动物，我们的祖先又是如何在关乎生存和进化的每一轮斗争中脱颖而出。②

当原始部落的安全受到自然崇高力量的威胁，人类就会对某些现象寻求超自然的解释，龙便诞生于人类对非理性事物的生存恐惧。倘若我们把关于龙的研究系统归入一门可称之为"比较龙学"（Comparative Dragonology）的学问，东西方人对龙的不同观念是显而易见的：东方龙是与崇拜、辟邪、祈福、卜卦、生肖和节气联系在一起的图腾；西方龙是恶毒、仇恨、诅咒、谎言和贪婪的化身。中世纪纹章学是把龙与独角兽归为一组针锋相对的意象。独角兽代表的是光明、美德和纯洁，以及治疗性的白魔法，这种最令人捉摸不透的幻兽，只会信任贞洁无瑕、内心善良的少女，自愿睡在少女的怀中。龙作为独角兽的对立面，它的"占有"方式却是破坏少女的纯洁，把少女像宝藏一样囚禁在隐秘的洞穴。英雄追寻（quest）故事的终极考验就是屠龙（Dragonslaying），大多围绕着一场献祭仪式展开，由处女充当被族群迫害的"替罪羊"，英雄通过屠龙赢得荣誉勋章，以至直到两次世界大战期间，圣乔治依然是不列颠人心中最有号召力的旗帜。但在前仆后继的屠龙者中，也不乏打着龙穴宝藏主意的投机分子，搅得"龙生"不得安宁，被迫躲到远离人类的地底深处，这才导致无人再见过它们的行踪。龙之所以会背负这样的恶名，个中缘由很大程度要归因于宗教信仰的更替和接受，当西方社会经过基督教的全面接管，旧时的神不可避免会被妖魔化，龙的形象就好比用言语引诱无辜者堕落的魔鬼，龙嘴则成了吞噬和焚烧罪人的地狱入口，要知道像莉莉丝（Lilith）和撒旦这类蛇妖龙怪，自《启示录》以来就是邪恶和堕落的始作俑者。英语文学中的第一位屠龙英雄，就诞生在基督教取代异教的历史背景下，《贝奥武夫》史诗中的那条无名之龙，经过了数世纪的沉浮，才重新游回了文学传统的潮流——众所周知的是，它成了恶龙斯毛格

---

① "类似于柏修斯和安特洛美达的险遇的——有人的确认为是间接由它而来的——就是圣乔治和大龙的著名的故事；这条龙，我却认为就是大鲸；因为在许多古代史中，都奇怪地把鲸和龙混淆在一起，而且往往互为顶替。"参考梅尔维尔：《白鲸》，曹庸译，上海：上海译文出版社，2021 年。引文见第八十二章《捕鲸业的令誉与荣华》。

② 托尔金曾在 1938 年新年的牛津大学博物馆，为现场的孩子们做了一次关于龙的讲座，其中也特别提到了恐龙这类古生物学研究中的爬行类动物。

（Smaug）的原型。现代奇幻文学的发展，又都奠定在托尔金神话的基础之上，《地海传奇》(*Earthsea Cycle*)、《龙枪编年史》(*Dragonlance Chronicle*)、《遗产三部曲》(*Inheritance Cycle*)、《冰与火之歌》(*A Song of Ice and Fire*)……这些奇幻领域数得上名的鸿篇巨著，若是没有龙的出现，就好比汤里不放盐，都不好意思端到读者手中。

这一切都要从一篇载入《贝奥武夫》研究史的重要论文说起。1936 年，托尔金在英国皇家科学院发表了题为《贝奥武夫：怪物与批评家》("Beowulf：The Monsters and the Critics")的主题报告。托尔金为怪物们辩护，他反对批评家仅仅是把这部史诗当作语文学的故纸堆，这是一首伟大的诗，而龙正是史诗的核心意义，它绝非人类无所事事的幻想(idle fancy)。① 托尔金强调的两条"重要"的龙，其一是《沃尔松格萨迦》中的法弗尼尔(Fafnir)，其二就是《贝奥武夫》中的龙。在下一年出版的《霍比特人》中，托尔金提到的两条龙都对故事的发展做出了贡献，斯毛格的苏醒模仿了《贝奥武夫》中"金杯失窃"的情节，比尔博也像西古尔德(Sigurd)一样拒绝透露他的真名，并以猜谜逃避龙的诅咒。此外，小说的中心元素还围绕着"龙病"(dragon-sickness，或称"恶龙症")展开，这种传染病的症状是对黄金的贪婪，以及极端的占有欲和报复心，在斯毛格身上的体现就是终日躺在数不尽的宝藏之上，而人类中的苦主则有长湖镇镇长，以及矮人族的悲剧英雄索林。《汤姆·邦巴迪尔历险记》(*The Adventures of Tom Bombadil*)中的《宝藏》("The Hoard")一诗同样描写了伴随着黄金一起被传承下来的远古咒语，这首诗首次出版时的标题"Iúmonna Gold Galdre Bewunden"取自《贝奥武夫》的第 3052 行，意为"先人的黄金，被一道咒符锁了"②，指的就是龙病。即便到了现代社会，依然少有人能像比尔博一样完全免疫龙病的侵扰。

1937 年初，也就是《霍比特人》出版的早些时候，托尔金还在《牛津杂志》上发表了一首幽默的童话诗《巨龙来访》("The Dragon's Visit")，讲述的是一条造访现代社会的巨龙，原本只想趴在樱桃树上睡午觉，花园的主人却叫来了消防队，苏醒的巨龙想与人为善，人类却从未放下仇恨，并且无视龙的警告。身心受伤的龙只得还以颜色，他摧毁了城镇的一切，还不忘埋葬人类的遗骸，而后飞回大洋彼岸的巨龙之乡。

① Tolkien, J. R. R. *The Monsters and the Critics and Other Essays*. London：Harper Collins Publishers, 2007, p.16.

② 佚名：《贝奥武甫》，冯象译，北京：生活·读书·新知三联书店，1992 年，第 157 页。

绿龙映着雪白花朵，
金色的太阳熠熠生辉。
他自大地尽头而来，
远远越过蓝色山脉，
那是巨龙之乡，
月光照在莹白的泉水上。①

在诗的第一节中，托尔金就明示了两点重要信息，其一是将龙的人称设定为
"他"，告诉读者这条龙是有着高等智慧的 Dragon，他是通人性的，甚至已经掌握
了人类的语言。同时通过一系列颜色的描述，衬托出这是一条"绿龙"。在托
尔金的所有作品中，绿龙是很特殊的存在。《霍比特人》中的红龙斯毛格、《刚
多林的陷落》中的黑龙安卡拉刚（Ancalagon the Black）、《胡林的子女》中金色
的格劳龙（Glaurung）、灰色山脉的"长虫"斯卡萨（Scatha），以及童话《罗佛兰登》
（Roverandom）中月亮上的白龙，无不是最为凶残狡诈的恶龙。② 相较而言，托尔金
从小对绿龙有着特别的好感。在一封写给 W. H. 奥登的信中他回忆道："我七岁的
时候第一次试着提笔写故事。那个故事是关于龙的。现在我完全记不得这个故事
了，只记得一点关于语言的细节。我母亲对那条龙不置一词，但她指出，人们不说
'绿大龙'（a green great dragon），而说'大绿龙'（a great green dragon）。我那时候
就想知道为什么，现在也一样。"③这显然是在讲英语中的语法规则，托尔金的疑问
或许也让全世界的英语初学者感同身受。这段往事多少解释了他为何会对绿龙尤
其偏心，夏尔的"绿龙酒馆"是霍比特人最常去的团建场所，也是踏上冒险征程的
始发站，酒馆招牌上就画着一条绿龙。而在托尔金年轻时的许多绘画中，同样可以
找到绿龙的身影。

《巨龙来访》中的绿龙明显是对古代恶龙形象的一种颠覆。当树上的绿龙被

① 本文对《巨龙来访》一诗的引用，均出自道格拉斯·A. 安德森（Douglas A. Anderson）作注的
《霍比特人：插图详注本》（世纪文景 2022 年中译本），书中注释均由黄丽媛翻译，包括《巨
龙来访》（第 341—345 页）。

② 提到这些暴虐残忍的"龙设"来源，我们通常难以回避托尔金在索姆河战役中所遭受到的死
亡和恐怖的创伤记忆，尤其当他亲眼见证坦克这一杀戮机器，首次被投入到充满着灼烧和
黑烟的现代化战争中。

③ Tolkien, J. R. R and Carpenter, Humphrey, *The Letters of J. R. R. Tolkien*, London：Harper
Collins Publishers, 2006, p.214.

希金斯先生的花园水管冲醒了头脑,他并没有因此恼羞成怒,而是惬意地享受着这股午后的"喷泉",直呼"真凉快,舒服啊",甚至想要为之歌唱,让人们在月夜中享用午餐的时候,能陶醉于龙的歌谣。像这样滑稽和另类的龙,在过去是不可想象的,它诞生于第二次工业革命时期,在当时歌颂田园牧歌、向往美好家园的社会环境下,维多利亚时代的幻想小说达到了顶峰,在龙的故事谱系中最值得一提的作品,来自两位儿童文学大师,格雷厄姆(Kenneth Grahame)的短篇小说《情非得已的龙》(*The Reluctant Dragon*)和内斯比特(Edith Nesbit)的短篇集《七条龙》(*The Seven Dragons*),分别创作于 1898 年和 1899 年,字里行间流露着世纪末的感伤和怀旧。故事中的龙对上门挑战的骑士提不起一点兴趣,甚至抱怨人类没事老把少女硬塞给龙,却不关心龙真正爱吃什么,要知道龙也有自己想做的事。格雷厄姆的龙爱好作诗,根本没工夫搭理前来约架的圣乔治,勇者如今也开始对龙产生了由衷的同情,于是骑士和龙在村民面前上演了一场搞笑的假打,只为打卡下班,各回各家。内斯比特的龙更是人畜无害,渴望的只是能被亲切地叫一声"乖乖",就足以让一条缺爱的老龙落下热泪。

这种对中世纪英雄与龙的关系所做的全新阐释,若再往前追溯,大概要数刘易斯·卡罗尔满篇胡话的《炸脖龙之诗》。年幼的托尔金就是读着这些故事长大的,维多利亚时代的幻想和戏仿,毫无疑问影响到了他的童话故事——或者用托尔金自己的定义来说,就是"仙境奇谭"(fairy-stories),尤其是同样创作于 1937 年的短篇小说《哈莫农夫贾尔斯》("Farmer Giles of Ham")。人对龙的驯服,以及诸如"仿龙尾巴甜点"这样诙谐幽默的段落,很容易就让人联想到了内斯比特的《驯龙师》("The Dragon Tamers"),孩子们用了十年驯养一条锁在地下室里的龙,给它喂牛奶和面包,长此以往,龙褪去了凶残的野性,身上的鳞甲和翅膀都掉落了,变成了一只整天晒太阳的毛茸茸的大猫咪,传说它就是猫类的祖先,除了爪子,龙的特征都没有留下。从"驭龙"到"育龙",龙由国家和族群的一种观念建构物,变成了儿童故事中的"乖龙"。龙不再是敌人,而是孩子的朋友,互为彼此的避风港湾。二者的关系恰好反映了段义孚提出的一种"嬉戏性支配"(playful domination),支配与感情并非是对立的,人对动物的感情,可以是一种具有人性面孔的支配,而支配也可以与感情协同,让感情成为支配的抚慰。① 但孩子毕竟是孩子,当龙真的闯入所在的现实周围,即便再渴望与龙相见,还是会感到害怕的。托尔金就曾在《论仙境奇谭》(On fairy-stories)中打趣过自己年幼时"托公好龙"的往事。尽管如此,他还是

---

① 段义孚:《制造宠物:支配与感情》,赵世玲译,上海:光启书局,2022 年,第 6 页。

忍不住感叹，一个存在龙的世界多么令人向往，"无论多么危机四伏，也总是更丰富、更美丽的。"①

尽管诗的开头有着轻松欢快的氛围，《巨龙来访》的后续展开，却没有延续人与龙和谐共生的美好画面。当绿龙看到乔治队长搬来云梯，队员都戴上金色的头盔，忧伤的龙想起了过去时代的艰难岁月，"那时无情的勇士们／一度前往龙穴中猎杀龙族，／又盗走他们闪亮的黄金。"当绿龙劝说人们不必大费周章，若不离开他将吞噬一切，乔治队长却仍坚持令队员打开水枪，还从梯子下方用长杆戳龙的腹部，就像史诗英雄贝奥武夫做过的那样，因为柔软的腹部是龙族致命的弱点。② 人类对龙的仇恨已根深蒂固，龙被视为对人类生存的真正威胁，只要世间尚存邪恶，哪怕有一天现实中不再有龙，人类还是会制造假想的"龙"来互相残杀。然而终极的龙其实隐藏在人的内心，也即通常所说的，屠龙者会遭到反噬，自身变为恶龙。托尔金的挚友 C. S. 路易斯就曾写过"堕落的勇者变异为恶龙"的故事，《纳尼亚传奇》中的尤斯塔斯在化身为龙后，经过艰难的求索和蜕变，才终获自我救赎。仇恨和邪恶是一种循环，当人类辜负了绿龙的一番好心，杀红了眼的巨龙将城镇碾为齑粉，整个宾波湾沦为一片火海。众所周知，《贝奥武夫》的终曲是对迟暮英雄悲壮牺牲的哀婉吟唱。托尔金曾认为这部史诗本身就是"一曲英雄的哀歌"（an heroic-elegiac poem）。③ 而在《巨龙来访》的最后，诗的基调也与开篇完全不同。当火光熄灭，明月初升，绿龙为已深埋地下的人类唱起了一曲挽歌，为如今这个早已翻天覆地，变得无聊的现代世界，感到悲伤和惋惜：

> 他望见大海彼岸的高大峰峦
> 环绕自己的故土家园；
> 他又思忖着宾波湾的居民
> 以及旧世界的万般变迁：
> "他们太愚钝，不懂得欣赏
> 巨龙之歌，或龙的颜色，
> 他们又懦弱，不敢迅猛屠龙——

---

① Tolkien, J. R. R, *Tree and Leaf*, London：Harper Collins Publishers Ltd, 2001, pp.41-42.

② "乔治队长"显然也是对"屠龙者圣乔治"的一种现代戏仿。

③ Tolkien, J. R. R, *The Monsters and the Critics and Other Essays*, London：Harper Collins Publishers, 2007, p.31.

世界真是越来越乏味啦!"
月光透过他绿色的翅膀
夜晚的风呼啸激荡,
他振翅飞越波光粼粼的大海
彼岸有绿龙的聚会在望。

　　这首诗的译者是黄丽媛女士,收录进 2022 年出版的《霍比特人:插图详注本》的注释,该书的责编 Endoriel 是我的好友,我们因托尔金而相识。有一次我问到她为何如此痴迷这首诗,Endoriel 是这样回答的:龙的形象在这首诗中有着多面的气质,托老把龙的美丽与哀愁写得这般清新幽默,软弱愚蠢、心胸狭隘的人类将他激怒,之后却既无魄力爱他,又无胆量杀他,他是威胁与诗意的融合,哀叹这个与神话分离的新世界。的确,这首诗很好地体现了托尔金作品中一贯的主题,那就是哀悼英雄时代的落幕和已然逝去的往昔。龙的多面气质也摆脱了传统人类中心主义式的,对"动物形象"单一的描绘和理解,即一种以主观心灵投射的镜像替代动物自身特征的物化思维,通过人为预设的刻板印象,赋予动物以人类的面具和"灵魂",例如龙总是邪恶,狗永远忠诚,黑猫就得是神秘和巫术的象征。如此一来,动物就失去了其本来的身份。

　　越是与现实存在界限的奇幻世界,越要避免这类集体符号的构建。托尔金显然注意到了这一点。在 1964 年的修订版中,他甚至还修改了这首诗的结局,让龙在腾空欲飞的瞬间,因一时大意,被比金斯小姐一刀刺入心脏,含恨悲壮地死去,断气前仍在喃喃叹息:"至少她称我美妙。"这似乎有意无意地暗示了,龙也是有情的高等动物。在现代性的社会,这或许也是人与龙共同的软肋。普拉切特(Terry Pratchett)的《卫兵! 卫兵!》(*Guards! Guards!*)中就有一条为情所困而落败的龙。而在其他奇幻系列的世界观中,勒古恩(Ursula K. Le Guin)将人类与龙族设定为本就是同源所生,飞舞在"地海"群岛之上的龙族,也会说古老的语言。勒古恩在小说中指出,没有人有资格评判龙的行为,因为"它们比人类睿智,与它们相处,宛如与梦相处。人类做梦、施法、行善,但也为恶。龙却不做梦,它们本身就是梦。它们不施魔法,魔法就是它们的本质、它们的存在。"①

　　倘若如勒古恩所说,龙就是梦的存在和魔法的本质,那么如今需要做的,恰恰

---

① 　厄休拉·勒古恩:《地海传奇 3:地海彼岸》,蔡美玲译,南京:江苏文艺出版社,2013 年,第 53 页。

是去唤醒沉睡在梦中的幻兽。在古老的中世纪,这些"真实的幻兽"可不仅是梦与幻想的构成,它们同样是拥有着鲜活肉身的"活物"。在各种有关动物的绘画和图录中,幻想动物曾经占据了半壁江山的领土,世人对它们的存在深信不疑。随着时光的流逝,幻想动物和传说秘境渐渐被从地图上抹去,群山和森林的深处,不再是龙与独角兽的庇护所。取而代之的是现代文明的巨龙:在内斯比特的《最后一条龙》(*The Last of the dragons*)中,伤心的龙请求上帝将它变成世界第一架飞机;在雷·布雷德伯里(Ray Bradbury)的笔下,"巨龙"的吐息变成了蒸汽,驰骋在铺满铁轨的幽暗荒野中。与单枪匹马的骑士决斗的时代早已远去,日新月异的世纪,钢筋水泥的森林就足以让龙望而却步,在声光电热的污染中迷失方向。现代化的世界,再无幻兽的容身之处。当传说哀歌曲终散尽,人自身即是"人类世"的恶龙。

然而很少有人真正注意到,幻想动物同样已是地球上的"濒危物种"。人们或许还能在各种奇幻小说、影视剧集和电子游戏中,寻找到这些幻兽的踪迹。但在如今这个大众传媒和资本市场无孔不入的产业化社会,正如勒古恩在《地海故事集》的序言中指出,这种流水线、商品化的幻想,只剩下了最庸俗的模仿,精准煽情的陈词滥调,以及简单粗暴的道德寓意。① 这让那些曾经"真实的幻兽",沦为了模板化的提线木偶,伟大说书人的时代已然终结了。人们口口声声大谈特谈对奇幻想象的爱好,却并非出于相信它们仍存在于现实的某个角落。

因此,幻想动物急需一场从观念到记忆的复兴,必须为它们的消亡和灭绝担责的,正是人类的遗忘天性。倘若未来有一天,此"地"不再留有任何关于龙的记忆,我们的后代或许会说:像龙这样的生物从未存在,也不该出现,它不过只是祖先开的脑洞。能够将生命延续下去的,就是世人的"相信"。正如勒古恩在《美国人为什么害怕龙?》("Why Are Americans Afraid of Dragons?")一文中写道,"幻想当然是真实的。它并非事实确凿,但却是真实的……人们知道幻想的真实性挑战了、甚至威胁到所有的虚假之物,所有那些生活中被迫维系着生存,却是伪造、多余且浅薄的东西。**他们害怕龙,是因为他们害怕自由。**"②

谨以此文献给依然相信龙真实存在过的你,并向家龙雷克斯(Gunnersaurus Rex)致谢,它是我从酋长球场专门店领养回来的,也是一条小绿龙。

---

① 厄休拉·勒古恩:《地海传奇5:地海故事集》,段宗忱译,南京:江苏文艺出版社,2014年,第 V 页。

② Le Guin, Ursula K, *The Language of the Night: Essays on Fantasy and Science Fiction*, London:Harper Collins Publishers, 1992, p.40.

狄金森的动物盟友：一种另类诗学视角

■ 文／王柏华

美国 19 世纪女诗人艾米莉·狄金森（Emily Dickinson，1830—1886）一生特立独行，拒绝接受时代性别规范划定给女诗人的狭小领地。在信仰、认知和诗歌艺术领域，她野性难驯，勇往直前，孤独而果决地深入荒野，虽然有时不得不采取迂回曲折的路径。在她的诗学探险的旅程中，兴起于 19 世纪的动物文化以及进入她视野的野生动物盟友似乎为她提供了某种鲜明的另类视角，激发了她的实验精神。

在狄金森创作的近 1 800 首诗歌里，有近 700 次提到动物，在一批重要的诗作里，活跃着若干野生动物，包括狮、虎、豹等不常见的异域动物，格外引人注目；有些异域动物恰因被迫生活在本不属于它们的所谓文明世界而成为"非我族类"，因不合习俗而遭受冷眼。在她的诗歌世界里也穿梭着一批我们身边习见的动物，特别是一些不那么讨人喜欢的动物，如蝙蝠、蜘蛛、老鼠、苍蝇等，这些日常动物在诗人的笔下似乎也带上了更多的野性特征，并成为彰显另类身份、拒绝被规训的主体。它们似乎与来自异域的野生动物达成了某种契约，悄然组成了一个由狄金森精选的族群，如她所言，"灵魂选择她自己的社群"（The soul selects her own society）。[①]

狄金森诗歌中的另类动物与维多利亚时代异常兴盛的动物园文化息息相关。

[①] 这是狄金森的一首名诗的首行，编号为 F409，参见 R. W. Franklin, ed. *The Poems of Emily Dickinson: Variorum Edition*. 3 vols., Cambridge, MA and London：Belknap Press of Harvard UP, 1998。本文所引狄金森诗歌及编号均见此版本。

考察这个时代的动物文化，涉及全球政治、经济、殖民、种族、性别等多种因素，这对任何作家而言都是一个过于庞杂而艰巨的课题，限于篇幅，本文将聚焦狄金森的两首诗作和三种野生动物（袋鼠、豹子和蝙蝠），管窥诗人如何与她的野生动物朋友结为秘密同盟，并得以在一个性别规范相对严苛的时代重新确立了自己作为诗人的身份，找到了幽居独处的自由空间，并因而成就了一种另类诗学。

不过，在进入诗作之前，最好首先读一段狄金森的书信，在那里她把自己称作一只孤零零的袋鼠。此信写于 1862 年 7 月，这是她寄给"导师"希金森先生①的第四封书信，信里谈到她对诗歌创作的执着，她对此有一种特殊的理解，她宣称，她的诗歌事业不是圆心或中心，而是圆周或边缘。写到这里，她笔锋一转，谈到朝阳与落日，随后，再次笔锋一转，更加突如其来地，她称自己为一只袋鼠：

> 也许您会报之以微笑。可我无法因此停步——我的事业是圆周——一种无知，与习俗无关，一旦被晨曦迷住——或被夕阳瞧见——我自己，美丽族群中唯一的一只袋鼠，先生，请原谅，它令我苦恼，我想，指教会将它消除。（L268）②

当狄金森说她自己是"美丽族群中唯一的一只袋鼠"（the only Kangaroo among the Beauty），她究竟在说什么？③ 从字面意思而言，"the Beauty"指美丽的一群、一族、一类，既可以指一群美人，也可以指一群野兽或任何美丽的事物，因为中文里找不到一个兼而有之的类属名词或集体名词，这里权且译作"美丽族群"。很明显，

---

① 托马斯·希金森（Thomas Wentworth Higginson, 1823—1911），美国唯一神教牧师、作家、演说家、社会活动家，新英格兰最受欢迎的期刊《大西洋月刊》的编辑。虽然诗人与这位编辑素不相识，她却于 1862 年 4 月突然给对方致函求教，并由此开启了二人长达二十四年的书信往来。关于这段文学交往的意义，学界已有大量考察和论述。

② 狄金森的书信编号，按照学界惯例，缩写为"L+数字"。参见《狄金森书信全集》（Thomas Johnson & Theodora Ward ed. *The Letters of Emily Dickinson*. 3 vols., Cambridge, MA and London：Belknap Press of Harvard UP, 1958）。本文所引狄金森书信及其编号均见此版本。

③ 笔者曾从性别策略的视角讨论过狄金森 1862 年寄给希金森的 6 封书信，文中对"袋鼠"话题已有所阐释，但并未涉及 19 世纪的动物文化语境。论文提出，狄金森在致函希金森之时"似乎已决意做一只桀骜不驯的袋鼠，与美人保持距离，因为这位日渐强大的诗人默默地把自己视为一位诗人，而不是一位女诗人。"详见 Wang Baihua. "'Will You Ignore My Sex?'：Emily Dickinson's 1862 Letters to T. W. Higginson Revisited," *The Emily Dickinson Journal*, Vol. 29. 2 (2020), pp.97-122.

狄金森这里预设了一个充满多义性的互为对立的双方：她自己（唯一的一个）和那个美丽的族群（一个团体）。

若细究之，则有以下几种可能的对立关系：如果有一群美女，她不属于她们；如果有一群顺眼的正常的人类（不分性别），她也不属于他们，换句话说，用正常人的眼光来看，她是人类中的一个怪胎，一个"非我族类"；如果有一群人类，她属于他们眼中的低人一等的野兽；如果有一群美丽的野兽，她仍然不属于它们，因为她是袋鼠，众所周知，袋鼠外形奇特怪异，胸前长着一个袋子；如果有一群大家早已熟悉因而见怪不惊的动物，她则不同，因为她是一个外来者，来自一个遥远而陌生的大陆……

从书信的上下文来看，狄金森这里显然并非在谈论自己的外貌，而是在谈论她的诗歌"事业"，这是她给文坛领袖希金森先生写信求教的主要动机。她似乎在自我抹黑，以表达一种谦卑的姿态，同时，她也让收信人相信，她有一种深切的孤独感和不适感，她似乎感到自己的诗歌与公认的诗歌艺术标准，或她上文所谓的时代"习俗"，格格不入，她感受到她的诗歌面临被当作异类的风险，很可能遭到众人的冷眼凝视，她为此感到"苦恼"却无能为力。因此，她恳求"导师"给予"指教"。

狄金森这里所表达的孤独或许是深切的，然而她的自信也同样不容置疑，这种自信来自她对诗学的直觉，或许她只是希望从"导师"那里得到鼓励和确认。事实上她上文已经明确地宣告，"我的事业是圆周"。狄金森的"圆周"究竟指什么，学界说法不一，若求同存异，可大致概括为以下两个方面：第一，诗人不能直达人类经验的"中心"，而是环绕它，从不同的角度迂回地进入；第二，人类的经验、认知和语言都是有边界的，诗人的任务是尝试最大限度地延展之，以探测更多的可能性。[1] 狄金森并不曾系统表述过她自己的诗学，然而，透过文学史的视角，正是她的"圆周"意识和对另类诗学的实验，让她的诗歌艺术超出了她的时代。

她的收信人希金森（正如今天的读者）当然明白，狄金森并非在谈论袋鼠，一种来自异域的野生动物，她只是借用袋鼠来比喻自己的诗歌可能面临的某种处境或困境，以及她希望摆脱困境的迫切愿望。众所周知，动物隐喻是一种悠久的修辞表达，一种常见的动物拟人手法（anthropomorphism），即使狄金森对袋鼠这种动物没有任何实质性的认知，似乎也并不妨碍她信手拈来挪用袋鼠来自我塑造（self-fashioning）或做一种自我表演。然而，狄金森在诗歌创作的关键时刻，突然把自己

---

[1]　参见 Sharon Leiter, *Critical Companion to Emily Dickinson: A Literary Reference to Her Life and Work*, New York: Facts on File. Inc., 2007, pp.264-265。

指认为一只来自遥远大陆的袋鼠,很可能与她所观察到的 19 世纪中期的动物文化和动物伦理具有某种深切的关联,同时以一种更为幽微曲折的方式,与她作为一位女诗人所深切感受到的性别伦理密切相关。

19 世纪中叶以来,博物学在西欧和北美迅猛发展,现代意义上的动物园和珍奇博物馆纷纷兴建。随着帝国扩张的脚步把博物学的视野引向新大陆,人类对未知物种的认知兴趣、对原始自然的征服和占有的欲望,被前所未有地激发起来;当然,对于赞助商来说,搜寻、发现、收藏和展览世界新奇物种(curiosity)意味着巨大的经济利益;而对于大多数公众而言,观赏新奇物种,特别是新世界的动物,首先满足了人们的猎奇心理和娱乐需求。与此同时,大众传媒的兴盛为公众提供了多样化的信息窗口,新型交通工具如动力火车的普及提供了人流和物流的便利,这一切都为维多利亚时代的动物园文化奠定了物质基础。①

野生动物从世界各地被猎取、被捕猎、被运送、最终被迫迁徙到陌生的大陆,远离原生的栖居地与族群,成为一只只孤零零的外来者或异类,被囚禁在各地的动物园里,作为私人的和国家的财产,甚至作为帝国征服的象征("对知识的控制"也是帝国征服的一部分)②,供一批批公众前来观赏。在商业利益的驱动下,野生动物也时常被娱乐公司送上马车、轮船和新近发明的火车,运往各地,在陌生城镇的大街小巷巡回展览,有时也为传统的马戏表演提供新鲜的动物成员和节目。正如伯格在他的著作《关于看》中所指出的,动物一旦成为被囚禁、被管控、被展览的客体,人与动物的亲缘关系就面临被彻底割裂的危险,"公共动物园出现的时代恰恰见证了动物开始从日常生活中的消失。人类想去动物园与动物相遇、去观察它们、看望它们,可动物园事实上已然成为一座纪念碑,证明了这种相遇之不可能"③。

其实,诗人后半生基本隐居在家,她未必有很多机会近距离接触来自异域的野生动物,不过,终其一生,从她早年读书的学校和她的家门口(在阿默斯特主街)、从她的众多亲友的言谈和书信里、从各类报章杂志里,她仍有不少机会听闻到关于野生动物的各类消息,包括目睹它们的图片。在狄金森的书信里,至少有 5 次明确

① 关于 19 世纪欧美野生动物展览和公共动物园的兴起,主要参考以下两部著作: R. J. Hoage and William A. Deiss ed. *New Worlds*, *New Animals*: *From Menagerie to Zoological Park in the Nineteenth Century*, Johns Hopkins UP, 1996. Nigel Rothfels, *Savages and Beasts*: *The Birth of the Modern Zoo*, Baltimore: John Hopkins University Press, 2002。

② Thomas Richards, *The Imperial Archive*: *Knowledge and the Fantasy of Empire*, London and New York: Verso, 1993, p.3.

③ John Berger, *About Looking*, Bloomsbury Publishing Plc, 1980, 2015, p.21.

提到发生在身边的动物展览或动物马戏表演,但她大多表示出暧昧、调侃的态度,有时则明确表示不以为然或拒绝参与。① 最早的一次是 1847 年 10 月,当时诗人 17 岁,正在霍山女子神学院读书,在给哥哥奥斯丁的信里,她提到校长莱昂小姐为大家提供了一个动物展,就在校门口,几乎所有的女孩都去看熊和猴子,可是,她却留在宿舍里"美美享受了一番孤独"。(L16)

1874 年 5 月,一个动物马戏团即将经过狄金森的家门口,她在给朋友的信中写道:"我们要再看一场马戏表演,从阿尔及尔来的游行队伍又要经过房间的窗户。年度小玩具是相似的,但大玩具是不同的。"(L412)显然,在狄金森的意识中,马戏表演不过是一种"年度小玩具",而这样的"小玩具"不仅让动物成为被消费的对象,也让人类自己面临沦为"玩具"的风险。

这些流离失所的(displaced)、被囚禁的(captured)、被消费的(consumed)、被凝视(gazed)的、被客体化的(objectified)另类(alien),构成了维多利亚时代的动物娱乐文化中的主角,以此为背景,不难想象,在众多文化精英的笔端,动物的自由而原始的天性或野性成为核心的关注点,而规训和反规训、凝视与被凝视,亦成为一个令人关切的问题。其中,埃德加·爱伦·坡(Edgar Allen Poe)的小说《莫格街血案》(*Murders in the Rue Morgue*, 1842)具有划时代意义,令人瞩目。小说的主角是一个被水手从新大陆带入维多利亚世界的大猩猩,因为野性遭到主人的压制,怒而出逃,无意间闯入城市居民的住宅,上演了一出令人毛骨悚然的杀人惨剧。

在坡的动物杀人故事诞生之前,在英国历史上早已发生过一个轰动一时的真实事件,见证了动物因长期受到文明规训而最终酿出惨剧的故事。一只 1811 年由东印度公司从印度捕获的大象楚尼(Chunee),收藏在伦敦的埃克塞特野生动物园,后来成为马戏表演中的明星,一度深受英国民众喜爱(包括诗人拜伦),后来由于发情和牙痛等精神压力的加剧,有一天楚尼突然失去了往日温顺的脾气,杀死了一个饲养员,1826 年 2 月他被残忍地公开处决,多杆毛瑟枪同时向他发射,共 152 发子弹击中他的身体,大西洋两岸的民众从新闻报道中目睹了楚尼周身鲜血淋漓的画面。

这个悲剧事件引发了多位作家的关注,诗人胡德(Thomas Hood, 1799—1845)在他的诗歌中感叹,动物园里圈养的各种动物都以各自的方式为楚尼之死表

---

① 五封书信的时间、通信人和书信编号分别为:1847 年 10 月"To Austin"(L16);1866 年 5 月初 "To Mrs. J. G. Holland"(L318);1872 年 5 月中旬"To Louise and Frances Norcross"(L372); 1874 年 5 月"To Mrs. J. G. Holland"(L412);1877 年"To Mrs. James S. Cooper"(L506)。

达哀悼,"我为人类感到脸红",因为这头野兽在生前曾无数次对他的人类观众表达过"孩子一般的柔情"。在诗歌的结尾,胡德由大象落入人类的掌控、以娱乐表演供人消费的悲惨命运,联想到他自己的命运,何尝不是依赖表演以维护"我可怜的公共自我"。[1]

在维多利亚时代后期,另一头大型非洲象金宝(Jumbo)的故事再次引发了英国公众的关注。金宝出生于1860年,他的母亲在苏丹丛林被猎人捕杀,留下幼崽金宝,被猎人捕获后转卖,航运到欧洲,先后圈养在巴黎和伦敦的动物园,成为轰动一时的明星,颇受大众喜爱,包括维多利亚女王的孩子们,都曾坐在他的背上骑行。金宝体型壮硕,成年时高达3.23米,因此,他的名字 Jumbo 后引申为"大型""超大"之意,进入日常英语,沿用至今。1882年金宝开始出现情绪波动,时而野性发作,有人担忧金宝随时可能危及民众的人身安全,恰在此时,美国著名的马戏团 Barnum & Bailey Circus 与伦敦动物园签署了买卖协约,准备收购金宝(价格一万美元)。金宝被卖一事引发了强烈的舆情,事件迅速发酵,以至诉诸国会诉讼,但法庭最终维护了商人的买卖契约。著名文人约翰·拉什金在1882年2月的《早邮报》上撰文表达义愤,他不假思索地把人与动物的关系比喻为主人与仆从的关系:

> 作为一名动物协会的成员,我本人没有卖掉宠物的习惯,也没有跟我的老仆人分手的习惯,仅仅因为我发现他们偶尔地或哪怕"间歇性地"坏脾气发作;我不仅对国会诉讼程序感到"遗憾",而且还要表达彻底的否决,此事不仅有损于伦敦城的荣誉,而且让普遍的人性蒙受羞辱。[2]

尽管卖掉金宝是帝国的损失和羞耻,但金宝最终还是被运往另一个日渐强大的帝国,开始在美国巡演(曾到访过狄金森的家乡阿默斯特)。不幸的是,1885年9月15日在一次表演结束后的转送过程中,25岁的金宝被文明世界制造的动力火车撞伤致死。[3]

两头非洲大象的悲剧命运(包括饲养员的悲剧),从19世纪20年代延伸到

---

[1] 此诗标题为:"Address to Mr. Cross, of Exeter 'Change, on the Death of the Elephant'",见 *Thomas Hood: Complete Poetical Works*, Delphi Classics, 2016。

[2] 引文见 John Ruskin, "Jumbo at the Zoo," in *Complete Works of John Ruskin*, Delphi Classics, 2014. Vol 34. p.560。

[3] 金宝的骨架收藏于美国历史博物馆,填充后的身躯收藏于塔夫茨大学,成为当时的帝国博物档案的一部分。

19 世纪 80 年代,俨然一个象征,浓缩了维多利亚时代英美动物园文化的历史。正是在这样的背景下,狄金森常常把自己想象为一只来自异域的野生动物,并通过动物表达了她对性别规范(以主从关系为基础)的委婉挑战,比如,她在一首诗里讲述了一只来自亚洲的豹子和她的饲养员的故事,此诗创作于 1861 年,狄金森给导师致函称自己为一只袋鼠发生在大约一年之后:

Civilization — spurns — the Leopard!

Was the Leopard — bold?

Deserts — never rebuked her Satin —

Ethiop — her Gold —

Tawny — her Customs —

She was Conscious —

Spotted — her Dun Gown —

This was the Leopard's nature — Signor —

Need — a keeper — frown?

Pity — the Pard — that left her Asia!

Memories — of Palm —

Cannot be stifled — with Narcotic

Nor suppressed — with Balm —

文明——唾弃——豹子!

难道豹子——张狂?

沙漠——从不指责她的绸缎——

埃塞俄比亚——亦不鄙薄她的金黄——

黄褐色——她的风俗——

她对此一清二楚——

布满斑点——她的外袍幽暗——

这是豹子的天性——阁下——

饲养员——何必——眉头不展?

可怜——这花豹——离开了她的亚洲!

棕榈树的——种种记忆——
无法被麻醉药——扼杀
亦无法被香膏——压抑——
（F276）

这只豹子不是美国人熟悉的优雅高贵的美洲豹，而是来自遥远的亚洲大陆，与来自澳洲大陆的袋鼠和来自非洲的大象同类。我们不禁要问，"她"（暗示了性别）为什么会来到这里？她难道愿意离开自己的栖息地和族群，孤零零沦落异乡？这是她自己的选择吗？她身上布满"黄褐色"的、"幽暗"的斑点，这是她与生俱来的毛色，她的"天性"（nature）①，却与当地的审美格格不入，就像那只袋鼠在一群美人中间，遭受凝视和冷眼。生活在这个充斥着"香膏""麻醉剂"的世界，其实她感到很不适；然而，她的天性却让她的"绅士"先生/"饲养员"（keeper），对她"眉头不展"，不得不接受无端的"鄙薄""指责"和"唾弃"。值得注意的是，狄金森没有使用英文中表达"先生"或"绅士"的常用语，而是选择了一个来自意大利的外来语"Signor"（阁下、绅士、先生），暗示一种装模作样、自视甚高的主人姿态，或许有意加强了豹子感受到的屈辱和不适。这位"阁下"显然代表着文明世界的权威，与下一行中的饲养员合为一体（语法上是同位语关系），因为饲养员或驯兽师正是听命于权威标准和需要，实施着对豹子的规训。这个对天性或野性实施规训的世界被堂而皇之地称作"文明"，所以诗歌首行直截了当地点明了这个蛮横的主题："文明唾弃豹子"。

诗歌结尾强有力地断言，"麻醉药"或"香膏"无法"扼杀"和"压抑"豹子的天性，那么，我们难免担心，这只野性难驯的豹子会不会有一天重演非洲象楚尼和金宝的悲剧呢？显然，人类规训动物、文明（理性）规训野性（天性）、主人规训奴隶、殖民者规训被殖民者、男性规训女性，这一系列彼此相关的权力关系都分享大同小异的逻辑，也必然催生出同样的结果。

诗人狄金森特别熟悉且喜爱的作家夏洛特·勃朗特在她的《简·爱》（发表于1847年）中描绘了一位"阁楼中的疯女人"②，伯莎（Betha），她本来出生、成长于西

①　狄金森这里可能暗指《圣经·旧约·耶利米书》（13：23）："古实人岂能改变皮肤呢。豹岂能改变斑点呢？"

②　"阁楼里的疯女人"之语出自 Gilbert, Sandra M., and Susan Gubar, *Madwoman in the Attic: The Woman Writer and the Nineteenth-Century Literary Imagination*, New Haven：Yale UP, 1979. 本书的两位学者提出，这个疯女人是主人公简·爱的分身或复本（Double），表达了她（以及19世纪的女作家）被压抑的愤怒和反抗。

印度群岛,是一位克里奥尔女子,本名安托瓦内特(Antoinette),一天,一位来自宗主国的白人贵族男子罗彻斯特突然闯入她的世界,主要是为了金钱而娶她为妻,把她带到英国,从此让她陷入不幸的婚姻的囚笼,后来被丈夫当作一头疯狂的野兽囚禁在庄园的阁楼里,最终葬身火海,与庄园同归于尽。这个女子的命运悲剧与这些野生动物的命运几乎毫无二致,难怪勃朗特在小说中借用简·爱的眼睛,几乎把她直白地比作一只穿着衣服的野兽,并毫不留情地使用了代词"它":"它在地上爬行,似乎四肢着地;它乱抓乱叫,像某种奇怪的野生动物,却穿着衣服,一大堆浓密的黑发,夹杂着灰色,像鬃毛一样狂野,遮住了它的头和脸。"[1]

如果一个女人感到她所在的环境把她视作一只外来的另类动物,美丽族群中唯一的一只袋鼠,或者把她当作一只狂野的豹子,关押在动物园和驯兽师的囚笼里,如果她抵抗驯化,那么,除了野性发作甚至发疯之外,她还有什么出路呢?而倘若她又是一位有艺术天分的诗人,执着于自己的理想,自信于"她的事业是圆周",那么,她会做出什么选择呢?

对于诗人艾米莉来说,压力首先来自父亲爱德华·狄金森(Edward Dickinson),有多种证据表明,在男女性别规范方面,他的立场相当保守(虽然在维多利亚时代并不缺乏较为开明的男子)。爱德华对家中的女眷具有绝对的权威,他始终坚持,公众声誉与淑女无涉。在诗人狄金森身边,父亲就是那位对豹子皱眉的"阁下",正如狄金森传记作者哈贝格所言,"对于每一位在狄金森家族中长大的人,坚持女性伟大的看法就等于公然蔑视万物的基本秩序"[2]。据哈贝格考证,在诗人的现存书信中,有一封1859年12月寄给表妹路易莎的书信,回忆起姐妹之间的一次谈话,提到了父亲和他的男性同僚把一位女艺术家轻蔑地称作"动物":

> 你和我在餐厅,决定要出类拔萃。立志"伟大"是一件伟大的事,路(易莎),你和我也许一生努力挣扎,永远达不到目标,但没有人可以阻止我们仰望它。你知道有些人不会唱歌,但果园里到处有鸟儿,我们都可以听。如果有一天我们了解了自己,那会怎么样!······你还参加范妮·肯布尔的朗诵会吗?

---

[1] Charlotte Brontë, *Jane Eyre*, *A Norton Critical Edition*. ed. Richard J. Dunn. W. W. Norton & Company, Inc. Third Edition. 2001, p.250.

[2] 哈贝格(Alfred Habegger):《我的战争都埋在书里:艾米莉·狄金森传》,王柏华等译,北京:北京大学出版社,2013年,第342页。

亚伦·伯尔①和爸爸认为(肯布尔)是一只"动物",但我担心动物园里没有几只这样的动物。我听过很多极其糟糕的朗诵,一个精彩的朗诵简直就是仙女下凡的惊喜。(L199)

范妮·肯布尔(Fanny Kemble,1809—1893)出身于英国戏剧之家,19岁开始登台表演莎士比亚戏剧《罗密欧与朱丽叶》,大获成功,并因此让父亲摆脱了经济困难。范妮1834年结婚后一度退出舞台,但1849年离婚之后又重返舞台,开启了单人朗诵莎士比亚戏剧的演绎生涯,在大西洋两岸颇受欢迎。1859年冬天肯布尔在波士顿公开演出,表演了莎士比亚的12部戏剧,艾米莉给路易莎的信就写于这段时间。虽然这是一封私密的书信,而且信中的语气相当委婉,可她确实反驳了男性权威的立场:父亲阁下对肯布尔眉头不展,她却悄悄地向身边的姐妹表明,她们可以跟这只"动物"结为秘密同盟。

　　纵观狄金森的创作生涯和诗学策略,不难发现,她小心地隐藏起直接对抗权威的姿态,几乎是主动地选择了阁楼生活,以便享受一个艺术家幽居独处的创作自由,②她也渐渐地选择了生前不发表,以便躲开习俗的制约,包括诗学领域中的性别假定。在强大的父权体制之下,一个维多利亚家庭主妇(以狄金森的母亲为代表)的日常家居生活(生儿育女和繁重的家务劳动)几乎与囚笼相差无几。在20世纪德语诗人里尔克的笔下,囚笼里的豹子"好像只有千条的铁栏杆,/千条的铁栏后便没有宇宙。/强韧的脚步迈着柔软的步容,/步容在这极小的圈中旋转,/仿佛力之舞围绕着一个中心,/在中心一个伟大的意志昏眩"③。而狄金森后半生选择隐居和独身,却得以在诗歌的天地里化囚笼为宇宙,"在极小的圈中旋转",延伸她的圆周,这或许正是她过人的智慧所在。正如一位狄金森的精神后裔,20世纪美国女诗人里奇所言:"天才是自知的。狄金森知道自己不同寻常,知道自己需要什么,所以选择了隐居。"④

<hr>

① "亚伦·伯尔"很可能是阿默斯特学院退休的修辞学教授。见哈贝格:《我的战争都埋在书里:艾米莉·狄金森传》,第342页。
② 据诗人的侄女马蒂回忆,有一次,她在门上转动一把幻想的钥匙,说,"就这么一转—就自由了,马蒂"。见同上书,第533页。
③ 里尔克(Rainer Maria Rilke):《豹——在巴黎植物园》,冯至译,见冯至《秋日:冯至译诗选》,北京:外语教学与研究出版社,2019年,第246页。
④ 里奇(Adrienne Rich):《家里的维苏威:狄金森的力量》,刘莉译,见《当代比较文学》(第四辑),北京:华夏出版社,2019年,第129页。

事实上,这与她的权威父亲的要求几乎不谋而合,因为他并不反对女子受教育、读书和从事写作,"如果父亲直接说你不可以做公开的作家,那么潜台词则可能是你可以私下写作。"①或许,唯有私下写作才能更自由地施展她的野性,实验她的另类诗学。当然,诗人也可以通过书信在亲友之间发表她的诗作,让她的圆周得以在她可控的范围里撒播、扩散。不过,私下写作和发表也意味着她将名声和荣耀托付于未来,寄希望于她的诗歌以成就她的不朽(immortality)。

一旦狄金森把野性、圆周安放在她自我选择的囚笼里,她的另类诗学创作便进入了更加自由奔放的境界,在她后期诗作里,豹子与饲养员之间的张力几乎消弭,若干孤独、沉默且自得其乐的野生动物开始活跃在她的诗作里,它们不属于在动物园里引人关注的异域动物,总是被观众凝视和品评,沦落为人类娱乐和消费的对象,相反,它们是野生动物中通常被忽视甚至被贬低、厌恶的另类,但它们却是动物世界中最有创造力的个体。其中,最耐人寻味的动物是蜘蛛和蝙蝠。

狄金森至少写过三首蜘蛛诗(F513,F1163,F1373),它们几乎都是狄金森作为诗人的自画像,在较早的一首诗作里,一只蜘蛛在幽暗的世界里"自对自轻柔起舞"(dancing softly to himself)。蜘蛛纺丝的液体来自她自己的身体,所以他的创造无需借助外力,她只需在"空无与空无之间穿梭",即可织出一个"登峰造极"的"光之大陆"。正如狄金森总是在夜深人静的时刻在她卧室的小小书桌前默默地写诗,创造着她自己的诗歌新大陆,她的圆周事业。在另一首蜘蛛诗里,她再一次强调蜘蛛织网是自主且自立的行为,无需听命于任何主人的意志,"他自己告知自己"(Himself himself inform);然后她提到一种"面相术"(physiognomy),以此暗示她对不朽的希冀。如果蛛网是蜘蛛的面相术,那么诗歌则是诗人的面相术,诗人留下诗作,等待后世读者通过歌之面相来识别诗人的灵魂。在这三首蜘蛛诗作里,蜘蛛皆为男性或中性,因为"他"是不分性别或超越性别的大写的"诗人",狄金森称之为"天才之子"(son of genius)。这与狄金森很可能熟悉的古希腊罗马神话不同,在那里,蜘蛛是一位擅长编织的女子。② 每当狄金森在诗作里自我指涉,只要关系到她的诗人身份,她经常自称"他",而不是"她"。

狄金森最有力度的一幅诗人自画像借用了另一种不讨人喜欢的另类动物——

① 引文见哈贝格:《我的战争都埋在书里:艾米莉·狄金森传》,第38页。
② 根据奥维德《变形记》(卷六),有一位姑娘阿剌克涅(Arachne)精于纺织技艺,坚持跟女神密涅瓦进行纺织比赛,一较高下,结果,姑娘的技艺果然精湛无比,因嫉生恨的女神将她变成了一只蜘蛛。见杨周翰译:《变形记》,北京:人民文学出版社,2000年,第118—122页。

蝙蝠。此诗大约创作于 1876 年,这一年狄金森 45 岁,关于袋鼠和豹子的纠结似乎已是遥远的往事:

The Bat is dun, with wrinkled Wings—
Like fallow Article—
And not a song pervade his Lips—
Or none perceptible.

His small Umbrella quaintly halved
Describing in the Air
An Arc alike inscrutable
Elate Philosopher.

Deputed from what Firmament—
Of what Astute Abode—
Empowered with what malignity
Auspiciously withheld—

To his adroit Creator
Ascribe no less the praise—
Beneficent, believe me,
His eccentricities—

蝙蝠晦暗,翅膀皱巴巴——
像个淡褐色的东西被丢在一角——
没有一首歌漫过他双唇——
或有一首被察觉得到。

他怪模怪样的小伞分成两半
在空中描画
像一道弧,玄秘莫测
欣喜的哲学家。

由何等的苍穹派遣——
从何等诡秘的洞府——
被赋予了何等恶意——
所幸被压住——

对那灵巧的造物主
献上你不减分毫的赞叹——
他的仁慈,相信我吧,
就在这古怪处体现——

　　蝙蝠并不是鸟,它是唯一能飞翔的哺乳动物,而且飞翔能力超强,听力异常灵敏。但人类对一只动物的好恶之感往往不取决于对动物的科学认知,而常常出自于感性体验,正如狄金森在诗里所言,整只蝙蝠在人类的眼中似乎又丑又暗:"蝙蝠晦暗,翅膀皱巴巴。"它们常常倒挂在墙壁上,或者隐身于某个黑暗的角落,在幽暗之地看见这种怪物总是让人有点害怕或厌恶。诗人说,这只灰暗的蝙蝠像个褐色的东西(article)"被丢在一角",就像一块破抹布一样,被人搁在某个肮脏的角落,或者挂在某个隐蔽的墙角。总之,蝙蝠的翅膀和形体那么丑,简直无法跟毛色光鲜的鸟类相比,而且,与热爱阳光的鸟儿不同,蝙蝠总是夜间出行,在幽暗的天空下盘旋,神秘莫测。在西方的诗歌传统中,诗人常被比作动听的鸟儿,如夜莺,这里,狄金森让丑陋的蝙蝠替代了鸟儿的风光,正如她自己选择了一种幽居的生活,并尝试一种另类诗学。

　　这首诗有一个关键词,也就是全诗的最后一个词——"古怪"(eccentricity),它与"另类"或"非我族类"几乎相同。生活在阿姆斯特小镇的居民都觉得国会议员爱德华·狄金森先生的这位大女儿确实颇为"古怪":整天躲在自己的屋子里,后来甚至连教堂也不去了,有少数亲友收到过她寄来的诗作,这些诗作跟大家熟知的诗歌很不一样,怎么说呢? 狄金森小姐的诗,也是怪怪的,神秘兮兮的,不知所云,像谜语一样。透过小镇居民的眼睛,对于自己的"古怪",想必诗人狄金森一定心知肚明。

　　蝙蝠不会像小鸟那样欢歌、啼鸣,就算它发出声音也没有人听得到。据说,人类的耳朵确实听不到蝙蝠发出的声音。蝙蝠是靠什么来辨别方向和捕获猎物的呢? 是靠一种类似于雷达的声波反射。它从喉咙里发射出声波,落到它周边的物体身上,再反射回来,根据耳朵所接收的反射回来的信号,它能准确判断物体的大小和距离等。也就是说,蝙蝠虽然不唱歌,可它对声音是非常敏感的,它有超常的听觉能力,比人类和普通的鸟儿都高明得多。这确实很像诗人狄金森,她在暗夜里写了那么多诗作,随信寄出过几百首之多,但收信人经常会问,你说什么? 你写的是什么? 能不能给我解释解释? 在一封写给希金森的书信里,她提到了这个有趣的细节:"所有人都对我说''what'。"(L271)因为他们似乎总是听不懂她在说什么。

正如蜘蛛在幽暗的角落里结网,很少有人留意到他的网多么精美,那不是普通的大陆,而是"光之大陆";蝙蝠的声波无比高明,但人类迟钝的听力根本无法察觉它;而且,蝙蝠那"怪模怪样"的翅膀看起来就像"分成两半"的破伞一样,可是它在空中飞翔时留下的弧线却是如此"玄秘莫测",非人类愚钝的想象力所能理解。因此,狄金森叹服地声称,蝙蝠是"玄妙的哲学家"。而且,这位哲学家并不像他的外形那样阴暗沉闷,他是"欣喜的",他陶醉于自己的飞翔和声波,就像诗人陶醉于自己的诗歌一样。

在狄金森的心目中,她自己不仅是一位诗人,更是一位哲学家,这是对她本人和她的诗歌的一个准确概括,因为她的诗作大多充满认知的挑战性。近年来狄金森的研究者从她的诗歌中发现了越来越多的哲学思想,包括存在论、身心学,特别是对认知不确定性的反思。正是因为她一而再地体尝到认知的困境,所以她才尝试以诗歌突围,延伸圆周的边界。她以诗歌来尝试思考,并邀请读者跟她一起尝试思考,这使她的诗歌充满高度的原创性、实验性和未完成性。①

哲学家喜欢给事情下定义,在狄金森的1 789首诗作里,"定义诗"几乎多达一半。按照基督教《圣经》的说法,上帝创造万物,然后又创造亚当,让亚当给万事万物命名;而夏娃不过是亚当的一根肋骨,可是,狄金森似乎对此不以为然,她要做夏娃,而且还要给万物命名。有一次她给朋友写信说,"我为什么不能是一个夏娃呢?!"②

这首蝙蝠诗本身就是一种给蝙蝠重新下定义、为蝙蝠正名的尝试。在她看来,那些在常人眼中不那么可爱的,甚至丑陋和古怪的动物,理应享有同样的生存权,因为它们也是被造物主创造出来的生灵。所以,她在诗歌的最后一节里写道:它"由何等的苍穹派遣"而来,由什么"诡秘的洞府"塑造? 这些问题概括了众人对蝙

---

① 特别参考 Jed Deppman, *Trying to Think with Emily Dickinson*, Amherst: U of Massachusetts P, 2008。

② "我最近得出一个结论:我是夏娃。……你知道的,《圣经》里没有关于她的死亡记录,那我为什么不能是夏娃呢? 要是你找到任何你觉得可能证明此事的材料,你可要赶紧寄给我。"(L9)

蝠的偏见和疑问：它真的是被上帝创造出的邪恶动物吗？可是，她旋即笔锋一转，十分肯定地总结说，"对那灵巧的造物主/献上你不减分毫的赞叹"——如果你认为万事万物被上帝创造出来是一种奇迹的话，那么蝙蝠也一样，它也是一个奇迹。

更为重要的是，在诗歌的结尾，她进一步申明，蝙蝠有自己的个性，它的个性就是它的"古怪"。它正是以它的古怪来体现上帝造物的仁慈，因为上帝允许一只古怪的另类动物来到这个世界上，在幽暗的角落里以自己的方式自由自在地活着，独自欣喜着，这不就是仁慈吗？这样的奇迹和仁慈难道不值得赞美吗？虽然狄金森的语气含有幽默诙谐的意味，但答案无疑是肯定的。而这只古怪的生灵就是蝙蝠，也是狄金森心目中的诗人—哲学家！她感谢上帝的仁慈——

让她成为她自己！

谈艺录

《无事生非》：莎士比亚第一部"欢庆喜剧"

■ 文／傅光明

　　《无事生非》与《皆大欢喜》和《第十二夜》并称莎士比亚三大"欢庆喜剧"。按写作时序，《无事生非》排第一。1879 年，在 4 月 23 日莎士比亚生日这一天，莎士比亚纪念剧院（Shakespeare Memorial Theatre）在莎士比亚故乡埃文河畔斯特拉福德举行开幕典礼，演出该剧作为首演。由此可知，该剧在全部莎剧中居于相当重要的地位。

一、写作时间和剧作版本

1. 写作时间

　　由以下明证可认定《无事生非》写于 1598 年至 1600 年之间：

　　① 1598 年 9 月 7 日，伦敦书业公会（Stationers' Company）登记册上记载：作家弗朗西斯·米尔斯（Francis Meres，1565—1647）著《智慧的宝库》（*Palladis Tamia, Wits Treasury*）一书印行。米尔斯书中提及，"关于喜剧，请看他（莎士比亚）的《维罗纳绅士》《错误》《爱的徒劳》《爱得其所》《仲夏夜之梦》《威尼斯商人》。"尽管所提两个剧名并不完整，但无须怀疑：《维罗纳绅士》（*Gentlemen of Verona*）即《维罗纳二绅士》（*The Two Gentlemen of Verona*）；《错误》（*Errors*）即《错误的喜剧》（*The Comedy of Errors*）。在这部英国文学史上有着重要意义，也是最早一本评论莎士比

亚诗歌及其早期剧作的书中,所列喜剧不包括《无事生非》,无疑意味着该剧应写于1598年下半年。是否9月之后开始动笔,未可知。

② 1599年上半年(或在年初),莎士比亚所属宫务大臣剧团(the Lord Chamberlain's company)当红台柱子喜剧演员威廉·坎普(William Kemp)离开剧团。但从1600年出版的四开本《无事生非》第四幕第二场台词开头处剧中人物"道格贝里"的名字为"坎普"替代,明显看出,剧中治安官"道格贝里"这一角色仍属莎士比亚专为坎普所写。诚然,坎普离职后,他的丑角儿位置由喜剧演员罗伯特·阿明(Robert Armin)取代。莎士比亚为阿明量身打造的第一个丑角儿,是写于1599年的《皆大欢喜》中的小丑"试金石"。从阿明出演"试金石"不难发现,与坎普相比,阿明的喜剧风格更为睿智文雅。由这两点可精准判定,《无事生非》必写于1599年上半年坎普离团之后、初夏写《亨利五世》和下半年《皆大欢喜》动笔之前。换言之,《无事生非》极有可能在《亨利五世》和《皆大欢喜》之间完稿。

③ 1600年8月23日,《无事生非》在书业公会注册登记,同时注册的还有《皆大欢喜》《亨利五世》和本·琼森的喜剧《人人高兴》(Every Man in His Humor),但册上均注明"尚未印行"字样。事实上,比起上述两条明证,这条可忽略不计。

2. 剧作版本

1600年8月《无事生非》注册后,很快由两位伦敦出版社商安德鲁·怀斯(Andrew Wyse)与威廉·阿斯普莱(William Aspley)联手,付梓印行四开本。这也是该剧最具权威的版本,1623年"第一对开本"《威廉·莎士比亚先生喜剧、历史剧及悲剧集》中的《无事生非》,为据此加以校订的本子,其中讹误差错却大体未动。四开本与第一对开本最大不同在于,前者不分幕次场次,后者分幕分场。

四开本标题页写:"《无事生非》。本剧多次由宫务大臣仆人剧团荣誉公演。威廉·莎士比亚编剧。瓦伦丁·西姆斯(V.S.)于伦敦为安德鲁·怀斯与威廉·阿斯普莱印制。1600年。"

在此尚需指明一点,前文提到,在四开本四幕二场台词开头处,剧中角色"道格贝里"(Dogberry)的名字印成扮演者"坎普"(Kemp)。同时,此处将另一角色、教区治安官"弗吉斯"(Verges),印成在剧中与道格贝里配戏的另一位演员理查德·考利(Richard Cowley)的名字。由此不难判定,四开本以剧团演出所用的提词本为据印制。显而易见,供剧团演出之需的提词本,一定会对剧作原稿进行改动,使其达成舞台演艺之效。问题来了:莎士比亚原稿何处寻?答案很简单:不可寻!所有莎翁手稿,均无据可考,皆无迹可寻。

二、"原型故事"

英国莎学家 F. H. 马雷斯(F. H. Mares)在为其编注的"新剑桥"《无事生非》所写导读中,对该剧素材来源有专门论述。本节以此为据,加以描述。①

1.《圣经·次经·但以理书》中"苏珊娜与长老"的故事

像《无事生非》剧中希罗(Hero)那样的贞洁女性遭毁谤的故事,由来已久。《圣经·次经·但以理书》中"苏珊娜与长老"为最著名的之一,情节大体如下:

巴比伦王国最后一个王朝(公元前626—公元前538)尼布甲尼撒二世时期,巴比伦城里住着一位犹太富商,妻子苏珊娜(Susanna)美丽端庄,敬畏上帝,严守摩西律法。城中犹太人常来家中美丽花园聚会,其中两个元老被选为士师(法官)。两位士师长老每天来富商家,谁遇到纠纷,都来此处找找他们协商解决。

苏珊娜每天在花园里散步时,二位长老都能到她美丽的身影,看得欲火难耐,两双眼睛死盯苏珊娜,无心断案。二人各思淫邪,彼此却难开口。自此,二老每天逗留花园,只为一睹苏珊娜。每次,二老同时离开,再前后脚回来。彼此心知肚明,终挑明待时机成熟,一起向苏珊娜提雨云之事。又是炎热的一天,苏珊娜像平日一样和两个侍女在花园沐浴,她让两位侍女去取油、膏,叮嘱关好院门。躲在暗处的二位长老立刻现身,说院门已关,此处无旁人,愿躺在一处服侍苏珊娜。若不应允,便称她故意支开侍女,与一小伙幽会,判她奸淫之罪。苏珊娜拒绝苟且,表示绝不在上帝眼里犯罪。苏珊娜高声求救,二长老竟随声喊叫,其中一个跑去打开院门。众人不知何事,二长老只称令人难堪,羞于启齿。

次日,人们来到富商家。二长老让人扯掉苏珊娜的面纱,把手放在她头上,诬称二人在花园一角散步,见她与二侍女进门,关门,后打发走侍女。遂与一小伙私会。二人连忙跑来,见一对男女躺在一起。但小伙力气大,夺门而逃。问她小伙去处,她闭口不谈。人们信以为真,苏珊娜被判死刑。她拒不承认做下二长老所污之事,向上帝申诉,他们在做伪证! 此时,上帝唤醒先知但以理,但以理高喊:我

---

① 参见"Introduction", *Much Ado About Nothing*, Edited by F. H. Mares, Cambridge University Press, 2003, pp.1–7.

不要沾染她无辜的血！众人不知何意，但以理说：你们竟蠢到未经查明便要处死一个以色列人的女儿？二长老作伪证，重申此案！得到上帝启示的但以理，让人把二个长老分开讯问。二人自相矛盾的证词暴露出他们作伪证的真相，苏珊娜的贞洁名誉得到保护。最后，按照摩西律法，二长老被处死。同一主题的作品在西方绘画史上很常见，无论大师级艺术家还是才华略逊的普通画家，都喜欢表现这一题材。

2. 班戴洛"提姆布里奥与菲妮希娅"的故事

马雷斯指出，与该剧主题关联最密切的版本是意大利文艺复兴时期杰出小说家马特奥·班戴洛（Matteo Bandello）1554 年在卢卡（Lucca）印行的《小说》（*Novelle*）中的第 22 个故事——"提姆布里奥与菲妮希娅"（Timbero and Fenecia）。但该书直到 19 世纪末才有英译本。班戴洛的故事，可能直接或间接取材于安东尼·查里顿（Anthony Chariton）所写希腊晚期传奇《凯瑞阿斯与卡莉萝》（*Chaereas and Callirrhoe*）。法国作家贝尔福莱（Belleforest）将其翻译并扩写的《悲剧故事集》（*Histoires Targiques*）第三卷法文版 1569 年出版。但最有可能，莎士比亚以意大利文为据，而非法文——除非他另有不为人知的素材来源。

该剧主要剧情由班戴洛"提姆布里奥与菲妮希娅"（Timbero and Fenecia）的故事而来，亦将背景设在墨西拿（Messina），且次重要人物的名字亦源于此：阿拉贡国王皮耶罗（Piero）——莎剧中的阿拉贡亲王佩德罗（Pedro）——作为当地威权人物，梅塞尔·里奥那托·德·里奥纳蒂（Messer Lionato de' Lionati）——莎剧中的墨西拿总督里奥那托（Leonato）——作为女主角之父。然而，两部作品有很大不同。皮耶罗国王出现在西西里，是"西西里晚祷事件"（'Sicilian Vespers'）的结果——1282 年复活节后星期一晚祷时间，再无法忍受法国人统治的西西里人，在巴勒莫附近屠杀法国居民，之后的战争导致法国安茹王朝被西班牙阿拉贡王朝取代。他在海上战胜那不勒斯国王卡洛二世（Carlo II）之后，在墨西拿取得胜利。剧中对阿拉贡亲王唐·佩德罗（Don Pedro）的战争只有个模糊轮廓，却似乎描述出他私生子弟弟唐·约翰（Don John）反叛。提姆布里奥·迪·卡多纳爵士（剧中贵族青年克劳迪奥）是一位"德高望重的男爵"，并不十分年轻，因在近来战争中早熟的勇猛获得认可。他的地位远在菲妮希娅（剧中希罗）小姐之上，因为梅塞尔·里奥那托先生尽管家族古老，（相对来说）是位穷绅士。提姆布里奥在意识到他无法引诱菲妮希娅之后，才决定娶她，他提出求婚，她父亲欣然接受。毁谤由提姆布里奥的一个朋友吉伦多·奥莱里奥·瓦伦扎诺（Girondo Olerio Valenziano）爵士策划。他也爱上菲妮希娅,要用这种手段毁掉这桩婚事,好自己娶她。他的代理人是位比起做好事更乐于犯坏的年轻朝臣,他告诉提姆布里奥,在过去几个月里,菲妮希娅费一直有恋人。他声称其动机意在保护提姆布里奥免受羞辱,他为此设局,让提姆布里奥在一处地方,眼见一个仆人,衣着和喷的香水都像绅士,爬上梯子,爬入远处一扇窗户,那是里奥那托家平常很少用的窗户。但在这个故事里,没有穿上菲妮希娅衣服假扮她女仆的细节。被激怒的提姆布里奥派人去找里奥那托,指责菲妮希娅不贞,并解除婚约。菲妮希娅晕死过去。叔叔吉罗拉莫(Girolamo)把她秘密送往乡间别墅,在那里她得以假托另一身份。同时,她的葬礼如期举行。人们并不信对她不贞的指控,认为那只是提姆布里奥为摆脱婚姻的借口,他经过深思熟虑,觉得这桩婚事似乎太有损社会地位。但提姆布里奥本人深感悔意,意识到证据可疑妄下定论。吉伦多也极度悲伤,良心不安。葬礼一周后,他带着提姆布里奥蒂姆去祭拜菲妮希娅之墓,深表忏悔,把所佩短剑交给提姆布里奥,要他以杀死自己来复仇。提姆布里奥宽恕了他,两位绅士向里奥那托忏悔,并得到宽恕,但前提条件是,提姆布里奥须迎娶里奥那托引荐的女子为妻。菲妮希娅在乡下度过一年,变得更美丽,几乎没人能认出同一人。里奥那托告诉提姆布里奥已为选中一位妻子,带他去见她。提姆布里奥娶了美丽的露西拉(Lucilla),却没认出眼前的露西拉是菲妮希娅。在婚礼早餐上,他黯然神伤讲起菲妮希娅的故事,新婚妻子随即将身份揭晓。为给一切画上圆满句号,吉伦多恳求,若蒙允准,愿与菲妮希娅的妹妹贝尔菲奥牵手百年,因为菲妮希娅是世界最美丽的女子。双喜临门,皮耶罗国王为里奥那托这两个女儿,各自备上丰厚嫁妆。

3. 阿里奥斯托"阿里奥丹特与吉娜芙拉"的故事

在意大利文艺复兴时期著名诗人作家卢多维科·阿里奥斯托(Ludovico Ariosto, 1474—1533)所写《疯狂的奥兰多》(*Orlando Furioso*)第五部中一个同类故事中,仆人受骗穿上女主人的衣服。该书由约翰·哈灵顿爵士(Sir John Harington)将其译成"英语英雄诗",1591年出版。故事讲述在苏格兰海岸遭遇海难的雷纳尔多(Renaldo),听说苏格兰国王之女吉娜芙拉(Genevra)被指控不贞,而且,"在这点上,法律明文规定,/除非凭搏斗证明这是谎言,/吉娜芙拉必须受死。【第66诗节】"没人出面为她辩护,于是,雷纳尔多立刻前往苏格兰宫廷,路遇两恶棍试图谋杀一少妇,遂将她救起,二人同行,她实言相告,自己对吉娜芙拉的处境负有并非有意之责。原来,她是吉娜芙拉的伴娘,爱上二号权力人物阿尔班公爵波利纳索(Polynesso, Duke of Alban),成为他的情妇。波利纳索热望迎娶公主,并说服侍女戴琳达(Dalinda)协助他。但吉娜芙拉爱的是高贵的阿里奥丹特(Ariodante),遭拒的波利纳索设计要毁坏公主名声。他说服戴琳达身穿吉娜芙拉的衣服,模仿她的发型,为他们的幽会做准备——他们常在宫中公主房间约会。然后,他告诉阿里奥丹特,他是吉娜芙拉的恋人,并向他提供亲眼可见的证据,并要他永守这个秘密。阿里奥丹特藏身一处,从这儿刚好能看到吉娜芙拉偷偷将波利纳索波迎入寝室,但他信不过自己这位情敌,于是安排弟弟卢尔卡尼奥(Lurcanio)藏在一个眼不能见、耳却能听到的地方,以便在他受到攻击时前来相助。卢尔卡尼奥担心哥哥深陷困境,没待在原地点,而是藏身更近处。

他们看到"吉娜芙拉"欢迎波利纳索——因戴琳达穿着吉娜芙拉的衣服,他们误以为是吉娜芙拉。卢尔卡尼奥阻止阿里奥丹特当场自杀,但后者很快失踪不见,随即有个农民带来消息说他跳海自杀。卢尔卡尼奥并未认出波利纳索,他将哥哥的死归罪吉娜芙拉,并指责她不贞洁。没有挑战者出面为她辩护。戴琳达吓坏了,波利纳索建议她躲到他叔叔的一座城堡,当吉娜芙拉一案结束后,再来娶她。但波利纳索打算谋杀戴琳达,恰好雷纳尔多及时赶到加以阻止。

雷纳尔多和戴琳达来到苏格兰宫廷,他们发现一位无名勇士出面保护吉娜芙拉,当时,搏斗正在进行中。雷纳尔多乞求苏格兰国王叫停这场搏斗,并讲述了戴琳达的故事。随后,他与波利纳索交战,将其击败,波利尼索临死前,承认了自己的恶行。那无名的守卫者原来是阿里奥丹特,他本想跳入冰水自杀,但听说吉娜芙拉有危险,他那么爱她,即使相信她有罪,就算来挑战自家兄弟,也要救她。一切尘埃落定——戴琳达退隐修女院。哈灵顿将该版"阿里奥丹特与吉娜芙拉"的故事归功于1541年出生的诗人乔治·图伯维尔(George Turbervile),但无人知晓有这首诗。倒是有一本彼得·贝弗利(Peter Beverley)所著《阿里奥丹托与菲娜芙拉的故事》(*The Historie of Ariodonto and Fenevra*),1566年在伦敦书业公会登记在案。该诗以一行14个音节写成,详述了阿里奥斯托笔下的这个故事。

4. 斯宾塞《仙后》中"菲顿与克拉里贝尔"的故事

比莎士比亚年长一轮的诗人埃德蒙·斯宾塞(Edmund Spenser, 1552—1599)所著《仙后》(*The Faerie Queene*)第二卷,有个类似的故事,结局是悲剧性的。在诗篇第四章,盖恩爵士(Sir Guyon)将菲顿(Phedon)从富尔(Furor)手中救出后,菲顿讲述了自己的故事。他和菲利蒙(Philemon)一起长大,两人是多年挚友。费顿深爱着克拉里贝尔夫人（Lady Claribell），婚礼在即，这时菲利蒙告诉他，克拉里贝尔夫人对他不忠，她的情夫是个身份卑微的侍从官，"他常在一幽暗凉亭内／与她相会：最好证明，／他答应带我去那房中，／当我看到时，我能走得更近，／迫使我收回盲目的受虐之爱。【第24节】"菲利蒙引诱克拉里贝尔的女仆派瑞妮（Pyrene），劝说她该穿上一套克拉里贝尔"最华美的衣装"，显出自己比女主人更漂亮。派瑞妮照做，费顿看到这对恋人在"幽暗凉亭内"嬉戏，便认定是克拉里贝尔和卑微的侍从官在一起。他转身离开，"一路念叨着复仇"，再见到克拉里贝尔时，他杀了她。派瑞妮听完他这样做的原因之后，承认"菲利蒙如何改变了自己命运"。菲顿将菲利蒙毒死，然后持剑追杀派瑞妮，想把她也杀了。正在追杀中，他落入了早被盖恩爵士救起的富尔及其母亲奥卡西奥（Occasio）之手。

在剧作家乔治·惠特斯通（George Whetstone，1544—1578）1576年出版的《岩石之景》（*Rocke of Regard*）一书中，有一篇《里纳尔多与吉莱塔的对话》（'Discourse of Rinaldo and Giletta'），该篇包含阿里奥斯托和班戴洛（Matteo Bandello）的两部分故事内容。对此，莎学家杰弗里·布洛（Geoffrey Bullough，1901—1982）在其八卷巨著《莎士比亚的叙事与戏剧本源》（*Narrative and Dramatic Sources of Shakespeare*）第二卷论及《无事生非》时指出："显然，这个故事很大程度归功于阿里奥斯托。故事中的计谋被削弱，但主人公试图自杀，随后失踪。总体基调和小说手法，以及误解主要由偷听引起这一事实，更接近班戴洛。侍女角色不如阿里奥斯托故事里的侍女那么重要，里纳尔多和弗里扎多（Frizaldo）之间并无两个意大利故事源头里都存在的友情。"

类似故事有多个戏剧版本，虽没一个特别接近《无事生非》，但这表明班戴洛类型的故事广受欢迎。亚伯拉罕·弗劳恩斯（Abraham Fraunce）在其"剑桥拉丁"戏《维多利亚》（*Victoria*）、安东尼·芒迪（Anthony Munday）在其《费德莱与福图尼奥》（*Fedele and Fortunio*）（1585）中，对路易吉·帕斯夸里戈（Luigi Pasqualigo）的喜剧《费德莱》（*Il Fedele*）（1579）进行了模仿。德拉·波塔（Della Porta）的喜剧《情敌两兄弟》（*Gli Duoi Fratelli Rivali*）与班戴洛颇为相似，但剧中情敌是两兄弟，且欺骗手法不同。该剧手稿一直保存到1911年。雅各布·埃尔（Jacob Ayrer）的剧作《美丽的芬妮希娅》（*Die Schoene Phaenicia*）或与《无事生非》同期写于纽伦堡，它取材自贝尔福莱的故事版本，比莎剧更接近本源。两者间没直接关联，也无一与北尼德兰诗人扬·扬茨·斯塔特（Jan Jansz.Starter，1593—1626）所写荷兰语剧作《卡尔登的提姆布莱》（*Timbre de Cardone*）（1618年）密切对应，后者似由贝尔福莱独立取材。1575 年元旦，"莱斯特伯爵仆人剧团"（Earl of Leicester's Men）上演《帕内西亚的问题》（'Matter of Panecia'），不过，无其他痕迹留存于世，但早有人提出，埃尔的"芬妮希娅"（Phaenicia）源于出班戴洛的"菲妮希娅"（Fenecia），仅字母拼写不同而已。这部戏根据班戴洛的故事改编。1583 年 2 月 12 日，理查德·马卡斯特（Richard Mulcaster）领导下的泰勒商学院（Merchant Taylors' School）的男孩们在宫廷演出《阿里奥丹特与吉娜芙拉》，该剧与阿里奥斯托的关联更明显。或许，该剧由彼得·贝弗利那首诗取材，不过，该剧已失传。这些材料强有力地表明，多方取材，随性借鉴（"袭取"），至少在莎士比亚时代，仍是诗人、剧作家的一个主要创作路径。

5. 本源故事与《无事生非》之异同

显然，《无事生非》中"克劳迪奥-希罗"剧情使用了与阿里奥斯托诗歌和班戴洛小说关联密切的段落、情节，这些故事广为人知，模仿者众多。莎士比亚偏离了这些素材来源和此类来源的固有模式，变化皆趋于一个方向，即这对恋人的社会地位、行动能力均有所下降，两人间的地位差距缩小。在阿里奥斯托的故事中，吉娜芙拉是国王之女，阿里奥丹特在苏格兰宫廷中的声望归功于国王宠爱，但显然不如吉娜芙拉。在班戴洛的故事中，情形相反，提姆布里奥爵士向梅塞尔·里奥那托之女求婚算一种屈尊。先看阿里奥斯托笔下这对恋人，一旦彼此相爱，吉娜芙拉便置波利纳索求婚和戴琳达劝阻于不顾，坚定异常。再看班戴洛笔下的菲妮希娅，意识到提姆布里奥爱上她，则开始望着他，小心向他鞠躬。在莎士比亚笔下，克劳迪奥对希罗只字不提，却让亲王替他求爱。在克劳迪奥真正出现在希罗面前之前，希罗没未表达过自己的感情——而在同一场戏中的稍早之时，她和家人正兴奋地期待着唐·佩德罗的求婚。菲妮希娅的父亲并不富有，故而婚后，由国王为她提供嫁妆。克劳迪奥从一开始便担心希罗的期待："殿下，里奥那托膝下可有儿子？"【1.1.220】在两个原型故事中，这桩婚事的对手是地位相当（吉伦多）、甚或更有权力（波利纳索）的情敌。在《无事生非》中，对手则是一个耍毒计的小恶棍。阿里奥斯托在他的故事中，让奥本尼公爵的一个随从替代公爵本人，成为玛格丽特夫人女仆的恋人，玛格丽特的生命未受到任何威胁，事情败露既非来自有侠义之勇的雷纳尔多，亦非来自极度悲伤的吉伦多的忏悔，而来自波拉齐奥的醉酒吹嘘，尽管道格贝里把事情搞砸了。同样值得注意的是，由弗朗西斯修道士所提计划产生的影响并未发生。——"当听说她因他几句话死去，对她鲜活的记忆，势必甜美地爬进他想象的反思，她每一样迷人的五官，将身穿更珍贵的衣装出现，爬进他的眼睛和灵魂的视野,比她活生生在世之时,更动人、更精美、更充满活力。① 那他势必悼念,——假如他肝脏里宣称过爱情②,——希望不曾那样指控过她,不,哪怕认定指控属实。【4.1.21-26】"

第五幕第一场,克劳迪奥冷漠地开着玩笑,没显出对所谓希罗之死有悔意,哪怕显露轻微的遗憾。再看吉伦多和提姆布里奥,闻听菲妮希娅的死讯深感痛心,这种悔恨导致忏悔——吉伦多先向提姆布里奥、随后两人一同向里奥那托忏悔——和宽恕。阿里奥斯托笔下的阿里奥丹特如此深爱吉娜芙拉——尽管他认为指控属实,——以至于为捍卫吉娜芙拉的生命和荣誉,准备与亲兄弟决一死战。在莎士比亚笔下,一方面,弗朗西斯修士也许读过太多意大利小说。另一方面,凭他的判断,似乎爱情从未对克劳迪奥的肝脏有过兴趣,意即克劳迪奥从未动过真情。

马雷斯指出,莎剧对同源故事中人物的态度有种系统性削弱。浪漫迷恋和强烈嫉妒均能在不成熟的人身上找见:强调克劳迪奥年轻,虽未提及希罗的年龄(菲妮希娅16岁),但从本尼迪克言及"李昂纳图的矮个女儿"【1.1.158】,可知希罗身材矮小,由唐·约翰所说"一只早熟的三月孵出的雏鸡"【1.3.41】,可知她一定青春年少。吉娜芙拉公主则显出成熟,两个故事中的骑士都是有实战经验的军人。在克劳迪奥的权力和地位被从本源中削弱的同时,他的反应更令人反感。提姆布里奥派人私下向里奥那托指控吉娜芙拉不贞;卢尔卡尼奥为保护哥哥的名誉对吉娜芙拉提出指控,其本质是向所有来者发出挑战,他要用生命去捍卫。在莎剧中,克劳迪奥以最公开、最具轰动效应的方式拒绝了希罗,没人出来维护希罗的名誉,直到本尼迪克向他提出挑战:除了两位老人和表妹比阿特丽斯,希罗没有任何亲戚,甚至连支持菲妮希娅的母亲和姐姐也被莎士比亚夺了去。鉴于这种对公认的类比趋向的系统性偏离,克劳迪奥似乎不太可能是一个特别令人钦佩或同情的人物。

---

① 原文为"When he shall hear she died upon his words,/Th' idea of her life shall sweetly creep/Into his study of imagination,/And every love ly organ of her life/Shall come apparelled in more precious habit,/More moving, delicate, and full of life,/Into the eye and prospect of his soul/Than when she lived indeed"。朱生豪译为:"当他听到了他的无情的言语,已经致希罗于死地的时候,她生前可爱的影子一定会浮现在她的想象之中,她的生命中的每一部分,都会在他的心目里变得比活在世上的她格外值得珍贵,格外优美动人,格外充满了生命。"梁实秋译为:"他听说她是为他的几句话而死的时候,他将幻想她的生时种种情形,生时的一颦一笑都将以格外可爱的姿态出现,看起来比生时更为活力充沛,楚楚动人。"

② 原文为"If ever love had interest in his liver"。"肝脏"(liver):旧时认为肝脏是激情和情欲之源,为爱情之王座,亦是勇气和愤怒的中心。朱生豪译为:"要是爱情果然打动过他的心。"梁实秋译为:"如果他真曾掏心挖肝的爱过。"

梁实秋在其所写《无事生非》译序中,对莎士比亚如何成功改造旧的本源故事随手撷来为其所用,做出评述:"莎士比亚善于改编旧的故事,以点石成金的手段使粗糙的情节成为动人的戏剧。《无事生非》是最好的一个例证。我们可以先看看他的经济的手法。原来的故事背景是从墨西拿到乡下,再从乡下回到城里,在时间上拖到一年半以上,在情节上把不需要的'西西里晚祷'大屠杀事件也描述在内。这一切在莎士比亚手里都得到修正。背景都集中在墨西拿的几个地点;时间紧缩到九天,而其中四天是空着的,五个不同的背景和五天的工夫就够了。在情节上把唐·佩德罗所刚刚结束的战事改为对唐·约翰的叛变的讨伐,这样既可造成凯旋后的欢乐的气氛,又可使那被宥的叛徒在戏里成为一个可理解的无事生非的小人。在剧中人物里有一个重要删除,那便是里奥那托之妻,即希罗的母亲。四开本和对折本在第一幕第一景和第二幕第一景的'舞台提示'中都列入了她,且在前一场合还写出她的名字叫伊摩琴(Imogen),可她没有台词,且以后也不再上台,显然是莎士比亚认为这是不必需的角色终予以删除。有人指陈在莎士比亚的戏里很少有母女关系的描述,描述得比较深刻的是父女关系,很少女主角是有母亲的。

"原来的故事的顶点是午夜幽会那一景。莎士比亚认为这一景难得很好的舞台效果,于是不在台上演出,改为口头描述,并且把教堂当众拒婚一场大肆渲染,成为全剧的高潮,其紧张可以媲美《威尼斯商人》中之法庭审判一景。这一景放在第四幕,以后便是照例的喜剧的收场了。"①

6. 莎士比亚的发明:"比阿特丽斯与本尼迪克"的故事

众所周知,莎评界对该剧的兴趣集中在比阿特丽斯和本尼迪克身上(除了怀疑克劳迪奥是否是个无赖),这也是两个能使男女演员成名的角色。他们的故事无明显来源:这似乎是莎士比亚的独创——如同《驯悍记》中的"彼特鲁乔与凯瑟琳"的剧情偏离传统"悍妇"故事的暴虐性一样。它在许多方面与"克劳迪奥-希罗"剧情形成强烈对比。这并非一种传统(或原型)故事。比阿特丽斯和本尼迪克,凭其戏谑的玩笑、比阿特丽斯对才智和性别平等的假设,以及他们对传统恋人的态度,还有语言的不信任,向来被视为王政复辟时期喜剧中"诙谐夫妇"的先驱,同时,他们在剧情中表现出的真挚、强烈的感情,显露出其他角色的肤浅。希罗遭恋人拒绝,几无任何抗议——证据无论多么有说服力,这位恋人都自知它由情敌提供。她父

---

① 梁实秋:《无事生非·序》,《莎士比亚全集》(第二集),北京:中国广播电视出版社,1995年,第9—10页。

亲仅凭传闻拒不相认,立刻落入反女权主义的陈词滥调。出面辩护的是她表姐,且以最简单、最明显的理由为她辩护:比阿特丽斯"深知"希罗,故此深知指控荒谬。弗朗西斯修士替她辩护,乃因他从她受指控时的反应判定她无辜,没有罪。本尼迪克对希罗立刻表示关心,成为她的拥护者,因为从根本上说,他深信比阿特丽斯的判断。由这些事再次回顾故事本源。菲妮希娅的家人都不相信提姆布里奥爵士的指控;尽管阿里奥丹特认为吉娜芙拉有罪,仍准备为捍卫她的名誉而战。

尽管比阿特丽斯与本尼迪克的双重骗局剧情并无具体来源,却可从中找到暗示、相似之处及所做预期。莎士比亚本人在《驯悍记》中,对这对斗智的诙谐恋人在喧闹层面上做出预期,在《爱的徒劳》中做出更为优雅的预期——尤其体现在俾隆和罗莎琳这对恋人身上。在诗人、剧作家约翰·黎利(John Lyly,1554—1606)的喜剧作品中,也有明快、优雅的散文和同样般配的恋人。事实上,意大利文艺复兴时期外交家、作家巴尔达萨雷·卡斯蒂廖内(Baldesar Castiglione,1478—1529)的《廷臣论》(Il Cortegiano)可作为宫廷对话的典范,书里的睿智、戏谑可在一场愉快风趣的两性战争中留存。该书1561年出版英译本。杰弗里·布洛引述书中一段话对此加以扩展,这段话虽未提供情节,却表明人们可能会因听到对方自信地说彼此相爱而爱上对方。

布洛在其《莎士比亚的叙事与戏剧本源》中指出:"我见过一个女人,对一个起初似乎毫无感情的人,只因她听说,许多人认为,他们相爱了,便在心底涌起最狂热的爱。我相信原因在于,如此普遍的一个判断似乎足以证明,他值得她爱。似乎在某种程度上,那份代表恋人名义的报告,比他自己用书信或言语,或其他任何人为他所做的什么,更真实,更值得信赖:因此,有时这种共同的声音不仅不会伤害人,反而更能达成目的。"芭芭拉·莱瓦尔斯基(Barbara Lewalski)在她编注版《无事生非》中强烈认为,"本剧明显受到新柏拉图爱情哲学的影响,该哲学一个经典来源即《廷臣论》第4卷中贝姆博(Bembo)的论述",且本剧"主题中心"——"恰如贝姆博所述——乃各种爱或渴望与认知方式的关系"。马什雷由此总结道:"不过,这里的相似处比克劳迪奥-希罗剧情的相似处远得多,倘若在创作中有意识地记住这些相似处,那它们所能提供的,不过有待发展的提示而已。在双重剧情里,一个预期善意的谎言与恶意的谎言相互作用,将这对诙谐的恋人引向更全面的认知状态,这个构思是对遭毁谤和获救赎的好女人这种老套主题,优雅而有效的变化,同时也对此类故事中隐含的价值观提供了一种激烈批评。莎士比亚的真正创意不在发明了'比阿特丽斯与本尼迪克'剧情,而在借用班戴洛和阿里奥斯托的故事评论这个故事的方式。"

事实上，正是基于此点，梁实秋指出，"就故事论，剧中主要人物当然是希罗与克劳迪奥，其悲欢离合构成全剧的骨干。但是单就人物而论，则此剧中人物之能最引人入胜者不是希罗与克劳迪奥，而是比阿特丽斯与本尼迪克。这两个角色是莎士比亚的创造。一个是出身高贵的亭亭玉立的少女，有灵活的头脑与敏捷的口才，但是她太高傲不肯向人低头，尤其是不肯屈服在一个男人的手里；另一是出身高贵的勇敢善战的男士，有灵活的头脑与敏捷的口才，但是他太高傲不肯在人面前服输，尤其是不肯在一个女人面前服输。一个因此而不肯嫁，一个因此而不愿娶。两个人都是在怕，怕的不是对方，怕的是自己，怕自己一时情不自禁而宣告投降。这两个内心善良而舌锋似剑的年轻人，遇在一起便各逞机锋互相讥诮了。这口舌之争，有时很精彩，有时很庸俗，胜利总是属于女的一方时居多。这种舌战也是莎士比亚当时观众所欣赏的，所谓高雅喜剧（high comedy）者是。如果这出戏里抽出了比阿特丽斯与本尼迪克，那将是不可想象的事。他们的谈话的主题是婚姻，其中有些俏皮话在今日看来已失去不少的辛辣，但是仍不失为莎士比亚最好的'喜剧的散文'。"①

三、剧情梗概

第一幕

阿拉贡亲王唐·佩德罗征讨反叛的私生子弟弟唐·约翰获胜，要来墨西拿总督里奥那托府上做客，参加为他准备的欢宴。信使来报，亲王很快就到。佛罗伦萨青年克劳迪奥与好友帕多瓦青年贵族本尼迪克，在这次征讨中立下战功。里奥那托的侄女比阿特丽斯打听本尼迪克是否从战场归来，这两个人之间，向来喜欢逗趣打嘴仗，每次遇见，都要来一场小规模智斗。

在里奥那托家门前，里奥那托向唐·佩德罗表示热情欢迎。唐·约翰已与亲王哥哥和解，一起前来。本尼迪克见到比阿特丽斯，便斗起嘴来，先以"我亲爱的'倨傲小姐'②！您还活着？"调侃。比阿特丽斯立刻反唇相讥："有像本尼迪克先生这样合口③的肉食喂她，'倨傲'怎么能死？只要您在她面前露面，礼貌自身一定变

---

① 梁实秋：《无事生非·序》，《莎士比亚全集》（第二集），第10—11页。
② "倨傲小姐"（Lady Disdain）：本尼迪克给比阿特丽斯起的外号。朱、梁均译为"傲慢小姐"。
③ 合口（meet）：与"肉"（meat）谐音双关，挖苦本尼迪克是一道肉食。

倨傲。"尽管克劳迪奥发过誓,永不给哪个女人当丈夫,但他爱上了里奥那托的独生女、个子稍矮的希罗,认为她是天底下最甜美的姑娘。唐·佩德罗听后,以反讽的口吻调侃克劳迪奥向来是个蔑视美貌的顽固异教徒。本尼迪克再次强调,自己要过单身汉的日子。克劳迪奥向唐·佩德罗承认,参战之前,已对希罗心生爱慕。唐·佩德罗表示愿在当晚欢宴①时,乔装成克劳迪奥,向希罗求爱,然后把实情向她父亲说破。不想,这番谈话刚巧被安东尼奥的仆人偷听去,随即禀告主人,安东尼奥赶紧告诉弟弟里奥那托,"亲王向伯爵透露,他爱上我的侄女,您的女儿,打算在今晚跳舞时向她挑明。若觉出合她心意,亲王便打算抓住时机,立刻向您说破此事。"

里奥那托家。战场落败的唐·约翰表面上与唐·佩德罗和解,心底仇恨如故,他向随从坦言,情愿在树篱下做一株野蔷薇,也不在哥哥的恩惠下做一朵玫瑰。比起装出一副样子盗取谁的欢心,受所有人鄙弃,才更合自己性情。这时,波拉齐奥来报信,他刚偷听到亲王和克劳迪奥商定,由亲王向希罗求婚,到手后,再转送克劳迪奥伯爵。唐·约翰决心挫败克劳迪奥,因为"这件事能滋养我的怨恨。那年轻的暴发户在战斗中打败我,占有一切荣耀"②。

第二幕

里奥那托家中大厅。化装舞会。欢宴者各戴面具伴着鼓声上场,各自配对,开始起舞。唐·佩德罗邀希罗跳舞。比阿特丽斯对自己戴面具的舞伴说本尼迪克是"一个极其无聊的傻瓜③。唯一的天赋是捏造不可思议的丑闻。除了浪荡子,没人喜欢他,没人夸他有脑子,只夸他粗俗,因为他既逗人开心,又惹人生气,因此,人们既笑他,又打他。我敢说,他就在戴面具人群里。"舞伴正是本尼迪克本人,他假意表示一定转告。唐·约翰误以为哥哥爱上希罗,同时又把克劳迪奥当成本尼迪克,将此事告知。克劳迪奥信以为真,以为遭恋人遗弃。在他陷入郁闷、哀愁之时,亲王告诉他,"我以你的名义求婚,赢得了美丽的希罗。我已向她父亲挑明,也得到应允。指定结婚日,上帝给你快乐!"克劳迪奥与希罗一吻定情,打算第二天即举行婚礼,但里奥那托希望再等七个晚上,要下礼拜一。亲王向克劳迪奥保证,时间不会

---

① 欢宴(revelling):一般随欢宴,同时搞化装舞会。
② 原文为"That young start-up hath all the glory of my overthrow"。朱生豪译为:"自从我失势以后,那个年轻的新贵享足了风光。"梁实秋译为:"那年轻得意的家伙害得我好苦。"
③ "弄臣""傻瓜"均为受雇说笑逗趣的宫廷小丑。

过得乏味。他要利用这间隙，"做一项赫拉克勒斯的工作①，那就是，带本尼迪克先生和比阿特丽斯小姐进入一座彼此情爱的高山"②。略施计谋，让本尼迪克爱上比阿特丽斯。里奥那托、克劳迪奥和希罗，都表示愿演好各自角色，玉成好事。

唐·约翰反感克劳迪奥以至病态，任何针对克劳迪奥的阻止、挫败、障碍都对他有疗效。波拉齐奥说，希罗的侍女玛格丽特对他颇有好感，他要让玛格丽特穿上希罗的衣服，在预定婚礼的头一晚，出现在希罗寝室窗口，让克劳迪奥和唐·佩德罗在附近目睹耳闻他亲热地称呼玛格丽特"希罗"，从而认定希罗不贞洁。唐·约翰赞同波拉齐奥用不正当手段挫败这桩婚事，愿以一千达克特作酬劳。

里奥那托家花园。唐·佩德罗、里奥那托和克劳迪奥知道本尼迪克在附近一处藤架藏身，故意把话说给他听：比阿特丽斯爱上了他，如此痴情，是一种超出想象的狂暴之爱；她给明知会嘲笑自己的那个人写信，"一夜要起床二十次。穿着睡裙坐在那儿，写满整页纸再睡"；癫狂压得她那么厉害，若得不到回报，肯定活不成；但哪怕他当面求婚，她宁死也不愿让他知道这份情。听完，本尼迪克判定这不是恶作剧，因为他们所谈都是从希罗那里得来。同时，他听他们指出自己举止傲慢，便决心改掉这个毛病。他深知要疯狂爱上她，但同时，因自己向来嘲弄婚姻，估计身上还会残留些古怪的俏皮话和才智的断片。

第三幕

里奥那托家花园。希罗吩咐玛格丽特去叫比阿特丽斯，让她藏在藤蔓缠绕的凉亭听她和侍女厄休拉在小径上谈话。她要开口必谈本尼迪克对比阿特丽斯深爱成病，用这话题做一支小丘比特的灵巧之箭，仅凭传闻射伤她。二人故意高声谈话，希罗责怪姐姐的性子像岩石上的野鹰一样倨傲、狂野；她深爱着自己；她把每个男人糟的一面转过来，从不把正直和优点赢得的忠实和美德给人。厄休拉夸赞本尼迪克，论身姿、举止、谈锋和勇气，在整个意大利，声望第一。听到这些，比阿特丽斯决心向"处女的骄纵"告辞，表示"本尼迪克，爱下去；我要报答你，/用你的情爱之手驯服我狂野的心"。

---

① 赫拉克勒斯的工作（Hercules' labors）：意即：难以完成的壮举。此句原文为"I will in the interim undertake one of Hercules' labors"。朱生豪译为："我想在这几天的时间以内，干一件非常艰辛的工作。"；梁实秋译为："在这期间内我要负起一项艰巨的任务。"
② 一座彼此情爱的高山（a mountain of affection th' one with th' other）：朱生豪译为："彼此热烈相恋起来。"梁实秋译为："互相的海誓山盟。"

里奥那托家。婚礼前一天,唐·约翰告知亲王和克劳迪奥,希罗不仅不忠实,甚至比邪恶更糟,只要今晚与他同去,就会看到有人进入她寝室窗口偷情。"您若仍爱她,就明天娶她;但改变主意,才更与您名誉相称。"克劳迪奥当即表明:"若我今晚见了什么,证明我明天不该娶她,那我就在那儿,要娶她的教堂,当着会众的面,羞辱她。"亲王随即表态,要一道羞辱她。

当晚,治安官与搭档弗吉斯与一众巡夜人走在街上。道格贝里一面强调巡夜人的职责,要逮捕所有游民无赖,可凭亲王的名义叫任何人站住,另一方面,又叮嘱巡夜时要长个心眼,若遇上贼,按职责,可以逮他。但凡摸沥青者将弄脏手。因此,逮住贼之后后最和平的办法是,让他露一手,便偷偷溜走。巡夜人甲乙听见醉酒的波拉齐奥向康拉德透露,今晚他把玛格丽特称作希罗,向她求了婚。"她从她女主人寝室窗口探出身,向我道了一千声晚安"。这是他主人唐·约翰为证实对希罗的诋毁之言,预设好的"情人相会"的骗局。巡夜人手持长戟,将两人带走审查。

道格贝里和弗吉斯向里奥那托报告,打算今晨当他面审问昨夜抓获的两个可疑之人。里奥那托忙着准备婚礼,让道格贝里代他审问,做好口供笔录。

第四幕

教堂内。主持婚礼的弗朗西斯修道士命克劳迪奥和希罗,若知晓心底有任何阻碍结婚的障碍,便以灵魂作保说出来。希罗说没有。里奥那托替克劳迪奥应答"否"。这时,克劳迪奥断然拒绝,要里奥那托将希罗带回家,并开始当众羞辱希罗,说:"她的贞洁仅是招幌和表象。——看她在这儿红了脸,多像处女!""她尝过贪淫床上的情热。她脸红,是自觉有罪,并非出于贞洁。""我不结婚,不能把我的灵魂,和一个坐实了的荡妇结合在一起。"里奥那托希望仁慈的亲王能说点什么。亲王竟表示:"着手让我亲爱的朋友与一个下贱妓女结亲,我蒙羞受辱。"听完克劳迪奥和亲王描述昨夜"希罗"在寝室窗口与最放荡的无赖恶棍邪恶相会的过程,希罗当即晕倒。亲王与唐·约翰和克劳迪奥一同离去。希罗醒来,遭父亲一顿斥骂,骂宽广的大海洗不净她肮脏腐坏的肉身。修道士从希罗面对羞辱的反应断定她清白无辜,遂建议里奥那托让她藏家里躲段时间,对外正式宣告希罗已死,做出保持一种哀悼仪式的样子,并在家族坟墓上挂起悼亡诗文。他断定,听到希罗的死讯,对她鲜活的记忆,势必甜美地爬进克劳迪奥想象的反思,"她每一样迷人的五官,将身穿更珍贵的衣装出现,爬进他的眼睛和灵魂的视野,比她活生生在世之时,更动人、更精美、更充满活力。那他势必悼念,——假如他肝脏里宣称过爱情。……这最适宜她受伤的名誉,以某种隐居和虔敬的生活,远离一切眼睛、舌头、意图和侮辱"。众人离开教堂后，本尼迪克对哭泣的比阿特丽斯说，他相信美丽的希罗受了冤枉，同时承认，他除了爱她，对世间一无所爱，愿完成她命他做的任何事。她马上命他杀死克劳迪奥。他不肯。她表示这等于自己被杀，转身告辞。他试图缓和，她说事实证明克劳迪奥是极端的恶棍，诽谤、蔑视、羞辱她的家人，"亲爱的希罗！受了冤枉，遭了诽谤，把她毁了！"他举手起誓爱她，她马上回应："为赢得我的爱，把手用到别的地方，不要用它发誓。"二人亲吻，他发誓向克劳迪奥提出挑战，要让他"付出高价账单"。

墨西拿监狱一审讯室。当着教堂司事的面，道格贝里和弗吉斯审讯波拉齐奥和康拉德。巡夜人乙说，波拉齐奥因恶意指控希罗小姐，收了唐·约翰一千达克特。巡夜人甲说，克劳迪奥正是依据波拉齐奥所说，当着全体会众的面羞辱希罗，拒绝结婚。教堂司事命将二位捆绑，送里奥那托家。康拉德骂道格贝里是头蠢驴，道格贝里回应，说自己是个聪明人，更是个官差，而且，在整个墨西拿，"是与任何男人同样英俊的一块肉"。

第五幕

里奥那托家门前。里奥那托痛斥克劳迪奥冤死无辜的希罗，他要撇下为老之尊，向他提出挑战，"我说你诋毁了我无辜的孩子。你的诽谤伤透她的心，她已与祖先们安葬一处。……由你的恶行造成的她这一冤情！"亲王替克劳迪奥开脱，并以名誉起誓，希罗所受指控，证据充分，无一不实。里奥那托走后，本尼迪克来找克劳迪奥。两人见本尼迪克脸色难看，不知何故，依然拿他和比阿特丽斯的恋情开玩笑。本尼迪克严肃表态，必须与亲王终止交往，告知唐·约翰已逃离墨西拿，认定亲王和克劳迪奥联手杀了一位温柔、无辜的姑娘，并向克劳迪奥提出挑战。亲王和克劳迪奥陷入迷惑，这时，道格贝里、弗吉斯和巡夜人将波拉齐奥和康拉德押来。波拉齐奥对所做恶行供认不讳：唐·约翰如何唆使他诽谤希罗小姐；亲王如何被引到花园，眼见他向穿着希罗衣服的玛格丽特求爱。同时，他以灵魂起誓，证明一向高尚、贤惠的玛格丽特是个不知情的参与者，那晚和他在窗口谈话时，并不知自己在做什么。

克劳迪奥请求里奥那托随便选择复仇方式，惩罚自己因误会导致的罪恶之责。里奥那托要他答应两件事：一是去希罗坟墓上悬挂一首悼亡诗，对着她的遗骨咏唱；二是要娶弟弟安东尼奥的女儿为妻。克劳迪奥接受提议，愿一切听从安排。

在里奥那托家花园里，本尼迪克恳请玛格丽特请出比阿特丽斯，这对恋人以调侃的口吻交流着彼此甜美的"虐心之恋"。这时，厄休拉来告，事实证明，希罗遭人诬陷,亲王和克劳迪奥被骗惨,一切恶行都是唐·约翰所为。

在教堂内的里奥那托家族墓地,克劳迪奥向他认为已死的希罗献上悼亡诗:"诽谤的舌头害她死命:/死神,为回报她的冤屈,/赐予她不死的美名。"

里奥那托家。亲王和克劳迪奥前来拜访。里奥那托问克劳迪奥是否娶他侄女决心未变,克劳迪奥说除非她是埃塞俄比亚人。几位戴面具的女士来到面前,安东尼奥将自己"女儿"交给克劳迪奥,克劳迪奥想看看脸,里奥那托表示,要等在修道士面前牵住她的手,发誓说要娶她之后才可以。克劳迪奥对"新娘"说:"在这神圣的修道士面前,您把手伸给我。您若喜欢我,我就做您丈夫。"希罗回答:"我在世时,我是您另一个妻子。"揭开面具接着说:"您相爱时,您是我另一个丈夫。"克劳迪奥惊叹"又一个希罗!"希罗表示"半毫不差。一个希罗蒙羞死去。但我活着,确确实实,我是个处女。"弗朗西斯修士敦促众人马上去小教堂,举行完婚礼仪式,他再将"希罗之死"讲给大家。本尼迪克问修士,哪位是比阿特丽斯。比阿特丽斯摘下面具回应。尽管到这时,两人方知所谓比阿特丽斯对本尼迪克害上相思病,本尼迪克险些为比阿特丽斯去死,都是热情朋友为竭力促成他们相爱在好心做局,但他们已彼此深深相爱。克劳迪奥和希罗分别作证,说看到他俩写给对方的十四行诗。本尼迪克正式向比阿特丽斯求婚:"我要娶你。但,以这天光起誓,娶你出于怜惜。"比阿特丽斯调皮地回应:"我不愿拒绝您,但以这好天光起誓,我屈从了强大的说服力,部分出于要救您一命,因为听说您得了肺痨。"本尼迪克提议婚礼之前跳支舞。风笛手吹奏。这时,使者来报,唐·约翰被抓,正由武装士兵押回墨西拿。

四、一部欢笑的"假面喜剧"

1. 克劳迪奥与希罗:一个陈腐老套的喜剧故事

莎士比亚写《无事生非》,当然不是为了简单复制一版陈腐老套的意大利式喜剧故事,他最擅长拿旧瓶装新酒,借旧架盖新房。简言之,他以克劳迪奥与希罗恋爱的老套故事为主剧情,尤以克劳迪奥为一号男主角,主要用他关联起其他次要剧情和次主要人物。可以说,他是承转启合剧情脉络的纽带,尽管比起他与希罗的故事,本尼迪克与比阿特丽斯的恋爱显出喧宾夺主,特别是对比阿特丽斯的刻画远远比希罗出彩。

哈罗德·布鲁姆在其莎研名著《莎士比亚:人类的发明》中专章论及《无事生非》时,以专节对比阿特丽斯及相关剧情做出简要分析。本尼迪克的朋友、年轻贵族克劳迪奥把热情目光投向比阿特丽斯的堂妹、年轻漂亮的希罗,声言:"我爱她,我觉得是。"这种感觉引发出合理疑问:她是否是父亲的唯一继承人?在这一关键问题上,克劳迪奥向他的长官、阿拉贡亲王唐·佩德罗求助,后者答应代他求爱。真爱若这样得到满足,后续便无戏可看,但幸运的是,唐·佩德罗的同父异母私生子弟弟唐·约翰出场,告诉我们:"万难否认,我是个坦率的坏蛋。"他发誓要搅乱克劳迪奥和希罗的婚事。① 剧情及戏剧冲突正是从第一幕第一场克劳迪奥向唐·佩德罗坦承对希罗心生爱慕开启、推演。

英国当代莎学家乔纳森·贝特(Jonathan Bate)在为其编注皇家莎士比亚剧团版《莎士比亚全集》(简称"皇莎版")所写《无事生非·导论》中指出:"剧名含多重暗示,原指在希罗本'无事'(nothing)出错之上生出'好多是非'(much ado)。因女性两腿间缺男性之'物'(thing),莎士比亚常把'无'(nothing)当成'女阴'(nothing, i.e. vagina)的委婉用语,故此含有第二种下流感。旧时'Nothing'(无事)读音为'noting'(与乐音;注意谐音双关),又提供出进一步丰富含义:该剧在观望和偷听的意义上充满了"注意"(noting),无论刻意安排本尼迪克和比阿特丽斯偷听自己极感兴趣的对话的著名场景,还是让克劳迪奥'见证'(witness)未婚妻不贞的计划,皆如此。"②

剧名之外,剧中女主人公取名"希罗(Hero)"更耐人寻味。无疑,该名取自古希腊神话中"希罗与利安德"(Hero and Leander)的故事:住在赫勒斯滂(Hellespont)(达达尼尔)海峡欧洲一端的阿芙洛狄特神庙女祭司希罗(Hero),与对岸小亚细亚古城阿拜多斯(Abydos)青年利安德(Leander)相恋。每夜,利安德游过海峡与恋人幽会,希罗立于高塔以火炬引航。一风雨之夜,火炬熄灭,利安德迷航,溺水身亡。次日晨,希罗见岸边漂浮的恋人尸首,跳塔殉情。显然,莎士比亚以"希罗"作忠贞之喻。然而,具有反讽意味的是,若说此希罗近乎彼"希罗",这个克劳迪奥却远非那个"利安德"。第四幕第一场教堂婚礼克劳迪奥公开羞辱希罗那场大戏,便是充分明证:

> 克劳迪奥　让我问您女儿一个问题,请您凭那身为父亲的天赋权力,命她

---

① 参见 Harold Bloom, *Shakespeare: The Invention of the Human*, The Berkley Publishing Group, p.194。

② 参见 Jonathan Bate and Eric Rasmussen 编:"Introduction", The Two Gentlemen of Verona, 北京:外语教学与研究出版社,2008 年,第 256 页。

如实回答。

里奥那托　（向希罗。）我命你照做,因为你是我的孩子。

希　　罗　啊,上帝保护我！我受到怎样的围攻！——你们说这是哪种教义问答①?

克劳迪奥　您的姓名,如实回答②。

希　　罗　不叫希罗吗？谁能以任何公正的非难弄脏这个名字？

克劳迪奥　以圣母马利亚起誓,希罗能。希罗这名字③能弄脏希罗的美德。昨夜十二点到一点之间,在窗口跟您说话的是谁？此刻,您若是处女身,解释这问题。

希　　罗　那个时候,我没与任何人交谈,伯爵。【4.1】

可见,克劳迪奥认定"希罗这名字能弄脏希罗的美德",此时此刻,他宁愿相信从唐·约翰嘴里听来的传言,却丝毫不信任即将成为自己妻子的新娘。要知道,曾几何时,在他眼里,希罗是拿全世界买不来的"一颗宝石","是我见过的最甜美的姑娘","虽说我曾发过反誓④,可假如希罗愿做我妻子,我几乎信不过自己"。正是基于此,他向亲王明确"我爱她,我觉得是","一切提醒我,年轻的希罗多美丽,/等于说,参战前,我已对她上心"。当然,他还不忘为自己腼腆的绅士风度贴金:"我从未用过大的字眼⑤引诱过她,只是,像哥哥对妹妹那样,表现出含羞的真情和适度的爱恋。"

　　然而,过往的一切如此脆弱,不堪一击,他开始仅凭波拉齐奥所说希罗在窗口与男人会面的情形,即"当着全体会众的面羞辱希罗,不跟她结婚(巡夜人甲语;4.1)。"——他向会众直言:"她的贞洁仅是招幌和表象。——看她在这儿红了脸,多像处女！啊,狡猾的罪恶,能用怎样忠实的自信和表现隐藏自己！那血色不是贞洁的证据,要为单纯的美德作证？凭这些外在展现,凡见了她的,你们谁能不发誓,她是个处女？但她绝不是。她尝过贪淫床上的情热。她脸红,是自觉有罪,并非出

---

① 教义问答(catechising):指严厉的问询。
② 英格兰新教安立甘宗教义问答的第一个问题是"你叫什么名字?"(What's your name?)。此处言外之意是:你叫希罗,这名字配得上"希罗与利安德的故事"中那个忠贞的"希罗"吗?
③ 希罗这名字(Hero itself):克劳迪奥亲耳听到波拉齐奥管玛格丽特叫希罗,他误以为是希罗本人。
④ 原文为"I had sworn the contrary"。意即:我发过誓,永不给谁当丈夫。
⑤ 过大的字眼(word too large):指调情所用的淫词浪语。

于贞洁。"他痛斥希罗:"您真可耻,善行徒有其表! 我要写文痛斥①。对于我,您好比星球上的狄安娜②,像未绽开的花蕾一样纯洁。但您的肉身比维纳斯更放纵,野蛮的性欲也比那些饱餐的兽类更狂暴。"③他诅咒希罗:"若把你外在美德的一半,放在内心的思想和秘密之上,你将是怎样一个希罗! 但再见吧,你④这最脏、最美的人! 再见,你这纯洁的罪恶,罪恶的纯洁! 因为你,我要锁死一切爱情之门,眼皮上要挂起猜疑,把一切美丽变成有害的思想,永不再美丽动人。"

克劳迪奥连珠炮似的羞辱,比希罗在剧中说的全部台词都多。这是莎士比亚刻意为之吗? 不得而知。但这一点,从希罗在全剧中所占戏份来看,是明摆着的。希罗在全剧说的第一句台词是"姐姐问的是帕多瓦⑤的本尼迪克⑥先生"。当时,比阿特丽斯向信使打听"'仰剑一刺先生'可从战场归来"。第一幕共三场戏,希罗只有这一句台词。另有一处经由克劳迪奥之口,仅在"假如希罗愿做我妻子"这句话里提到她的名字。尽管希罗在整个第一幕几无戏份,但她与克劳迪奥间的关系同比阿特丽斯与本尼迪克形成强烈反差。简言之,誓言过单身日子的本尼迪克在全剧一开场,即已与比阿特丽斯互生情愫;同样发誓不结婚、不给任何女人当丈夫的克劳迪奥,则只是单向爱上希罗,希罗本人并不知情。在整个第二幕,希罗总共没说几句有实质性内容的像样台词,但剧情有了实质进展,通过一场假面舞会,唐·佩德罗亲王替克劳迪奥向她求爱——"我知道,今晚我们有欢宴:/我要乔装一番,假扮成你,/告诉美丽的希罗我是克劳迪奥;/在她胸窝里敞开我的心扉,/用武力、用我多情故事的猛烈/进攻⑦,把她的听觉变成战

---

① 写文痛斥(write against it):即公开谴责。

② 星球上的狄安娜(Dian in her orb):即月亮女神。狄安娜,古罗马神话中的月亮、狩猎与贞洁女神。

③ 原文为"But you are more intemperate in your blood/Than Venus, or those pamp'red animals/That rage in savage sensuality"。维纳斯(Venus):古罗马神话中的爱神,与战神马尔斯(Mars)偷情,被丈夫、火神伏尔甘(Vulcan)抓奸。事见奥维德《变形记》。朱生豪译为:"可是你却像维纳斯一样放荡,像纵欲的野兽一样无耻。"梁实秋译为:"可是你比维诺斯还更热情,比饱餐淫荡的野兽还更恣肆。"

④ 你(thee):克拉迪奥在这段独白中,不管变换指称主语,此处以"你"(thee)相称,说明克劳迪奥已十分不客气。上句"你将是怎样一个希罗"中,为"你"(thou)。由此见出克劳迪奥的情绪变化。随即后文"你这纯洁的罪恶",又改回"你"(thou)。下文"因为你",再次改为"你"(thee)。

⑤ 帕多瓦(Padua):意大利北部城市,建于1222年的帕多瓦大学为中世纪欧洲著名大学之一。

⑥ 本尼迪克(Benedick):取自拉丁文Benedictus,意即"受祝福之人"。

⑦ 猛烈进攻(strong encounter):借军事术语暗指用情话发动求爱攻势。

俘①。/那之后，我要向她父亲说破，/结论是，她将归你。"然而，有意思的是，面对爱情，尽管亲王说得如此明确，克劳迪奥却非绝对信任他，甚至短暂误解"亲王为他（自己）求婚"。

第三幕一开场，希罗的戏猛然多起来，她成了亲王、父亲里奥那托和未婚夫克劳迪奥的同谋，通过故意让比阿特丽斯听到她和侍女厄休拉在凉亭的谈话，以使比阿特丽斯相信本尼迪克为她相思成病。在全剧中，希罗只在第三幕这第一场戏里是当仁不让的主角，其他地方仅像个影子和符号一样存在。在接下来的同幕第四场，剧情主要由两位侍女玛格丽特和厄休拉帮希罗准备婚礼的时尚裙服和头饰，就台词占比来说，玛格丽特的台词远比她多。

第四幕第一场教堂婚礼堪称最重头大戏，见多识广的修道士从希罗面对克劳迪奥羞辱的反应，断定她受了冤，问："小姐，您遭了谁的指控？"这时，希罗才说出这场戏里最长一句台词："指控我的人知道。我一概不知。倘若我对世上哪个男人的了解超过处女贞洁所许可，让我一切罪孽不得宽恕②！——啊，父亲，如您能证实，我在不当之时，和哪个男人交谈过，或昨晚和哪个生灵交流过半个字，就摈弃我，痛恨我，把我折磨死！"但可惜，这种自我辩白十分无力。不仅如此，在这一刻，平日里唇舌最利、活泼爽快、无时不与本尼迪克拌嘴斗智的比阿特丽斯哑了火，只剩下无奈地悲声哭泣，倒是在最后，哭声中爱的强大力量驱使本尼迪克答应去向找克劳迪奥决斗。唯一的解释是，莎士比亚刻意如此，以便让弗朗西斯修道士成为第四幕最光彩照人的角色。否则，后续无以为继，因为后边的剧情——让希罗"藏家里躲段时间，正式宣告她的确切死讯。对外保持一种哀悼仪式的样子③。在你们古老的家族墓穴上挂起悼亡诗文，与葬礼有关的一切仪式都要办"；对希罗鲜活的记忆，势必甜美地爬进克劳迪奥想象的反思；"成功将以更好的形状塑造结果，超过我推测中所能做的构想"，——这一切都是修道士预先的设计。诚然，此处还有一深层原因，即希罗与克劳迪奥的婚事是里奥那托总督的家事，比阿特丽斯作为里奥那托的侄女，不能插嘴；本尼迪克作为外人，更不便干涉，不过，作为朋友，本尼迪克尽了责任："里奥那托先生，让修道士劝服您。尽管您知道我与亲王和克劳迪奥，私

---

① 原文为"And take her hearing prisoner with the force"。朱生豪译为："用动人的情话迷惑她的耳朵。"梁实秋译为："用强烈的话语迫使她不能不听。"

② 意即：让我带着不可宽恕的罪孽下地狱。

③ 原文为"Maintain a mourning ostentation"。朱生豪译为："再给她举办一番丧事。"梁实秋译为："举办发表的仪式。"

交、友情甚厚，但，以我的名誉起誓，我要秘密、公正地对待此事，如同您的灵魂之于您的躯体。"好在里奥那托接受了修道士的建议，这说明挚爱女儿的里奥那托是位稍一冷静便丝毫不糊涂的父亲。

果真，接下来第五幕第三场，他在听波拉齐奥交待罪行时，"像喝了毒药"。瞬间感到"亲爱的希罗！此时你的形象，以我初恋时的罕有外貌①呈现"。当里奥那托提出请他做自己的"侄女婿"，他当即表示"从今往后，可怜的克劳迪奥随您安排"。然后，他去教堂墓地，给希罗献上悼亡诗："希罗在这里长眠，/诽谤的舌头害她死命：/死神，为回报她的冤屈，/赐予她不死的美名。/于是，蒙羞而死的生命，/伴着荣耀之名，活在死亡里。"最后，二度迎娶希罗。剧情来到第四场，戴着面具的希罗再次露面，整场仅三句台词。克劳迪奥以为她是里奥那托的侄女，按事先约定向她求婚："在这神圣的修道士面前，您把手伸给我。您若喜欢我，我就做您丈夫。"希罗回应："我在世时，我是您另一个妻子。（揭开面具。）您相爱时，您是我另一个丈夫。"克劳迪奥惊呼"又一个希罗！"希罗随即强调自己处女的忠贞："半毫不差。一个希罗蒙羞死去。但我活着，确确实实，我是个处女。"希罗在整个第五幕的第三句、也是全剧最后一句台词，是为比阿特丽斯深爱本尼迪克作证："这儿也有一首诗，姐姐亲笔所写，我从她兜里偷了来，（出示另一纸。）诗里饱含对本尼迪克的爱恋。"

英国莎学家穆里尔·克拉拉·布拉德布鲁克（Muriel Clara Bradbrook，1909—1993）在其《莎士比亚与伊丽莎白时代的诗人》（*Shakespeare and Elizabethan Poetry*，1951）书中指出："如果《罗密欧与朱丽叶》是一出以喜剧作补充的悲剧，《威尼斯商人》则是一出融有悲剧的悲悯与恐惧的喜剧，那《无事生非》则是一出假面喜剧，其更深刻的问题让欢笑给遮盖了，只是在全剧的高潮处即教堂一场才显现出来。由于这种原因，像唐·约翰这样一个十分死板的坏人，才成为剧情必不可少的人物。像夏洛克、埃德蒙或理查三世这样名副其实的坏人，是会毁掉这出喜剧的：不认为唐·约翰是个无能的人实应细想一下，若他不是剧中那个样子，整出戏的编排会有怎样情形。女仆打扮成女主人样子的陈腐老套，虽是几百年来欧洲小说常用的技巧之一，但在剧中却是为达到特别目的才加以使用。这并不是如现代读者往往认为的那么不可信：格拉西安诺和尼莉莎（《威尼斯商人》）的故事应使我们记得，富家女仆确有可能模仿她们的女主人，而在窗口与男人谈话的情形，却早在莎士比亚以前的作品里便出现过，且即使是情形最严重的，也不会引起任何道德上的非难。

———————————

① 罕有外貌（rare semblance）：指异常美丽。

仅因为这种情形发生在希罗举行婚礼前夕,它才染上了不贞和轻佻的特色。然后,这种程式,是以直接的传统方式加以使用的;当克劳迪奥提出指责时,玛格丽特并不加以干预,而且克劳迪奥也不扑向介入者并像《族徽上的污点》①(*A Blot in the Scutcheon*)的主人公那样把对方刺死;这两种情形都是显而易见、自然和有可能的,但他们却不适于去这样做。"②

的确,单从塑造人物来看,唐·约翰必不能是埃德蒙(《李尔王》)、理查三世(《理查三世》)那样绝顶聪明的坏蛋,而克劳迪奥又非得是貌似有点缺心眼的傻伯爵,若不如此,莎士比亚便没有理由塑造弗朗西斯那样的修道士。某种程度上可以说,这部"假面喜剧"恰因有了修道士,才有了戏剧的人性深度,同时,不同角色的人物性格更凸显出来。

故此,美国学者托马斯·马克·巴罗特(Thomas Marc Parrott,1866—1960)在《莎士比亚的喜剧》(*Shakespearean Comedy*,1949)书中指出:"《无事生非》是一出剧情源自性格的戏,充满生动活泼、又逗人发笑的对白。实际上,此剧大部分笑料均出自台词;常有这样的情形,剧情虽然止住,我们却还在听一连串起伏不定的对白。戏文可很容易分成诗歌和散文两种,但这种划分虽易却并不均等,因为约有四分之三戏文为散文,这在莎士比亚喜剧里是一种新现象。莎士比亚笔下的村夫粗汉及小丑式的仆人,说话用的是散文,像茂丘西奥(《罗密欧与朱丽叶》)那样的快活绅士,却可以用诗歌说话,然后变成散文,接着又变成诗歌。然而在此剧中,无论男女绅士,大部分对白却第一次用散文表达。情形看来是,莎士比亚此时认为,对于比较轻松和不那么浪漫的喜剧,散文是合适的工具。这种看法可能在他心里扎了根,因为他创造的最伟大的喜剧人物福斯塔夫难得念出一句诗。下面的事实看来也证实了这种猜测:亨利(五世)王向法国公主求婚,这在英国戏剧里也许是最不浪漫的,说话用的全是散文。这一场的用意显然是想用结束时的喜剧情调来调和一出吵吵闹闹的戏,而且《亨利五世》与《无事生非》均在同一年里写就。"③

由此,便极易理解法国文学批评家乔治·斯坦纳(George Steiner,1929—2020)在其《悲剧的死亡》(*The Death of Tragedy*,1961)中所做类似论述:"对照的功用在《无事生非》中被美妙地加以表现。几乎整出戏都用散文写成。不多的诗

---

① 英国诗人、剧作家罗伯特·勃朗宁(Robert Browning,1812—1889)写于1842年的爱情悲剧,讲述一对男女间的爱情导致贵族之家名誉受损,这"族徽上的污点"须用鲜血洗刷。1843年上演。
② 张泗洋主编:《莎士比亚大辞典》,北京:商务印书馆,2001年,第706—707页,译文有改动。
③ 同上书,第706页,译文有改动。

节只是一种加快剧情发展的媒介。随着此剧的出现,英语散文在才子才女喜剧里确立起牢固地位。康格里夫、奥斯卡·王尔德和萧伯纳,均步莎士比亚之后,表现过有似比阿特丽斯和本尼迪克一类的人物。诗歌会有害于他俩爱情中的那种严肃而心直口快的特色。他俩互相爱悦,但只是半露半隐,所迷恋的既不是肉体,也完全不是情感,而是为互相的诙谐所迷。他们欢快的唇枪舌剑表明了才智是如何给散文增添上真正的音乐性。但最后一幕出现的诗歌,给人留下难忘印象。其景象是希罗的假坟,克劳迪奥、唐·佩德罗及乐师前来祭奠。他们唱起悼亡的抒情挽诗'主司黑夜的女神,宽恕,/那些杀死你童贞仰慕者的人。'亲王然后转身对乐师们说道:'早安,各位,将火把熄灭。/狼群捕获到猎物。瞧,白昼的微光/在福玻斯的车轮巡行之前,/给惺忪的东方染上昏暗的光斑。'这些诗句产生了一种止痛性的魔力,把剧情中奸谋的邪恶气氛一扫而光。在此诗歌的影响下,全剧转入到一种更为光明的情调之中。我们知道,阴谋的揭发已迫在眉睫,而事情的结局将是皆大欢喜。此外,这种对早晨的礼赞,对比阿特丽斯和本尼迪克来说则是温和的指责。唐·佩德罗召唤来了富于牧歌式且富有神话性的世界秩序。已不带一点儿恋人们的散文那种世故味,而是比较富于永恒性了。"①

至此,便更易理解乔纳森·贝特在导论中所强调的:"伪装是与剧情密切相关的一个主题:唐·佩德罗代表克劳迪奥、并假扮克劳迪奥向希罗求爱。这个计划被富于心计的波拉齐奥偷听了去。在每一处值得注意的叙述中,一种想象的细节——树枝交错的花园小径、悬着挂毯的有了霉味儿的房子——都营造出一种空间感,仿佛莎士比亚在为光秃秃的舞台写作。这部剧作,散体与诗体之比超过二比一,与此相适,该剧在肌理上提供更多的是现实主义,不是浪漫主义:与我们在其他喜剧中发现的爱情诗(有时是拙劣的夸张)不同,这里的重点则不那么夸张,更多的为心有所感之事,如新娘对婚纱的确切款式和剪裁的欢心。

"尽管唐·佩德罗促成克劳迪奥对希罗的渴望,令他着迷的却是比阿特丽斯。当他提出也为她提亲,给她找个丈夫时,有那么一刻,他是半认真地在向她求婚。这段对话是莎士比亚喜剧中最可爱的时刻之一。比阿特丽斯以一对恋人找到爱情的话题结束这次邂逅;她在剧情中的欢愉,掩盖了唐·佩德罗自己留存到剧终时的那种深深孤独。"②以下是这整段"莎士比亚喜剧中最可爱的时刻之一"的对白:

① 张泗洋主编:《莎士比亚大辞典》,第 707 页,译文有改动。
② 参见 Jonathan Bate and Eric Rasmussen 编:"Introduction", The Two Gentlemen of Verona, 第 256 页。

比阿特丽斯	仁慈的主,感谢联姻①!——世上除了我,人人成了亲②。我晒得很黑③。只好坐在角落里,喊一声"嘿嗬,给我找个丈夫!④"
唐·佩德罗	比阿特丽斯小姐,我给您找一个。
比阿特丽斯	我情愿找您父亲所生的一个。殿下没有像自己一样的兄弟吗?您父亲生出⑤极好的丈夫,——如果姑娘到他手。
唐·佩德罗	您愿意要我吗,小姐?
比阿特丽斯	不,殿下,除非我另有一个,每天用来干活。殿下太值钱,不能每天穿⑥。但我恳求殿下原谅。我生来开口皆玩笑,没正经的。
唐·佩德罗	您沉默最叫我难受,开心的样子最适于您。因为,毫无疑问,您生在一个快乐时辰。
比阿特丽斯	肯定,不,殿下,阵痛中我妈妈哭了。但当时有颗星在跳舞⑦,在那星光下,我出生了。——妹妹、妹夫,愿上帝赐你们快乐!
里奥那托	侄女,我跟您提过的事,去照看一下?
比阿特丽斯	请您原谅,叔叔。——(向唐·佩德罗。)请殿下原谅,失陪。(下。)
唐·佩德罗	以我的信仰起誓,是位活泼、讨人喜欢的小姐。【1.3】

由此,可以谈及剧中最令人疑惑的两个问题:这位"召唤来了富于牧歌式且富有神

---

① 感谢联姻(for alliance!):朱生豪译为:"真好亲热!"梁实秋译为:"又添了一位姻亲!"

② 参见《新约·路加福音》20:34:"耶稣回答他们说:'今世的男女有娶有嫁。'"

③ 我晒得很黑(I am sunburnt):伊丽莎白时代女性以肤白为美,晒黑暗示因长得丑嫁不出去。朱生豪译为:"只剩我一个人年老珠黄。"梁实秋译为:"我把脸晒得黝黑。"

④ 原文为:"Hey-ho, for a husband!"是一首古老民谣的歌名。朱生豪译为:"哭哭自己的没有丈夫吧!"梁实秋译为:"给我一个丈夫吧!"

⑤ 生出(getting):比阿特丽斯以"生出"(getting)与佩德罗前文所说"得到(希罗父亲的)应允"之"得到"(obtain)构成双关。

⑥ 原文为"your grace is too costly to wear every day",此句以穿衣服作比。意即:殿下身份如此高贵,哪能每天干活。朱生豪译为:"因为您是太贵重了,只好留着在星期日装装门面。"梁实秋译为:"您是太值钱了,不好每天用。"

⑦ 相传太阳在耶稣复活节那天跳舞。

话性的世界秩序"的亲王,对比阿特丽斯是怎样一种情感?这位"富于牧歌式"的亲王,岂能那么容易受骗上当?

对第一个问题,似乎好回答一些。克劳迪奥和本尼迪克在亲王征讨反叛的弟弟唐·约翰的战斗中,均立下战功。凯旋墨西拿之后,他先替克劳迪奥向希罗求婚成功,或反过来说,他帮希罗成功找到一个丈夫。随之,由以上对白不难发觉,他至少半认真地要毛遂自荐成为比阿特丽斯的丈夫。再由比阿特丽斯回应同样不难发觉,他半认真地求婚遭聪慧过人的比阿特丽斯婉拒。在这之后,他才向克劳迪奥保证,在等待与希罗举行婚礼的一周间歇时间,"要着手做一项赫拉克勒斯的工作,那就是,带本尼迪克先生和比阿特丽斯小姐进入一座彼此情爱的高山。我愿配上这一对。我毫不怀疑能促成,只要你们三位按我的指点,从旁协助。【2.1】"的确,后续剧情有了比阿特丽斯与本尼迪克"牧歌式"的恋情。

然而,也由此,对第二个问题,便不大好回答。因为,实在难以想象,弟弟唐·约翰叛乱,亲王哥哥唐·佩德罗征讨,得胜而归。虽说兄弟和解,但这位兄长竟对弟弟如此反常关切之事(构陷希罗),不仅丝毫不疑,反而绝对相信,而且,在教堂婚礼上,当里奥那托向他发出恳请"仁慈的亲王,您为什么不说话"时,他的回答那样冷漠:"该说些什么?着手让我亲爱的朋友与一个下贱妓女结亲,我蒙羞受辱。【4.1】"

显然,从这里可见出,在角色塑造上,严格说来,墨西拿总督里奥那托比阿拉贡亲王唐·佩德罗更可信,更可爱。因为,毕竟前者最终选择信任修道士,选择维护女儿的名誉;后者却那么轻易选择信任邪恶的私生子弟弟。因何如此?莎士比亚没给出答案!

2. 比阿特丽斯与本尼迪克:一对渴望婚姻的"虚无主义"恋人?

乔纳森·贝特《无事生非·导论》中指出:"作为观众,我们更被剧中睿智的那对恋人吸引,而非(所谓)浪漫的那一对。既然等不来本尼迪克与比阿特丽斯成婚,不妨与克劳迪奥一起冲向它。只有在第二次阅读或观看时,我们才会停止担心他会成为希罗的那种丈夫。对于我们,重要的问题是,比阿特丽斯和本尼迪克多久才能停止互相侮辱,达成婚约。答案来自里奥那托,当时他说:'安静!我要堵你们的嘴!'——并迫使这对恋人接吻。我们知道,斗智将继续,但在剧终那一刻,我们想象所有争吵都在那一吻和随后一段舞蹈中停止。从技巧来讲,比阿特丽斯和本尼迪克的故事是莎士比亚从文艺复兴时期意大利的浪漫故事中引入的一个次要情节;戏剧化地看,他们抢尽风头,骗他们承认彼此相爱的善意密谋,是全剧最令人难忘的情节。'仰剑一刺先生'和'倨傲小姐'同时热烈而不情愿的结合,有助于我们忘掉克劳迪奥的缺陷。难怪国王查理一世在他所藏'莎士比亚第二对开本'中,在剧名下写明'比阿特丽斯和班纳迪克',到了 19 世纪,(法国作曲家)埃克托尔·柏辽兹(Hector Berlioz, 1803—1869)在创作歌剧《比阿特丽斯和本尼迪克》(*Béatrice et Bénédict*)时,将另一对完全去掉。"①

可见,不论莎士比亚编剧之初如何设计剧情和人物,对于后世读者/观众来说,比阿特丽斯是剧中最出彩、且令人难忘的女性角色,她与本尼迪克一见面即彼此互怼打嘴仗的"智戏斗",是最鲜活动人的恋爱场景。但在此先提出研读莎剧势必面临的一个版本问题,仅以上述所引那处细节为例,第五幕第四场终场前不久,本尼迪克和比阿特丽斯终于以斗嘴的方式承认彼此相爱,貌似不情愿地表示你愿娶、我愿嫁。贝特此处以"皇莎版"为据,里奥那托一边对两人说:"安静!我要堵你们的嘴!"一边强迫本尼迪克与比阿特丽斯亲吻。不过,在其他版本中,在此以"新牛津"和"新剑桥"两版为例,这句台词——"安静!我要堵您的嘴!(吻她。)"——均为本尼迪克对比阿特丽斯一人所说、而非里奥那托对其二人所说。

分析剧情,本尼迪克在说这句台词之前,先不肯服输的向比阿特丽斯慨叹,爱上她,纯属"奇事一桩!这分明是我们的亲笔在迎战内心。——来,我要娶你。但,以这天光起誓,娶你出于怜惜"。比阿特丽斯像往常一样,不甘示弱,立刻回怼:"我不愿拒绝您,但以这好天光起誓,我屈从了强大的说服力,部分出于要救您一命,因为听说您得了肺痨。"从舞台表演来看,本尼迪克应在比阿特丽斯话音似落未落的瞬间,以一吻堵嘴,更合理,更情浓。同时,莎士比亚或在此有一层暗示,即本尼迪克只有凭爱情之吻,堵住比阿特丽斯斗不完的嘴,开启幸福的婚姻生活。这其中富于欢庆色彩的喜剧性在于,在亲王眼里本尼迪克"向来是个蔑视美貌的顽固异教徒"。他口口声声说的是"一个女人受胎怀我,我感谢她。她把我养大,我同样给她最谦卑的谢意。但要在我额角吹响猎犬集合号②,或在一条无形肩带③上给我挂号角④,愿所有女

---

① 参见 Jonathan Bate and Eric Rasmussen 编:"Introduction", The Two Gentlemen of Verona,第256 页。
② 猎犬集合号(recheat):代指做丈夫的因妻子不贞在头上长出的犄角,转义即:要是有谁给我戴绿帽子。
③ 肩带(baldrick):猎人斜佩胸前的饰带,用来悬挂号角,在此有女阴之意涵。无形肩带,暗指隐匿的女阴。
④ 号角(bugle):在此有犄角和阴茎双重意涵。意即:谁要是给我戴绿帽子。暗指女人婚后都会出轨。

人宽恕我①。因为我不愿随便怀疑谁,冤枉她们,那索性我自己做到家,谁也不信。结论是,——为此,我能穿得更漂亮②,——我要过单身汉的日子。【1.1】"对此,比阿特丽斯岂能甘拜下风,当里奥那托向她提出"侄女,希望见到您哪天配上③一个丈夫。"时,她爽利地回答:"那要等到上帝用泥土④之外的材料⑤造出男人。一个女人要受一块硬泥巴掌控,能不伤悲? 要把她一生的账算给一块任性的黏土⑥? 不,叔叔,我一个不要。亚当的儿子们都是我的手足,真的,我认为与亲戚婚配是一宗罪⑦。【2.1】"

然而,哈罗德·布鲁姆并不这样认为,他在其莎研名著《莎士比亚:人类的发明》中专章论及《无事生非》时,以专节对比阿特丽斯及其与本尼迪克的婚恋做了简要分析。关于两人间貌似终结了互怼、由此开启婚姻的这订婚之吻,他认为"《无事生非》中的比阿特丽斯,甚至接吻时也在抗议,不再说话。莎士比亚一定觉得,此情此景,比阿特丽斯已和观众融为一体。本尼迪克获准为自己'已婚男子'的新身份激烈辩护,一种以莎士比亚式建议模式达到高潮的辩护:结婚,等着被戴绿帽子。"布鲁姆援引本尼迪克剧终之前建议亲王赶紧结婚娶妻那句话——"听我的,先跳! 因而,奏乐。——亲王,你神情严肃。娶个妻子,娶个妻子! 没哪根官杖比顶端配上犄角⑧更令人尊敬。【5.4】"——至少对本尼迪克的婚恋观,做出虚无主义解读:"无论亲王的官杖,还是可敬老人的拐杖,都没戴了绿帽子的角杖年份更老。本尼迪克的玩笑对我们来说有点低级趣味,但对于莎士比亚却是相当现实。或许这只是个暗示,像莎士比亚笔下大多数婚姻一样;比阿特丽斯与本尼迪克的结

---

① 意即:宽恕我终身不娶。
② 意即:我能用不结婚省的钱多买漂亮衣服。
③ 配上(fitted with):含性暗示,即:早晚有一天,您的女阴会配上一个男阳。"fitted"亦有"合适的"之意,即:希望见您找到合适的丈夫。
④ 泥土(earth):据《旧约·创世记》载,上帝用泥土造男人(亚当),后用其肋骨造女人(夏娃)。从古希腊直到中世纪,人们认为宇宙万物由"火、土、气、水"四大元素构成,土元素最稳定、最沉静。参见《创世记》2:7:"后来,主上帝用地上的尘土造人,把生命的气吹进他鼻孔,他就成为有生命的人。"
⑤ 材料(metal):具"材料"(material)和"气质""秉性"(mettle)双重意涵。
⑥ 原文为:"To make account of her life to a clod of wayward marl?"朱生豪译为:"还要在他面前低头伏小。"梁实秋译为:"要把他的一生交付给一块烂泥巴。"
⑦ 参见《旧约·创世记》5:4:"亚当生塞特以后,又活了800年,而且生儿育女。"《旧约·利未记》18:6:"上主颁布了下列条例。任何人都不可跟骨肉之亲有性关系。"
⑧ 顶端配上犄角(tipped with horns):暗示戴了绿帽子、头上长犄角的丈夫。

合未必是一处幸福的遮阴处。在这部喜剧中,这一点比以往任何时候,都不重要。莎士比亚笔下两位最聪慧、最具活力的虚无主义者,两人谁都不喜欢被激怒或落败,他们要一起抓住机会。"①

从整个剧情来看,严格讲,比阿特丽斯与本尼迪克的"智斗+拌嘴戏"只有两场。第一幕第一场开场不久,比阿特丽斯在全剧说的第一句台词,是向里奥那托打听本尼迪克是否随阿拉贡亲王得胜归来:"请问您,'仰剑一刺先生'②可从战场归来?"若无一丝情浓爱意,她何以那么惦记他?难道只为一见面就无休止地斗嘴?对于本尼迪克同样如此,他见到比阿特丽斯,招打呼的第一句话是:"怎么,我亲爱的'倨傲小姐'!您还活着?"接着,两人便开打剧中第一次嘴仗。

比阿特丽斯	有像本尼迪克先生这样合口的肉食喂她,"倨傲"怎么能死?只要您在她面前露面,礼貌自身一定变倨傲。
本尼迪克	那礼貌是个叛贼。——但可以肯定,所有小姐都爱我,只有您除外。我希望能发现自己并非一副硬心肠。因为,真的,我一个不爱。
比阿特丽斯	女人们的大好运!否则,都得有一个恶意的求婚者缠身。感谢上帝和我的冷血,在这上,我跟您脾性一样③,宁愿听我的狗朝一只乌鸦吠叫,也不愿听一个男人誓言爱我。
本尼迪克	愿上帝永远保住您那个心情!这样,某位先生就能逃过注定被抓破脸的命运④。
比阿特丽斯	如若像您这么一张脸,抓破了,倒未必更难看。
本尼迪克	哎呀,您是罕见的教鹦鹉学舌的老师⑤。

---

① 参见 Harold Bloom, *Shakespeare: The Invention of the Human*, The Berkley Publishing Group, p.201。

② "仰剑一刺先生"(Signior Mountanto):"先生"(Signior)为意大利语。"仰剑一刺"(Mountanto)为击剑术语,指用剑向上挑刺。这是比阿特丽斯给本尼迪克起的外号,讥讽他好跟人斗嘴。含性意味,暗指"挺物上身"。

③ 意即:我对男人,一个不爱。

④ 原文为"so some gentlemen or other shall scape a predestinate scratched face"。朱生豪译为:"这样某一位先生就可以逃过他命中注定要被抓破脸皮的厄运了。"梁实秋译为:"好使得某一位男士避免他的命中注定的被抓破脸。"

⑤ 意即:您是超棒的饶舌之人。

<table>
<tr><td>比阿特丽斯</td><td>一只长了我舌头的鸟儿，胜过一头长了您舌头的野兽①。</td></tr>
<tr><td>本尼迪克</td><td>真愿我的马有您舌头的速度，并能跑起来不停歇②。上帝作证，您只管说。我没话了。</td></tr>
<tr><td>比阿特丽斯</td><td>您总以一匹劣马的花招③收场。您这老一套，我清楚。【1.1】</td></tr>
</table>

显然，比阿特丽斯的词锋剑术更胜一筹。第二次斗嘴发生在第二幕第一场假面舞会，比阿特丽斯没认出戴着面具的舞伴正是"他"，一边跳舞，一边贬损本尼迪克："哎呀，他是亲王的弄臣，一个极其无聊的傻瓜。唯一的天赋是捏造不可思议的丑闻。除了浪荡子，没人喜欢他，没人夸他有脑子，只夸他粗俗，因为他既逗人开心，又惹人生气，因此，人们既笑他，又打他。我敢说，他就在戴面具人群里。"足见，本尼迪克吃了哑巴亏，完败。此后，本尼迪克向亲王抱怨，"啊，上帝！殿下，我不爱这道菜！——受不了这位'舌头小姐'④。（下）"本尼迪克下场，亲王招呼比阿特丽斯，告诉她"您失去了本尼迪克先生的心。"比阿特丽斯则十分调皮地回应，"的确，殿下，他把它借给我一小会儿。我给了他利息，——双倍⑤的心换他单个心。以圣母马利亚起誓，有一次，他掷骰子作弊赢过它，因此，殿下真可以说，我失去了它⑥。【2.1】"

布鲁姆分析认为："两人都很清楚，他们在这里所说的抛弃无任何结果，因为他们都是伟大的虚无主义者。《无事生非》无疑是有史以来最亲和的虚无主义戏剧，剧名最为贴切。比阿特丽斯和本尼迪克是早于尼采的尼采主义者，也是早于康格里夫的康格里夫主义者。这对击剑爱好者间的每次交流，深渊的闪光，相互的智

---

① 原文为"A bird of my tongue is better than a beast of yours"，意即：我比您更会说人话。朱生豪译为："有我舌功的鸟儿比起有您舌功的畜生来，是要技高一筹的。"梁实秋译为："像我这样说话的鸟总比像你那样说话的畜生好些。"

② 意即：真希望我说起话来能像您一样喋喋不休。

③ 一匹劣马的花招(a jade's trick)：指在赛马比赛中，骑劣马的赛手突然停止，退出比赛，以避免落败的尴尬。在此含性意味，暗讽本尼迪克性事不能持久。

④ "舌头小姐"(Lady Tongue)："舌头"与动物(牛、羊等的)"口条"双关。牛舌、羊舌，都是一道菜。

⑤ 双倍(double)：有"欺骗的"意涵。整句话意思是：我们刚在舞会上斗过嘴，他骗了我一次，我骗他两次，加倍奉还。原文为"he lent it me awhile, and I gave him use for it, a double heart for his single one"，朱生豪译为："他把他的'欢心'借给我一阵子，我呢，为此付了他欢心费，他则一心变二心。"梁实秋译为："他曾经借给我一个时期；我给他出了利息，付出了双倍的心。"

⑥ 整句话暗示：上一回他向我求爱，斗嘴占了上风。

慧,与其说在抵御其他自我,不如说在抵御无意义。他们无事生非,因为他们知道,无只能生无,于是接着说起来。比阿特丽斯总是会赢,或者说,赢所能赢,因为她比本尼迪克更机智、更强大。在我们见到本尼迪克之前,比阿特丽斯已是获胜一方:——'请问您,这一仗他连杀带吃弄死多少人? 先说杀了多少人? 因为我确实答应过,他杀的人,我全吃掉。【第一幕第一场】'"①布鲁姆由此进一步解释:"'这一仗'似乎是形式化的小冲突,死了点普通士兵,绝无绅士或贵族死亡。表面上,我们身在西西里,但每个人似乎都是地道的英国人,尤其可爱的比阿特丽斯。她与本尼迪克之间的小规模斗智,几与男人们的模拟战争一样形式化。斗志足够真实,《无事生非》中的爱情,却像战争一样浅薄。即便在《爱的徒劳》中,男女间的激情也不像该剧中这样轻淡,甚至对比阿特丽斯和本尼迪克之间潜在的关注也有模棱两可的因素。"②

这种"模棱两可的因素"在随后的剧情得到证明,因为在此之后,两人再无针尖对麦芒般的互怼。第二幕第三场,在里奥那托家花园,本尼迪克听到唐·佩德罗、里奥那托和克劳迪奥专为骗他而特制的谈话,确认这不是恶作剧,而是比阿特丽斯在心底深爱着自己。

第三幕第一场,同样在花园,比阿特丽斯从希罗和厄休拉为骗她而设的谈话,确定本尼迪克对她"深爱成病",愿以爱回报。第四幕第一场,教堂婚礼之后,两人间的谈话已不再是斗嘴,而是本尼迪克尽心在抚慰因希罗受到公开羞辱而悲痛欲绝的比阿特丽斯:

> 本尼迪克　　稍等,仁慈的比阿特丽斯。凭我这只手起誓,我爱你。
>
> 比阿特丽斯　为赢得我的爱,把手用到别的地方,不要用它发誓。
>
> 本尼迪克　　您在灵魂里认定,克劳迪奥伯爵冤枉了希罗?
>
> 比阿特丽斯　是的,像我有个想法,和灵魂一样确定。
>
> 本尼迪克　　够了,我誓言,我要向他挑战③。我要吻您的手,吻完就走。
> 　　　　　　(吻比阿特丽斯手。)【4.1】

在此,本尼迪克已明白无误地直接向比阿特丽斯求爱。最后,为表现真爱,他答应

---

① Harold Bloom, *Shakespeare: The Invention of the Human*, The Berkley Publishing Group, p.193.

② Ibid.

③ 原文为"I will challenge him",意即:我要向他提出挑战,进行决斗。

为受冤枉的希罗,向好友克劳迪奥挑战,并深情吻了比阿特丽斯的手。

第五幕第二场,两人间的对话,可算第三场嘴仗,但远不是最初那种不留情面的互怼式斗嘴,而明显改为恋人间你侬我侬的深情拌嘴,从中可见款款温情:

> 比阿特丽斯　因为全身所有糟品德。它们的邪恶姿态保持得那么谨慎,休想掺杂进半点好品德。但您最初对我虐心①相恋,因我哪些好品德?
>
> 本尼迪克　虐心相恋!——表述得好。我果真在虐心相爱,因我爱你,违背心愿。
>
> 比阿特丽斯　让您的心倒了霉,我想。唉,可怜的心!若为我之缘故,您对它怀了敌意,我要为您之缘故,仇视它,因我永不爱恋人之所恨。
>
> 本尼迪克　你我二人都太聪明,无法平心求爱。
>
> 比阿特丽斯　这说法显不出聪明。二十个聪明人里,没谁会自夸聪明②。
>
> 【5.2】

无疑,这场嘴仗的胜者仍是比阿特丽斯。有趣而意味深长的是,比阿特丽斯出手即为胜手,她先问本尼迪克何以对自己"虐心相爱"。事实上,从一开始,比阿特丽斯对本尼迪克热切盼归即能见出,她对他同样是"虐心相恋"。否则,她也不会在同幕第四场,那么甜美地任由本尼迪克用一吻赢得她的爱。换言之,在最后一次互怼的嘴仗中,本尼迪克以爱之吻扳回一局。这当然是莎士比亚所有爱情喜剧的结局——终成眷属,皆大欢喜。

然而,透过布鲁姆的笔调不难发现,他仿佛对除了比阿特丽斯之外的一切剧情均不满意,他强调"我们要看的是一部无谜可解的喜剧,除了要准确测出比阿特丽斯和本尼迪克之间的确切关系。莎士比亚精妙的艺术展示出他们自身几乎不知晓的东西:彼此的智慧都渴望对方,却又信不过对方或婚姻。"他进而分析,比阿特丽斯对婚姻早有极为清醒的现实主义认知,在唐·佩德罗亲王代克劳迪奥向希罗求婚之前,她便对希罗说出一番好似经历过婚恋的经验

---

① 遭罪(suffer):双重意涵:1,体验;2,感受痛苦。

② 参见《旧约·箴言》27:2:"让别人夸奖你吧,甚至让陌生人夸奖你;你可不要自夸。"

之谈:"若有人求婚不按节奏①,妹妹,那问题出在音乐上。若亲王太急切,告诉他凡事皆有度②,随后用舞步作答。因为,听我说,希罗:——求婚,结婚,懊悔,好比一曲苏格兰吉格舞③,一曲庄严慢步舞④,一曲'五步舞'⑤。刚求婚之时,热烈、急促,像一曲苏格兰吉格舞,充满想象;婚礼,客套,谦和,像一曲庄严慢步舞,充满庄严、古雅;'懊悔'⑥随后而来,凭两条瘸腿,跳起五步舞,越跳越快,直到沉入坟墓。【2.1】"

布鲁姆认为,渴望爱情而不得的比阿特丽斯,常处在苦涩的边缘。在与本尼迪克一起跳舞时,比阿特丽斯居然把本尼迪克伤得自言自语起来:"不过,我的比阿特丽斯小姐该认得我,没认出来! 亲王的弄臣!——哈! 多半因我快乐,传开这个名号。——是的,但用这种方式,反倒冤枉了自己。我没落下这样的名声。是比阿特丽斯的下流想法,尖刻性情,把她本人的意见归给世人,来这样造我谣。哼,我要尽我所能复仇。【2.1】"由此,布鲁姆认为:"以己度人,即把个人意见变成普遍判断,是比阿特丽斯的最大缺点。本尼迪克大声说'她说话像短剑,字字扎人',我们开始对她永远充满攻击性的奇妙欢乐感到惊讶。唐·佩德罗赞美她说:'您生在一个快乐时辰。'她的回答让观众着迷:'肯定,不,殿下,阵痛中我妈妈哭了。但当时有颗星在跳舞,在那星光下,我出生了。'对于一个'常梦见不开心的事,却总把自己笑醒'的女人,谁会是合适的丈夫呢?"

能感觉到,布鲁姆像本尼迪克那般深爱比阿特丽斯,判定"莎士比亚在《无事生非》中将丰沛的生命力倾注在比阿特丽斯身上,在剧中堪称孤峰突起。观众会富于同情地感到,本尼迪克尽其所能跟上了她脚步,……唐·约翰针对希罗幸福的阴谋是个可怜发明,这提醒我们,莎士比亚对剧情的兴趣常仅次于他的人物塑造能力和语言能力。比阿特丽斯和本尼迪克的朋友们为其所设骗局,弥补上由毁谤希罗造成的相对弱点,他们通过向这对不情愿的恋人保证对方迷恋自己,促成彼此真情。这造成本尼迪克抛弃了单身汉的荣光:'不,世界非得人来住。'"⑦

---

① 节奏(time):与"时机"双关,意即:若求婚时机不对。

② 度(measure):与"舞步节奏"双关;故下文由"舞步"(dance)展开。

③ 吉格舞(jig):一种急速轻快的舞蹈,以此比喻求爱急切、热烈。

④ 庄严慢步舞(measure):一种适合宫廷的舒缓慢步的庄严舞蹈,以此比喻结婚庄重、严肃。

⑤ 五步舞(cinque-pace):一种有前后跳跃动作的欢快舞蹈,比喻人老时熬不住婚姻折腾。与"急速下沉"(sink-apace)谐音双关,故下文言及"沉入坟墓"。

⑥ "懊悔"(Repentance):中世纪道德剧中的"懊悔"角色,是位瘸腿老人。

⑦ 参见 Harold Bloom, *Shakespeare: The Invention of the Human*, The Berkley Publishing Group, p.195。

最后，该怎样回答这个问题：如何界定《无事生非》中的爱情？布鲁姆认为："首要答案在剧名里：爱情就是无事生非。是比阿特丽斯和本尼迪克对这一良性虚无主义的共识与接受，将二人结合并将维系在一起。"①

3. 道格贝里：一个异类的滑稽丑角儿

道格贝里是莎士比亚笔下丑角序列里的一个异类，梁实秋称其为"丑角中的一个杰出者"，他与莎剧中所有滑稽角色最特殊的不同，在于他出口成误的频率之高、由语词错用造成的笑料之多、营造的喜剧效果之妙，堪称第一。莎士比亚没让这位几乎文盲程度的地方治安官，玩双关语、谐音梗之类似乎更显高级的语言游戏，而让他老实本分、一本正经、没完没了地出错儿。细想一下，若莎士比亚没在戏里如此塑造道格贝里和他的搭档弗吉斯，《无事生非》恐难入欢庆喜剧之列。

简言之，该剧"极大的娱乐"之喜剧氛围，由两组平行的、均算次主要剧情的场景构成，一组为比阿特丽斯与本尼迪克间从始至终多场次比剑术高下般你来我往唇枪舌剑的情爱"智斗戏"，另一组则为道格贝里与弗吉斯联手的共四场抓贼、审贼、破贼案的"滑稽戏"，两组缺一不可。事实上，这是该剧喜剧性得以成功的关键。正如梁实秋所说："为增加喜剧气氛，莎士比亚增加了道格贝里与弗吉斯这两个滑稽角色。伊丽莎白时代的观众要求一出喜剧要有几个丑角插科打诨。这个故事中的人物全是意大利人，而这两个丑角是英国就地取材的，因为只有在写实的手法处理下丑角才能格外显得真实而亲切。道格贝里是丑角中的一个杰出者，虽然他对故事之进展并无多大帮助，可对这部戏剧的成功却有甚大之贡献。他的职务类似警察，实际属于民防组织近于保甲长之类，是英国民众所最熟悉的一个类型。他没有多少知识，不认识多少字，所以他出口便是错误，把'标准英语'（King's English）割裂得体无完肤，把法律上的名词随便乱用。这都能给观众以极大的娱乐。哈兹里特说：'此剧中之道格贝里与弗吉斯乃是措辞错误与意义误解之最妙的例证，亦是官僚制装模作样毫无头脑之标准记录，无疑的莎士比亚是从实际生活中描写下来的，二百年来此种情形已从国家之最低级官吏弥漫到最高级官吏群中去了。'（《莎士比亚戏剧人物论》）这样说来，莎士比亚于滑稽的穿插中又给人以讽刺的联想了。"②

---

① 参见 Harold Bloom, *Shakespeare: The Invention of the Human*, The Berkley Publishing Group, p.200。

② 梁实秋：《无事生非·序》，《莎士比亚全集》（第二集），第10页。

美国批评家弗兰西斯·弗格森(Francis Fergusson，1904—1986)在《戏剧文学中人的形象》(*The Human Image in Dramatic Literature*，1957)书中论及莎士比亚喜剧，指出："有人可能会说，《无事生非》表现的是人类喜剧性的诗意景象，而《错误的喜剧》的意图则更接近于职业性歌舞杂耍艺人的意图，这种人量度其成功与否，靠的是准时引起观众的笑声，即引起人们那种几乎是条件反射式的不加思考的欢笑。这两出剧作的差别清楚之极，这种情形只要回想一下二剧均写的是被误会的身份问题便看得出来。但在《错误的喜剧》里，这种误会是确实的误会，在《无事生非》里却是洞察力失误，或者更确切地说，是由不同的人物所造成的各种不同的失误的结果。莎士比亚以发展迅速的一幕来结束《错误的喜剧》。要改正一种事实上的错误并不难：只要这两对双胞胎均一起在舞台上，这种错误就冰释了。但纠正洞察力上的错误，却是个十分微妙而奇妙的过程，在《无事生非》里，莎士比亚认为可以有数不清的方式：通过面具的象征性、黑夜及词语上的含混与利用三个各不相同的喜剧性副情节的突变来实现。"①

由此，对道格贝里在剧中主演"喜剧性副情节"之一的四场戏稍作梳理。

第三幕第三场，治安官道格贝里与他的搭档弗吉斯第一次登场亮相。从道格贝里的身份、职能来看，近似管片民警。此处剧情是，他吩咐巡夜人甲乙、并给众巡夜人训话。巡夜人酷似四处巡夜、维护治安的协警：

> 道格贝里　好，论起您长相，先生，哎呀，感恩上帝，别再夸口。至于能说会写，等这类虚荣②用不着了再来显露。您是这儿公认最不机敏③、最适合做巡夜治安官的人。所以，这灯笼您来提。您的职责是，要了解④所有游民无赖。您可凭亲王的名义，叫任何人站住。
>
> 巡夜人乙　要是不站住，怎么办？
>
> 道格贝里　嗯，那，别搭理他，让他走，立刻把其他巡夜人召来，一起感谢上帝，你们甩掉一个无赖。
>
> 弗吉斯　叫站住不站住，就不算亲王的臣民。

---

① 张泗洋主编：《莎士比亚大辞典》，第 707 页。
② 这类虚荣(such vanity)：道格贝里说错词，他本要说"这类技能"(such ability)。
③ 不机敏(senseless)：道格贝里本要说"机敏"(sensible)。
④ 了解(comprehend)：道格贝里本要说"逮捕"(apprehend)。

道格贝里　没错,除了亲王的臣民,对谁都不要乱来①。——(向众巡夜人。)也不准你们在街上吵闹,因为胡言乱语最能容忍②、最无法忍受。

　　这里的问题是,中文读者能否在注释辅助下,享受到由出口成误造成的"极大的娱乐"? 诚然,若无注释,而直接替道格贝里矫正口误,让他说得字通句顺,那娱乐性势必不存。翻译上的是耶非耶,在此不赘。

　　同一幕第五场,道格贝里和弗吉斯来总督家里,向里奥那托汇报工作,提出"想今晨当着阁下的面"审问昨夜抓住的"一对恶棍"。两人说话啰里吧嗦,里奥那托心思全在马上举行的希罗婚礼,没时间听他们闲扯:

里奥那托　朋友们,你们太拖拉③。
道格贝里　很高兴阁下这样说,我们只是卑微公爵的听差④。但实话说,对我而言,倘若我像国王一样拖拉,我愿从心底找见它,都献给阁下。
里奥那托　把你的拖拉都献给我,哈?
道格贝里　是的,哪怕为此多加一千镑。因为我听到对阁下的热烈抱怨⑤,同城里任何一个人一样,虽说我能力不济,听了也高兴。
弗吉斯　　我也一样。
里奥那托　我很想知道你们到底要说什么。
弗吉斯　　以圣母马利亚起誓,先生,昨晚,我们的巡夜人,多亏阁下没在场⑥,抓住了全墨西拿最可恶的一对恶棍。

　　要强调的是,此处剧情绝非以闲笔搞娱乐,而在以娱乐之笔为剧情陡转预设

---

① 乱来(mettle with):道格贝里本要说"处置"(dear with)。
② 能容忍(tolerable):道格贝里本要说"不能容忍"(intolerable)。
③ 拖拉(tedious):里奥那托嫌道格贝里和弗吉斯说话太啰唆。但道格贝里对"拖拉"(tedious)一词不熟,误以为是好词,故下句表示感谢,并要把"拖拉"献给国王。
④ 卑微公爵的听差(poor Duke's officers):道格贝里一激动,把话说反,本要说"公爵的卑微听差。"(Duke's poor officers.)
⑤ 抱怨(exclamation):为"欢呼"(acclamation)之误用,本要说"热烈欢呼"。
⑥ 多亏阁下没在场(excepting your worship's presence):为"敬请阁下出席(审理)"(respecting your worship's presence)之误用。

伏线,要知道,被抓获的波拉齐奥是给唐·约翰出主意,设计构陷希罗的阴谋执行者。其实,莎士比亚仅在此小试了一下他百试不爽的戏剧手段之牛刀,即凭借戏剧性的必然之偶然去决定偶然之必然的命运结果,做法最直接、最见奇效:让希罗婚礼和审问波拉齐奥两个时间撞车!婚礼是必然,审问是偶然,试想,若里奥那托哪怕先腾出一点时间讯问波拉齐奥,审出真相,那克劳迪奥教堂羞辱希罗的大戏,便不复存在,主剧情瞬间崩塌。反过来,审问是偶然,克劳迪奥第二次度迎娶希罗是必然,试想,若克劳迪奥不明真相,岂能追悔莫及、并向假死的希罗之墓献上悼亡诗。

第四幕第二场,是与希罗婚礼同时间进行的墨西拿监狱审问。道格贝里请来教堂司事主持审问:

> 教堂司事　治安官先生,您这样审不得法。必须把指控他们的巡夜人叫上前来。
>
> 道格贝里　对,以圣母马利亚起誓,这是最灵便的①法子。——让巡夜人上前。——以亲王的名义,我命你们指控这两人。
>
> 巡夜人甲　这人说,先生,亲王的弟弟唐·约翰,是个坏人。
>
> 道格贝里　写下来,——约翰亲王,一个坏人,——哎呀,把亲王弟弟说成坏人,这是绝对的伪证②。
>
> 波拉齐奥　治安官先生,——
>
> 道格贝里　请你,这位朋友,安静。实不相瞒,你这面相,我不喜欢。
>
> 教堂司事　还听见他说了什么?
>
> 巡夜人乙　以圣母马利亚起誓,他因恶意指控希罗小姐,收了唐·约翰一千达克特。
>
> 道格贝里　犯下公然盗窃③罪,前所未有。
>
> 弗吉斯　对,以弥撒起誓,就是这样。
>
> 教堂司事　还说了什么,朋友?
>
> 巡夜人甲　还说克劳迪奥伯爵打算,根据他说的,当着全体会众的面羞辱希罗,不跟她结婚。

---

① 灵便的(eftest):这是道格贝里根据"容易的"(easiest)或"灵巧的"(deftest)发明的新词。

② 伪证(perjury):道格贝里用错了词,本要说"诽谤"(slander)。

③ 盗窃(burglary):道格贝里说错了罪名。

道格贝里　啊,恶棍!为此,你要被定罪,堕入永恒的救赎①。

　　经审理,真相大白。在此,真相似乎并不重要,因为这是必然之结果,重要的是莎士比亚让道格贝里那么尽享出口成误的语言游戏,而且,对于他本人来说,并非故意要把"诽谤"说成"为证",把"毁谤"罪说成"盗窃"罪,把"永恒的诅咒"说成"永恒的救赎",他是真心诚意地犯错。这就是典型的莎氏喜剧了,至少这是打上典型《无事生非》喜剧烙印的笑料。

　　第五幕第一场,终场落幕之前,道格贝里将波拉齐奥押到里奥那托面前,交他发落。此时此刻,克劳迪奥尚不知真相。

　　道格贝里　您过来,先生。若正义女神②无法驯服您,她将永不在天平上
　　　　　　　多称葡萄干③。不,您若真是个该受诅咒的伪君子,对您我们
　　　　　　　要防范。

　　　　　　　　……　　　　……

　　道格贝里　以圣母马利亚起誓,先生,他们犯了虚假传言罪。再有,他们
　　　　　　　实话不说。第二,他们是诽谤④。第六及最后,他们误解了一
　　　　　　　位小姐。第三,他们为不公的事发誓作证。结论,他们是撒谎
　　　　　　　的恶棍。

　　　　　　　　……　　　　……

　　克劳迪奥　亲爱的希罗!此时你的形象,以我初恋时的罕有外貌呈现。
　　道格贝里　来,把这两原告⑤带走。这会儿,咱们的教堂司事已将此事改

---

① 永恒的救赎(everlasting redemption):道格贝里用错词,本要说"永恒的诅咒"(everlasting damnation)。参见《新约·马太福音》25:46:"毒蛇和毒蛇的子孙,你们怎能逃脱地狱的刑罚?"《启示录》20:10:"那迷惑他们的魔鬼被扔到火与硫磺的湖里去;那只兽和假先知早已在那地方。在那里,他们要日夜受折磨,永不休止。"

② 正义女神(Justice):古希腊神话中一手持剑、一手持天平的忒弥斯(Themis),法律与正义的象征。

③ 葡萄干(reasons):当时"葡萄干"(raisins)与"理性"(reasons)读音相同。此为莎士比亚故意制造喜剧效果。

④ 诽谤(slanders):道格贝里本要说"诽谤者"(slanderers)。为制造笑料,莎士比亚让道格贝里说话颠三倒四。

⑤ 原告(plaintiffs):为道格贝里误用,他本要说"被告"(defendants)。

良①里奥那托先生。还有,先生们,别忘在合适的时间地点,指定②我是一头蠢驴。

　　……　　　　……

里奥那托　这是您的酬劳。(给钱。)

道格贝里　上帝保佑慈善基金会③!

里奥那托　去吧,你的囚犯由我接管,谢谢你。

道格贝里　我把一个坏透顶的恶棍留给阁下,请阁下亲自惩办,给别人弄个典范。上帝保佑阁下! 我祝阁下安好。愿上帝恢复您健康! 我谦卑地允您离开。若能如愿愉快再会,上帝不准④! ——走吧,兄弟。(道格贝里与弗吉斯下。)

此处的喜剧效果在于,全剧的喜剧高潮由自嘲"一头蠢驴"的小小治安官对"一个坏透顶的恶棍"的完胜得以实现。某种程度上可以说,道格贝里拯救了希罗、救赎了克劳迪奥、并让他回到对希罗的初恋。

　　苏格兰诗人托马斯·坎贝尔(Thomas Cambell, 1777—1844)在所编《莎士比亚戏剧作品选》(*The Dramatic Works of William Shakespeare: with Remarks on His Life and Writings*, 1838)书中论及道格贝里,赞不绝口:"除了莎士比亚外,谁还能通过像道格贝里那样令人笑痛肚皮的不朽的人物,来揩干我们因对希罗产生的兴趣而流下的眼泪呢? 如果竟让福斯塔夫使我们忘掉了这位诗人所创造的其他所有喜剧人物,那我希望得到原谅。我怎么竟忽略了你们,忽略了朗斯及他那条狗(《维罗纳二绅士》)及道格贝里呢? 说福斯塔夫使我们忘掉了道格贝里,就像道格贝里本人会说'谁也冒犯不得'一样。然而莎士比亚在用过这个可笑的人物后,又使我们走向高度的戏剧性,这就是使误责希罗的克劳迪奥后悔不迭,竟同意娶据说是希罗堂妹的另一个女人,这个女人戴着面具,待揭掉后才发现她竟是原来那位被他所冤屈的新娘。"⑤

---

① 改良(reformed):为道格贝里误用,他本要说"告知"(informed)。

② 指定(specify):为道格贝里误用,他本要说"证明"(testify)。

③ 慈善基金会(foundation):这是乞丐接受施舍时常对宗教团体说的致谢语。道格贝里本要说"(团体)创办人"(founder)。

④ 道格贝里连续用错词语,他本要表达:"愿上帝保持您健康! 我谦卑地请您允我离开,若能如愿愉快再会,上帝恩准!"

⑤ 张泗洋主编:《莎士比亚大辞典》,第705页,译文有改动。

不过,哈罗德·布鲁姆不觉得这个滑稽角色有何特殊,他甚至觉得"可叹道格贝里,在我看来是莎士比亚喜剧中极少数失败者之一。道格贝里的文字误用只构成一个笑话,且重复太多,并不有趣。我对比阿特丽斯偏爱到希望本尼迪克、道格贝里,以及这部戏,都配得上她"①。见仁见智。显然,布鲁姆过于钟爱比阿特丽斯,甚至觉得整部戏都配不上她。由此开句玩笑,道格贝里配不上比阿特丽斯,配《无事生非》却恰到好处。

相较之下,如何评估道格贝里,乔纳森·贝特的评述更显客观:"喜剧为小小恩典善行留出空间;它准许悲剧拒绝的第二次机会。在《无事生非》中,恩典来自两处:修道士安排希罗假死和复活('让奇迹似曾相识');巡夜人偶然发现唐·约翰阴谋的真相。我们期待上帝经由修道士仁慈行事,这一条给我们上了重要一课:'我们珍视所拥有之物,非因我们享受它时,它的价值才在。'只有当我们失去某人时,才意识到有多么珍视他。天意还通过说话颠三倒四、出口成误的道格贝里发挥作用,这似乎有些怪。然而,外表('假象')具有欺骗性,是喜剧世界的法则之一。那些自视聪明之人,如唐·约翰,终显出愚蠢;那些我们最先觉得蠢的人,如道格贝里,终证明十分聪慧。他们的智慧源于内心,非源于才智。耶稣说,要懂得天国,须把自己视为孩子;道格贝里就像《仲夏夜之梦》中的织工线轴(Bottom)一样,都是莎士比亚亲生子女之一。他因淳朴善良'被定罪,堕入永恒的救赎'。"②

---

①　参见 Harold Bloom, *Shakespeare: The Invention of the Human*, pp.194-195。

②　参见 Jonathan Bate and Eric Rasmussen 编:"Introduction", The Two Gentlemen of Verona,第255页。

循环容器

——普鲁斯特的一次漫长独白(下) *

■ 文／康　赫

姨妈的喜剧

我必须暂时放过这些，在莱奥妮姨妈的舞台上尝试一下莫里哀喜剧，因为整个贡布雷已在一杯椴花药茶中舒展开来。

莫里哀让喜剧成了时代的敌人，不仅深具战斗力，且将人类难以自制的癫狂陀螺运动(出于拉伯雷的恩赐)变成了沉思的对象，使之甘苦兼备。亲爱的莫里哀，您的喜剧多么广泛地涵盖了人类生活，又多么准确地切入了人类的普遍病痛，谁也难免自己的人生成为它们的其中一个注脚。不过我仍认为我们时代的喜剧应当有它自己风貌，尤其当您已经有了巴尔扎克这个光辉灿烂的传人以后：舞台可以更日常，角色可以非典型，欢笑可以不再负重，反讽的无差别瓦解力可以取代讽刺的单向度攻击，以便在探知虚无的边界后然后重返真与善与爱。

庄稼在四季时序中更迭，对不同节气有不同的农事需求，农夫在田地里劳作，他们的身体感应着他们劳作的强度，诗人们经常用这些事象来构筑充满时光色调的农事诗。我也要为莱奥妮姨妈谱写她的居家诗章。从表面上看，它仍当归于莫里哀式的喜剧，紧贴着肉身，借助物理的方式，由人的移动、消息的散布、欲望的小规模混战来组织某个局部空间的生命活动。不过其看不见的底层结构应当得到福

---

* 康赫先生惠赐此文共计十万余字，本刊分为两期刊发，这是第二部分。

楼拜诗学的有力支撑,应当关乎心灵生活,一种化学的方式,借助椴花药茶的吸入效应,跳跃着向四下里,向外部世界传递、渗透、蔓延。那位少年将会协助她来完成这一传递、渗透、蔓延工作,他也将通过自己的协助行为获得他关于世界之诗的启蒙教育。这将会是一个双层装置,二者在此并行不悖:没有福楼拜诗学,莫里哀喜剧就无法被激活,而若是缺少了莫里哀喜剧,则福楼拜诗学便会干枯。我必然要将此两种生命赞歌模型贯通,去制造新的诗学,让莱奥妮姨妈的喜剧从根本上成为精神运动的喜剧。

莱奥妮姨妈的喜剧舞台分为内外两个部分,窗外的和屋里的。她是前一部分的观察者,又是后一部分的亲历者。她的所有努力是要将这两个于她而言已然分裂的世界重新连接在一起。对于一位一出门、进而一出房间、进而一下床便会感到疲惫不堪,且上了岁数的女人来说,这无疑是一件太过辛劳的工作,可是莱奥妮姨妈却做得得心应手,并且乐此不疲。她不断地声称自己快要死了,却从不耽误自己凭窗下眺,去奋力探索她关注的那几位老熟人的行踪与其新生活进展,让自己的内部舞台与外部舞台保持顺畅交互。因而,虽说她足不出户,也从未感觉自己置身牢笼。

莱奥妮姨妈自己或许并未意识到她是一位非凡的喜剧演员,或许是因为她的所有古怪又生动的表演并非出于对于角色的深入理解,对于演技的反复琢磨,而只是出于对于某个她坚信的事实的自然回应,出于某一个于她不可或缺的功能性的需求。她总是细声细气地在自己房间里做独白功课,原因是她认为这样说说话差不多就是一种运动,可以缓解自己胸闷气短,并防止气血凝固,但也不能说得太大声,因为她认为自己脑子里有什么东西碎了,说话声大了,那东西就会飘来飘去。由于缺少知己,她便只能跟自己说说话了。我经常听到她对自己说的一句话是:"我应当是记得很清楚,我压根儿就没睡。"她总是喜欢在我们面前声称自己一宿没睡。我们也始终尊重她的这一不可能得到任何真心实意认同的表达。早晨,弗朗索瓦斯不是"去叫醒她",而是"上她屋里去"。当她想在大白天打个盹儿的时候,我们就说她是"要闭目养神"。哪怕有时候她说漏嘴:"吵醒我了"或是"我梦见了那个啥",我们也假装没听见,倒是她自己先羞红了脸赶紧改口。尽管如此,当她独自一人,跟自己说一宿没睡这事的时候,仍然颇具一人二角互相争辩的客观风范,并且力求严谨,而不论这项工作事实上是多么容易。

莱奥妮姨妈的世界除了内外的区分,还有另一个分法,即日常生活与精神活动。

日常生活由佣人弗朗索瓦斯打理,除了按时服用蛋白酶之类的饮食起居,弗朗索瓦斯的另一项工作是回答莱奥妮姨妈在凭窗下眺时的一些新发现与新困惑:古比尔夫人比平时晚了一刻钟来找她姐姐,那她还能赶在弥撒开始前赶到教堂吗?安贝夫人手里的那捆芦笋比加洛大娘菜摊上的要粗两倍,弗朗索瓦斯,你得向她女佣打听打听,是哪弄来的。拉马格洛娜找普罗大夫来了,准是哪家孩子病了。这丧钟是为谁在敲啊?该是卢梭夫人吧,她前两天夜里就死了,我居然给忘了。古比尔夫人领着一个我居然压根儿就不认识的女孩走过。弗朗索瓦斯,你赶紧去加米杂货铺买两个苏的盐,他准会乐意告诉你那是谁家的孩子。这狗是谁家的?萨士拉夫人的?可怜的弗朗索瓦斯,你可真能哄人,萨士拉夫人的狗我还不认识?对,是加洛班先生刚从外地带回来的,那还差不多。

精神营养则由勤于礼拜与祷告但也不忘随时捞点外快的老姑娘欧拉莉来供给,这位又聋又哑的老姑娘会向莱奥妮姨妈传达在圣伊莱尔教堂做弥撒和晚祷时发生的事情,那是远处的钟声时时都在提醒她却又对她秘而不宣的有关人们信仰的具体细节的头等要事。在莱奥妮姨妈闭门谢客之后,欧拉莉的每周日来访便成了她的一件莫大的乐事,能让她接连兴奋好几天,甚至哪怕对方晚来一小会儿,对她来说也会变成难以忍受的折磨。她不停地看钟点打呵欠,眼看就要心力交瘁,支持不住了,就好像迎接欧拉莉的到访其意义之重大远胜于弗朗索瓦斯需在固定钟点为她端上放在绘有《一千零一夜》人物故事的平底盘里的奶油鸡蛋,那能让她在吃鸡蛋的时候一遍遍重温阿里巴巴与四十大盗,或是阿拉丁神灯的故事。对莱奥妮姨妈来说,及时打探到教堂那边的消息固然重要,但更重要的是欧拉莉的善解人意。尤其在事关莱奥妮姨妈身体状况问题上,老姑娘的态度可是从不含糊。每当莱奥妮姨妈对于死亡表现出深具自知之明的谦逊与顺从,在一分钟里对欧拉莉重复几十遍"我要完了可怜的欧拉莉",欧拉莉便会毫不犹豫地以同样的频率重复予以驳斥:"您对自己的病情了解得这么透彻,那准能活上一百岁。"尽管我姨妈并不喜欢人家用确切的数字来限定她的寿命,可她毕竟还是乐于接受,一百岁于她而言可以算是一个相当庞大的数字了。当然,另外那些对莱奥妮姨妈此类自谦之词信以为真并果断予以认同,或是哪怕稍作润色再客客气气送还给莱奥妮姨妈的访客,在她们给过类似"您这样且能拖上一阵子呢"这样的回应后,她们便和那些劝莱奥妮姨妈吃带血烤肉、去阳光下走走的人一样,从此被拒之门外,再不相见。

莱奥妮姨妈和欧拉莉之间无休止地重复上面那些台词,可两人却从不感到厌倦,比世上最敬业的戏剧演员互相对台词还要耐心,且乐在其中。莱奥妮姨妈是因为自己的谬见及时得到了纠正，而欧拉莉则是因为跟她对过几十遍这台词，等自己起身告辞时，手里就会多出几个赏钱来。但即便每每到了这最后的环节，两位演员也依旧将表演处理得兢兢业业一丝不苟。欧拉莉会显出十分为难的样子，就好像两人演了这么多遍对手戏，头一次遇上莱奥妮姨妈不宣而战，临时给自己的角色加了戏码，让她漫不知该如何对应。这让莱奥妮姨妈觉得好笑，但决不会因此扫兴，相反，它成了整出戏演出成功的标志，倘若哪天欧拉莉漏了她在这一环节应当表演的惊慌失措，我姨妈才会觉得出了问题。在这种时候，她会想起她俩这出戏的忠实观众弗朗索瓦斯来，便会在演出完事之后，跑到后台向她私下打探她对这台戏的观感："真不知道欧拉莉今天怎么啦。我今天并没有少给她。她怎么不高兴？"弗朗索瓦斯这时便会像在台下坐久了的戏迷般忍不住技痒，当仁不让走上台来演她早就盘算好了的戏份："我认为她没什么不满足的。"她先叹一口气回应道，进而坦陈她看到的实情：不论莱奥妮姨妈给欧拉莉多少赏钱，欧拉莉不但认为理所应当，而且不足挂齿。我姨妈并不会为此疾首痛心，因为没有人比她更善于掌控这个舞台，她是这里的国王。她与贴身女佣弗朗索瓦斯的关系难道不应当像太阳王和他那些诚惶诚恐的宫廷大臣们一般吗？而欧拉莉的每周日到访和必得拿走的那份小费，正好可以验证进而加固两人之间的这层关系。

弗朗索瓦斯已想到早晚有一天要专门来服侍少年一家，因而在他们住在贡布雷的那段时间里，她对照顾莱奥妮姨妈确实有些不太上心，尤其对于那些莱奥妮姨妈认为关系重大的问题，诸如安贝夫人手里那捆芦笋的来历、古比尔夫人边上那个女孩是谁家的孩子，她接应得实在太过敷衍了事糊弄人。既然给欧拉莉的赏钱让弗朗索瓦斯犹如割了自己心头肉一般难受，她就应该从此安分守己演好她命定作为太阳王大臣的戏份。欧拉莉那边的情况也类似，她一直算计着弗朗索瓦斯这些年偷偷积攒下的私房钱。只不过，作为一名平素打扮得像是吃教堂饭人一般的虔信教徒，她喜欢引用《圣经》里的格言，力求让自己的表达具有普遍意义，在有力地攻击自己对手的同时，避免了因有针对身边具体某人之嫌而让人误以为是出于个人恩怨。是的，在这个舞台上，莱奥妮姨妈既是位好演员也是位有智慧的导演，她在她那两个世界的主管——家仆与外人——之间有效地引入了战争，让她在自己的戏份结束之后，可以安坐于自己的包厢——床上——来接着观赏两人的血腥较量。

虽说戏剧令姨妈的小日子过得有滋有味，但作为戏中的主角，无论演还是导这样的戏，哪怕每周一次，对她也是极大的消耗。她需要越来越长的时间来恢复精力。况且,戏剧再有趣,也是床上的戏剧,演久了难免生厌。她渴望着变化,哪怕是坏透了的变化,就像是一把闲置已久的琴渴望一只手来安抚,哪怕这是一只粗暴的手,能做的只是把琴弦一根根扯断,可那毕竟是将它深藏腹腔的音符一个个弹拨了出来。莱奥妮姨妈陷入了对变化的狂想之中。她盼着灾祸降,以便她能有机会不得不挺起身来,告别自己恋恋不舍的床上生活。是的,一不留神,我已经让少年钻进他莱奥妮姨妈的脑子里去了,那里不是有什么东西碎裂了,而是整个被她浸淫日久的戏剧搞得分不清哪儿是纯粹的狂想,哪儿是外部世界的投影。我这算是违反了文学法则吗? 我能在什么名义下拥有此项特权让那位少年进入莱奥妮姨妈的脑子,并将里面的东西搬到文字中来? 是的,以文学的名义,巴尔扎克文学的名义,福楼拜文学的名义,还有陀思妥耶夫斯基文学的名义。文学最有趣的地方在于,一旦它形成某种法则,它就立刻失效,这三位前辈都将"人物不能进入人物大脑"的这一陈规陋习踩在脚下,我也许是在他们开辟的道路上又往前走了一步:陀思妥耶夫斯基用了几十页,福楼拜用了三四页,我用了一句话,来完成同样的过渡。这没有什么稀奇,一些事情只是看上去或读起来自然而然,但细究起来呢? 跟你们说话的还是那个小男孩的"我"或那个正在以文字回忆的成人的**我**吗? 难道在某些片刻不是谁也难以区分作为人物的"我"和作为作者的我和作为正在仿作者书写的**我**吗? 最有趣之处难道不是,当你们想要细究的时候,文学的教堂已然耸立在你们面前。这没有什么稀奇,在这方面,我还将走得更远,为了你们可以走得比我更远。让我继续将莱奥妮姨妈脑子里的图像呈现给你们吧:她是爱我们这些亲人的,可她也乐于为我们惨遭横祸而痛哭不已,无论我们受灾还是她为此悲痛欲绝都是精彩的戏剧。这样的惨剧应当发生在她精力正好得到恢复的时刻,比如一场大火,将我们所有这些亲人全都烧死,整幢房子片瓦不留。而她却因为从不睡觉,正好可以离开火灾现场,这便促成了她不得不重新下地,开始她全新的生活。作为一种副产品,她因被这样的图像震惊而陷入长久无法平复的悲恸之中,这让她切实体会到她对自己所有亲人的无限依恋与热爱,而镇上的人将为她的坚强惊叹,看到她伤心欲绝却依旧挺立不倒,硬撑着为我们做完全部丧事。这时候,她才敢长舒一口气,开始以轻快的心情盘算去米鲁格兰庄园避暑消夏的事宜。可这样的变故并没有发生,于是她脑子里的那些碎块开始重新拼凑新的图像。她假设弗朗索瓦斯偷了她的东西,进而信以为真,决意要抓个现行,并且等不及它被验证,就已在脑子里生出弗朗索瓦斯向她跪地求饶的画面。而她则毫不留情,将女佣的谎言一一揭穿。这情形就和她经常一人玩两人牌跟自己对打一样,因为玩了一遍又一遍,早已驾轻就熟,对她没有丝毫违和之感。若是谁赶巧在这时候进屋,就能看到她正大汗淋漓,两眼放光，假发歪在一边，露出光秃的脑门，正在全心投入跟自己演对手戏。很快，我姨妈不再满足于这样的排练，开始真干了。在一个星期天，她将里里外外的房间全关紧了，跟欧拉莉进行密谈，说她怀疑弗朗索瓦斯手脚不干净，要辞退她。另一次，则是私下对弗朗索瓦斯说，她怀疑欧拉莉靠不住，以后不让她登门了。欧拉莉毕竟是外人，弗朗索瓦斯却时刻在她左右，因而，这样的残酷戏剧更多还是要由弗朗索瓦斯来消受的。这自然伤透了弗朗索瓦斯的心，她也因此而变得谨言慎行，凡事小心，唯恐会错了我姨妈的意。

直到这一年的秋天，在我们返回巴黎之后，莱奥妮姨妈才终于死了。她的死，只引起了一个人的巨大悲痛，那就是那位没文化的女佣，弗朗索瓦斯。在莱奥妮姨妈离世前十五天里，她日夜守护在莱奥妮姨妈身边，睡觉不脱衣服也不让任何人帮她。她对莱奥妮姨妈最后时日的猜忌和坏脾气感到害怕，最后发展成为让我们误以为是憎恨的情绪，但此时我们才知道，那是敬爱。她的这位女主人行为乖张，但心地善良，容易动情。莱奥妮姨妈的喜剧的底色是爱情，她是因为丈夫离世才一步步从外部世界退守到自己家里，进而退守到自己的房间，进而是自己的床。她本人从不明确表达这一点，我自然也当尊重这位喜剧角色的表达习惯，不去过多渲染这一点。在爱情的主题下，我的莱奥妮姨妈没有让她的爱情发言。弗朗索瓦斯对姨妈的尊敬，是对一种品质的尊敬，正是这种品质散发出她屋里的奇特香气，里面遍布作为对钟楼传来的钟声之回应的心灵即时震颤的暗纹，它们让这种香气无论在空间上还是在精神上都更富于延展性。

这是莱奥妮姨妈留给我们的，也是一切动人的文学反复传递给我们的，那种甘苦兼备的余味。它来自不被表露的象征，一种不把象征当象征使用的文学立场。在这样的象征之下，我们看到的只是一些真实的、紧贴着其生活用途的、因而也是看上去再稀松平常不过的东西。正是这种退隐一旁，不让灵魂直接参与美德表达的象征，让文学变得真切，结实，就像好的医生看上去总是一副铁石心肠，对病人的痛苦呻吟无动于衷，可一旦手起刀落，便是除恶务尽。这样的文学立场不仅是莱奥妮姨妈的，也是弗朗索瓦斯的，和那位挺着个大肚子却满不在意，除了帮忙剥芦笋，还不停为我们送茶端水的帮厨女工身上展现的是同一种东西。斯万先生说她像乔托的"爱德图"里的家庭主妇：她脚踩奇珍异宝，却像是在给满地的葡萄榨汁，或是，只是为了垫高而站到了袋子上。她把自己的火热的心献给上帝，说确切些，只是"递给"上帝，就像一个厨娘将一个开瓶塞递给窗外向她要这东西的人。斯万因而经常会跟我开玩笑问起这位面黄肌瘦的"女佣的女佣"："乔托的爱德还好吗？"

这位身怀六甲的帮厨女工端上来的咖啡,按我妈的话来说,勉强称得上是热水。她的马虎让弗朗索瓦斯的利索精明变得光彩动人,就像弗朗索瓦斯对莱奥妮姨妈的问题敷衍了事,让莱奥妮姨妈的细致观察变得更加饶有趣味。喜剧就是这样发生的。弗朗索瓦斯,这位在莱奥妮姨妈过世后走进了我的生活的乡下人,狡猾精明,凡事操劳,又好管闲事,决不放过蝇头小利却永远忠心耿耿。她与其说是我们家的佣人,不如说是将我们管教得服服帖帖的大管家,更是一位能将寻常材料转化为夺人心魄的盘中至味的美食大师。她代表的是一种文学,一种因其**自身的真实**而似乎其一切作为皆远离作为**目标的真实**的文学,就像她的对手欧拉莉代表的是另一种文学,一种表面光亮却虚弱之极的文学,因其自身缺乏真实性而总是处处急欲为真实代言。文学和艺术正好出现在它们表面上被耽误之处。它不是一枚人们直接可以摘到的果实,而是果子的孕育、生成与成熟,是它自身的香味,流淌于其周遭的空气,田野的面孔,期待的目光,是果子的圆润与美味所包含的整个世界。

书写莱奥妮姨妈的喜剧也应当具有如此文学品质。我不会像莫里哀那样,集中笔墨专门来写莱奥妮姨妈的喜剧,或是像巴尔扎克那样惯于一股脑儿地和盘托出。它应当混合在小镇的其他事物与景象之中,让它们互相渗透在一起,以保持喜剧自身的活力与真实,混合在关于"星期六"家庭段子里,混合在帮厨女工形象引发的关于象征问题的讨论中(不仅是她与"爱德图"的关联,甚至她每天为我们剥的一把把芦笋,也将嵌入艺术的天空),混合在关于勒格朗丹的势利表演中(他不是一个十足的莫里哀人物吗),混合在我对文学的阅读和对我的文学楷模贝戈特的向往之中,混合在向着斯万家方向(我将由此步入爱情与文学)和向着盖尔芒特家方向(我将由此步入历史与社交)的一次次散步中;还有钢琴教师凡德伊先生(我将从他那里获取关于音乐与艺术的终极启示),他的女儿和她女儿的闺蜜(将纠缠我与另一个女人终身的戈摩尔谜题);还有红色山楂花和希尔贝特,她带了来最初的文学消息,她的眼睛,亲爱的福楼拜,我借用了你对爱玛谜一样的眼睛的精彩描画,那是包法利眼中的包法利夫人的眼睛,如此精彩又现成的文学,除了直接偷盗我还能做什么? 未来,我也将为我的阿尔贝蒂娜脸上按上一颗"福楼拜痣",一会儿长在唇角一会儿长在鼻子边一会儿长在下巴上;还有夏吕斯男爵,他像护花使者一般在希尔贝特身旁现身,他的眼神多么不可思议,未来我才会明白,那后面是一个索多姆的世界;还有身着粉红丝绸长裙戴珍珠项链的斯万夫人现身在我外叔祖父家里(多少有烟花女子的影子),一头金发的盖尔芒特夫人(如此遥不可及,却也不过如此)则出现在教堂婚礼庆典;钟楼的钟声为一切世务塑形,教堂塔楼拔地而起的形象,已包含了我最终将全力为之奉献的未来的文学样式,我有自己的方式来保存这种我彼时已有所感知却尚无法理解其奥义的文学样式,并一而再再而三地去体味它,去辨认它。爱情、社交与艺术三条线,都从我姨妈的房间起了头,向整个贡雷来,向巴黎,向我尚不明朗的未来伸展开去,里面的人物,会像《幻灭》里的人物那样,一个接一个地登场。既然一切彼此相关,我的文字自然也应当在它们之间随意滑行。

　　诸种文学样式终究是意识的某一结晶物。文学的真实性因而根植于意识的真实性。我们的意识如此这般,面对世界形成了它的奔流之河,混合着有意与随意。有意受制于既有程式,因其生硬而有其限度;随意将我们带向不明宝藏,却来去无踪,似乎并不可靠。但生命之善难道不就是一种从天而降的赐福吗?既然我们的生命,我们的意识,我们的记忆都如此随意地展开自己的工作,那么,我们的文学难道不应当也跟着如此工作吗?除非,作家可以无视生命之真实,去制造虚假的文学,我们已经有了太多的这样的文学,比如圣伯夫的文学。圣伯夫认为传记与访谈比作家作品本身透露的消息更真实,全然忘了,好的作家正是在成功让作为作者的自己脱离了其在具体生活中狭小的人事立场与好恶,将全部心力投入他以其超然的洞察力与想象力发现的精神的普遍关联之中,并发誓以此照料好每一个人物及其命运,充满热情但决不偏袒一方。作家首先要学习的是对魔鬼说"你好",因为一旦投入写作,一切魔鬼便都是**他的魔鬼**。外部秩序与个人好恶固然重要,但对于一名作家而言,更重要的两者都是用来帮助他最终步入这一公正、包容、广大的精神世界的基本用具。也唯有如此,我们将回过头来,重新发现外部秩序与个人好恶内含的生机。我必须再次重复,在我们的时代,莫里哀喜剧只有在福楼拜文学的精神光照之下方能重显其伟大。

　　支持着我们东游西荡的意识的,同样是这种事物与事物之间之于人类精神的广泛关联。唯有尊重意识的这一随意性,方能突破事物的物理边界对我们的囚禁,去发掘日常世界之外的另一个世界,创造现有文学之外的另一种文学。这并非为文学而文学,而是为生命而文学。一切新的文学事实皆是新的生命事实的展示,它通过拓展我们的感受力而将其接纳为新的世界事实。弗洛伊德的本我世界始于文学神话,如今已成为人类对于自身的普通认识之一。有一天,人们也将习惯于像我一样,从一块小点心打开一个世界。那将不是出于模仿,而是出于新意识带给他们的新事实。

　　意识运动被人们草率归为随意,是由于它遵循了某些我们尚未完全洞悉其工作机制的规则,其轻重并不由我们的日常秩序来裁定,而是取决于意识自身的即时需求,更有赖于发生在更广阔的空间中的精神力场的提前储备。于我而言,最重大的规则是意识与意识彼此之间的渗透、融合,并寻求自我更新、自我超越的意愿。在文学新大陆深处的冒险,对文学新形式的探寻,必定基于对意识自身工作方式的无限尊重,与无限细致的观察、研究。

将我带回贡布雷的是我姨妈和她在那两间屋子里上演的喜剧,把我带回姨妈的喜剧是那杯椴花药茶,将我带回那杯药茶的是一块浸泡了茶水的小点心。这个序列之得以贯通、流动,是因为那位少年提前将他姨妈屋里那种奇特的、散发自精神与习俗的香气蕴藏在椴花药茶的表面形式之中,而这团奇特的香气又包含了莱奥妮姨妈的喜剧因子,包含了邻近田野与河流的自然之光,包含了对从田野中拔地而起的教堂塔楼的观照,与对钟楼的钟声的回应,也包含了那位少年对文学的最初神往。莱奥妮姨妈的喜剧因此而是一种服从于世界即心灵这一终极互渗法则的精神生活样式,但它既然被书写成为喜剧,便是同时是一种文学实践,一种关于虚拟世界的创制与分享、书写与阅读、存储与提取的实践。少年仿佛从这一喜剧的生成过程及其最终所凝合的形态中窥探到了"自我"的雏形,并向自己的未来发出召唤。没有这样的召唤,他便不可能在未来重返此刻,并在未来再次召唤自己的未来,做出事关其生命航程的决断。

作家们是些特殊的孩子,他们所做的工作类似那位少年的工作,知道如何将生命的精魂安置于文字之内,以便有一天,读者能借着这些文字与他们重聚。就这一点而言,生命渴望新生的意愿便落实于文学为此新生也为自身新生所做的准备行动之中,即,标记万事万物之间普遍存在却又各不相同的渗透与融合。唯有那样,这些被标记之事之物方能某一天挣脱时间与失忆的囚笼,并触发读者自身的感悟,以同样的方式挣脱时间对他们的精神羁押。

书写莱奥妮姨妈的喜剧是对他者生命的观摹与学习,就像我将以自己的爱情重复斯万的爱情那样,我也将以自己的幽居的喜剧重复莱奥妮姨妈幽居的喜剧。我已然将莱奥妮姨妈的生命格局安置于我自己的生命格局之内。进一步,为莱奥妮姨妈在文学中获取新生的行动,就是探求我自己在文学行动中求新生的可能性的尝试。如果个体生命能在某个文学样式中栩栩如生,那么制造这一文学样式的人自然也将借此新生。正是因为有莱奥妮姨妈的喜剧带来的启示,我方有机会在未来面对我自己的喜剧时,接受文学的拯救,避免被悲伤与黑暗带入炼狱。

当我把身子埋在遮阳柳条椅里读小说,关注着那些人物的生活的那会儿,我曾为他们无法挣脱时间的摆布而伤心过……父亲说的我"已经不是孩子,兴趣不会再变"云云,让我一下子觉得自己置身在时间之中,虽然还不是养老院里智能衰退的老人,也已经是那些小说中的主人公,由着作者以漠然(因而更残忍)的口吻在书末告诉读者:"他离开乡间的次数愈来愈少,就在这儿终老了……"既然父亲允许我按着自己的兴趣去做我的作家梦,我便早早对自己立下宏愿:我将反对文学对于时间一贯的可怜姿态,我将与我的人物在一起,自始至终。

心与花朵

有两年夏天,在贡布雷炎热的花园里,我因为手里的书而神往一个多山多水的国度,我会在那里看到许多锯木厂,在清澈的河流底部,一截截碎木头在水草下面腐烂;不远处,一簇簇紫色和红色的花沿着一溜矮墙攀援而上。由于对一个会爱我的女人的梦想总是浮现在我脑海,因而那些夏天,这样的梦便浸透了流水的清凉;并且,不管我想到什么样的女人,都立即会有一簇簇紫色和红色的花朵顺着她身体两侧往上伸展,仿佛她的互补色一般。书籍营造的梦幻此时变成了我的梦幻,不仅比外部的现实更具真实性,并且将这毫无特色的外部现实(尤其是我们家那个花园,经由那位我外婆鄙视的园丁的平庸之手的整治变得四平八稳,了无意趣)也一并糅入这梦幻之中。这并非由于书中描写的风貌本身比贡布雷的风貌更动人,更能获得想象的奇光异彩的映衬,反而是因为它们之间颇多相似之处。其差别在于写作,在于阅读,正是由于作者的行文和我对此的虔信,令那些文字裹挟的风貌变得真实可信,就像是大自然的一部分,而贡布雷的风貌,从未能直接给我这样的感受,除非它们某一天变成了文字,成为阅读的对象。外部世界必然需要经过阅读的细品而后写作的反刍方能流光溢彩,方能将这光彩借助他人的阅读激发起他人的想象的光彩,而统摄这一阅读写作与想象的无限进程的始终是人们的心灵。

对此的认识多少受益于莱奥妮姨妈——就算她只是我的一个文学幻影,一段梦,那又如何?在我于其中融入我自己的生命之力,写下她本人和与其相联的世界的文字之后,不论其是否实际存在,她都已是一个真实人物——,她教会了那位少年如何将他不得不接受其分割的内外两部分生活以最富有生机的方式融合在一起的技巧。所谓的融合,意味着接纳与隔绝是一起发生的,就像她屋子里的香气,不论自然的气息还是他人的气息,一旦进入这两间屋子,就会立即做出改变,就好像它们很快就感受到了早已盘踞于此的那种气味的奇特品性:自由散漫但却固执己见,安于现状但又充满好奇,似乎从不拒斥异类,可也无意做出改变,总之,它乐于包容世界，但决不会为了迁就世界而放弃对自己这方天地的统摄力。

如果一个人感到自己始终置身于心灵的包围之中，就不会像是处于坚固不动的牢笼那样：不如说，我们与之一起裹卷于一种永远的冲动，渴望超越它，以抵达外界，带着一种气馁，听到围绕着自己的那些独特的声响尽是内部振动的共鸣而非外界的回声。莱奥妮姨妈说，我脑子里有东西在碎裂。我们试图在那些变得珍贵的事物中重新找回我们的心灵曾投射其上的反光。我们失望地发现它们似乎失去了它们曾在我们的思想中因为与某些观念相邻而具有的魅力。于是，有时候我们便将心灵的全部力量转化为一种机敏，一种神采，去影响那些我们明知处于我们之外，我们永远都无法触及的生命。我之所以总是围绕着我爱的女人想象我最想去的地方，希望由她来引领我去游历那些地方，为我打开那通向陌生世界的通道，那并非出于简单联想之偶然，不，我对游历和爱情的梦想，只不过是我生命的全部力量在其自身那股百折不挠的喷泉上展现的不同力矩罢了，今天，我们人为地将此生命之力分解为不同的部分，就像我们为看上去一动不动的映着虹彩的水柱以高度划分成为不同的部分。

当王阳明说心即真理，或是说此花不在我心外的时候，他并不是在说世界或真理或是一朵花纯属我心的造物，从而将我心变成一个自足的、无须面向世界的封闭容器，相反，他认为心是空的、透明的，它因此便是那不偏不倚无善无恶故能清晰区分彼与此、善与恶的良知本身，它也因此而具有面向世界的无限开放与包容的活力。正是这两点，让一朵花自身是什么与它在我心里是什么，成为同一件事情，也即，感知与被感知物合而为一：当我们的心灵裹起一朵花的时候，我们的心灵便因为其纯粹的空与纯粹的透明而不再是这朵花的外在包裹物，而是成了花朵本身，与此同时，花朵也化为我们的心灵感应本身。而当我们未看这朵花的时候，我们的心灵维持其空无，这朵花则归于沉寂。在此意义上，他说我们的眼睛、耳朵、口舌都没有本体，万物之色之声之味是其本体，我们的心灵无本体，对天地万物的是非感应是其本体。中国人的这种物我两忘哲学（严格来说它不是哲学，而是将哲学抛弃）无疑基于他们悠久的《诗经》传统的熏陶。对中国人来说，这是可以在呼吸之间直接通达的觉悟。

与之相对接近的是柏拉图的学说，但柏拉图一方面将理念置于心灵之上，只是说，我们可以通过心灵来回忆那个理念，一方面他又将世界本身作为并不具有根本真实性的理念的幻影。基于这样的认识，我们与外部世界的割裂是不可避免的。我们给了真实与现实两个不同的单词，便从此埋下了错乱的种子，也同时将自己拖入无休止的关于现实是否真实的奇怪讨论。当我们说"真实"的时候，那上面已带有我们心灵的反光,是事物经过我们心灵追认后的状况,但同时,我们又为"现实"开具了不需经过我们心灵追认的"真",那么,我们又如何有效地质疑这已然自具其"真"的"现实"?我们的语言已然如此,是我们必须用以通向觉悟的无他工具。我们必须借助这引发我们错乱意识的语言来澄清我们的错乱意识。多么神奇!人类最迷人的思想通常都诞生于他们不得不用自己生硬的语言尝试去突破这语言的生硬之际。

中国人物我合一的观念指向一种他们称之为"境界"的精神平衡点,一种可能永远拒你于门外,也可能瞬间轻快抵达的精神状态。多么轻盈、简洁、通畅,且一劳永逸!中国人似乎没有什么兴致去探究通达这一精神平衡点的细枝以末节或具体发生过程,或者说他们认为这一过程除了在想象意义上(比如以不同的意象来提示"境界"具有不同等级)并不实际存在。它是通过感悟直接抵达的,而不是在心灵与世界的反复搏击中合乎逻辑地、且是可观察可描摹地逐步构筑而成的。他们的哲学通常就是结论本身,不需要分阶段对局部做沉思与推演,而只要求总体性的持续观照与感悟;他们的文学则似乎每时每刻都在指向某个终极精神状态,佛教的四大皆空,或是道教的天人合一,或是儒教的伦理教谕。他们的小说自然不可避免地也需要通过展示人生"进程"来抵达命运,但这一"进程"通常显现为时间线上的均匀陈列,是无穷无尽的外部事件的图景串连,而不是与精神运动彼此推进的立体景观。在某些读者期待作家去及时做出细部精神解剖或情感演绎的感人段落,中国的作家们常常给我们扔出一首充满流俗套话与生命终极见解的模式化打油诗。他们无意用这些打油诗与读者交流个人思考,而只为发出一声气韵生动的长叹,或是一串虚无主义笑声,且,必得通过某一公认的套路规则下的精湛炫技来完成。在化解一切的同时,某种集体默认的、如绝对货币一般的通用"表面趣味"被保留了下来。在他们看来,时刻保持这种应对曲折人生"表面趣味"至关重要,因为那是他们的终极哲学的一个映照。这一处惊不变的叙事态度,使得中国小说一方面呈现出织锦般均匀繁复的迷人光泽,另一方面又令读者昏昏欲睡难以卒读。而当我们耐心读完他们那些冗长的、充满炫技之喧闹的极端形式主义小说后,我们又会像是刚从荒诞无比的长梦中醒来一般掩卷遐思,并心甘情愿承认它们是伟大的创作。是的,中国小说几乎无一例外地给我们以人生如梦的荒凉之感,而不论中间夹杂着多少华丽的胡闹与玩笑,多少真假莫辨的多愁善感。可这不就是我们的人生吗?

我们用语言命名万事万物,并视其各自皆为独立事实。世界因此而被我们的语言无限切分,并在我们的心灵中变成一堆破碎的图景。为了避免这一点,我们又尝试用语言重新将它们组合起,使之拥有一副完整的面容。这导致世界在语言中拥有各不相同的反映之真实,或者说,世界拥有多重用以还原其真实的语言通道。在这一点上,中国人和我们不一样。老子说名是实的客人。杨朱更彻底,说名无实,实无名。命名于中国人而言只是一种标记手段,一种假的东西,事物在标记之下保持着其原有的完整,从而避免了世界的无限分裂。不过有意思的是,也正是这种重实轻名的哲学,导致了后来的中国人对于命名与修辞过于随意的游戏心态。名与实在他们热衷的形式主义游戏下完全脱节。当他们改变不了现实的时候,他们去改变命名与修辞。今天的中国人普遍给人以形式主义的虚伪之感,因为他们的命名并不担负指代实在的责任。

相反,我们的哲学与文学却大大受益于我们的语言或者说思想的生硬,甚至可以说是"缺陷"。我们相信无论哲学还是文学,对于变动不居的世界与心灵之间关系都应深具反映之真实,换言之,不论依靠解析还是依靠想象,或是两者兼而用之,这一"真实"必然是在某个语言或思想模型之中展现的"真实"。这意味着什么样的语言或思想模型映射什么样的世界真实:语言或思想有多精微世界就有多精微,语言或思想有多生硬世界就有多生硬,语言或思想有多分裂世界就有多分裂。

无论《神曲》《浮士德》还是《人间喜剧》,我们可以说它们最终描绘的都是人类普遍的精神或欲望运动,但那是在结构化和戏剧化的历史进程中,借助呈现世界的具体图景和心灵对之的具体反应来完成的,而不是直接给出一个心灵与世界彼此交融的终极图景。这一过程需要在语言的形式架构下完成,自始至终都是一个语言的过程,正是我们生而有分裂"缺陷"的语言或者说思想通过在各个不同层面上反复的自我缠斗,方能将我们眼前这个被语言或者说思想自己无限切分的世界重新扭合为一个特定形式下的、面目完整的真实世界。语言或者说思想既是世界分裂的始作俑者,也是世界借助文学神话获得新生的设计师。用生硬的语言去突破语言的生硬,这多少像是徒劳之举,但我们的哲学与文学的魅力并不在于某个终极结论,而正在于我们的不辞其劳的徒劳。

《神曲》的语言模型是象征模型,它剔除了外在世界的现实属性;《浮士德》的语言模型是寓言模型,外在世界的现实属性被抽象;而《人间喜剧》的语言模型则是一种舞台模型,那个如今已彻底物化了的世界是舞台上的唯一演员,其所有现实属性也因此得到强化。

作为一个欲望世界,欲望运动本身却并不直接现身于《人间喜剧》,只有那个被无限(但并非无序)命名的、作为欲望对象的外部世界。混沌一团的欲望运动只能在它自己搅动的世界运动中将自己显影，或者说翻译出来，让我们看清其面容：由于它掀动了那个深处命名秩序中的世界，它自身也便由此进入了命名的秩序之中。就这一点来说，最终让我们看清欲望面容的是语言。吕西安与艾丝苔对世界的欲望是完全不一样的，因为前者以爵位命名世界，后者以爱情命名世界。这两个不同命名的世界虽然不断纠缠在一起，也并非完全排除交流，但终究不得彼此分手。对于吕西安和艾丝苔来说，这是悲剧之源，但对巴尔扎克来说，它是"人间喜剧"的一部分，他站在欲望与世界均未被命名有序切分的那一端。这一反分裂的命名（这听上去是多么古怪）催生出唯巴尔扎克独有的无限混合的语言模型（我希望别辟篇章来谈论这个问题），让我们得以从一片旧世界的废墟中瞥见欲望世界在被切割之前的壮丽洪流，并借道莫里哀，重新接壤歌德与但丁的世界。这便是文学的神效。它从头至尾处于语言与真实难分彼此的漩涡之中，但总是能够在新的语言模型中，用新的世界的**反映之真实**带我们重回故里，那个神话世界。

我们可以说《人间喜剧》是一种片面的文学，相比《神曲》或《浮士德》，无论精神的内涵还是形式框架都退化了，但正是这种退化让巴尔扎克得以在一个不再信神的时代将《人间喜剧》造就为一个文学神话，一个关于物质欲望的文学神话。其辉煌让福楼拜之后的作家们颇感为难，但同时也让他们意识到这种文学已经终结，另一种文学必须就此开始。这不只是作家们主动寻求文学新生的一个进程，更是文学自动发现其转向可能的一个进程。巴尔扎克的物质神话越是辉煌，人们就越加清晰地看到那个并没有直接出现的心灵世界之缤纷与辽阔，因为我们描绘的外部世界终究是我们内心的意愿的投影。巴尔扎克描绘的缤纷的外部世界不仅是《人间喜剧》中各色人等的意愿的投影，更是巴尔扎克本人的意愿的投影，更广泛地，是时代意愿的投影。现在，作家们渴望来直接描绘这个从未被细致描绘过的内部世界，人物的意愿、作家的意愿和时代的意愿本身。他们需要发明一种全新的适合于描绘这个待垦处女地的语言。

我们对一位村妇反复解释忧郁是什么，最终她也拥有了忧郁这种新的情感，借助它去发掘自己内心更细微的情感运动，并且也学习试着用词语将它传递出来。正是在对忧郁的一次次幻想般的辨析中，我们拥有了忧郁这一真切的情感，正是在对玫瑰的外观、色彩与芬芳的一次次幻想般的分辨中，我们拥有了对于玫瑰无限丰富的感受形式，并且它们是真实的。如果我们不因心灵感受的缥缈而弃之不顾，而是通过寻找与其缥缈相应的语言持续将其呈现于书写之中，它们就有可能借助阅读脱胎换骨，变成具有普遍性与公众性的"反映之真实"，不仅其自身作为"真实"被表达，也将帮助我们去获取更丰富的关于"真实"的表达。心灵真实首先是作为作家的个人内在事件被书写出来的,然后又通过阅读改造公众经验使其成为广泛的公共事实。这一新文学原理,我们在讨论《诗经》的互渗效应和福楼拜作品中的呼吸作用时已有所阐述,与之相关的文学实践或许才刚刚由福楼拜开了个头。

在我们的语言系统中,唯有通过持续的、反复的、由内而外再由外而内的意识训练,去获取一种通过无限复杂的叠加而产生的最终的意识的通透。它接近中国人的那种心与世界合而为一的平衡,但并非完全相似,因为这种意识的通透总是不可避免会带有内外之界线的不可磨灭的划痕。就像我们通过踩踏一个阶梯登上另一个阶梯,或许并不帮助我们达到甚至走近终极巅峰,但让我们拥有了通向那个终极巅峰的运动感与方向感。我们并不拥有世界,而是拥有可能通向世界的这一级级面目清晰的语言或者说思想的阶梯,它们并不在真正意义上为我们描述世界,只是为我们描述我们自己是如何面向世界的(即**反映之真实**),并力图超越自身,即我们的意识向着世界开放的在途状态,而非终极状态。我们渴望的新语言必须在类似的反复的意识训练中找到。

如果《人间喜剧》是神话,那么,我们即将开始的关于心灵世界的文学也同样可以是神话;如果那个外部世界的神话能成立,能让人信以为真,那么,关于心灵世界的文学的神话最终也可以成立,具备可以让人信以为真的说服力。只是这次,一切可能要倒置过来,世界不再作为心灵活动的投影出现在舞台上,而是心灵活动本身作为世界运动的投影被推上了表演舞台。

容器

那个我们自小习惯于圣诞节时在家里、面包房里观赏的圣子降临三王来朝的马厩玩具,难道不是我们最初的教堂,那最初的精神容器嘛?而我们的思想不就像是另一个马厩嘛?我感觉自己留在自己这个容器深陷的底部,就是为了察看外面发生的事情。当我看到外面一个物体,那个"我看到它"的意识驻留于我与此物之间,这一意识用一条精神细带为事物划出边界,永远阻止我们直接触及事物,并且,这一意识总是赶在我与它连接之前就挥发殆尽,就像一支烙铁无法触及一段湿木头上的潮气,它们总是在它靠近之前已先一步蒸发了。当我沉浸阅读之际,在如此这般色彩缤纷的屏幕上,有我的意识同时展示的不同状态,还有我的意识从其隐藏于我体内最深切的渴望奔赴我目光所及、花园的尽头那地平线之上的全部外部视景的不同状态,而其中于我最亲近的意识,那个不停转动的、统御其余一切的手柄,包法利先生的手柄,是我内心最隐秘处对于自己正在阅读的书籍(不管它是什么书）的美、它的丰富的哲学的信任，以及想要将它们据为己有的欲望。

当对伊莱尔敲钟楼敲响一点，看到下午已被消耗的光阴一截截掉落，直到听见那可以让我算出其总数的最后一响和跟在后头的长长的静寂，像是开启了那任由我蓝天之下持续阅读的整段时光，直至弗朗索瓦斯备好可口的晚餐，要来为我消除因跟着书中主人公东奔西走造成的疲倦。每到一个整点，我都感觉前面的钟声一会儿前才刚响过。最近的那个钟头紧挨着另一个钟头在天空敲响，令我难以相信，那段处在两个金色标记之间的小小的蓝色弧度竟然能塞下整整六十分钟。有时候，那个过早降临的整点比上一个整点多敲了两下。这意味着有个一整点的钟声我没有听见。有些事情应该发生过了，于我而言却没有发生。读书之嗜，其魔力一如熟睡，令我幻听的耳朵失聪，将金色的钟点从那蓝色的钟面上抹去。星期天晴朗的下午啊，在贡布雷的花园的栗树下面，有关我个人存在的琐事被我仔细清空，代之以在一个有丰沛水流滋润的国度的纵深地带充满冒险与奇思异想的生活，你们仍让我回忆起这种生活，在我想到你们的时候，想到你们事实上已包含了此种生活，为了将其一点一点缠绕并封闭于一连串慢慢起着变化的水晶之中，里面贯透了枝蔓与绿叶，贯透了你们的一个个寂静的、有声的、芬芳的、清透的钟点，而我则继续往下阅读，而白昼的炎热渐渐消散。

总之，在由内而外对我意识中同时并存的各种状态的追随中，在抵达它们包裹的真实地平之前，我得到了另一种快乐，安坐的快乐，吸纳空气芬芳的快乐，不受访客打扰的快乐。我们收到一个不明的礼物，将颤抖的双手放在眼前这个包裹上面，却不急于将它打开，而是像在服从某个启迪似地一直磨磨蹭蹭，东猜西想里面究竟是什么东西，这个启迪便是来自快乐自身，因为我们双手的颤抖意味着我们正沉浸于快乐之中，而一旦将包裹打开，在一声惊叫之后，一切都将恢复正常。不过这样的快乐仍受其强烈的意向性和明确的目的性的局限，它总是向着这包裹里面未明的礼物的，它总是为着最终可以占有眼前这个不明礼物而起的。而我们因此欲望而生的紧张，也总是会毒害快乐本身。我的快乐与此类似，但切除了它的意向与目的，让我的意识驻留在我与这被裹起来的礼物之间的关系上，并睁开眼睛，观看这一关系如何一点一滴地影响着我的内心，就好像这礼物正隔着包裹释放出一束束充满温情的微粒，我可以细细品味那不断在我面前扩散开来的正因其不明而变得广大的绵绵爱意。

金色斑点

周六的故事并未结束。它还有一个特别之处是，五月期间每逢周六，我们会在晚饭后回教堂参加"玛丽月"的祈祷仪式,并有机会遇上我姨祖母的钢琴老师凡德伊先生和他的女儿。也在这个月,我爱上了山楂花。凡德伊先生通常会带着他女儿坐到我们边上。这位其貌不扬,讲究得近乎迂腐的男人已经为我未来的生活铺设了一条通向人类精神圣殿的奇特小径,而跟在他身旁那位满脸雀斑长得像男孩一样壮实却经常露出羞怯神情的女儿则将为我铺设另一条我因为不得不长时间行走其间而备受煎熬的崎岖岔路。有一天,我将同时在这两条路上徘徊。不过现在,一切还为时尚早,我至少有足够的时间来描绘教堂祭台上的那些白色山楂花,自然还是用福楼拜文学的扩展式。我需要说出这一点:它们不只是出现在我们尚有幸步入的神圣教堂,还被摆放在了祭台上,与它们作为其中一部分的庆典仪式之神秘密不可分;还有这一点:它们让自己的枝蔓彼此平整地紧挨着,如节日彩装一般铺展于烛火与圣瓶之间,一簇簇发亮的白色花蕾遍洒扶疏绿叶之上,犹如新娘长长的婚纱拖尾。还有:我只敢偷偷地看它们,感觉这华丽的彩装是活的,并且是大自然亲手将它们从枝叶间裁剪下来后,配以洁白的蓓蕾作为至高无上的饰品,令这妆扮既讨众人欢喜,又深具神秘的庄重。还有:这里那里,一些花冠在高处带着一种无忧无虑的优雅舒展开来,如同别上最后一件轻柔的饰物一般漫不经心地含住一束细若游丝的雄蕊,将自己整个地笼罩于一片薄雾之中。还有:我在内心深处追随、并尝试模仿这花儿吐蕊的风姿,想象那是一位活泼又心不在焉的白衣少女,目光妩媚,眯着双眼,冒冒失失地快速晃着脑袋。

我跪在供奉着白色山楂花的祭台下祈祷。起身时,我突然闻到一阵从山楂花上逸出的巴旦杏那种甘苦兼备的气味。我注意到山楂花上有几个金黄色的小点,便设想这香味就藏匿在那底下,像藏匿在其烤焦部位底下的杏仁奶油饼的香味,而凡德伊小姐脸颊的香味也同样藏匿在她的那些雀斑底下。山楂花默默地间歇性地释放这种既苦亦甜的香味,让人感觉犹如一个充满紧张感的生命在窃窃私语,连祭台似乎也在为之微微颤动,就像田野里的花篱受到昆虫触角拨弄而轻轻晃动。看着那几茎橙黄色的雄蕊似乎仍保持着春天的锐气和撩拨的能力,让人不免会想它们是今天才刚刚蜕变为花朵的昆虫。多么有趣的花粉吸入效应!多么神奇的Essenc 转移!莫非世间最重要的 Essenc 都集萃于这金黄色斑点之内。

我在斯万家那边再次遭遇了我心爱的山楂花,以及另一个雀斑女孩,这回是斯万小姐希尔贝特。在我见到她之前,她已是我梦中的常客。

老远我们就闻到了丁香的芬芳,不过花期短促的丁香在这个时节已是半枯,然后我们看到一条两边植满旱金莲的花径,在笔直的阳光下向高处延伸,直达斯万家的宅门。我渴望见到斯万小姐希尔贝特，可也害怕见到她，可能因为我热爱的作家贝戈特是她家的常客，送过她很多有自己签名的书，还带她去观赏各处教堂。我总是受各种关联性的诱惑，认定人与人，人与事物，可以借之彼此相通，并将友情或爱情从这一端传递至那一端。

不过希尔贝特跟着斯迈出门了，不会出现在这条花径的尽头。我沿着斯万家花园树篱边上的小路追赶我外祖父和我父亲，忽然就在一片嗡嗡声中闻到了一股山楂花的香气。我看到那一道树篱，就像一排小祭台被一大片叠堆的山楂花挡了起来，形成了一个露天大祭台。花丛之下，阳光就像是穿过彩绘玻璃一般，在地面投出清晰的网格。它们稠腻的芳香在稳定的区域内弥漫，令我感觉如若置身于圣母祭台之前，而且，这些花朵也同样地将自己精心妆扮，也同样个个都以一种心不在焉的神气含着一束束亮闪闪的雄蕊，将它们火焰似地辐射开去。几个星期之后，那些也将在明媚阳光下爬上这同一条乡间小路、身着一阵风就能将其掀开的红色薄绸胸衣的野蔷薇，相形之下，会显得多么的幼稚又土气啊。

是的，这是对之前玛丽月周六教堂内的意象的一次移植，一次再现，一次升华。如果是弗雷德利克站在这山楂花篱前，他吸入的难道不就是之前教堂祭台前的那种气息吗？如果当时挨着他边上一起祈祷的是阿尔努太太，那么他此刻吸入的不就是阿尔努太太身上散发的那种香气吗？或许里面还同样混合着从山楂花瓣的金黄色斑点底下透出的那种甘苦兼备的杏仁味。然而在福楼拜那里，这两种呼吸是彼此分离的，却又难舍难弃，它们制造的喜悦总是短暂的，而哀伤却是恒久的。我不愿如此消极书写，更不愿将此消极带给我的读者。我决意要将它们融合在一起，让我的想象与书写滑行于充满内在活力的图像之间，并自始至终都能将我的喜悦传递至阅读，而不是在书写即将结束时，在阅读快要终止时，同时也是人物命运即将画上句号时，才去那破败不堪的记忆箱中翻找最后一点慰藉。

让我继续吧：我深吸着这无形却又固定的山楂花的芳香，试图将它们送入我不知所措的脑海，并在那里将这缥缈的芳香重新捕获，让我的心灵能相协于这些洋溢着青春活力的花朵摇摆的节奏（就像某些音乐难以预料的起落）。它们无穷无尽地向我涌来，却偏偏不让我深入其中，就像有些旋律，不论演奏多少遍，你都无法洞悉其中的秘密。我扭过头去，极目远眺，以便在充分蓄力之后来重新面对这些花朵。一条陡坡升起在花篱之外，伸向远处的田野。一株孤零零的虞美人和几株懒洋洋的矢车菊，像点缀一幅挂毯一般点缀着斜坡。这株孤独的虞美人，如同一面火焰形的旗帜迎风而立，令我怦然心动，就像游子在一片洼地上看见有人在修理一艘搁浅的小船，便尚未看见大海就大声喊道："大海！"

我回过头来再次面对这些白色山楂花，以为就像欣赏一幅杰作，稍作放松后再回头，往往便能领略其妙处，然而我依然一无所获。别的花朵，哪怕那株令我怦然心动的虞美人也帮不了我半点忙（其实我也并非真心想要得到它们的救助，你们将一再看到这一点，把它理解成我的狡猾或是我的骄傲或是我根本上的用情专一，那是你们的自由我亲爱的读者，或许它们原本就是一回事），甚至，哪怕我用手搭起画框专将面前这些山楂花框定在我视线之内，我内心激起的感受依旧隐晦且模糊，它只是徒劳地搜寻着以求摆脱困境，去与这些花朵相融无间。

我是否又回到了与追索椴花茶类似的挣扎？不，这两次追索发生的实际时序与它们在我书写中的时序正好是颠倒的，因而不如说：由于我自小就惯如此挣扎纠缠，才会在成年后去追索一杯椴花茶里包含的有关往昔的 Essenc。尽管那个是从眼前追往昔，这里是从眼前追索内心，但就追索是为力求从两者相合处辨别生命的真实而言，它们是一回事。因而，既然我能将这一全力追索真实的习惯保持到现在，并用一杯椴花药茶将往昔成功点亮，我理当在少时面对那一道大祭台般的花篱时，最终也能找到自己渴望的真实。

可是难道你们不是和我一样，聪明的读者，对这里透出的隐喻气息多少感到有些厌倦？尤其当你们认定，隐喻只是一种在狭窄的通道内用**那个**来指认**这个**的谎言形式。是的，隐喻是一种对事物的特殊属性做有限普遍化的虚拟结构，一种简便至于简陋的神话样式，是没有直接说出口的谎言，甚至，是悄然进行的偷盗。但是，它用的不是卑劣的作案工具，而是我们的想象，因而这偷盗是智慧之举；它偷盗的不是财富，而是深陷于昏暗之境的事物的某一侧面，按王阳明的说法，也是我们内心的某一昏暗的侧面，因而这偷盗是拯救之举；它凿开了事物与事物之间原本并不存在的隐秘通道，将它们一齐带入光明之中，因而这偷盗是解放之举；最最重要的是，它制造了一加一的神奇反应，通过叠合此事物的某一侧面与彼事物的某一侧面而让我们看到一张生机勃勃的全新面孔，因而这偷盗是新生之举。就此而言，一切隐喻都寄存着我们的梦想和我们对于生命活力的渴望。一切隐喻本身都是生命运动的提喻！

但是此刻（或者说彼时），我的精神与情感深陷昏聩之境，难以脱颖而出。我的隐喻眼看就要落空，我想要制造的神话正在溃散。在文学即将失败之处，**真实**的身影也跟着快速退场。可是，这是整个我的起点啊！如果说那杯椴花茶是我通向往昔的起点，那眼前这些山楂花便是我通往未来爱情，通往写作、绘画、音乐，总之，我的全部艺术生活的起点；或者说，这尚未到来的爱情将最终触发我对于艺术的最真切的渴望和果决的行动。那就请你们，一直都缺乏耐心的读者，允许我在这里多叨叨几句吧。

就在我一意孤行却一筹莫展之际，我听到了外祖父的声音，它为我送来了快乐，也给我带来了启示。这也证明日常语音是一种迷人的音乐，它们随意的姿态、线条、节奏与韵律中蕴含着易于为人们忽略的真理。很多作家写不好东西，常常是由于他们认为日常语音过于杂乱或是过于破碎，传递的语义又过于简单或过于寻常，总是想要修正它们，甚至直接越过它们。他们看不到日常语音正是借助这样的不协调不合理造就的喜剧特质向我们传递关于真理的启示。当我们面对一个欣喜若狂的人或一个怒不可遏的人，他们说出了什么并不是最重要的，他们如此粗疏低效地向人们释放出一长串错乱的语音来才真正说明问题，也就是说，日常语音本身变成了最重要的语义。我们不是通过他们说了什么，而是从他们发出语音时的滑稽的气息与节奏以及它们传递语义的笨拙来判断他们当下的情感状态。我们有时会过于尖锐执着，急于奔赴预定的目标，结果却一再受挫，将锋芒削尽。这时候，边上两个女人之间无休止的叨叨，或是过家家的小孩们神情严肃的讨论，或是附近一个中年男人声调悠长抑扬的叫卖，甚至路边衣衫褴褛的疯子猛然间的仰天大笑，让我们紧张的身体忽然松弛下来，而我们苦苦求索的那个答案也跟着自动来到了我们眼前。这种隐晦不明的时刻之于我们，很像诗人在月亮下的踽踽独行，他误认为孤独与隔绝有助于自我探索，有助于让他从自身内部寻找诗歌的灵感，但不曾想，对于孤独与隔绝，阳光自有其更广阔的定义。这时候，贴着某个房舍一角缓缓抬升的半个旭日让他突然发现白天已经到来，他苦苦追寻的灵感已经自动变成了诗行。阳光从外围四面贯穿我们的孤独与隔绝的内核，因而也就更容易显示其完整的面容。日常语音便具有这种为我们揭示真实的普遍性的阳光的特质。我们冒着雨雪回家，寒冷像针一般刺穿我们的脸颊我们的手掌。我们的精神是集中的，我们的情感是坚韧的，对于寒冷的感受，没有比此刻更加清晰，因为我们在它刺激我们的每一个角落都奋力做出抵抗。但是，当我们回到家里，一股股暖流将我们身上的雨雪化作缕缕蒸腾而上的水雾时，我们才发现自己在冰雪天里关于寒冻的感受是片面的，尤其当我们将冻得通红的双手浸入一盆热水之中，我们的毛孔突然舒展开来，重新感受到针刺一般尖锐疼痛，但细细感受时似乎又更接近于难以忍受的烫，我们这才会承认刚才我们在外面感受到的刺骨之痛其实并不是什么真正的痛，而只是一种麻木，真正的刺骨之寒应当包含灼烧之痛。我们笑着大叫起来："真痛啊！"这声叫喊中包含有我们对于三九寒冬更真实的理解。我外祖这时的声音就像阳光代替了月亮，将我脑中的阴霾一扫而空，并让我看到了我一直独自在"月光之下"苦苦追寻但永远都不可能找到的东西：仍是山楂花，却是另一种山楂花。

"你是爱山楂花的，看一下这株玫瑰色刺山楂花，它多漂亮！"外祖父指着一株玫瑰色刺山楂说。是的，它比白色山楂更美，更富丽，因为它身着真正的节日——宗教节日的盛装。整棵树层层叠叠缀满了花朵，它看上去就像一支洛可可风格的花哨权杖，并且因为它们是有色的，它让人感觉质地也更为精良。

仅仅是这样吗？我被眼前这株玫瑰色山楂花打动仅仅因为外祖父向我指出了它的与众不同吗？不，打动我的并不是它的特殊，特殊只是其显现于此的一个结果，而是它代表的更广泛也更深远的真实。"它多漂亮！"这一声惊叹虽说出自我外祖父之口，却依托于没有谁比他更了解的作为贡布雷的普遍真理的贡布雷美学准则。在市中心各家商店，甚至加缪杂货铺里，玫瑰色的饼干总是卖得比别的饼干要贵。这让我认为干酪在抹上玫瑰色果酱以后看上去会更加值钱，哪怕我知道他们不过是在上面浇了一点捣烂的草莓而已。而这些花儿正好选择了那种更贵的食品的颜色，或者说一种用以装点盛典华服、并令其因之而备显优越的颜色，在孩子们眼中它们就明摆地显得美丽了，也因为这个缘故，他们认为比起别的颜色来它们更富生机也更加自然，哪怕他们知道，颜色既不能帮他们解馋，也不能成为裁缝的衣料。

与其说是那些花朵，不如说是那血般的殷红在分泌这刺山楂与众不同且不可违拗的 Essenc，令它不论在哪儿发芽，不论在哪儿开花，都只会是玫瑰色。它出现在花篱之中，又不同于花篱，就像一位身穿节日连衣裙的姑娘处在一群穿着便服居家不出的女人中间，它已为玛丽月庆典做好准备，甚至已成了庆典的一部分。面带微笑，着一袭玫瑰色新衣，显得如此光彩夺目，这可人的、信奉天主的山楂树。

是的，我外祖父的声音引导我指认眼前这株刺山楂的 Essenc 所在。它带给我的愉悦一如我在成年后有一天看到了柯罗的《池塘边的放牛》，或者说，我看到柯罗这幅画的愉悦中已包含我祖父曾经给过我的启示。柯罗似乎酷爱水面造成的反光，画过许多围绕池塘组织的田园风光。在他这些画作中，我们一再看到作为背影的大面积的明丽天空与前景处于同样大面积的阴影处的树与人与牛群构成对立，而池塘的出现则以其足量的反光平衡了这一对立，在保持光的穿透性的同时，让整个画面充满迷蒙之感。我们将视线落在呆立不动的牛群身上时，会获得一种宁静之感，而当我们将视线顺着或弯曲或倾斜的树干与人体边缘的亮色伸展时，我们又会心生动荡之感。但是这两种感受非但并不相悖，反而彼此相谐，因为遍布画面的反光已成为流淌在所有这些事物四周的空气，不仅平衡了光明与阴影，也糅合了宁静与动荡，让它们成为大自然这个神秘又秀丽的大家庭中的一分子。一切都处于唯有家庭成员之间才有的那种亲昵的感应之中,将其各自仪态与个性的神秘充分展示于广泛融合的谐和之中。

直到有一天,我看到了那幅他创作于 1863 年的《池塘边的放牛》,仍旧是那些事物,池塘,树丛,人,牛,但其各自清晰的轮廓光消失了,变成了一团团模糊不清的色块,之前那种无所不在的融合自然也随之消失了,甚至天空都不再是强光的发源地,像是气化了一般变成了青色与白色相间的色流。总之,中国画式的泛光与笔触统摄了整个画面,在具体的细节也消失殆尽的同时,风的细节,空气的细节,色彩与形的细节却变得无限丰富。可以说是语言的细节吗? 也许吧,但我更愿意说是超然之象的细节,那种通常只有在中国水墨画里才能见到的随意蔓延的细节,清晰而坦然。自然不再呈现为如同家庭成员之间充满感应的融洽,而是一张古老又新鲜的动人面孔,一个消除了时间与地域标记的却充满生气的生命体。面对这样的创作,柯罗是不是看过中国水墨或是不是从中得到过灵感有什么重要呢? 就像福楼拜之与诗经。我们精神朝向的突然转向既是出于灵感,也是历史挤压的结果,无论如何最终都促使我们像寻找新大陆那样,找到新的精神空间去重述人类的故事,并为新临的分离寻找崭新的融合之道。

仅仅只是这样吗? 不。在画面中央稍偏左的地方,有一块令我怦然心动的亮丽的玫瑰红,接近那株刺山楂的花朵的颜色,紧贴着它下面一片耀眼的白色。那是一个农舍。它的面目是如此奇特,仿佛所有事物都于隐晦不明之中,唯独它享用着强烈的阳光,和它带来的清晰的线条与单纯的色彩,就好像在一幅中国画中,出现了一小块西洋画。但同样是因为这整体的中国画氛围,我们不会那么明确地要将这个农舍的雪亮的白色与玫瑰色当成是阳光作用的结果,而会本能地将它们仅仅当成迥异于周遭的一个色斑,因而尽管它与众不同却并没有因为扭曲画面的光影结构而显得突兀,相反,它在由柔和的色调与笔触构成的东方自然氛围中保留了一张生机勃勃的西方的脸,不仅让整个画面一时间灵动起来,变得富于节奏,也让弥漫其中的超然之气显得更加真切,更易于触摸,就像白色山楂花瓣上的那些金色斑点一样,散着能激起观众极度愉悦感的可口的焦香味。

一切创造都是生命的无限变奏的传奇。在为柯罗晚年这幅作品大声叫好之余,我忽然间明白了他之前画的那些奇特的风景画都是刻意追求的结果,它们深具个性,并且达到了各自的巅峰。而当我看到他这一幅画之后,我才会信心十足地说:正是柯罗之前展示的绘画个性令柯罗踟蹰不前,也正是这一个性将他最终推向这里,他的新的艺术巅峰。难道音乐不也是这样吗? 我们为一首钢琴曲中的某个乐句着迷,不知道它为什么如此打动我们,直到有一天,我们在另一首奏鸣曲中认出它来，我们之前的所有困惑忽然得以解开：原来是这个！但无论这个还是那个都并非全部。

一个女孩突然出现了，站在一片片从蜿蜒在花圃小径上的绿色橡皮水管的小孔里喷出来的水雾幻生的小彩虹里。小径两旁簇拥着茉莉、三色堇、马鞭草和正打开自己香囊的紫罗兰，让每一道小彩虹都吸附了它们的芳香。少女一头黄得发红的头发，手里拿着一把花铲，正仰着一张布满**玫瑰色**雀斑的脸看着我们。她黑色的眼睛闪闪发亮，噢，我那时还不具备（现在也没学会）人们所说的将强烈印象做客观归纳的"判断力"，因而在很长一段时间里我一直都认为那是一双蓝色的眼睛，可与她的一头红发相配。

我看着她，目光一时不再为眼睛代言，而成了向面前的少女倾泻焦躁与错愕的窗户，它想要抚摸、俘虏、劫掠对方的肉体，连同寓居其中的灵魂。因为担心我父亲和外祖父看到这位少女并让我离开，我的目光一时又变得带有不自觉的恳求意味，想要迫使她注意我，来认识我。她转动着眼珠，看到了我父亲和外公，也许觉得我们很荒唐，便转过身，冷淡傲慢地侧身站着，不让自己的脸进入我们的视线。我父亲和外祖父继续往前走，并没有看到她。等他们从我面前走过，她又将目光朝我这边远远递过来，并无特别的表情，也没有看我的意味，却带着一种凝视，一种冷冷的笑意。以我当时掌握的有关教养的准则，那只能是深具侮辱性的蔑视的证据。同时，她向我做了一个下流动作，在我脑子里的礼仪小词典里，公然向一个陌生人做这种动作只传递一种感觉，那就是傲慢。

这时，我听到一位穿白裙的女人尖声叫出了她的名字：希尔贝特。我并没有认出这位白衣女人就是之前我在外叔祖父家见到过的那位穿粉色连衣裙的女人。她边上还站着一位身穿斜纹布便装的男人，他盯着我看的眼神，就像要吃了我一样。我也要等到很久后才会想起，他便是夏吕斯男爵。希尔贝特收起笑容，拿上花铲走开了，没有回头看我，让我感到难以捉摸。而对我来说，这个名字不再只是意味着与我的偶像贝戈特的密切关联，此刻又有了一个崭新的形象：刺耳且沁人心脾，出现在茉莉花和紫罗兰的上方，犹如从绿色水管里喷射而出的水珠，令它穿过的区域的空气变得湿润，并且现出一道道彩虹；它同时指代了一种与外界隔绝开来的神秘生活，是专属于有幸与她一起快乐生活、旅游的人们的标记。像弗雷德利克羡慕阿尔努太太手中的书籍的作者那样，这一声呼唤在玫瑰色山楂花下，在我的肩头之上，铺展开来，令我感到痛心，它蕴含着他们彼此相熟的精髓或者说 Essenc，而我则被挡在外面无缘结识。

我父母定下一个比往常更早的回巴黎的日期。临行那天上午，我挣脱非要为我卷发、戴帽、穿丝绒外套以便拍照的家人，跑到斯万家那边一个小斜坡上，扯下卷发纸，和那顶我从未戴过的帽子一起踩在脚下，然后双才抱着那棵带刺的山楂树的树枝，像一个悲剧中的王妃那般，泪流满面跟它告别。我向它们许诺：我长大之后，不会像别人那样荒唐度日，即使到了巴黎，到了春天，我也不会去别人家走门串户，听一些无聊言语，而是要回到乡下来探望最早开放的山楂花。也许你——伪善的读者——会觉得这个小男孩生性夸张，装腔作态，可他其实是半个中国人，很多时候生活在《诗经》的世界里。

"清凉"

从贡布雷出发，有两个"那边"可供我们那位少年（我就直接称他为"我"吧）散步，酒乡梅塞格利斯那边和盖尔芒特家那边。如果确定是晴好天气，他们一般会往盖尔芒特家那边走，且一早就出发，因为去这个"那边"的路途相对较远；不然，他们就晚一点出发，往相对较近的梅塞格利斯方向走。由于去往酒乡梅塞格利斯得经过斯万家的宅院，这个方向也被"我"称作斯万家那边。

按法国人的传统，散步是看与思之路，文学与哲学之路，就像笛卡尔喜欢在混乱的人群中散步，卢梭喜欢在大自然的怀抱中散步。梅塞格利斯那边是美丽的平原景观，沿路有斯万家的花园，广阔的田野和鲁森维尔森林；而盖尔芒特家那边则拥有典型的河道风貌，它的最大的魅力，便是维福纳河会一直在你身边流淌。捣蛋鬼们则会在河里放一些长颈大肚玻璃瓶用来抓鱼。注视这些瓶子令"我"感到快乐，它们将河水封在里面，而河水又在外面将其整个包裹。它们是如同固态水一般通体透明的"容器"，同时又是浸在更大的流动着的液态水晶容器里的"内容"。它们展示了**清凉**的形象，一种它们在餐桌上不可能展现的可口又撩人的姿态，因为在餐桌上，清凉的形象只会在水和玻璃之间如头韵一般来回逃逸，而我们的手无法抓住缺乏稳定性的水，我们的嘴也无法享用不具备流动性的玻璃。

到了野餐时间，"我"和家人就在长满鸢尾花的岸边坐下，吃点水果、面包、巧克力。"我"经常看到一位船夫，弃桨仰躺在舱底，听任小船儿随波漂荡。"我"看到的只有在"我"上方缓缓移动的天空，而写在他脸上的则是他已然品尝到的幸福与安宁。若是能如"我"所愿地生活，"我"很乐意仿效这位船夫。圣伊莱尔的钟声贴着水平面传来，微弱，但依然致密，保留了金属质感，并未与它长时间穿行其中的空气混合,仍带着由其全部音线连续震颤形成的棱纹,掠过花朵,直抵我们脚下。

为什么这些形象令我如此着迷?甚至,当我在说"这些"的时候,我并不能真正确定,"这些"又包括了哪些?我既不在向我自己也不是在向你表明我观察外部世界的个性的细致与独特,这是最不重要的,我也并没有动用暗示、隐喻或象征的功效,向你传递某个思想秘密,我是想说,世界不再只是形象,世界在说话,用它密布的象形文字。这不是我个人的事情,而是我和你亲爱的读者我们共同的事情,当我看到这些象形文字的时候,我就把它念出来,我知道,你也和我一样立刻听懂了这些文字。我被这些象形文字吸引,自然而然地把它们堆在一起,就像我们不假思索地在一只杯子边上放下另一只杯子,这一举动如此寻常,如此明白无误,后面没有任何秘密。我要找的答案不是那只瓶子是不是清凉,因为它就是"清凉"这个词的象形写法,我要问的是,这个象形文字是如何打动"我"的。我并没有在生前对自己明确地提出这个问题,因为我坚信,我的思想应当在我死后的思想里,或者说另一个人的思想容器里进一步孵化,这样,方能以那个"清凉"来披露这"清凉"。

"我"先是在"我"姨妈的房间里,后来又在"我"自己的房间里读到了这"清凉",后来又在花园里,又在书籍里,又在教堂里,又在河边读到了它,当然,也在"我"的脑子这个隐蔽的处所中读到了它,不是简单地以某个物品或某个形象独自写就的,而是用关系书写出来的,这关系又由那些能在精神界与物质界无碍穿行的自由精灵,那些我称之为事物的 Essence 来触发并催化。

一小群苍蝇振动细小的翅膀,倏忽而止,倏忽又起,声音多么奇妙,就像夏季室内乐一般,在"我"跟前演奏它们的小曲,并带给"我"人类音乐会的空气难以触发的阳光灿烂之感,因为苍蝇音乐会与夏日有着比之远为必然的关联:它诞生于晴朗之日,也与晴朗之日一起重生,它蕴含了些许晴朗的 Essence,不仅在我们的记忆里唤醒晴朗的形象,还证实它回来了,已确实现身,弥漫周遭,触手可及。

带给"我"灿烂夏日之感不只是苍蝇在"我"屋里开的小型音乐会,或者说,这个室内音乐会的成功演出,有赖于它外围的另一把乐器的协奏:加缪在神甫街上对着满是灰土的板箱的一记记击打(弗朗索瓦斯已通知加缪,姑妈没在休息中,可以放胆整些动静出来),那声响在炎夏时季传音格外透彻的空气中回荡,仿佛有一簇簇猩红的星星被击得远远飞溅开去。

"我"的卧室在其几乎完全闭合的百叶窗后头抵挡住下午的阳光,颤颤巍巍地保护着它透明易碎的清凉,然而仍有一缕缕白日的反光凭借其黄色翅膀透窗而入,一动不动地停在木页与窗玻璃之间的角落里,像一只端庄的蝴蝶。此时"我"已一手握书躺在床上，正是借着这一丝可让"我"勉强看清字迹的反光，追随着书中的主人公展开自己的冒险与爱情的幻想。这幻想因文学而生，且由这屋里的清凉滋润，等待有一天**我**能由此发明一种新的叙事，来重新包裹那将其层层包裹并成功催生的透明容器。这个容器从来都不是真正密闭的，而是以隔断表明了开放，无论在其外部还是在其内部都留着他物的 Essence 可以自由出入的通道，不仅是以蝴蝶姿态出现的反光，不仅是由苍蝇与加缪神甫一起演奏的内外交响的音乐会，还有那位仿佛乔托美德图中人物形象的帮厨女工，会在"我"打开书本之前，端上一杯以"我"母亲话说仅仅是开水的咖啡，然后又送来一杯只是微温的开水。她的笨拙无意中令弗朗索瓦斯的优点闪闪发光，就像谬误通过对比令真理更加灿烂夺目。这样的衬托也发生在弗朗索瓦斯与我的姨妈之间。在我们的思想中，这样的衬托关系也可以反转过来，让我们重新认识弗朗索瓦斯的诚挚与帮厨女工的质朴。

我已经从盛满对周遭事物感受的意识的容器，进入了文学的容器之中亲爱的读者，因为我已经尝试着将它们描绘出来，而你也已经尝试着去感受并接纳它们。就像一个果冻里面不仅包含了水果的清香，还包含催生那些果子的空气、土壤与季节的流变，这文学的容器里同样盛装了诸多蕴含事物 Essence 的活力晶体。这个文学容器并非那个脆弱的、由"我"房间全力保护的幽暗的清凉本身，而勿宁，它将"我"的房间，与苍蝇与神甫乐队，"我"的家人和仆从，以及外面灿烂的夏日收集在自身之内，才最终催生出一个真实的"清凉"，这一清凉处于烈日晴空之下，正如阴影处于光线之中，同属光明，同样为"我"的想象提供关于整个夏日感受的真切图像，而即使"我"在外面散步，"我"的感官也只能享用其中的一些碎片。这清凉因而于"我"的休息十分相宜，尤其在"我"因书中的冒险故事而心绪激动之际，这样的休息便如同将一只静止不动的手掌置于流水之中那样，令"我"经受湍流的震撼，并感受其勃勃生机，仿佛一个新的生命就要脱颖而出。

循环

文学可以同时以世界与其自身为对象。我对"我"在贡布雷时光的描述，是成人的回忆，但并不是用完全外在的目光、不是用完全固定的目光。在很多时候我将成年叙事者的感受只止于"我"所感，并对其未来世界保持未知的困惑，但仍令其凭借拥有"我"的称谓，随时跨越边界，动用成人的"我"的目光，进入成人的"我"的心灵，也就是说，与成人的"我"合一；在某些时刻，还与作为叙述者的**我**合一，因为这个成人的"我"充当了叙述者角色。"我"因此拥有三种视野：少年受当下视野、成人的回忆视野，以及叙述者的上帝视野。事实上还有第四种视野，即作者视野，因为我也经常借"我"之名，将叙述者与作者混为一谈。这个"我"，因为未来的不断加入而不断改变着自己。这个未来是"我"所未知的"我"的未来，也经常被当作我本人不明的未来。尽管我反对自传式写作，但依然，在某些时候，我会通过有意混淆人物、叙述者与作者，来制造精神的循环容器。

也许你会觉得这是文学的逾越行为，既借用第一人称之便，又不放过第三人称之利，一方面排斥自传体写作，一方面又利用自传体的真实可信做文章。但如果这里面包含了人类精神至关重要的真相，这样的逾越又有何妨？借助虚构显现真理并借助延伸虚构来延伸自己，是文学神话的精粹所在，也是文学最优质的传统。对于文学而言，连"自传体的真实可信"也可以是一种为展示文学根本真理而采用的虚构：在"我"似乎因为变成了**我**而落入反文学的**现实**之内的同时，**我**已因为变成了"我"而将其自身投入虚构之境。

我渴望在此造就的新文学正好就是对于"我"自少年时代就萌生的对文学的无限渴望及其整个行动过程的描述。这不是一个死循环，而是一个拓展性循环，是一个文学生成模型，也是一个精神运动模型。我在我热爱的前辈作家巴尔扎克、福楼拜和陀思妥耶夫斯基那里反复看到类似的模型。当我在描述这一模型的时候，我既是在试图展示文学创造的真相，也是在试图展示人类前后相继的精神运动的真相。难道不是吗？我尝试用一种新的文学包裹"我"对于文学的梦想、理解与实践，从根本上说，是一位巴尔扎克、福楼拜和陀思妥耶夫斯基文学的读者对他们曾经使用过的文学模型做的承续、延伸与力所能及的拓展，而本文的作者（他必然是我的文学的读者，极有可能也同时是巴尔扎克、福楼拜和陀思妥耶夫斯基文学的读者）不也是在尝试用他的文学来包裹我的文学吗？他岂不是试着借助那同一个文学模型即**虚构我的虚构**来实践他自己心目中的新的文学吗？

在我的生命时日无多之际，我借那位已是成人的"我"对阿尔贝蒂娜谈了陀思妥耶夫斯基。当时她正在为"我"弹奏凡德伊的那个令"我"着迷的乐句。它曾经是斯万与奥黛特的爱情圣歌，现在又成了"我"的爱情圣歌。

亲爱的读者，你可能已经看出来了，但不必对此感到惊奇，母亲一天天变成像外婆，母亲之爱重复了外婆之爱，"我"一天天变得像斯万，就像阿尔贝蒂娜重现了奥黛特的神秘背叛，"我"重复了斯万的无限嫉妒。"我"嫉妒阿尔贝蒂娜与那位带雀斑的白山楂姑娘凡德伊小姐之间不明不白的关系，"我"还嫉妒她说希尔贝特（另一位带雀斑的红山楂姑娘，要知道她可是斯万与奥黛特的女儿，也是"我"的初恋女友)曾经吻过她。我的文学样式并非完全由我设计的,更多地得益于上面提到的几位先辈的指引。这几位伟大的前辈或许尚担心重复容易受到创造力贫乏的指责,因而不免刻意提振人物形象表面的差异性来稀释他们事实上有意而为的重复。凡德伊的音乐对于重复的态度要自如得多。他那个迷人的小乐句,不仅在阿尔贝蒂娜为"我"弹奏的钢琴曲中反复出现,也不断在他的奏鸣曲、七重奏中以相似的面目出现。如果这个小乐句是一个活力晶体,编排它们反复呈现的音乐作品便是其精神容器。当"我"第一次听到由那《凡德伊奏鸣曲》发展而来的体积庞大的《凡德伊七重奏》时,"我"不但没有被它打动,反而感觉整个曲子异常喧闹,不堪忍受,直到"我"突然从中辨认出了那个令"我"魂牵梦绕的小乐句,整个七重奏的巨大魅力才由此呈现出来。这一启示是双重的:精神容器对于活力晶体的包裹不仅可以展现为埃尔斯蒂尔的绘画那样的事物在空间中的融合,也可以展现为时间线上的循环往复;而当包裹这一活力晶体的精神容器不再是一个简单的时间或空间形象,而是变成像大教堂那样的复合体时,那么整个包裹很可能会暂时丧失其原有的显而易见的魅力。观众的视野需要跟上这新的精神容器大大扩展了的边界,方能找到与他曾经捕捉到的真实面目类似,但已焕然一新的真实。

"我"告诉阿尔贝蒂娜,伟大的作家都反复写一部作品,并且所有伟大的作家都在不断写同一部作品,以其不同的介质折射他们想要带给世界的同一种美。《驴皮记》不是《浮士德》的 19 世纪(一个全面驱逐上帝的世纪)的版本吗?《幻灭》与《交际花盛衰记》岂不是《驴皮记》在抹掉了其寓言色彩之后的一次重写吗?而《交际花盛衰记》岂不就是《幻灭》的巴黎版本吗?妓女艾丝苔岂不是演员高拉莉的全面升级版本吗?音乐家许模克不是收藏家邦斯舅舅的青年镜像吗?甚至弗雷德里克,不就是那位终于有机会充分展现自己整个生命历程的包法利先生吗?弗雷德里克不是以一种对称方式重复了爱玛对爱欲的无限追逐与永远的不可能吗?这里面岂不也具有浓浓的《浮士德》的气息吗?

关于陀思妥耶夫斯基,那次我并没能说得很清晰(不过我想我抓住了根本。现在我有机会借着本文作者对我的虚构来做一些延伸讨论),一方面是由于仓促,一方面我本能地排斥把它说得过于清晰(请你们无论如何原谅我的啰唆,当然必然还有他的啰唆。我的啰唆是因为我呈现的诸多图像,里面包含的是未加明说的相似的内质,他的啰唆则是因为,除了要复现我的啰唆风格,还得说出我没有直接说出来的东西,在很多时候他还得借我的名义给出他自己对此的评判)对于那些伟大的作品,借助智力的转译总是可疑的,很容易削弱作品自身的神秘与开放。无论音乐家还是作家,他们都是在聆听、观看宇宙的一个调型或句型之后重又将他们所聆听到、观看到的这一模型投影出去。当我们心灵完整地、不分彼此地接纳这些经过另一个灵魂的折射的世界自身形象并陶醉其中的时候,它们是触动并打开了我们体内那个久已存在的与之相似的世界的一角,并掀起它们曾在那个灵魂里激起的相似的动荡。这时候,我们往往既不在意也没有能力去搞清楚在我们的感动里面究竟有哪些条条框框在起作用。我们只是反复地指认,它们在那里,也在这里,它们在外面,也在里面,它们有一片物质的外形,内含一个精神的晶体。在那一刻,接受的神秘与开放重复了创作的神秘与开放,甚至可以说,接受者也成了创作者。领悟一个作品,重要的不是去解释它何以如此,而是去完整地看到并感受它如此这般的鲜活。而智力活动的最大作用往往只局限于寻求解释之于公众的说服力而已。

在重新谈论陀思妥耶夫斯基之前,我需要先谈一下巴尔扎克那个令人难以置信却又动人心魄的妓女故事。妓女艾丝苔为爱吕西安而洗心革面做了修女,才子吕西安为了金钱和爵位与魔鬼订契约去追逐枯瘦如柴的公爵之女。艾丝苔为帮助吕西安实现自己的梦想重又弃良为娼,投入银行家纽沁根男爵怀抱,并在为吕西安准备好他需要的钱财后服毒自杀。吕西安又因这钱起的风波而入狱并最终上吊自尽。但两人都不知道,艾丝苔有一笔数额巨大的遗产,足以买下吕西安疯狂追逐的任何爵位,扫清他们爱情道路上的一切苦恼。

从《驴皮记》到《邦斯舅舅》,巴尔扎克的故事一直都在人类的欲望管道中推进,但无论经过多么复杂的变形,它们总是会在完成**这一个包含着那一个,那一个又反过来包含了这一个**的生机勃勃的循环之后迎来最终湮灭:轻生者拥有了挥霍生命的特权,却因此裹足不前,死守着自己一条小命;守财奴敛财一生却像是从未见过金子的穷人,死于神父那枚镀金十字架,他不重钱财的女儿却要面对难以耗尽的巨额遗产;收藏家节衣缩食收买艺术品,为此不顾体面贪吃白食,最后死于自己那些价值连城的珍品;复仇者成功实施了自己的复仇计划,却也因之两手空空,郁郁而死。她苦心孤诣拆散十多年的家庭在她死之前重新团圆,却在她死之后又自行解体。妓女艾丝苔的故事是所有这些故事中的极端例子。首尾相连的单向运动在这里变成了彼此纠缠的多重运动。无一例外的是,在这生命循环模型毁坏之后,读者面对的并不是虚无,而是喜剧,因为那个生产这一生命循环的世界或者说社会仍一如既往地照常运转,维持着自己的生产。这个世界的终极形象就是那位魅力无穷的、同时代言强盗与警察的那个不死的伏脱冷,人类永远的魔鬼。正是它,为陀思妥耶夫斯基开启了他自己的文学的大门。

当然,也许还存在别的源头。几乎与巴尔扎克同一时期,爱伦·坡也做了极其相似的探索。从《椭圆形肖像》《威廉·威尔逊》《黑猫》《泄密的心》可以看得十分清楚,甚至,从《乌鸦》ing 与 or 两个音的来回交替中,我们都能看到爱伦·坡十分痴迷于这种循环叙事模型。这不禁让人怀疑,柏拉图说法是对的,人类心灵或许真的存在着普遍的理念,让他们能远隔重洋照此模型同时做出十分相似的东西来,两者的差异只是一个处理了欲望,一个处理了神秘。我们确实应当追溯到希腊人那里,但不是柏拉图,而是比他更早的索福克勒斯。《俄狄甫斯王》岂非已具类似循环运动的雏形吗? 只不过预言的存在让我们忽视了这一点。在预言家消失的时代,命运就变成了爱伦·坡的神秘,而在神也消失的时候,能承载这一奇特循环的便只剩下人的欲望了。

　　陀思妥耶夫斯基将巴尔扎克已将其逐出人间的上帝重新拉回这个正经受分裂之苦的欲望世界。上帝并未实际现身这个世界,却处处被言及,也就是说,上帝在场于人类的言语之中,并且主要地,在场于人类的否定性言语之中。正是这一点,加剧了这个欲望世界原有的分裂,也令陀思妥耶夫斯基作品的所有人物都多少染有那同一种癫狂,即言语或者说表达的癫狂,而不是行为的癫狂,行为的表面癫狂既是由言语或表达的错乱而起,也是出于人物为要寻求那不可能的言语或者说表达:上帝如何既在又不在,既旁观又干预? 既默不出声又处处裁判? 如果人类言语是陀思妥耶夫斯基作品中无处不在的魔鬼,那么上帝正是借由人类言语这个否定性的魔鬼而永远在场。因而,陀思妥耶夫斯基的所有主人公,只能是那些敢于深入人类片面的、分裂的言语内部去探寻语言的完整面目(怜悯与宽容是其最主要的特质,但已卸下施予的负重,转化为快乐智慧)的勇士。他们终将摆脱人类言语的魔障,在语言之光中直接面向上帝(他正在退场,因为拯救的重任已转交给他的儿子——语言)。通常这也是陀思妥耶夫斯基文学的解放时刻。

　　基于这一点,陀思妥耶夫斯基将巴尔扎克的欲望循环与爱伦·坡的神秘循环拓展至人性内部,甚至语言内部,使其更富穿透性。对他来说,爱与狂恨,善良与无信,羞怯与傲慢,不过是同一种性格的两种状况而已。不同于德国人式的对立辩证法,陀思妥耶夫斯基的辩证法没有真正的对立面,更多的是彼此互含,彼此纠缠,直至湮灭,滑入透明的虚无,而那往往又是另一个人间的入口。陀思妥耶夫斯基笔下人物的行为反应总是会让我们大吃一惊,因为谁也不具有我们通常认为一个人应当具有的确定的本质。我们也总是能从他写下的每一句话里听到很多句话,从一个声音里听到很多个声音,从一个语义中理解到很多重语义。没有哪个语音或语义能够指代真理,但是一个声音中的多重声音这一事象本身却让我们看到了真理开放的身影。几乎他的所有人物性格都是如此书写的,几乎他的所有人物故事都是如此推动的。其中最迷人的是《卡拉马佐夫兄弟》里的那个"疯女人"的故事。它的篇幅很小,却是整部作品的关键部件。

一个叫丽萨维塔·斯麦尔佳莎娅的疯女人,身材矮小,体格结实,但有一副白痴相,不论冬夏永远赤着脚走路,且只穿一件麻料衬衫。全城人把她看作上帝的人,他们施舍她衣服鞋子,她会转身放到教堂门廊下,给她钱,她则放进教堂或监狱的捐献箱里,给她点心,她会送给她最先遇到的孩子们,或是拦住一位阔太太塞到她怀里,自己只用黑面包就水糊口。她一周回她酒鬼父亲家一次,但不是在过道就是在牛圈里过夜。小城里的人们都很乐意接待她,而有些老爷则认为她做这一切是出于骄傲,尽管她不会说话,只是偶尔吼上一两声。老卡拉马佐夫偷偷奸污了这个疯女人。镇上的人都认为这是老卡拉马佐夫干的,因为只有他干得出这种邪恶的事情来。

老卡拉马佐夫并不是一个简单的恶人,说他是一个真正的虚无主义者或许更确切一些(当他攻击教会或神父时,他引用席勒,有时候还会用上一两句法语或拉丁语,用的是青年陀思妥耶夫斯基本人曾痴迷的社会主义论调),只不过他的嗜钱如命、极端自私和惯于撒谎的恶习掩盖了这一点。他不相信人世间存在什么善,因而遇到善人指责自己,他会不惜亮明自己的无赖底色,来指证对方的虚伪,或是直接予以无限度的诋毁。他厚颜无耻,甘做小丑,同时清楚地知道自己在演小丑,并因此一心要把别人也搞成小丑。总之,他出现在哪里,哪里便成为一个令人啼笑皆非的闹剧舞台。就取消善恶的差异性,将它们一并视为表演而言,他有《浮士德》中恶魔的坦诚。对这样的人,陀思妥耶夫斯基既不能也不会甚至还不舍让他人、社会或教会来惩罚他,因为那些东西对他从来就没有说服力。他当然更不会让上帝亲自来惩罚他。上帝不惩罚魔鬼,因为魔鬼没有痛苦,也没有悔恨。老卡拉马佐夫固然极端自私,他对格鲁申卡的恋情也带有纵欲色彩,但其痴迷表现却符合爱情的全部特征,在这一点上,陀思妥耶夫斯基追随了巴尔扎克对纽沁根男爵的绝望爱情的处理方式:再讨厌纽沁根的读者也会被这位吸血鬼追逐艾丝苔的疯狂行为打动。作家必须超越自己个人好恶,学会对魔鬼说"你好",同时也让读者学会去这样做。疯女人怀孕后有一位女富商早早将她接到家里待产,不让她出门。但在最后一天,这个疯女人溜了出去,爬进老卡拉马佐夫家的院墙,在里面的澡堂里产下一子。"她怀有身孕,如何翻过坚厚的高墙始终是个谜。"(这个处理很像巴尔扎克写赛里奇夫人救吕西安的那场戏。他花了很大篇幅津津乐道于其反物理学定理的神奇。大作家们不仅不掩饰自己笔下故事的不合理,反而大加渲染,因为重要的不是这些人物的举动是否合乎常理,而是它们包含最动人心魄的生命的真实。)疯女人在产子后死去,老卡拉马佐夫的家仆夫妇收留了这个弃婴作养子。小城的人给了他老卡拉马佐夫的名,叫他费多罗维奇。老卡拉马佐夫不但没有反对人们那样叫这个男孩,还按他母亲的名给他取了姓:斯麦尔佳科夫。这位当年的弃婴,受了老卡拉马佐夫的二儿子伊凡"一切皆可为"的思想影响。在洞悉伊凡想要自己父亲死之后,斯麦尔佳科夫将老卡拉马佐夫杀了。除了伊凡,没有人怀疑这事是斯麦尔佳科夫干的,反而都认定长子米卡杀了自己父亲,不仅因为父子俩都深爱同一个女人格鲁申卡,还不断为此争吵不休甚至大打出手,而在斯麦尔佳科夫行凶当天,米卡就因为缺一千卢布,扬言要杀掉自己父亲,拿回原本属于自己的家产。而他确实在当晚翻进了父亲的园子,而且就是从当年疯女人爬进去的那个地方翻进去的,临行前还莫名其妙从邻居家顺手抄了一个小铁杵。事后,他满身是血,因为在他从院墙出逃时,老仆人追了上来,他就给老人家脑袋上来了一下。他身上还突然多出了一千卢布来。而且,从各方面来说,就算他没有杀父亲,但是起了这个杀父之心的。二儿子伊凡在得知斯麦尔佳科夫是真正的凶手后陷入疯狂,两次去责问斯麦尔佳科夫。后者很平静,告诉伊凡他是如何杀老卡拉马佐夫的,并把拿到手的一千卢布原封不动地放在了伊凡面前。他带着不屑提醒伊凡,他才是真正的杀父凶手,自己只是帮他执行而已。斯麦尔佳科夫请伊凡回忆两人当时的对话和情形:伊凡对斯麦尔佳科夫要做的显然心知肚明,不但不加阻止,还动身去了外地。第二天,斯麦尔佳科夫上吊自杀了。老卡拉马佐夫和疯女人以及他们生下的孩子斯麦尔佳科夫的三人故事画上了句号。

在这一疯狂且神秘的循环中,老卡拉马佐夫的罪通过他本人的孽之果结清。要说惩罚的话,他是受到了自己所犯的罪的惩罚。疯女人既然被视为上帝的人,自始至终就如一个幻影,而当年那个弃婴,在自行了断后,也可视为从未降生于世。这样,三人完成了一个循环,然后化为虚无。这个循环如此洁净,如此完整,因而具有神迹展示的意味,而这三人只是其祭品(这显然也从巴尔扎克那里发展而来。表面上看,巴尔扎克的人物的死亡皆由人物自身的欲望引发,但喜剧的循环消除了个体欲望的污垢,使其显现为欲望之河整体运动中不由自主的一部分。他们因**欲望**而死,而不是为其所欲而死,仿佛他们的欲望并非真的是他们自己的。他们只是被动地成了欲望之神的祭品)。但这三人用他们制造的致命循环为老卡拉马佐夫的孩子们,事实上是整个人类世界,留下了两道艰深的考题:"谁是杀人犯?""拯救之道何在?"而他们自己作为亲历者则将永远保持沉默,就好像他们只是三个幽灵,来完成一项神交付的工作,它们之间的孰是孰非于它们而言无足轻重。

　　《卡拉马佐夫兄弟》还存在另一种构造,即故事内部的故事,这当然不是陀思妥耶夫发明的,但他让它们构成了内外循环:讲述者本人重演了他讲述的故事。它成就了叙事的**清凉**。

　　佐西马长老本人重演了他向阿辽沙讲述的他兄长的觉醒故事是其中一例,不过我打算谈的是伊凡和他的《宗教大法官》长诗(实际是小说,因为它只是作为故事出现于伊凡对阿辽沙的讲述之中)。伊凡在这部作品中给出了极其疯狂的辩证法(言语之魔):九十高龄的宗教大法官因为蔑视人类而想要重新组织人类,因为蔑视自由而想要承担众生的自由,并通过解除他们的自由之苦而令他们感受自己是自由的。既然蔑视人类这个失败的试验品,这位宗教大法官就必须对他们撒谎,这反基督之举又令他终生受苦。然而,他说谎又是为了重新组织这些可怜的叛徒,给每一个弱者以实实在在的地上的面包,来取代天上的面包,更好地实现天上的面包试图实现却从未实现的精神功效,以解决无力觉醒的弱者的普遍的、永恒的烦恼,最终完成耶稣基督一千五百年前做出的"我要使你们成为自由"的承诺。经过十五个世纪的奋斗,他和他的教会最终完成了基督的这一理想事业:让众生自由地将自己的自由交给他们,放在他们脚下,而他们则将这些渺小、软弱、没有道德、叛逆成性的众生所惧怕的自由勇敢承担下来,并以耶稣基督的名义统治他们。在这个时候,耶稣基督重返人间并重新引起众人膜拜,便是破坏了他们好不容易拥有的自由感与幸福感,哪怕那只是自由的幻觉,问题是什么样的自由都可能只是幻觉,都只是众生自己的感受。就算有几万人相信天上的面包而跟着你耶稣基督走,那远比这多得多的、如海边沙子一般没有力量获取天上的面包的芸芸众生又该如何对待?难道他们只能充当那些伟大和强有力的人们的脚下的尘土嘛?

　　这位大法官老人终生热烈信奉着耶稣基督的理想,他是服从耶稣基督的,并且是以其名义来统治众生的。他和他的教会确实因为说谎而背弃了对上帝的信仰,却也是借助说谎在实质上严格地执行了这一信仰要求的对众生的无条件的爱。人类重大的秘密并不是自由不自由的问题,而是该崇拜谁的问题。他们一直在为其各自的上帝互相残杀,为了达到普遍一致的崇拜而带给自己最大的痛苦,但即便他们杀到世界末日,到了不再有上帝,他们也还是会朝着自己的偶像膜拜。你耶稣基督拒绝扛起**让所有人都来崇拜你**这唯一的、绝对的、也最容易生产出充足的地上的面包的旗帜,要让众生自由地追随你,**自由地获得天上的面包**,让那些弱者去承受自由选择这种可怕的折磨,那么,你也就是为摧毁你自己的天国打下了基础。你认为信仰应当是自由的,而不是建立在奇迹上的,但人类却决不会崇拜不能生产奇迹的人,他们将弃你而去,自由地去搜寻他们可以膜拜的新偶像,并继续因此互相残杀。

宗教大法官如此顺从耶稣基督的理想,因而当耶稣基督本人再次现身于世时,他必须判其火刑。耶稣基督无权在耶稣基督说过的话上再添加任何一句话,因为他是神圣的,他只能是那一个,而不能是另一个或又一个,他只能一次走进这同一个"人类",第一次是拯救,第二次只能是毁坏自己的拯救。当宗教大法官耶稣说"明天我要烧死你"之后,他等着对方对他说些什么,哪怕是些刺耳的、可怕的话。刚才这位囚犯一直都盯着他的眼睛,热心地静静听他说话,一句话都不想反驳。这时这位囚犯仍一言不发,走上前去,默默地吻了这位九十岁老人没有血色的嘴唇(语言之光照临言语魔作为宿主的寄居之所)。老人哆嗦着,打开门,对囚犯说,你走吧,永远不要再来。

耶稣基督那一吻击退了大法官的言语魔,但并未击退伊凡自己的言语魔。于是我们再次见到了那个奇特的循环:兄弟俩临别,伊凡问阿辽沙他对这部作品有何感想。阿辽沙一言不发地站起来,上前默默地吻了伊凡的唇。"文抄公!"伊凡大声说,突然变得高兴了。这一循环不仅解除了伊凡的《宗教大法官》带给我们的压迫感,还神奇地制造出焕然一新的喜剧调型。它还让这个故事得以冲破自身,在外面的世界继续循环,并变得余味无穷,因为伊凡和他那个疯狂的家庭的故事仍在继续。伊凡表面上推崇政教合一,内心却认可"一切皆可"的虚无主义。不过作为一位虚无主义者,伊凡也算不上真诚,相比自己的两个兄弟,甚至他们的父亲老卡拉马佐夫,他才是那个深陷世俗欲望泥潭无力自拔的人,并因失去了任何行动能力而备受煎熬:"一切皆可"变成了什么也做不了。他被言语之魔缠身,如果他不能得到他自己设计的那一"吻",他便必须接受严厉惩罚:发疯。事实上,阿辽沙已用那个仿作的"吻"提示他:在他借助虚构窥见谬误的完整形象的同时,不管他对此持何种立场,他都已看见了真理。伊凡并没有在那一刻认出真理的面容,因为他仍将虚拟只当作虚拟,只关心的是弟弟对自己的作品的评价,而不能从虚构走向普遍并达成根本觉醒。也就是说,他不光不相信他自己设计的那一"吻"的救赎之力,甚至也并不相信自己描述的谬误真的是谬误。他身心依然处在言语魔的掌控之中。

我们可以将《宗教大法官》视为陀思妥耶夫斯基本人站在伊凡的角度(陀思妥耶夫斯基曾因其左派思想获罪,在写作《卡拉马佐夫兄弟》时,又回归正教至上的立场,但仅仅是立场,一种关乎人类社会管理的策略),以反信仰的方式重演了《卡拉马佐夫兄弟》的信仰主题。但陀思妥耶夫斯基不是伊凡,自然也不是阿辽沙或米卡,更不是他借伊凡之名创造的宗教大法官,他是书中的所有人物以及那个将人们引向觉醒之道的精神循环容器的设计师。他是从自己身上认清并祛除了伊凡之谬,以高超的技艺驾驭言语之魔并用它来制造喜剧的创造者,一位通过写作超越个人偏狭,能够甚至对魔鬼也轻快地说出"你好"的说书人。

当巴尔扎克写下妓女艾丝苔的故事的时候,他本人是否为金钱、为爱情、为爵位所苦又有何足挂齿? 不如说,他正是他遭受的诸多困苦,帮他自己、更是帮我们看清了蕴含其中的真理。陀思妥耶夫斯基也一样。重要的不是他本人持何种信仰或立场,而是他借助虚构为我们展现了深具普遍性的人类信仰与立场的真相,而对于一位决定将此生献给文学的人,他的生命终将在对人物的一次次搏斗与解放往复循环的虚构演绎中趋于完善。如此,作家的写作便成为写作行动自身的一个寓言:任何写作者都有机会受惠于写作这一虚构行动自具的正义之光,去看见原本深藏在黑暗之中的世界真相,其中自然也包含他作为个体的病痛的真相。当一个人真正看清楚世界与他身的时候,他便已站在了世界的一边,善的一边,而不是狭小的个人那一边。这就是为什么,陀思妥耶夫斯基的人物总是显得如此难以置信,比伦勃朗《夜巡》中的那些人物更加怪异,但也许只不过是以同一种方式,通过光线和服装造就的怪异,而根本上只是一些普通人。那是一些深不可测的井,打在人类灵魂的某几个孤立的点上,让那些奇特的人物及其命运总是能一把将我们的灵魂揪住,为深震颤不已。写作是借助"虚构—阅读—虚构"这一无限循环的开放运动传递光的行动。写作是为自救,是为救人。

据传陀思妥耶夫斯基是在写《卡拉马佐夫兄弟》下部时死于血管破裂。他的笔掉到了柜子底下,他去搬柜子,要了自己的命。这很像他为自己的小说设计的循环故事。这部未竟之作无疑会十分精彩,但作为读者我并不感到太遗憾。《交际花盛衰记》或许比《幻灭》更好,但就算巴尔扎克没能将它写出来,我也不会觉得对于他的文学大厦是个多大的缺憾,不仅因为《幻灭》将神话母题世俗化已是一项伟大创举,更因作为续作,《交际花盛衰记》的基本精神内涵与运动模型已经包含在《幻灭》之中。《卡拉马佐夫兄弟》也是一样,我们读到的上部已是杰作,并且我们完全可以从上部展示的文学模型中窥看到他那部未竟之作的大致模样,那将是关于阿辽沙的,并且是在他脱下僧袍还俗后的生活,他将深入世俗的泥流,沉醉其中,然后重新觉醒。这个模型已在佐西马长老和他哥哥的故事中提供了概貌,阿辽沙将实际展示这一点,并印证西马长老的觉醒之路。书中的叙述者曾说,社会主义的问题主要还是一个无神论问题。这条路与青年陀思妥耶夫斯基的社会主义向晚年陀思妥耶夫斯基政教合一思想的转向吻合。这不是说这部小说只是作者本人的思想历程传记,而是,小说家的思想终究要以自己熟悉的某种方式来包裹其人物的思想,但他必须在这种包裹中将其个人立场放置一边,保持目光的澄彻,任笔下人物各说其话,各行其道,即使偶作评判,也绝不是从作者自己的价值观出发,而需要借用叙事者的身份来说话,以保护**虚构**这一最高小说准则。对小说而言,没有虚构就没有真理。这虚构便是让叙述者这层容器变成透明,从而让叙述得以超越个体局限(不论是人物的还是作者的),将其**清凉**送向外面的广阔世界。

未来,在某个遥远的年轻人的思想中,我若有幸成就的新文学又会呈现为何种模样?他将认识到,这些关于清凉的讨论,不仅仅是对生命或文学的感悟,而已然就是新文学行动。他将借我之名来拓展我的思想,并以此来丰富他自己的思想。世界包裹我的文学之心,而我的文学之心也终将重新包裹世界与其自身,并由此获得新生。当我这样说的时候,我相信,我离王阳明已经非常近了。

"我"我我

哲学世界的诡辩学派都是些热衷于智力游戏的人,既不关心真实,也不关心感受,只关心基于何种假定能推导出何种结论。他们惯于通过将对手引入逻辑的迷途,一时找不出问题所在而最终赢得辩论,因而被视为不正经的哲学家。通常认为苏格拉底是一位大诡辩家,他总是假装站在对话者一边,并由此出发,诱导他们认同一次又一次推论转换,让每一个环节都具有无可辩驳的说服力,但最终推导出的结论却十分荒谬,让他的对话者不得不放弃自己最初的观点。无疑,苏格拉底动用了由强大的智力支撑的辩论技巧,但不要忘了,苏格拉底是一位反讽大师,他的论辩针对的正好是人们的流俗见解,而这些流俗见解的形成大都基于人们的流俗智力,畅行于我们的日常生活规则之下。苏格拉底在粉碎这些流俗见解的同时,也粉碎了自己的辩论术,因为那不过是对流俗见解依仗的智力技巧最精巧的挪用,是"无知"的一种形式。若非如此,他何以提出返回我们的内心,在智力不再起作用之处,寻找我们最重要的知识。

少年天然都是苏格拉底主义者,只是他们尚不需要回到内心,因为他们尚未从其内心世界里走出来,那是一个感受力的世界(主题是情感与价值,判断由直觉做出,印象是其主要论据),而不是力求高效地穿梭于不同规则之间的智力的世界。少年们往往纠缠于某些在成人看来完全属于细枝末节的东西(那不是因为他们没有形成自己的价值观,相反,他们比成人更有价值观,只是他们的价值观还没有受到世俗尺度的玷污），反复在自己内心寻找它的回声，渴望以此掀开事物的真实面纱。确实在很多时候，少年们会陷入判断力缺失的困惑，但主要不是因为智力太过薄弱，而是由于他们投向世界的目光尚未完全展开，另外，他们还未能得到完善的语言的支持，经常陷于被过于丰沛的感受支配而不知道如何用语言将其廓清：他们的情感在对于世界的印象中翻滚，被堵在语言的出口上。事实上，即便在少年们最幼稚可笑的判断之中也蕴含着滚烫的真理，因为他们从自身的感受与印象出发，并诚实地将其与他们对此的判断一并展示出来。不论多么滑稽可笑，我们这位少年的幻想与渴望都是其不可遏制的生命力的自我展现。他的**自我**的更新与拓展不是通过超越，更不是通过扬弃来达成，相反，它是一个不倦地吸收外部世界富饶精魂的晶体，一个不断扩展的内容，而外部世界作为其容器也因之而不断扩展。由于斯万来访，"我"无法在入睡前得到妈妈的亲吻，只能听任她在"我"不在场也不能前往的楼下客厅消受快乐，令"我"感到无比痛苦。这既不是"我"的缺陷，也不是妈妈的缺陷，也不是斯万的缺陷，也不是世界的缺陷，相反，"无法满足"本身是一个不可接受的缺陷，因而必须被克服。在为完成这一"克服"的不屈斗争中，少年**自我**的晶体变得坚固，同时也得到了扩充：正是在母爱分配的争夺战中，楼下那个"我"憎恨的世界变成为"我"乐于探索的、包裹"我"的世界，而这一点的改变依赖的正是为赢得这场战争的"我"采取的渗透策略：我让弗朗索瓦斯将一张便条带给楼下的妈妈，骗她上楼来跟我道睡前晚安，献上她的吻。我的阅读经历早已告知我文学的神奇功效，既然少年的文字浸满了少年的悲伤与渴望，它们自然将通过妈妈阅读这些文字进入妈妈的内心。"我"的焦虑立刻获得释放，这张便条将把"我"带进妈妈所在的那个厅堂，并在她耳边悄声谈论"我"。于是，那间刚才还对"我"极不友好并禁止我入内的客厅，忽然间向我敞开了大门，就像一只熟透的果子裂开了表皮，涌出妈妈在读"我"写的字行时萌生的爱，并将其注入"我"陶醉的心房。屏障倒塌，少年与妈妈不再分离，快乐之线重又将他们系在一起。楼下客厅的聚会，不论食物还是人物都不再因为"我"不在场而面目可憎，而是变得饶有趣味。"我"开始能够文学地观看楼下客厅——"我"的新外壳——上演的喜剧，那是"我"未来社交生活的前奏，"我"将由此走进一个个远比这盛大，远比这光怪陆离的社交世界，并以更富穿透力也更具包容性的文学目光来为我们描述这世界。"姨妈的喜剧"则可视为将世界整体文学化的过渡性尝试，确切说是在相对较小的尺寸里将世界"舞台化"的一次实验。少年担心访客斯万会因为为自己可笑的举动瞧不起自己，但很快他了解到，没有人会比斯万更能理解他的痛苦，因为他对类似痛苦有过长期的体验。对于爱情尚未降临的少年，对**妈妈之吻**的渴念实际是对未来爱情的期待,或者说预习,其内部已包含了斯万爱情之苦的 Essenc:渴望与妒忌。斯万的世界连同他的爱情故事由此进入作为"我"的文学代理人的**我**的视野,尽管那发生在少年出生之前,就像"姨妈的喜剧"成形于成人的视野,但已然蕴含于少年的观看之中;同样,斯万的爱情故事中也包含了未来"我"与阿尔贝蒂娜的爱欲之苦的Essenc,**我**因而也从关于斯万的爱情叙事中获取了"我"与阿尔贝蒂娜爱情叙事的视野。爱欲之甘苦兼备(如同从山楂花的金色斑点中发散出的巴旦杏的味道)是所有这些爱情叙事的共同内容,而喜剧则是它们共同的文学外观。唯一的差异是斯万的世界以回忆中的回忆展开,"我"需要变成**我**,而**我**,也理当隐形于上帝视野,而对妈妈和阿尔贝蒂娜之爱则是回忆中的亲历体验,"我"与**我**彼此混淆,在我因"我"难忍之苦而失去理应持有的公正的时候,"我"会及时站在作为其文学代理的**我**的立场对自己加以审视。无论如何,世界的喜剧终究是**我**的喜剧,由于**我**必须永远实质在场,"我"也就总是如影随形,相伴左右,两者互为内容,也互为容器。

"我"之心以**我**之心包裹,**我**之心又以我之心包裹。这样,"我"通过叙述到达我,需要穿过双重包裹意识。当我以"我"命名那位少年,并让"我"对自己所处的世界做出评述时,"我"与我的界线只是意识容器间的界线,而非其所包裹内容间的界线。"我"与我因内容而同一,又因意识而相异。"我"展示我的洞察,但并非我的立场。我的立场并不在于与"我"相同或相异上,而在于对包裹"我"的立场的意识的再包裹上。"我"无法意识我,而我能意识"我"。我持何种立场?对于人物的立场,我不持立场,而只负责展示。如果这样的展示多少仍会反射出关于人物自身立场的批判色彩,那么这样的批判,由于被叙述意识与我的意识双重包裹而具有了公正性。所谓公正,是指,读者不会被我误导,而将透过这双重包裹意识对它们共同包裹的内容做出自己的判断。他看到的不是一种单纯的批判立场,而是经展示意识包裹的批判立场。正是这一点,让我们有机会从哲学转换到文学,也让文学有机会超越普通哲学。

这样,那个难以获取但必须获取的**妈妈之吻**作为最初的爱的启示,其内含的爱欲 Essenc 让"我"得以穿透并感受层层叠叠的世界内容,同时又由**我**将其展示为层层叠叠的世界容器。那个不再拒绝"我"因而也不再面目可憎的世界,在每个层级上都有各自的主导者,并且都与"我"之间存在着强烈的爱欲 Essenc 互渗作用,让"我"能够洞悉它内部运动最细微的动力机制。最初是妈妈,然后是姨妈,然后是斯万,然后是外婆,然后是画家埃尔斯蒂尔,然后是阿尔贝蒂娜,然后圣卢、盖尔芒特公爵夫人和维尔迪兰夫妇。"我"从贡布雷的楼下客厅突进到巴黎顶层的社交、爱情、高尚艺术趣味的核心。与此同时,"我"一直保持了自小养成的**阅读**习惯,正是它让"我"与这个包裹我的庞大喧闹的世界始终隔着一面透明的玻璃罩子,让"我"将正亲身经历、体验的一切即时转化为幻想(虚构),变成**观看**(叙事)这一容器中的内容。"我"随时离开内容变成容器,也会随时投身于内容之中,并在这无限往返中感受持久的**清凉**。如此,通过帮助**我**实施不间断的文学行动,"我"达成了最终的觉醒——从世俗世界走向文学世界,并决意用一个总体性的文学容器来反向包裹那个曾包裹"我"的大千世界。由于这种反向包裹从**妈妈之吻**开始就已同步实施:"我"是**妈妈之吻**那个爱的世界的内含物,又协助**我**用喜剧包裹这个爱的世界,使其成为**我**的内含物;姨妈的喜剧和斯万的爱情故事也是如此。这样,在"我"的自我获得突破的同时,**我**的文学叙事也获得了同等的进展。不过,就在"我"走向最终觉醒的那一刻,"我"已经替**我**实现了我的文学,完成了对"我"整体包裹,包括其从未间断的**阅读与觉醒**。就"我"而言,那是永不可见的最终容器,就我而言,则只是文学世界中的一个过渡性容器。由此,那个难以获取但必须获取的**妈妈之吻**不仅仅是"我"最初的爱之吻,也是"我"最初的文学之吻,是**我**的叙事起点,也是我完成自己的文学的最后一搏的虚构元点,即,一切虚构站点的回溯点。

两个那边

少年散步的两个"那边"与贡布雷的关系并不是以一个树干的两个分枝的模型来设计的,因为尽管这两个"那边"对于少年来说具有类似于地平、地极或东方这些概念所包含的超视野延展性,在少年的想象中却是两个实体,具有只能归属于精神创造的凝聚力与统一性。因而与其说它们是树干的两个分枝,不如说是少年精神建筑体中不断增高的两个立柱,竖立在由最初的光芯渐次拓展而成的另一个精神实体——贡布雷——之上。这两个"那边"之间的距离在少年脑子里并不以其实际公里数来计算,而是一种相隔于不同层面的精神性距离。这样的划分因少年从来不在同一天向着两边散步(要不去梅塞格利斯那边,要不就去盖尔芒特家那边)而变得更加绝对,它将两个"那边"幽禁于不同时日的封闭容器之中,天各一方,互不相通,各不相识。

由于可确定的晴好天气都留给了去盖尔芒特家那边散步,这个"那边"便拥有了阳光明媚、可以闲适地随处休憩的形象,而梅塞格利斯那边则总是显出一副阴晴不定,随时需要在各处躲雨的面孔;梅塞格利斯那边有大片的田野,有鲁森维尔森林与城堡,还有圣安德烈教堂,而盖芒特家那边则由从来都探不到源头的维福纳河贯穿,河边有倾圮的贡布雷城堡和马丹维尔修道院;梅塞格利斯那边的主要人物是当松维尔的犹太品鉴家斯万家和蒙舒凡的钢琴家凡特伊,盖尔芒特家那边则是庞大的盖尔芒特公爵家族;梅塞格利斯那边有少年暗恋的希尔贝特,叠加在她面庞之上的是丁香花与红山楂,而在盖尔芒特家那边,少年陷入了对盖尔芒特公爵夫人抽象的热恋,叠加在公爵夫人脸上的是金盏花与睡莲;梅塞格利斯那边带给少年的更多的是风景与情欲的撞击,盖尔芒特家那边则更多人文风貌与家族历史给予的启示。

两个"那边"无论人还是自然气质迥异,对于"我"来说,"取道梅塞格利斯去盖尔芒特"或反过来"取道盖尔芒特去梅塞格利斯"是毫无意义的说法,但这两个精神性的实体却呈现出显而易见的构造上的对称性:它们分别置于贡布雷的两侧,是"我"从贡布雷出发去探索更广阔的世界的两个必须与之纠缠的精神性实体,并且都借助了"我"贯用的 Essenc 渗透法则来实施"自我"的拓展,也即,借助吸纳(服用)陌生世界主导者的隐含的情欲 Essenc,来确立"自我"作为新内容在这一陌生容器中的独特地位,即使不是最重要的地位。这一渗透法则在两个"那边"都发挥了重大作用,却都半途夭折,对希尔贝特之爱因"我"会错意而失败,对盖尔芒特公爵夫人的恋情则因"我"的自卑不了了之。两个女人主导的那两个绚丽多彩的世界,作为"我"从贡布雷向外部世界扩张的两个精神要塞先后对"我"关上大门。

还有另外一扇门,那就是通向"自我"这一容器最幽深处的黑暗之门。如果人人携带了一个地狱,那么这扇黑暗之门后面就是我们人人的地狱,我们人人的"悲惨之城"。"我"仅仅从窗缝里窥探到它"无光的一隅",比"我"渴望打通的外部世界更加深不可测,但一切似乎全是倒置的:隔绝代替了交融,监禁代替了自由,独占代替了分享,试探代替了信任,自语代替了对话。它的主人是另一位"我"之前见过的雀斑姑娘凡德伊小姐。这扇门很快也关上了,但为"我"留下了如何在自己身上重新将它打开,并在那"悲惨之城"中亲历煎熬的启示。未来,在巴尔贝克开阔的海滩,将出现一位叫阿尔贝蒂娜的姑娘,那时她像是希尔贝特的化身,之后"我"又将她禁闭在我巴黎的家中,那时她像是凡德伊小姐的化身。

关于贡布雷,能说的已经说完,再往前是两道拒绝的大门和一道黑暗的大门。

"我"一时被封闭在贡布雷这个狭小的容器中。它的后果是贡布雷叙事的终结:"我"未能协助我为这两个精神实体连同贡布雷一起找到一个真正的喜剧容器。这便是**贡布雷文学危机**。好在在"我"遭遇这次危机之前,"我"已经掌握了拓展"自我"的最重要的法宝,在妈妈之吻、莱奥妮姨妈、斯万之恋的一系列喜剧制造中已被反复证明是行之有效的,因而遵照巴尔扎克与福楼拜的文学原则,贡布雷文学的终结可以是巴黎或他世界文学的开始。一切取决于我是否为文学战场的这一转移留下恰当的暗道,帮助"我"在新的世界里再次叩击那两扇密布拒绝之刺的大门。

在斯万家那边

尽管"我"从希尔贝特的目光中读到了蔑视,但 Essenc 渗透原则仍在全力挽救"我"的爱情,用未完成过去式下同样普遍的幻想对抗未完成过去式下的普遍遗憾,以帮助"我"在巴黎接续"我"中断于贡布雷的爱情文学。在斯万家那边,传递情欲 Essenc 的是风——贡布雷特有的守护神;在盖尔芒特家那边,传递情欲的是历史。

一旦来到梅塞格利斯乡间,"我"便会一直呆在那里,直至散步结束。风像是借着一条条无形的小路无休止地遍抚整个田野。每年,在"我"跟家人来到贡布雷那一天,为了确证自己已身临其境,"我"会登高去寻找风的痕迹,在后面追赶。在梅塞格利斯那边,风总是在"我"身边不住地吹拂,无阻无碍地越过平原的整个弧面。"我"听说希尔贝特经常去朗市呆上几天,离贡布雷有好几法里,但其间的平整补偿了穿行的距离。在炎热的午后,"我"看到还是这微风,从地平尽头吹来,压弯最远处的小麦,如波浪一般漫过整片巨大的原野,直至躺伏在"我"的脚下,在驴食草和三叶草之间喃喃低语。这片"我"与希尔贝特共同拥有的平原仿佛将"我们"彼此拉近,彼此融合在了一起,让"我"不禁想:"这风从她身边吹过,会带着她的某些消息对我悄声细语,我听不懂,但会在它经过时拥抱它。"

同为展示于未完成过去式下的情欲,这次不再发生于"我"房间的绣花床罩之下,或是发生在那个"我"常常将自己反锁在里面的、充满鸢尾花香的屋顶小阁楼里,不再是只能在封闭的自我循环中快速处理掉的消极之物,而是生成于大自然宽广的怀抱之中,在古老的花粉式吸入效应的催动下获得了积极的拓展力。是的,爱情存活了下来。在其中起决定作用的与其说是情欲本身,不如说是包含了文学进阶野心的自我突破的渴望。"我"的幻想最终要挽救的并非仅仅是对某个具体女人的爱情或是她们代表的社交世界,而是"我"的文学,因为爱情或社交最终要导向关于文学行动的启示。

在莱奥妮姨妈过世的那个秋天,"我"开始习惯独自去梅赛格利斯那边散步,并且常常是在读了一整上午书感觉疲倦之后才出门。"我"的身体被迫在长时间里保持不动,却也因之被不断累积的运动欲与速度感就地充盈,像一只陀螺一般一旦撒手便滋生出一种要在所有方向上消耗自己的需求来。当松维尔的花篱,鲁森维尔的树木,蒙舒凡后面的灌木丛都经受了"我"雨伞或手杖抽打,听到过"我"快乐的叫喊。这些叫喊怎么说都只是出于一些模糊的念头,虽令"我"亢奋但尚未归置于光明之中,向着就近的出口最轻便地排放出去的快意远超获取漫长又艰辛的澄清之乐。我们对自己内心感受的绝大部分所谓的翻译不过是在摆脱它,以一种并不能教会我们去认识它的含混形式将它从我们身上驱离。这一点造成了我们的印象和有关它们的习惯表达之间的不协调。"我"第一次被这一事实击中是在那年秋天一次散步中,在满是小灌木的蒙舒凡护坡附近。在与风雨欢快地搏斗了一小时后,"我"来到蒙舒凡的池塘边上,就在凡德伊先生的园丁放置园艺工具的小瓦屋前。太阳又出现了,经过暴雨冲洗,它的金面焕然如新闪耀在天空之中,闪耀在树枝上,小屋墙上,以及依然一片湿漉漉的瓦片屋顶和有只母鸡在上面踱步的屋脊上。风吹拂而过,将生长在墙缝里的野草拉成一个平面,母鸡身上的羽毛也跟着这一片那一片随风而起,带着一种轻飘飘的、无生命之物的自暴自弃任其一掀到底。池塘借着阳光归还的簇新反射,让瓦片屋顶在其中映出一种"我"从未留意的玫瑰色的大理石斑纹(我在挪用柯罗的画作吗?是的,我在向我们的少年传递关于艺术的启示)。"我"看到水面和墙面上泛出苍白的微笑,与天空的微笑彼此映照,不禁挥舞起我收好的雨伞激情喊叫起来:"妈的妈的妈的妈的。"不过与此同时,"我"认为自己不应该只局限几声含糊的噢噢乱叫,而应当全力将自己的喜悦看个透彻。正是我们表达的粗浅,让我们无法将自己的情感同时传递给另外一个人。感谢当时一位过路的农民提醒了"我"这一点。在"我"的雨伞差点打到他脸上时,他本已极不痛快的脸色变得更加阴沉,在听到"我"说"天气很好是不是,得好好出来走走"时也不予回应。是的,"我"已经意识到准确的表达在于首先要将我们的快乐之源探个究竟,但我还不能在"我"真正投身文学之前,帮"我"说出另一句话:"唯有文学有可能反抗人与人之间的彼此隔绝。"虽说我已在"我"开始模糊觉醒之时,指使**我**如此行事:不仅**文学地**表述出"我"印象中的美景,也将"我"视其为失败表达的噢噢乱叫一并采集在有效的文学表述中,因为后者包含的**真实**并不比前者少。正是这一点,让我们可以坦然表述那些我们自感失败的表达,它们同样是文学的组成部分。

在我们偶遇美食的时候,或抬眼间瞥见一位陌生美人的时候,甚至在面对一片美不胜收的自然之景,或读到一篇美妙的文章的时候,我们的内心都会被一种极其相似的、像是被电击了一般的激情充盈。我们一方面急于要将它们分享出去,一方面却总是在同时发现这几乎是一件不可能的事情,因为我们无法找到与我们此刻极其丰富的内心情感相宜的合适通道将它们传递出去,那需要极高的表达艺术,但并非人人都拥有如此高等的文学天赋。在这样的时候,我们实际遭遇的是真正意义上的孤独,我们并非因为过于空虚而孤独,而是因为感情过于丰沛过于独特而孤独,甚至我们的空虚之感也必定是借我们心灵的敏感才能触碰到的。在这种时候,我们不能说是我们的激情造成了我们的孤独,或是说我们的孤独令我们一时间激情澎湃,它们更像是同一种东西的不同标记。是的,就是在我们享受美食的时候,在与他人做爱的时候,在置身于自然美景前或沉浸于一段美好的文字之中的时候,我们才发现人从根本上是孤独的这一本质。听听,那些投身性爱的男人女人,他们发出的呻吟与划破夜空的呼救声多么相似!

有时候在由孤独带给“我”的亢奋之外还会平添另一种“我”无法清晰判别的亢奋,那是由想要看到一位“我”可以拥之入怀的农家女出现在我面前的欲望引发的。它在“我”还来不及弄清其确切原因前,就突然就涌现于一堆殊不相同的念想之中。对于“我”来说,与这一欲念相伴而至的快乐似乎只能是别的那些念想——关于瓦片屋顶的玫瑰色倒影,关于墙缝里的野草,关于我早就想过去一趟的鲁森维尔的村庄,关于那里的森林里的树木,那里的教堂钟楼——带给我的快乐的高级形式。同时,关于这些事物的念想也因为那一欲念的出现而在我的思想中获得了更高的价值。

“我”做出如此评判,是因为那会儿“我”还没能认清孤独与激情之间的根本关系,还不知道眼前美景所触发激情中已然包含有肉欲的成分,而渴望一位农家女忽然间不期而遇只不过是要为这样的激情找到一个坚实、饱满且可随时相伴左右的浓缩形象而已。如果自然美景与农家姑娘触发的孤独从根本上是同一种东西,对前者的激情与对后者的肉欲从根本上理当也是同一种东西。我们的**孤独**是我们所有此类激情永恒不变的 Essence。就这一点而言,文学的本义就在于解放我们的孤独,在具有普遍性的虚构形式中收容我们之于大千世界的种种激情,并使其成为人类激情的终极容器。

越是进一步观察“我”对于农家女的那种特殊欲念,“我”的激情的真实面目就会变得越发明晰。显然,如果说盼望一个女人出现的欲念为自然的妖娆增添了某种振奋人心东西,那么自然的妖娆,作为回赠,则拓展了这个女人本可能太过局限的妖媚。似乎于“我”而言,树之美依旧是女人之美,而这个女人的吻则会将地平美景、将鲁森维尔的村庄、将"我"读过的书籍,它们的诸多精魂传递给"我"。"我"的想象在触及"我"的肉欲之际焕发其力量,而"我"的肉欲则遍布"我"想象的各个领地,令欲望不再有边界。这是因为——在我们的白日梦萌生于大自然怀抱那一刻,习惯的活动暂且中止了,我们关于事物的抽象概念被放置一旁,我们对自己所处之地之独特、其生命之个性深信不疑——"我"的欲望呼唤的这位过路女人并非只是"女人"这一总类别的一个样本,而是这片土地自然的也是必然的产物。土地与生灵不再彼此分离。"我"对于梅塞格利斯或鲁森维尔的一位农家女,一位巴尔贝克的渔家女的渴望,就一如"我"对于梅塞格利斯或鲁森维尔的渴望。"我"在巴黎结识一位巴尔贝克的渔家女或梅塞格利斯的农家女,那就好比得到了"我"没能在海滩见到的贝壳,没能在森林里发现的蕨草,这等同于从女人会给予"我"的愉悦之中切除了所有"我"用想象包裹起来的快乐。在鲁森维尔的森林里游荡,却没有一个可以拥吻的农家女,那就是没有认识隐藏于林中的宝藏,没有领略到树林的深层之美。这个女人,"我"既见其满身披枝戴叶,于"我"而言自然就是一棵当地的植物,只不过相较于其他植物,它是更高级的物种,其构造也能让"我"更贴近当地的深层风味。

"我"请求鲁森维尔城堡的塔楼将村里的某个孩子(是的,就是**孩子**,你可以当作我潜意识里想要模糊**农家女**这个称谓,也可以视为这是我有意而为,出于我隐秘的自我暴露或是难以遏制的炫耀意愿)送到"我"身旁。因为在贡布雷"我"家书房边上那个充满鸢尾花香的屋顶小阁楼里,"我"总是像一位投身于探险的旅行家或是一位打算自杀的精神衰竭的绝望者那样,以英雄般的犹豫为自己辟出一条"我"自认为是致命的陌生之路,直到一条如蜗牛留下的自然痕迹一般的东西添加到那棵从墙根一路爬进窗户里面的黑醋栗树的叶子上,直到"我"从鸢尾花的芬芳中闻到那股我极其熟悉却一直难以消受的不明果味。那时候,从半开的格子窗中间望出去,"我"唯一能看到的便是鲁森维尔城堡的塔身,"我"便将自己最初的情欲告诉了这座作为"我"唯一知情人的塔楼。"我"的《诗经》情怀告诉"我":"我"的情欲既然已依附于这塔楼,理所当然就分享了这塔楼对于它所俯瞰的这片田野空间的统治力。于是"我"徒劳地乞求这塔楼,徒劳地在"我"的视野之中抓住眼前这片空间,用"我"的目光挤压它,以期从中挤出一个女人来。然而"我"一无所获,直至夜幕降临。

自我的出路似乎再次断绝了:"我"意识到,即使遇上这样一个女孩,她也会把"我"当成疯子看待。"我"不再相信可以与他人共享"我"那些不现实的欲望,不再相信它们在"我"自身之外仍具有真实性。它们显然只是"我"的性情的纯主观的、无力的、幻想的产物。它们与大自然不再有任何关联,与从那时起已失去其魅力与意义、只是作为"我"生命的庸常背景的现实不再有任何关联,就好像旅客坐在车厢的凳子上读一本小说消磨时光,这车厢于小说的虚构情节而言就是这样一种庸常背景。

　　数年之后,同样是在蒙舒凡附近,"我"获得了有关**自我**的运行机制的另一个印象,它引导我理解于我日后的生活至关重要的萨德现象:**自我**这一神奇的容器并非只有一个向它之外的世界容器层层挺进这一运动,而是还存在着另一个与之方向相反的、向着其深藏的内部黑暗反复刺探的运动,仿佛那黑暗既是**自我**的一个内容,也作为容器包裹着一个我们遗忘已久的黑暗王国。这个王国甚至连陀思妥耶夫斯基的灵魂探头也只是划破了其表皮,并未为我们展示其内部繁复且惊世骇俗的景观,尽管在他之前,萨德已率先为世人敲开了它的裂隙,想要带世人遨游其中。世人不仅囚禁了萨德本人也囚禁了他的文学,直至近年,弗洛伊德借着心理科学之名带我们故地重游,我们方才明白,萨德意欲解下我们的精神锁链,并带我们回归那个从不迎合任何人类价值的、更无情也更绚丽的自然,那个以诞生于牢笼之中的文学之迷人光焰证明其致命真实性的自然。

　　萨德现象常常呈现为对肉体的非常规使用,色情、淫乱是实现这一点的最佳中介。这并不意味着萨德现象最终指向的就是与肉体非常规使用相关的色情、淫乱,而只是因为我们的语言已经被完全纳入庸常秩序与公共价值体系之中,而我们的借由语言来廓清的精神活动因此也就不可能彻底超越这庸常秩序与公共价值体系去获得解放。唯有我们的肉体的某些活动方式长久以来一直被关在牢笼之中不得施展,而恰恰依靠那个**不许任何人进入的禁令**,这些活动方式才没有被我们的庸常语言捕捉过,被我们的公共价值观念污染过,也因而保持了自己的纯粹,这就是我们人类身的动物性,我们的庸常语言与公共价值观念避之唯恐不及的动物性最集中之地便是色情与淫乱,暴力并不直接包含其中,因为甚至暴力也被我们的庸常语言与公共价值观念污染了,一再被我们用种种文明修辞包装。因而尽管萨德现象常常与暴力结伴而行,但总是处于色情与淫乱的空气之中,并且不是为了**加害**某个具体的对象而是为了完美地实施色情与淫乱。对于萨德现象中的色情与淫乱真正具有必要意义的并不是暴力,而是画面:我们必须在色情与淫乱的画面中重新生产出全新的语言来描绘那率先冲破牢笼的肉体行动包含的精神搏击。也就是说,萨德行动最终指向的是反常精神的解放及与之相应的语言的活力,而非只局限于肉体本身的纵欲。

对萨德本人的囚禁是萨德现象只能潜行于黑暗之境的隐喻。这也意味萨德现象必须借助**偷窥**来完成对萨德抵抗运动画面的读取：它不允许被公开观赏，因为公开的观赏也是一种光照，一旦降临，黑暗便立刻逃逸。**偷窥**因之也成了萨德式抵抗活动的其中一个部件。无论凡德伊小姐和她女友之间的色情行为，还是"我"对阿尔贝蒂娜实施的囚禁，或是夏吕斯侯爵的受虐画面，都是借由偷窥来昭示的。然而"我"无法偷窥，因为"我"也担任了**我**这一必须保持其公正与光明的叙述者角色。因而，"我"的**偷窥**之举总是有一副无意中偶然撞见的面目。这一点在接下去的凡德伊小姐的色情故事和战时（那是太久以后的事了）夏吕斯侯爵接受鞭笞事件**我**都做了明确表达，唯独在阿尔贝蒂娜事件中显得有些模糊不清。关于这一点，我将在之后做出阐释。

凡德伊先生出身名门，曾经是"我"外婆两个妹妹的钢琴教师。在妻子过世之后，他便将自己全部的爱都投注在了女儿身上。"我"母亲得知他会作曲，就友善地对他说，她下回去看他的时候，他得让她听一听他写的东西。凡德伊先生本该为此感到高兴才是，可他推崇礼节与好意到了因过于设身处地为他人考虑而令自己寸步难行的地步：他害怕让人感到厌倦，也害怕万一他顺着自己意愿行事或哪怕只是让人猜到了他的意图就会让自己显得自私。"我"父母亲去拜访他那一次"我"也陪着去了，不过他们只允许"我"在外头待着，正好就在离凡德伊家三楼客厅的窗户仅半米远的满是小灌木的小山坡上。当仆人过去通报"我"父母亲到访，"我"看到凡德伊先生赶忙将他一首曲谱放到钢琴上的显眼位置。可当"我"父母亲进屋之后，他又将它取下，放到了一个角落里。毫无疑问，他害怕他们认为，自己见到他们这般开心，只不过想要为他们演奏一下自己的作品。而每次"我"母亲在她到访期间提出这样的要求时，他总要一再重复："我不知道谁把这曲子放在钢琴上的，那可不是它呆的地方"，然后便把话题岔到了别的地方。

凡德伊小姐不仅遗传了她父亲的品性，也学会了如何有效地使用这一表达，只不过其效能现在被用于对准自己的父亲。而"我"**偷窥**她实践自己的**萨德艺术**的地方正好就是之前"我"等"我"父母亲的那个位置，离她家三楼客厅窗户仅半米之遥。"我"出现在那里的原因是"我"迷恋她家的家小瓦屋投在池塘里的玫瑰色倒影，一不留神睡了过去。"我"没有离去是因为稍一挪动脚下的灌木就会发出声响，让她以为"我"是有意躲那儿"偷窥"。

她戴着重孝，因为她父亲才去世不久。她一听到路上传来马车的声响就赶忙从壁炉上拿来她父亲的遗像,一头栽进了长沙发里,然后勾过边上一张小桌,将父亲的遗像放到了上面,就像她父亲当年提前将自己想演奏的乐谱放在钢琴上那样。不久,她女友进来了。凡德伊小姐坐到了沙发一端,像是要为女友腾出位置。但立刻她又觉得似乎这是在强加女友一种有可能令她厌烦的态度。她想她的朋友也许更乐意坐在离她远一些的椅子上,便发觉自己刚才太过轻率,细腻的心灵立刻拉响了警报。她的身体重新占据了整个沙发,随后闭上眼睛打起了哈欠,表示自己如此横陈沙发的唯一原因是她想要睡觉了。忽略她与同伴之间显露的粗野又任性的亲密感,"我"从她的举止中辨认出了她父亲卑怯、迟疑,突然间顾虑重重的影子。她和女友之间的对话并无任何出格之处,却又处处利用了她父亲的那种谨小慎微来制造出充满挑逗的狎昵氛围,尤其在关于**看**这问题上:她装作要去关窗,但没关上,她女友说热,让开着。她说别人会看到她俩,那样不舒服。但立刻又猜到女友会想这是在怂恿自己说出某些话来,于是又赶紧补充道,她的意思是指看到她俩在看书。她女友挖苦说,这会儿正是乡下的繁忙时分,还真可能会有人看到她们,然后又加了一句,那又怎样? 要真看到了才叫好呢。她竭力让说这些话的语调显得玩世不恭,就像是在好心背诵一篇她知道能讨对方欢喜的文章那样。凡德伊小姐在她高涨的肉欲和天性的拘谨之间无所适从,陷入了语言的紊乱。她在自己道德天性的边缘全力摸索着,试图找到适合于她想要变成的那种荡妇才会说的语言,临到嘴边却是一堆胡言乱语:"你既不冷,你也不太热,你也不是想要一个人待着读点书吧?"在这之后,她才终于说出完整一点的话来:"我看小姐像是有要在今晚贪吃一番的念头。"可甚至连这恐怕也只是重复了她某一回从女友嘴里听到的一句话。

她女友上来在她胸衣叉口处吻了一下。她轻叫一声,躲开了。两人就像两只恋爱中的小鸟一般在房里互相追逐,直到凡德伊小姐倒进了沙发里,她女友便压在了她身上,但背对着凡德伊先生的遗像。凡德伊小姐心里很清楚,若非自己有意提醒,她女友是不会看到她父亲的肖像的。她便好像才注意到它似地对女友说:"哦,我父亲的肖像在看着我们! 我不知道是谁把它放在那里的,我说了不下二十次,那不是它呆的地方。"

凡德伊先生当年说的话现在被用来当成了亵渎他本人的导言,而他的遗像则显然是用以服务于她俩惯常的亵渎仪式,因为她女友回答她的那些话想必就是那仪式中轮唱应答的那一部分:"就让他呆那儿吧,他已经碍不了咱俩啥事儿了。你以为老猴子看到你这么待着,这么敞着窗户,还会哭哭啼啼过来帮你披上外套?"

"你瞧,你瞧。"凡德伊小姐的回答甜蜜中带着一点责备,说明她天性善良,并非因为她这么说是出于对如此谈论她父亲的愤怒,而是因为她这么说就像是给自己以一个约束,让她在面对女友想方设法为她谋得的快乐面前不显得那么自私。然而这自我约束的道德是之于她女友的慷慨而言的,就像我们明明可以从妈妈手里取两块精美的点心,犹豫之下却只伸手取了其中一块,我们越是在妈妈面前约束自己的贪欲,便越是在向她表明,我们内心有多么赞叹这点心的珍贵与诱人。但对于凡德伊先生呢?那样的自我约束便意味着女儿在与人分享自己那诱人且难得的尸体时的节俭,一种邪恶的美德。这便是存在于凡德伊小姐内心深处的诡辩术,正是它帮助凡德伊小姐习惯于在那些本当愤怒的时刻保持深默。这就是为什么,这种在回应亵渎时面带微笑的节制,这种虚伪而温柔的责备,对于她坦率又善良的天性来说,很容易显露出一种下流的形态来,一种她渴望成为的恶人才具有的甜美形态来。但她无法拒绝快乐的诱惑,便跳到她女友腿上,以纯洁的姿式递上自己的前额让对方亲吻,就好像她已经成为对方的女儿,可以允许自己那样做,并且欣喜地感到她俩因此而一起来到了取乐最残忍的尽头,凡德伊先生的父亲身份,直至其坟墓。(请允许"我"在这种特殊时刻进入凡德伊小姐的灵魂,因为**我**已将自己作为叙述者的特权赋予了"我")。

对方在吻过凡德伊小姐之后,拿起凡德伊先生的遗像说出了下面的话:"你知道我特想对这老怪物做什么吗?"她说完在凡德伊小姐耳边低语一番。凡德伊小姐的回应既像在制止又像是在挑衅:"哦!你不敢。""我不敢吐口水?往那上面?"她女友反问道,带着故作的蛮横。

"我"的观看结束了,因为凡德伊小姐懒洋洋地、笨手笨脚地、忙忙叨叨地、老实巴交地、忧心忡忡地过来关上了窗户。不过,她已然为"我"的未来生活打开了两道门,一道是施虐之门,通向"我"与阿尔贝蒂娜之间的封闭生活场景,一道是戈摩尔之门,通向阿尔贝蒂娜和她诸女友之间的淫乐场景。

像凡德伊小姐这样的施虐狂是**恶**的艺术家。一个普通女子对于记忆对于自己父亲的意愿的弃置不顾也有可能像凡德伊小姐那般残忍,但不会以如此野蛮又幼稚的象征性行为来概括并强调它;她会屏蔽"看",不仅是他人的"看",还有自己的"看";她也因此会本能排斥一切可能令其形成可"看"画面的行动;她乐于自欺欺人,并拒绝承认自己的过失。但透过外在表现,在凡德伊小姐内心,至少一开始,恶,也许并不像真正的恶人那么纯粹。一个彻头彻尾的恶人同样成不了那样的艺术家,因为恶于她而言并非什么外在之物,而是再自然不过的事情,从来就与她本人不分彼此。她对于美德、对于怀念死者、对于敬爱父母从不抱有任何信仰,也就无法在亵渎它们的时候获得如渎圣一般的快感。像凡德伊小姐这类的施虐狂,是如此纯粹的感情用事、且天生品行端正的生命,即使是连感官享受于她们而言也是某种恶习,是恶人们专享的特权。在"凡德伊小姐们"特许自己沉迷其中的片刻,那便是处于她们与同伴试图钻入其中的恶人的皮囊之中,一种一时间产生的幻觉,以为她们已从自己审慎温柔的灵魂中逃离,来到了非人的纵欲世界。凡德伊小姐多么渴望完成这趟旅程啊,可又是多么不可能获得成功啊。在她想要与父亲截然不同之时,她却提醒"我",她用的正是那位老钢琴教师的思考和说话方式。她亵渎的对象,她用来服务享乐的道具,远非只是那幅遗像,还有她那与父亲酷肖的脸,那双父亲作为传家宝遗传给女儿的他母亲的蓝眼睛,还有她和善殷勤的举止,都横在她与享乐之间,阻止她直接将其品尝。这些事物是凡德伊小姐的恶习和她本人之间的插入性词藻,一种与恶习毫不相干的精神状态,一种阻止她去认识恶习的精神状态。

"我"母亲一直不愿意去看凡德伊小姐。她念及凡德伊先生晚年的凄凉光景,先是悉心投注于既当妈又当佣人照顾女儿,然后又被由女儿引发的痛苦耗尽了生命。他已经彻底放弃将自己最后几年的创作完整地誊写到乐谱上。那是一位老钢琴教师也是从前村里的管风琴师写下的可怜的乐曲片段,在"我们"的想象中本身并无多少价值,但"我们"并不轻视它们,在他为了女儿而牺牲自己的创作之前,它们是他活下去的理由。其中大部分甚至没有记下来,只是存留于他的记忆中,有些则写在零散的纸片上,难以辨认,或将就此埋没。"可怜的凡德伊先生,""我"母亲说,"他为女儿而活,因女儿而死,却没有领到他的酬劳。他死后能得到吗?以什么形式得到?还能从谁那里得到,除了他的女儿?"

对此,"我"现在也无从知晓,但在很久以后的未来,我会给"我"的母亲一个预言家的身份。我要向诸位肯定一点:伟大的创造对于人们的启示会在何时发生,这种启示又将如何改造他们的行为通常是不可预料的,但无论如何,这启示的种子,哪怕它暂时看上去是一粒**恶**的种子,必定已在此刻播下。这就是为什么我会给"我"补上一个后续的想法:如果凡德伊先生能够观看到"我"观看到的那一幕,他可能还不至于对女儿善良的内心失去信心,也许对于这一点,他并没有完全看走眼。这样的场景岂不更应出现在大道剧院的光照之下,而不是一个真实的乡间住宅的灯影里吗?是的,**表演**也可以说**虚构**是凡德伊小姐和她女友的亵渎行为的内核,因为**看**贯透了她俩所在的整个空间:凡德伊小姐借着敞开的窗户虚拟了自外而内的**看**,又借将其父亲的肖像摆放于合适位置而虚拟了自内而外的**看**。这双向贯通的**看**的通道的存在,让凡德伊本人也能有机会双向观看"自我"的每一个动作及其空间方位,并借其创造力 Essence 将"自我"从黑暗深处向外部世界层层拓展。

凡德伊小姐用双重虚拟的观看赋予了自己的表演行动以根本上的"清凉"特质，哪怕它暂时展示为一种恶行，已具有了创造行动必不可少的底色（仿佛她在行恶的那一刻有创作那幅神奇的《宫廷仕女》的委拉斯凯兹附体），而这才是她从父亲那里继承而来的本能。正是这一本能，让她一直为暂且作为恶女的自己保留了超越与觉醒的通道，并最终与女友一起，通过与其父亲类似的艰辛的劳作，将凡德伊先生那些散落各处的创作片段凝合成为一部伟大的乐曲。让世人认识到那位可怜的乡村钢琴教师正是我们这个时代最稀有的天才创造者之一，而这便是女儿最终发给父亲的酬劳。这部七重奏在很久以后也将成为令"我"觉醒的重要启示之一，让"我"离开演奏它的那个社交世界，回到**自我**这一容器内部，投身于属于自己的创造：将狭小的、黑暗的"我"托付给那个献身于虚构事业的、广大的、光明的**我**。这一启示因而关于自我拯救，更关乎奉献世界。"我"将因此而有机会让虚构之光照彻下的**我**，以"清凉"的目光观看并包裹（或者说叙述）凡德伊小姐和她女友的表演。一切难道还不清楚吗？夏吕斯那样学养渊深又有高尚艺术品味的人成不了艺术家，因为他并不是真正的萨德主义者，而只不过是萨德癖的受害者，一个纯粹的病人，无论他施虐欲还是受虐欲都是在一个又一个密闭的黑暗小屋里得到宣泄，从不敢将自己连同其恶行带入外部**观看**的光照中（尽管"我"也**偷窥**他受虐，但那是被他的仆人不得已好心安排的结果，而不是出于他本人的主动要求实施的计划）。这是其一。其二，他是一个藐视一切的人，唯有他的傲慢让他永远高高在上，不可能有真正激情为寻求超越而将自己置于自己敬畏的诸神的对立面，甚至以亵渎之举向他们发出挑战（没有人会去亵渎自己对之毫无敬畏之意的神），从而让自己连同其恶行处于内部**观看**的光照之中（我们敬畏的诸神不就是我们为"自我"寻求的摹像吗？我们岂不是一直在全力以赴让自己能够与他们匹配的对称物吗？就像波德莱尔的恶之花是宗教恶伪善之花的反向摹像，萨德全力批判的康德岂不就是萨德本人的反向摹像吗？）所有的写作者都必须将自己的写作处于这双重观看的照拂之下，一重来自读者，一重来自前行者。凡德伊小姐为恶又将**恶**转化为创造力的秘密，就是萨德为恶又将**恶**转化为创造力的秘密，也将是"我"未来有机会投身于创造的秘密。

在盖尔芒特家那边

"我"对于盖尔芒特夫人的爱或许出自"我"对于时间感与影响力的迷恋。如果一个家族在很长一段历史里保持了对一座城市的影响力，那么，对于一个自小生活在这座城市里的人来说,那些如今仍拥有着这个家族姓氏与相应的社会影响力的人自然就会因为浸透了时光与力量的 Essenc 而拥有常人难以具备的魅力。如果前者正好是一位崇尚历史意识的男人,而后者中的代表人物正好是一位漂亮的命妇,那样的魅力便很容易在后者身上催化为爱情。你可以说这样的爱情是一种幻觉,但如果这种幻觉在所有方面都符合爱情应有的特征,是不是幻觉又有何妨。总之,在"我"远没有见到盖尔芒特夫人之前,"我"就已经爱上了盖尔芒特夫人。

每次去盖尔芒特家那边散步,"我"都会看到维福纳河畔的贡布雷城堡遗迹。那座城堡是为抵御盖尔芒特贵族首领和马丹维尔神甫的入侵而建的,这个遗迹因而也就成了那段历史的见证。"我"也经常从贡布雷教堂的一幅挂毯上看到盖尔芒特伯爵夫人的倩影;而教堂彩绘玻璃上的坏家伙希尔贝(盖尔芒特老爹)的形象又让"我"想起小时候滑行在窗帘和天花板上的幻灯片里的人物——盖尔芒特家族先人中一位骄傲夫人——热纳维耶芙·德·布拉邦德。这两个人物都沐浴在一派由"盎特"这个尾音散发的橙色光辉之中。盖尔芒特家族从 14 世纪起与贡布雷领主联姻,分封得贡布雷领主权,成为其最早的公民,但从不在贡布雷定居。可以说,贡布雷处处散布着盖尔芒特这个姓氏的神秘影子。对于"我"来说,很快就要在教堂一睹其真容的盖尔芒特公爵夫人,一方面是一具确确实实的肉身,从画册上看她还非常美丽,另一方面又是一种庞大的非物质性的东西,不光能容纳其家族历史与显赫姓氏,还足以容纳整个阳光明媚的"那边"、维福纳河的水流、它的睡莲与它的大树以及诸多晴好的下午所有这些事物。

"我"从自己对盖尔芒特家那边几处潮湿的小庄园的观察和佩斯皮埃大夫对于昔日盖尔芒特城堡花园内花卉与小溪的描述中获得一个珍贵的概念,让"我"将盖尔芒特这个地方等同于"我"喜爱的作家描述的那片溪流潺潺的虚构之地。不仅盖尔芒特改变了自己的形象,盖尔芒特夫人也随之变成"我"幻想中的周身花枝缠绕的女人,终日陪伴"我"左右,还要请"我"说出"我"想要书写的那些诗歌的主题。不过,一想到自己需要找到一个如这片土地的显赫历史、其领主的珍贵姓氏那般具有无限哲学内涵的主题,"我"的脑子便停止了运转。"我"眼前一片空白,认定自己不过是缺乏写作天赋的庸人中的一员,将会就此永远放弃文学。在盖尔芒特家那边,强劲的前置互渗作用激发了"我"的文学梦想,却立刻又因其过于强劲而毁掉了它。

"我"的文学探索资格不仅受到了"思想空虚"这一自我评价的否定,紧接着又遭遇了现实的迎头痛击。历史作为时间形象,它对盖尔芒特夫人的改造并不如呈现为空间关系的风光那样,可以借助直接叠合于人的面容之上来完成融合,而是需要一个缓慢的进程来实施其对具体人物的渗透。"我"提前用彩绘玻璃和挂毯上的色彩,一种相异于任何活人的其他质料将盖尔芒特公爵夫人描绘成另一个世纪的人物,但当"我"真的在教堂里见到了盖尔芒特公爵夫人本人时,一时间却感到十分失望。"我"从未想到她居然跟镇上的那位萨士拉夫人一样满面通红,打一根紫色领带。"她就是那样,她不过就是那样,盖尔芒特夫人!""我"全神贯注凝视着眼前这位贵夫人的形象,同时在心里叫道。一切都如此真实,包括她鼻子一角那个发炎的小包,都表明她与其他人一样受制于生命法则。在这短短的一刻,文学溃败了。如果"我"继续沉浸于自己的失落情绪,我的文学也就会跟着陷入停顿,因为失望将切断"我"的目光,令我无法写出任何新鲜的词语。历史形象终究还是施展了其强大的作用力:在一阵麻木之后,眼前这位"我"曾魂牵梦绕此刻又切实存在于"我"之外的盖尔芒特公爵夫人开始统治"我"的想象,让"我"对自己说出这样的话:早在查理大帝之前,盖尔芒特家族就声名显赫,对其属下诸臣握有生杀大权;盖尔芒特公爵夫人是热纳维耶夫·德·布拉邦特的后裔。她不认识,也不愿认识这里的任何人。

全新的治愈力重新出现在"我"的凝望之中。当"我"的目光复活,尤其当这复活的目光起身去接纳另一道目光的时候,我的文学便以第二元音"O"开始了它新的旅程:哦人类目光的神奇独立性,这文学之光,由一根如此松散,如此悠长,如此伸缩自如的绳子系在人的脸上,让它得以能在远端独自转悠。盖尔芒特夫人端坐于教堂偏殿,其家族死者的坟冢上方,她的目光却四下闲逛,攀爬着一根根长长的柱子(仿佛那里藏着人类文学精神的普遍结构,一种建筑结构,也是一种目光运动结构),甚至还逗留在"我"身上,如同阳光在教堂大殿里游荡,只是这束阳光在"我"接受它抚摸的那一刻似乎是具有意识的。

"我"才将她与他人混为一谈,此刻她已显得卓尔不群,因为毕竟眼前这个人和"我"心目中的盖尔芒特夫人是同一个人。高鼻子、红腮帮,她众多的面部特征于"我"而言都成了原生的、独一的宝贵信息,"我"的眼睛便再没有从她身上移开,仿佛"我"的每一眼都能够将有关那些信息的记忆如提取物质材料一般带走并储存在"我"的身体里。这会儿,只要"我"想起她的这些面部特征,就觉得她很美,并因此而将她独置于众人之外,以至于当"我"听到周围有人说"她比萨士拉夫人,比凡德伊小姐好看","我"就很生气。在其中起最关键作用的或许是我们总是不想让自己失望的意愿,是要保留我们自己内心最美好部分的本能的一种形式。

"我"让目光停留在她金头发、蓝眼睛和颈项上,略掉会让"我"联想到其他人的脸的那些特征,冲着这故意不画完整的草图高喊道:"她多美! 她多高贵! 就近在眼前,一准就是那个高傲的盖尔芒特,热娜维耶芙·德·布拉邦特的后人!"在"我"的注视之下,她的脸庞变得光彩照人,与四周完全隔绝开来,以至于"我"今天若是回想起那场庆典,除了她和那位向"我"证实她就是盖尔芒特公爵夫人本人的教堂侍卫,再不可能想起任何其他在场者。

"我"至今尚能真切看见,在那柔滑的、微微鼓起的淡紫色领结上方,从她眼睛里流露出的那种为让所有人都能分享因而不敢贸然加诸某一人的甜美的惊讶,以及那一抹具有领主向其附庸致谦与示爱气度的羞涩的微笑。那微笑还落在了欲罢不能盯着她看的"我"身上。每当"我"回想起她那道在弥撒时停留在"我"身上的目光,蓝得如同透过"坏家伙希尔贝"那面彩绘玻璃的阳光,"我"就对自己说:"但是毫无疑问她注意到我了。""我"认为自己博得了她的欢喜,她会在离开教堂之后还想到"我",会为了"我"的缘故身陷盖尔芒特之夜的忧郁之中。"我"立刻爱上了她,因为有时只要一个女人像希尔贝特所做的那样带着蔑视看我们一眼,我们就会想她绝不会属于我们,那就足以让我们爱上这个女人,或是像盖尔芒特夫人所做的那样仁慈地看上我们一眼,我们就会认为她可能会属于我们,那也足以让我们爱上这个女人。她的眼睛蓝得像青紫色长春花,不可采撷,而她却将其奉献给了"我"。

虽说受到一团乌云的威胁,太阳却仍将其全部力量投射到广场上和圣器室里,带给为示庄重而铺展的红地毯一抹天竺葵的肉色,在毛织物上添加一层粉红的绒毛,一层光的表皮,而盖尔芒特夫人就面带微笑在上面款款而行;这种温柔,这富丽与欢欣之上甜蜜的庄严,显示出《罗恩格林》某些片段、卡帕奇奥某些画作的特征,并且让人得以理解波德莱尔竟会用"美味"来形容小号的声音。

这曲赞歌的尾音明显带有成人的声线特征,不像是真的出于少年的"我"的歌喉。是此刻的"我"的嗓音替换了少年的"我"的嗓音,将少年带入他成年后才会涉足的艺术领地。或许这个"我"已与我难分彼此,就好像我已经临时接纳他,就好像"我"已是一个看清了文学的某个重要奥秘并因此迈上了文学正道的人,即便我对于自己是否已做到这一点尚心存疑虑。我理当给予"我"的文学感受力以一定的说服力,以此去肯定那位少年的丰富感受,令我们的阅读能够怀抱希望,向着光明。但是终究,这是借混淆而在文学的某些特殊地带实施的僭越之举,容易引起读者的困惑。在你们对此心生厌倦之前,我得让"我"及时离开我,回到"我"自己的少年时光,接受文学对"我"的拒绝,而**我**也只能将此拒绝作为文学行动必不可少的波折,向你们倾诉"我"的苦闷。我这样做的原因在于,亲爱的读者,"我"此刻感悟的文学真谛是一个排除了一切杂质的结论性的东西,但于我而言,刨开这些杂质去找到文学真谛这整个过程才是文学相对完整的面容,因而我的文学实验必然包含有"我"在觉醒之际厌弃的全部杂质,自然也理当包含了文学对"我"的拒绝和"我"为此产生的苦闷与悔恨。在未来,"我"将沉溺于爱情与社交生活,又在认清它们的"非文学"面目后猛然觉醒,决意把它们从自己的生活中悉数清除,投身于纯粹的文学行动。然而不管它们有多纯粹,我都必须拾起他厌弃的"非文学"部分,细述"我"曾沉溺其中的爱情与社交生活,构造我的喜剧文学。如果不是我执意要为自己的喜剧加一个"清凉"的容器(可事实上我必须承认,这对我是致命的,是让我可以忝列我敬仰的前人之后必须达成的一个文学装置),"我"是不是最终觉醒本身就并没有那么重要。

在"我"将美与历史荣光归还给眼前这位盖尔芒特夫人后,却在短暂的欣喜之余不得不重新品尝当初的绝望:"我"依然是那个找不到与其显赫历史、珍贵姓氏具有同等哲学内涵的主题的低能者。此后,每当"我"去盖尔芒特那边散步,尤其在"我"独自一人流连于白日梦的那些时光,因为没有文学天赋而不得不断绝做大作家的念想这件事比之前更越发令"我"感到痛苦。为了躲避这种感受,"我"找到一种抑制痛苦的办法,让脑子彻底停止去念想诗歌、小说以及因缺乏才能而不可奢望的诗意的未来。

然而,就在"我"决意斩断文学之梦的侵扰时,一个屋顶、一抹石头上的反光、一条小路的气味会忽然间令"我"停下脚步。除了它们带给"我"以一种特殊的快乐,还因为,"我"感觉到它们在向"我"传递一种有什么东西在"我"的视线之外被藏匿了起来的意味,并邀请"我"上前提取。可是,任凭再怎么努力,"我"仍无法将其找到。"我"便站在那里,一动不动地看,嗅,还试着用自己的思想钻进那个形象或是气味之中,因为"我"感到自己可以从这些事物内部找那个东西;要是这时候"我"必须追上外公继续赶路,"我"就闭上眼睛去做同样的尝试。

"我"执着于准确追忆那屋顶的线条、石头的色泽。不知为什么,"我"觉得它们似乎已经满得就要张开,把一些它们只是作为其盖子遮盖起来的东西交付给"我"。它们不是那类能让"我"追回"我"已抛弃的、有朝一日成为作家和诗人希望的印象,因为它们总是跟某个既无智力价值又不关乎任何抽象真理的对象联系在一起,但至少它们给"我"带来了一种无由来的快乐,一种多产的幻觉,可以让"我"排解自己对于文学的无力感。那些有关形状、香味、色泽的印象向"我"施放了一项良知的责任：全力窥探到隐藏在它们背后的东西。为何是"良知的责任"？因为"我"还是孩子，无须担负任何责任；若"我"自认有责任，"我"便失去了天真；若由**我**代"我"陈述这一责任，那会太过生硬，太过粗暴；但人人均有良知，因良知即意识，而当一个孩子有了一个巨大的、自己不可胜任去实现的梦想，便只能让他也拥有的良知来担负起相应的责任。这一责任如此严峻，让"我"毫不迟疑要为自己找到借口，以躲避这样的努力，免受这份劳累。

我不能继续将我伪装成"我"，因为我已将两者的关系澄清；但**他想**带有边界，**我想**迷漫成团，将他的**我想**变成我的**他想**，不可能向读者确切传递他内心的语音。我们需要返回他的语音来重新倾听，分辨里面隐含的我的种子，哪怕尚未萌芽。"良知的责任"便是这样一粒种子，它归属于少年的"我"，也归属于成年的"我"，也归属于我。它是"我"说出词语，也是"我"在成年后接着要说出的词语，也是我借由**我**在那一刻说出、此刻尚在遵其指令行动的词语，在那个永恒的未完成过去式之下。没有一位作家在他写作时或写作前，他的文学已是完成式的，那样他不再会有激情从事写作；也没有一位作家在他写作时或写作前，他的文学已成为简单过去式的，那样他已然放弃了写作。这令人疲惫的、伴随着永远的不堪之悔意的未完成过去式，让我们身陷永远既不可完成也不可终结的过去之中，就是我们文学激情的全部。

保鲜术与教堂

那个"盖子"，我挑剔的读者，也许你们会怪它太过突兀：为什么是盖子？而不是那些事物的表皮？或是直接就说它们是容器。作为少年，"我"尚未能在一瞥之下窥得事物的全貌，只能以最直接的印象来表达自己的感受。我们说盖房子，屋顶或教堂穹顶最直接的形象就是盖子，其他事物的内部状况也是以如此方式被遮盖起来。这个盖子自身是完整的，但它缺少了另一个部分，就是被它遮挡在下方"我"渴望获取的东西，两者可以合成一个完整的容器。那么，"我"要获取的是这个完整的容器，还是藏在这容器里的内容？答案尚未向年少的"我"揭晓，虽说"盖子"这一意象已提示了容器的存在。是的，这个意象或许很生硬，但它将变得自然，尽管我并无把握这样的说法一定获得成功。再一次：没有一个作家能于书写之际就获得成功，没有一个作家被允许完成自己的写作。唯有尚在写作且未完成时，他才是作家，在之前他未是，在之后，他不再是。作家，就是那个永远不得成功的人。那个尚不是作家的"我"一时逃脱了文学对自己的追击："我"家人在叫"我"了。

"我"感觉自己眼下缺乏必要的平静去有效地继续自己的探究,在回去之前最好不要再想这事,以免劳而无功。

在那些"我"被允许出门垂钓的日子里,"我"会带着鱼篓回家,上面盖一层青草,以保护鱼儿的新鲜。现在,"我"也要将这些事物的形象原封不动带回家里,并在它们盖子的遮盖下保持如那些鱼儿一般的新鲜。这让"我"感到安足,不用再为一个形状或一种香味包裹的那个未知物废神。

"我"已将这些形象移入意识中,可以用想象的目光触摸它们,就好像它们还保持着在野外"我"用直接的目光触及时的那般新鲜,也就是说,"我"并不能真正将它们带回家,而只能将"我"这个装有这些图像的意识容器带回家中。这样,那个**未知物**便比原先又多了两层遮盖物,或者说两个容器,一个是意识,一个是家,不仅如此,因为这一转移,"我"与那个未知物之间的关系不再是内部与外部之间的关系,而是不再有实际空间相隔的内部与内部的关系。这是"我"感到安足的全部原因。也因此,"我"才将许许多多类似的包裹着未知物的印象带回"家"里堆积起来:一块跳动着反光的石头,一个屋顶,一次教堂钟鸣,一缕树叶的芬芳,以及很多别的图像。它们大都来自梅塞格利斯那边,那个生产迷人的即时印象和对同龄少年之爱的感性世界(尽管爱情受阻,却依然可以借助 Essence 互渗的白日梦来维系),是对另一个不仅与之对立,还暂时与之隔绝的、盖尔芒特家那边的世界的补偿。在盖尔芒特家那边,形象让位于观念,当下印象让位于历史河流,对少女的爱恋让位于对贵妇的倾慕,肉身情欲让位于社交热情。尽管我得到了盖尔芒特公爵夫人目光的抚爱,但它引发的对爱情与文学的绝望却是毁灭性的。如果说盖尔芒特家那边持有精神的恒久形式,它必须借助梅塞格利斯那边的丰沛的感官机能来激活。

然而那些形象并不因为已储存于"我"之内而一直生动如初,而是带着它们所覆盖的、曾经呼之欲出的真实,那个"我"缺乏足够的毅力去发掘的真实,死去了。在很长时间里,它们成了死掉的记忆。直到有一天,时近黄昏,"我"与佩斯皮埃大夫同坐于一辆疾驰如风的马车上,"我"忽然间获得了一个与上面那些形象同属一类的印象,而这次,它出现在塞尔芒特家那边,在一条小路的转弯处:"我"看到马丹维尔教堂的钟楼双塔,在夕阳沐照中,随着马车的移动和小路的蜿蜒恍若也不停改变着自己的位置,随后,与其隔着一座小山和一条山谷、远远立于一块高地之上的维尔维克教堂的钟楼,仿佛竟也成了它们的近邻。"我"突然体验到了一种特殊的、与任何其他快感均不相同的快感。

为什么是教堂钟楼?为什么"我"从中得到了与之前那些形像类似的印象,却感受到全然不同的快乐？借助观察它们尖顶的形状，它们轮廓的位移，它们表面的反光，"我"感到自己难以对自己的印象一探究竟，总感觉有什么东西存在于这运动背后、这光明背后，有什么东西是钟楼双塔自身包含的，又是它们从什么地方窃取而来的。"我"似乎离"我"渴望找到的那个答案近了一点，但仍无法知晓那全然不同的快乐由何而起。这两座看上去如此遥远的钟楼，马车似乎行驶半天都没有靠近它们一步，猛然间，"我"发现它已停到了马丹维尔教堂前面。但即便双塔近在眼前，那个关于"我"的快乐由何而起的答案仍然没有出现。"我"只好将原先那些图像塞回老地方，暂时不去想它们，不然，"我"就可能会永远把双塔与众多的树林、屋顶、香味和声音相联结，而不是把它当作一个激发"我"特殊快感的形象与其他事物的形象区分开来。

当马车重新回到上路，"我"独自在座位上回想钟楼双塔。没一会儿，它们的线条和它们灿烂的表面就像某种外壳一般，破裂开来，向"我"显露出些许之前深藏不露的东西。还是那个开放的意象，只不过之前是**盖子**，现在是**外壳**，之前是**张开**，这里是**开裂**，之前"我"一无所获，这次稍见端倪。我无法将我探寻到的秘密赠送于"我"，因为"我"尚不是我，也永远不可能是我；但我又必须安排"我"慢慢窥得此秘密的路径，令"我"的文学渴望成为我的文学行动。事实上，"我"也已经开始行动："我"有了一个想法，片刻之前它还不存在，这会儿却在"我"脑子里以词语表达了出来，而"我"刚一见到它们时感受到的那种快乐这会儿重又急剧膨胀，令"我"如痴如醉，再也无法去想别的事情。此时马车已远离马丹维尔，"我"回头望去，但见夕阳西下，双塔已成黑影，又很快从"我"视线中彻底消失。

"我"未曾想隐藏在马丹维尔塔楼后面的那个东西理当类似于一个漂亮的句子（秘密与语句，这是一个未完成过去式的文学等式。"我"未曾想，说明"我"后来还是想到了。"我"正是从那里通向了我，确切地，我让"我"从那里通向了我，当然不是成为我），但既然那个给"我"带来快乐的东西向"我"显现为词语的形式，"我"便向大夫要了纸和笔，不顾车马颠簸写下一段文字，以宽慰良知的责任，服从于"我"的激情。是的，是我而不是别的什么人说：我重新把这段文字找出来，只是稍加改动。如此，"我"重又连接于我，而不再只是少年的"我"连接于成年的"我"；不过，"我"仍以"我"的身份和灵性书写，我仅以第一编辑的身份呈现"我"的文学于我的文学。

这些文字显然只是记录了"我"之前已经表述过的那些感受，并没有揭示"我"一直在寻找的那个秘密。这些文字甚至还不如"我"之前讲述的那些即时感受那么迷人，因为那些感受给了你们阅读的期待，而这些文字却消除了它们。除了失望,你们应当还会为"我"写完这段文字后的快乐心情感到困惑。"我"如此开心,感觉自己完美地摆脱了那些钟楼,和躲在它们背后的那个东西,就好像"我"是一只母鸡,刚下完一只蛋,开始放声高歌。

这是**生产**的快乐,那段文字就是少年生产的文学处子蛋。在"我"写下那段文字之前,"我"未曾想过隐藏在钟楼后面的秘密可以类似于一个漂亮的句子。"我"只是凭着热情与本能记下了自己零星的印象与感受。它们出人意料地聚合成了一个个句子,又由这些句子聚合成一段文字,一个初生蛋。这便是文学的功能:通过融合点滴热情生产成为拥有新形式的新热情,然后将其传向阅读。"我"摆脱那个秘密就如一只母鸡摆脱它生产的蛋,那么,"我"之前的所有焦虑便是有关这第一次生产的焦虑,而钟楼和那些形象遮盖的秘密显然也是有关**生产**的秘密,它现在从钟楼形象转移到了这只文学之蛋里。尽管如此,"我"仍然没有说出,或是暂时还没有能力甚至也不允许说出这个秘密究竟是什么。至于我,在那个时候也只能由**我**说出"我"的预感,不能为"我"说出我的发现,因为我是那个应当写出"我"漫长的探究历险,而非直接说出其答案的人,因为"我"的文学不是我的文学。不过现在,既然我已不再是一名作家,自然就可以来跟你们讨论一下这个秘密了。

"我"写下的那段文字最先给出的双塔的形象并不是它们尖顶的线条与灿烂的表皮,而是它们的高耸与孤绝:"孤单地,马丹维尔双塔从平原升起向着天空攀爬,仿佛消失于茫茫旷野。"我为一个句子加了引号,因为我必须指认这个句子出自少年的"我"之手。然后是维尔维克钟楼忽然插入其中,令钟楼的形象变得饱满生动,变幻不定但生机勃勃。于是我们得到一个明喻,将钟楼转换成为"鸟",在流逝的时间、奔驰的马车、夕阳余晖的作用下,它们又转换成为地平线上三支旋转的金轴,既而是三朵花,既而是某个传奇中的三位姑娘。这个教堂钟楼的活化过程,是由文学生成的,自然属于文学的功绩。如果考虑到"我"是在马车的鸭笼边上完成自己这初子之作,那么文学对于凡俗生活的融解力与解脱力就变得尤为显著,就像教堂从平原上拔地而起,并且包含了"我"之前从平原采集的诸多令"我"欣喜的意象:田野,尖顶,反光,花朵,姑娘,钟声,这诸多来自梅塞格利斯"那边"的意象。也就是说,盖尔芒特家那边将其历史与荣耀托付于教堂塔楼这一意象,而教堂塔楼又将梅塞格利斯那边闪耀着生命之光的诸多形象融于其中。这是一个有关容器的包容力的可能性问题。与此问题相关的零星讨论由来已久,只是在这里第一次在如此广阔的物理与精神空间中,即,在两个原本完全无法彼此相通的**那边**,或者说两个分立于"我"两端的精神实体之间展示其融合力。

文学所生产的诸情境指向并归属于作为其根源的**文学生产**的情境,因而文学所描绘的形象成为文学自身形象的喻体,也成为"我"与我共同的文学行动的启示:教堂钟楼这一容器的一切功能都有可能转换成为文学的功能,其构造也可以转换成为文学的构造。这一启示是突然降临的,却从一开始就隐含于"我"好奇的视线之内。

当少年的"我"一家在复活节前一天乘火车来到贡布雷,十里之外,目光所及只有一座圣伊莱尔教堂。这座教堂也是姨妈精神透视的灭点,是姨妈喜剧外部舞台的边界,欧拉莉是它的信使。当"我"在花园阅读的时候,教堂的钟声与书中人物与故事一起融入星期天下午的晶体之中。圣伊莱尔教堂也是两个"那边"的组织者:山楂花的故事是从教堂开始,借由雀斑姑娘凡德伊小姐向斯万家那边延伸的,盖尔芒特家那边的统领人物盖尔芒特公爵夫人则是在出席本人的婚庆典礼时现身教堂的。梅塞格利斯那边有一座地道法国风格的圣安德烈教堂,也同样有两个两钟楼。若在散步途中遇雨,"我"和家人便在圣安德烈教堂门廊下躲雨,欣赏上面的各色浮雕人物,圣徒、国王、骑士,天使,并从中辨认出贡布雷镇上加缪杂货铺的小伙计戴奥多尔的身影,虽说他调皮捣蛋,却颇具这些浮雕人物的精神。在莱奥妮姨妈病重时,弗朗索瓦斯总是请他来帮忙,他脸上天真且热忱的神情与那些手持大蜡烛的天使的表情十分相近;而其中一位圣女的形象,则犹如一位当地的农家女一般健硕、威武,随便一个前来避雨的当地村姑都可以佐证这一点。这一相似性的发现,让眼前这些雕塑形象显出"我"从未曾留意的温柔,并令"我"将教堂艺术之高贵归源于世俗生活。这已然是关于文学的重大启示。在盖尔芒特家那边,圣伊莱尔教堂钟声会贴着维福纳河的水面,穿过一层层空气和附近的鸢尾花,传至正在休憩的少年和他家人脚下。最后是马丹维尔教堂的双塔和维尔维克钟楼,将所有这一切融入其形象之中,并在文学中获得重生。也正是在盖尔芒特这边,容器中的容器的意象和底下藏着未知事物的盖子的意象,无论是普通屋顶还是教堂尖顶,在我们的语言中都被视为"盖子"。采集这些盖子下的秘密是文学最重要的工作,因为文学是所有类似秘密的精神容器,一如教堂从它最初的形象马厩开始,便超越物理容器而成为精神容器。因而,两个"那边",于"我"是一种直觉构造,在我是一种文学构造,从一开始便已具有教堂的建筑格局与气象。

新生

在福楼拜惊人的文学成就面前,甚至深入探索他开辟的文学新大陆的热情也似乎显得无足轻重。但我那不可遏制的、冲破忧郁封锁的欲望,我的目光触及涌动在盖子下新鲜生命体时我体内急速升起的狂喜,如果它们正好谐合了向新大陆纵深处探险的好奇心,那么这庸常的好奇之心于我而言便是一道催促我以自己的生命向文学示爱的持续的劝诫,如果它们甚至正好还谐合了超越眼前这棵文学巨杉的野心,那么,这不可能、不必要的文学好胜之心,也不过是那不可阻挡的生命洪流最直接的喷涌通道而已。我因而可以毫无羞愧、毫不畏怯地说出:我是那个急于去探索福楼拜发现并开辟的新大陆的人,是那个渴望在新大陆超越福楼拜这棵现代文学巨杉的人,我不只是要拯救记忆于未完成式封锁的黑暗,而是梦想着从记忆这个生命遗迹库里探索我们的新生之道的人,如果这是梦想,那么,这个梦想中还会有这样一个场景:福楼拜终于发现他的新大陆变成了一个新的星球。

没有哪个作家不渴望借助写作获得新生,不渴望借助虚构让自己探寻到的新生之道最终成为具有普遍意义的启示。正是这一点,让写作变成一条奔流不息的大河:作家们先后相继,不断从前人那里获得写作的勇气与灵感,并以自己的工作推进前人的工作,以自己的新生之道接续前人的新生之道。既然我自视为是其中一员,自然也只能按着这同样的指令去行事,尽管我是一个愚笨的、或许不算懒惰却缺乏毅力、不幸同时又有但丁式排序癖的人,没有能力如我敬仰的前辈那样在远离自己经验的时空(至少表面看上去那样)虚构一个逼真的世界,为之安排跌宕起伏的情节,以及诸多各自拥有奇特的命运线条且以不可思议的复杂关系纠缠在一起的人物,事实上我也不甘心自己只是重复他们业已完成的工作。无论如何,既然虚构是必然,我能虚构的也就只有我自己的往昔,和我曾历经其中的那个世界,我那要求具有普遍性的新生启示也就只能从那个虚构的"我"寻求新生启示的历险中去寻找,我为此投入的工作因而也只能是对于"我"的这一历险过程的完整描述。这样,在"我"获得最终的启示并决意为此投入行动的那一刻,必定也是我长久追随这渐次展开的启示逐步实施自己的文学行动并最终完成自己工作的那一刻。如此,"我"与我的关系变成了不可思议的首尾咬合,就像一条狗不停打着圈去咬自己的尾巴,是的,它必然一无所获,但对于站立一旁看的人而言,它完成了一个又一个有趣的圆圈运动。如果站立一旁的人正好是你,亲爱的读者,我能传递给你的启示无非就是这个致命的圆圈运动所包含的秘密。对任何一个想要成为作家的人来说,他追求的新生永远都不具一副已然完形且静候他去发现的面容,而是一枚在漫长的孕育过程中逐渐成形的果实,且需要历尽艰辛借由词语将其显影。我既借我的文字来描摹又借这描摹之举来完成的那个可笑的圆圈运动已是竭尽我的全部生命与才能。

"我"最初的启示来自一杯椴花药茶,它有记忆的外观,但并不是记忆杂物堆中的一个现成物,而是由当下与往昔场景,借助它们共同蕴含的 Essence 的粘连作用,叠堆融合之后产生的新形象,一个生命晶体,就像我们把两张印有不同图像的透明纸片合在一起,会惊讶地看到一个我们从未见过的、不可思议的新面孔。离开了这样的融合,这杯椴花药茶就是一杯普通的茶水。"我"并不是在实质意义上将姨妈屋子里诸多美德的香气、火车站椴树林的氤氲之气早早移存于一块贝壳形的小蛋糕里面,等着自己在某一天像从银行提款一样将它们原封不动地提出来。那一杯椴花茶是在此时之"我"与彼此时之"我"双重目光的交叉投射之中逐渐显影的,不仅包含有姨妈屋里美德的香气,包含有"我"和家人出门散步回来途经的火车站边的黄昏意念,还同时包含了当下这个阴沉冬日带给"我"的压抑与孤绝感,带着已接近当年外婆岁数的母亲的情爱,正是出于这份恒久不变的情爱,她怕我冻着,差人送上来一些胖乎乎的贝壳形小蛋糕。这诸多 Essence 若是少了"我"在当下阴冷冬日里的探寻的目光,将永远滞留于潜能世界,也就是说将无法完成其转移,并聚合为全新的活力晶体,从而进入实在世界,更不可能在事隔多年之后带给"我"那种超凡脱俗的超时空快感。这些携带着当下与往昔双重情境的 Essence 尽管并未展现于那杯椴花药茶的表面视觉中,却作为精神花纹铺陈于其四周,并持续为其发出词语的尖叫,呼唤"我"说出(催生)它内含的秘密:那崭新的生命体。

　　一杯闪动着琥珀色光晕的椴花茶,其惹人喜爱或不如一只果冻,后者不仅有水果的养分与甜美,它轻颤的清透形象仿佛已然带有生命的迹象。但它只是聚合了风与雨水、节气与大地的诸多 Essence 的活力晶体,由于缺少与另一种时光中的另一种形象的融合而不能衍生出新的生命意象,并带给"我"狂喜。

　　就词语的催生作用而言,姨妈外屋的那只引发"我"不堪之举的"大馅饼"更接近那杯椴花茶。是同一只词语之手耐心探寻并抚摸它们散乱的诸 Essence,一点一点矫正它们的形态与结构,直至以完整的形象将它们包裹起来。两者从根本上都是词语的创造物,而不是像果冻那样是一个生活中的现成品。不同之处在于,"大馅饼"并不是一个超时空复合晶体,而只是一个就地升华而成的超空间复合晶体,它的形象也并非如椴花药茶那样依托于一个肉眼可见的实物,而是一个将直观形象转换为一整列隐喻后重新凝合而成的纯想象物,灿烂但虚无,因而不是带给"我"新生的狂喜,而是激发"我"去尽快释放情欲。不过无论如何,这只"大馅饼"已因为其纯隐喻想象质地而成为"我"最初的文学生产(对于文学而言,只有未能现身才是流产)。也就是说,远在"我"投身自觉文学行动之前,"我"就已依着直觉开始了自己的文学生产。或许,正是这未被意识到的生产,让"我"无意之中将周遭事物的诸 Essence 汇集于那杯"椴花茶"四周,并为其注入在未来某天获得新生的潜能;或许也同样是这未被意识到的生产,让"我"将自己沉浸其中的书中世界连同时断时续的清透的钟声以及花园里的枝叶散发的芬芳一并封存于**晴朗的星期天下午**这一水晶之中,让"我"在日后能跨越时空一再将其体味,或许,还是这未被意识到的生产,引导了"我"一次次渐趋自觉的隐喻幻想尝试,并在盖尔芒特家那边,获得将水中玻璃瓶阐释为制造"清凉"的"容器中的容器"的灵感,并将新生视为既融合了旧生命又隐含于旧生命的循环更迭。"容器中的容器"由此成为一切创造行为皆内含的循环运动的转喻。至此,"我"的思想马厩便不再只是一个思考有关创造问题的意识容器,而已然是一个自觉的文学容器,因为"我"采用了词语形式来传达对于自己幻想的思考(不光只是那只"大馅饼"),令它运行于由往昔通向当下、由他通向我、由感受通向描述,由真实通向词语的清凉之道上,成为"清凉"的制造者。也是在这个时候,"我"与我变得难分彼此。无论"我"的房间还是姨妈的住所,直至整个贡布雷小镇,都是"我"彼时听闻与感受的一个集合体,一个初步的活力晶体或者说容器。"我"讲述它们描摹它们终究是用我的词语,终究是顺应了我对词语形式的要求,简单地说,终究是我在书写有关"我"的一切感受。是我将"我"的感受集合包裹成为一则则散文,一个个喜剧。文学在这里不再是一件隐身外衣,而是时刻裸露在外的词语形式,一个容器的容器。因而第一次,我可以接受:"我"的目光就是我的目光,"我"的回忆就是我的回忆,"我"的讲述就是我的讲述,"我"的文学渴望就是我的文学渴望。尽管"我"并未在自己的时光中开始自己的文学行动,但已持有开始这一行动的预感,并最终在我的词语中重新获得关于新生的启示并觉醒:关于文学的幻想可以成就文学,可以成为文学行动的开始。我们的幻想是我们最初的教室,也是我们文学生产的第一车间。

这正是"我"区别于"我"的"前身"斯万先生之处。这位目光敏锐、品味高尚、对文学与其他艺术形式皆有极高认知力的鉴赏家并不缺少新生的启示,但他被爱情幻想与社交趣味所耽误,一生都在观望都在"鉴赏",从未能真正投入自己一向渴望的词语的工作,终于一无所成,郁郁而终。斯万并不像是我笔下的人物,倒更像是福楼拜书里的某个人物。因而或许"我"摆脱斯万的影子,就如我摆脱福楼拜的文学阴影一样。

在维尔迪兰府上,斯万第一次听到凡德伊奏鸣曲中那神奇的一小节。一个他不知道是乐句还是和弦从他面前飘过,一时间给他带来一种莫名的快乐。他为之深深着迷,却无法清晰地描画出这快乐的边界,但觉得它忽然间将他的灵魂敞开,就像盘桓夜晚潮湿的空气中的某种玫瑰的芬芳令我们的鼻孔一时间扩张开来。由于他当时还不知道这是一首什么曲子，更不知道竟是出自贡布雷的邻人钢琴教师凡德伊先生之手，他体察到的是一种令他十分困惑的印象，一种没有体积的、完全原创的、其序列不可作任何缩减的纯音乐性印象。这种印象，在某一瞬间可以说是**非物质的**。尽管转瞬即逝，但当那个印象再度降临的时候，它对于具有极高音乐素养的斯万来说便不再是不可捕捉的了。摆在他面前的不再是一个纯音乐性的东西，而成了能帮他唤回那音乐的图画、建筑与思想。这次，他清晰地分辨出了那个片刻间从一片声波之上升腾而起的乐句。它立刻为他送上一种奇特的快感，那是一种他在听到它之前对之毫无观念的快感，一种他觉得除了它之外再没有东西能让他获取的快感，就像是在经受一种他从未感受过的爱情。他希望还能第三次见到它。果然，它又出现了，不过这回它并没有对他说得更清楚一些，甚至带给他的那种快感也不再那么深远。可一回到家里，他又需要它了。他像是成了这样一个男人：一位他才见过一小会儿的过路女孩为其生活注入了一种全新的、赋予他固有的敏感以更大价值的美的形象，可他却不知道自己是不是还能再次见到这位他已经爱上的、甚至连名字都不知道的女孩。

对这个乐句的爱有那么一小会儿在斯万身上激起一种重获青春的可能性。他已经太久放弃努力，去让自己的生活适用于其理想目标，而只是局限于追求日常生活的满足感。他以为，尽管没有对自己明确说过，这种状况至死也不会改变了。进而言之，他不再自觉脑子有什么崇高的想法，也不再认为它们现实存在，尽管他还不能予以完全否定。社交有邀请就参加，没空就给主人留个名片，总之不费思量。与人交谈也是如此，他力求永远都不要真心去表达对诸事的个人见解，仅限于提供自身就具有某种价值的资料性细节，以便不给出自己的价值尺度。在情欲方面，他喜欢身材饱满的厨娘、女工和服务生远胜于社交名媛或贵族命妇，不停请太后、将军或院士帮着牵线搭桥来满足自己的需求，就和那时尚未降生的"我"的趣味如出一辙。现在，就像一个久病初愈身体发生了变化的人那样，斯万在回忆那个乐句的时候重新从自己身上发现了他早已不再相信的那个不可见的现实的存在，就仿佛那音乐在他遭受的道德干旱之上洒下一种选择性的影响力，他感觉到自己有了新的渴望和为之奉献自己生命的新的力量。

然而，随着奥黛特出现在他身边，这位鉴赏家仅仅是将自己的全部才华与热情奉献给了她这件不可思议的"艺术品"。就像未来的"我"那样，他的超凡感知力中有很大一部分也是基于对于"互渗作用"的惊人直觉。他惯于从某个普通人身上发现某位大师画作中人物的那种不同寻常的体貌特征，超越它们初见之下令人不悦的印象,去细品其美妙的缺陷。或许是出于对自己囿于社交与空淡的悔恨的补偿,斯万以为那些伟大的艺术家已赐于自己乐此不疲沉腻于那些面孔的借口,要知道他们也曾愉快地打量过这些面孔,并将其搬进了自己的作品,也正是这些面孔赋予他们的作品以一种独一无二的现实性明证,一种现代意味。不幸奥黛特的面孔也充满了类似的、反上流社会平庸症候的、可以让斯万将其细细品的缺陷。起初,每次奥黛特来访,斯万都会重温自己对这张已忘得差不多的脸的失望之感,因为印象中,这张脸并不那么富于表情,虽说她还年轻,面颊却常常一片灰黄,无精打采,有时候上面还扎了一些小红点。他很遗憾,她拥有的那种美艳并非他本能所好:脸部瘦削凸出,眼睛很大,由于前额和上脸颊连成一个十分平坦的、由时下流行的刘海儿覆盖的表面,颧骨就显得很高。她的身材或许长得绝妙,但在极不合体的时新装束之下难显其完整性,倒像是由互不相关的几截拼凑而成。

在斯万第二次拜访奥黛特的那一天,这一切改变了。当时奥黛特站在斯万身旁看他带来的一幅版画。他看到她让松开的头发顺着面颊披挂而下,以舞蹈般的轻盈姿态曲着一条腿,以免在俯身看画时累着自己,脑袋歪斜着,两个大眼睛因一时失却兴奋点而显得疲倦且忧郁。他觉得她的模样和他在西斯廷小教堂看到的波提切利所画的塞福拉很像。这一新发现带来的快感对斯万日后的生活产生了持久的影响。从此,奥黛特的脸是美是丑,双唇是否柔软甜美不再重要,因为它们变成了他的视线可以将其无限抚摸缠绕的一组精美的线条,因为奥黛特已不再是奥黛特,而是伟大的波提切利爱慕过的一位女子,是一幅标题为"佛罗伦萨画家作品"的杰作。斯万将奥黛特送入了自己的梦幻世界之中,原先因违反自己的本能需求而备受质疑的爱情也终于得到了肯定。他将为她奉献自己的一切,并因此而吞下她极不光彩的过往和故态复萌的不忠带给她的无尽忧郁。奥黛特不光因别的男人背叛他,也因为别的女人背叛他,她有半个身体属于戈摩尔世界,一如未来的阿尔贝蒂娜。他得硬生生吞下接下来要上演的那一幕幕痛苦的喜剧。

那么他从旧邻凡德伊先生的奏鸣曲得到的新生的启示呢? 是的,转换成了他请奥黛特一遍又一遍为自己弹奏那个迷人的乐句,作为能带给他两人初识时甜美回忆的爱情圣曲,直到他俩婚后,直到"我"出生并成长,为追求他俩生下的女儿希尔贝特而前去登门拜访。凡德伊奏鸣曲唤醒了斯万内心对于某种未知魅力的渴望,却并没有带给他任何确切的东西来满足他。那个乐句消除了斯万对于物质利益的关怀,对于生活的思量,那可是每个人都看重的,从而在他心中留下一大片空白,而斯万只是在上面随意写下了一个人的名字"奥黛特"。而但凡见过斯万在听这个小乐句时脸部神情的人,都会说,斯万正在吸食一种"麻醉剂",呼吸的幅度也随之变大。

凡德伊的奏鸣曲在上流社会沙龙里日渐走红。斯万终于意识到了深藏于那甜美的乐句内部的难解的隐痛,那位他与之素不相识的崇高的兄弟想必曾将其一再品尝,现在他也亲身体验到了与之相似的万事皆休的悲伤。于是,它变成了斯万关于那个梦幻世界的回忆。有一天,在德·圣德费尔德夫人家的沙龙里,他又听到那位钢琴家在演奏凡德伊奏鸣曲。那个小乐句忽然出现在他面前,领着昔日的美好时光对他纵情高歌,全然不顾他当下的不幸。面对那重现的好时光,斯万呆若木鸡。他瞥见一个不幸的人,便不由得可怜起他来,因为他一时没有认出那人是谁,只好垂下双眼免得让人看到它们灌满了泪水。那个人就是他自己。

是的,斯万一次又一次下决心投入关于维米尔的研究,却从来没有真正实施过。那位他一向瞧不上的乡村钢琴教师却写出了相伴他终生的音乐,并一再赐予他关于新生的启示,只是他从来没有因此启示而觉醒,或者说没有勇气去觉醒。

区别于斯万先生和凡德伊先生的不是视觉的敏感与表达的才华,而是将观看所得转换成将之表达出去的欲望,也即语言的激情,支配这语言激情的是奉献精神,而支配我们的奉献精神的则是我们广泛的同情心。斯万过于在意自己,从来没有看到过事实上也没有真正的兴趣去看到他人的痛苦,自然就无法知道,人类的痛苦或许各有其特殊之处,却大致相近,因而可以互相启迪。尽管他一遍又一遍问过自己,那位崇高的默默无闻的兄弟凡德伊先生过的究竟是什么样的生活,他究竟是从什么样的创痛中汲取了神的力量,那无穷的创造能量,可即便在多年之后,当他在教堂门口降尊纡贵地跟凡德伊先生本人亲切寒暄时,也没有认出来面前这位落魄且落寞的中年男人、自己的老邻居就是他寻找多年未果的音乐大师。甚至当他第一次在维尔迪兰府中听到凡德伊奏鸣曲之后,他还尽情嘲笑过这位贡布雷的老傻瓜竟然可能会是一位音乐天才的某个堂兄弟。是的,缺少了这样的同情心,斯万就不可能认识到,唯有当他用那属于所有人的语言站在自我之外公正地说出自我并为之倾尽全力的时候,他方能摆脱对个体痛苦与黑暗的无休止的眷恋,冲破自我容器的封锁,进入宽广的宇宙。斯万不可能认识到,他的一切痛苦与黑暗本可以在那里得到甘美的回音,并反过来包裹它们,成为它们的新的形式,新的容器,就像凡德伊的那个小乐句那样,如此,他方能完成对自己的超越,也为世界提供一个生命的样本,给予他人以类似的拯救的启示。

斯万在死前不久,专程去拜访了自己的老朋友盖尔芒特公爵夫人,想对她说些什么,或许是要托付公爵夫人日后关照自己的女儿希尔贝特。盖尔芒特公爵夫人正要和盖尔芒特公爵赶赴一场舞会,尽管斯万提示她自己将不久于人世,她也从斯万的脸色上看到了这一点,但她还是说服自己斯万并无大碍就与丈夫一起匆匆离开了。事实上,因为奥黛特的缘故,整个上流社会包括我的父亲和母亲都已经抛弃了斯万。早年,在斯万经历他苦涩的恋爱的初期,维尔迪兰夫人的沙龙已经抛弃过他一次。在斯万过世之后,这样的弃绝更是令人心寒。奥黛特嫁给了斯万的情敌福什维尔伯爵。女儿希尔贝特也随她妈妈一起改姓福什维尔,因为福什维尔有爵位,而斯万没有。希尔贝特继承了斯万留下的万贯家财和无数艺术藏品,嫁给了有断袖之好的圣卢,攀上了显赫的盖尔芒特家族。在人面前,她习惯称自己是福什维尔家的人,努力回避斯万的女儿这一身份,甚至将斯万留给她的家产也说成是福什维尔的。斯万生前的密友盖尔芒特公爵夫人接待了将要嫁给她外甥的希尔贝特。当后者怯生生地说她想公爵夫人曾经跟自己父亲很熟,盖尔芒特公爵夫人用一种过于夸张的伤感口吻说:可不是嘛,我们很熟。我完全记得他。这是对记忆功效多么恶劣的有意误用啊。那些处于上流社会顶层的资产阶级人士,一朝死去,他们的名字便会自行分解并融化,它们"脱模"了,就像阿尔贝蒂那喜欢的冰淇淋那样,尽管外观设计精巧却只能在一小段时间里维持凝合状态。相反,斯万却是一位具有非凡的知识与艺术个性的人;尽管他没有任何"作品",他却有机会存留得稍稍久远一些。现在,这个世界要彻底抹去那位敏感优雅才情超凡的斯万先生曾来此一遭的一切痕迹,除了一个人,那就是"我"。"我"不甘心斯万先生就此湮灭,不仅因为他与"我"有极为相似的灵魂和命途激发了我的同情心,更因为"我"必须借**我**之便向你们说出斯万的故事,以结束他与"我"之间的镜像关系,避免最后走上他的凄惶归途。只有当"我"写下"我"听到的"我"看到的斯万,"我"方能解除斯万关于"自我"的魔咒,向与他一样我深深敬仰的崇高的凡德伊先生靠拢。是阿尔贝蒂娜意外离世给了"我"冲破斯万魔咒的机会吗?哦不是,在"我"说出斯万的故事的时候,阿尔贝蒂娜于"我"而言已与死亡没有太大区别,意味着"我"已拒绝接受当年困住斯万的忧郁的困扰,而决意要借助文学走向新生。也是在那个时候,我再次接受"我"成为我,并将我的工作成果当成"我"的工作成果,哪怕"我"暂时还没有真正开始投身写作。斯万曾在自己面前垂下双眼,他现在可以重新抬起头来,出现在他对面的不是他自己,而是那个与他十分相似的"我",他也将因此发现自己并不是什么可怜虫,只是像绝大部分拥有极高天赋的人那样,被自己的病痛挡在了原地。"我"和斯万之间的距离,就是"我"俩共同喜爱的那个小乐句前后出现的间距,而凡德伊先生则是那出现在由他女儿和女友一起全力整理挽救并最终令其闻名于世的七重奏遗作里的同一个小乐句。由此,斯万和"我"和凡德伊先生一起走向了我。当"我"这样说的时候,方能进而这样说:"亲爱的查理·斯万,我在认识您的时候还太小,而您已站在坟墓边上。那个您一向视为小傻瓜的人把您当作了他一部小说的主人公,人们因此而重又开始谈论您了,并且您可能还会继续活下去。""我"已为你雪耻,斯万。

在斯万离世前不久,"我"年少时的偶像,斯万的老朋友贝戈特先一步死了,死于一块"黄色斑点",一块维米尔《代尔夫特远眺》中的"黄色斑点"。因而,假如斯万如其所愿完成了关于维米尔的研究,他那位同样喜欢维米尔的老朋友或许有可能在那时候免于一死,至少不会拖到最后一刻才发现"黄色斑点"的致命秘密。

维米尔和柯罗,也许除了我之外没有人会把这两位相隔近两百年的画家放在一起谈论,因为唯一能把这两个人连在一起的只有"光"与"斑点",可对我而言,它们是多么重要。在维米尔短暂的一生中,他最爱表现也是画得最多的是窗户光照下的人脸,只是在年轻的时候画过屈指可数的几幅风景画,涉及水与反光的只有《代尔夫特远眺》独此一件,那是两个世纪后的柯罗热衷表达的题材。无论维米尔那些窗光映照下的人物,还是柯罗那些野外风光,没有人会认为它们与中国人的绘画艺术有什么相似之处,除了《代尔夫特远眺》和《池塘边的放牛》,一个创作于艺术家绘画生涯初期,一个创作于其晚期。两位艺术家都表达了光效之于自己创作的例外状态,并且都落实于一块醒目的斑点,其颜色接近于黄色的蝴蝶或面包的焦黄或是夕照下教堂钟楼金顶或是少女们脸上的雀斑。另有一点十分有趣,当时的评论家们是从《代尔夫特远眺》那大面积鳞比的屋顶中的**一小块黄色墙面**看到了中国艺术气质,而我却是从《池塘边的放牛》的大片深具中国韵味的笔触与色彩中,看到了属于我们自己的那**一小块玫瑰色屋顶**。而正是这**一小块黄色墙面**给了贝戈特以致命一击。他一向自认为对《代尔夫特远眺》十分熟悉,可唯独记不起那篇评论提到的那**一小块黄色墙面,**因而不顾医生对这位尿毒症后期患者的劝诫,非得出门去看展:"那一小块黄色墙面画得如此之好,若是单独看,就像是一件珍贵的中国艺术品,具有一种自足的美。"

贝戈特不顾头晕病发作,终于站在了《代尔夫特远眺》前面。受惠于那篇评论,他第一次注意到了画中那些蓝色的小人,而沙子则是玫瑰色的,最后,是构成那**一小块黄色墙面的**珍贵的颜料。他头晕得更厉害了,两眼紧咬着那一小块珍贵的墙面不放,就像小孩对着一只他想要抓住的黄色蝴蝶。"我应该这样写,"他说,"我最后几本书写得太干了,本该多上几层色,让我的句子自身变得珍贵,就像这一小块黄色墙面。"不过他没有摆脱严重的头晕病。在那个摆在他面前的天国的天平上,一个托盘上装着他的一生,另一个托盘上则盛着画得如此之好的那**一小块黄色墙面**。他感觉自己一直草率地将前一个当成了后一个。"带挡雨披檐的一小块黄色墙面,一小块黄色墙面。"在一遍遍喃喃中,贝戈特的头晕病又发作了,摔倒在地上。他死了。永远死了吗?也许,他是回到了写作的起点(虽说稍稍晚了一点),一块斑点,或是一只蝴蝶,或是一片糖浆般的光滴。他的虚构世界本该从类似的事物出发,逐步向世界渗透、扩展开去。不要忘了,一本书的风格和寓言应当就是以凝结的光的滴状物形成的。

经历过爱情、死亡、世界大战,还有那场漫长的瘟疫,穿过弗洛伊德抛向人间的我们自身携带的巨大黑暗,"我"已步入衰败的中年,大部分时间在偏远的疗养院中度过。在回巴黎途中,"我"想到阿尔贝蒂娜已经死了,基于自我分析,"我"以为自己不爱她了,因而也不愿再见到她了,可事实却完全不是那样。我们心理遭受的痛苦总是比心理学要走得远得多;"我"想到从神情到习惯甚至到读的书都变成了外婆的母亲,对"我"重复着外婆曾施加于"我"的爱,于"我"虽非新奇之事,但总是为这甘美的爱投下了死者的影子;"我"想到有一天陪希尔贝特在她家那一边散步时(由于好友圣卢死于大战,有一段时间"我"回到贡布雷去陪伴希尔贝特),她忽然对"我"说"走左边这条路,然后往右拐,不到一刻钟就能到盖尔芒特","我"才发现,那两个"我"一直以为毫不相干的世界突然间以最平淡无奇的方式合拢了,而"我"却每天都听任自己四散而去。"我"不得不再次承认自己缺乏文学才具,这一点,最初"我"是在盖尔芒特家那边发现的,而在离开希尔贝特家之前,在读龚古尔兄弟那几页日记时,"我"已对此确信无疑。若是就文学是虚荣,是一个谎言的意义上,把"我"缺席文学视为"我曾经相信的理想并不存在"这样一个客观事实而非出于"我"自己特有的虚弱,或许会让"我"少一些痛苦,却会更多一分沮丧。这些很久以来再没有出现在"我"脑子里的想法重新袭击了我,且带着一种前所未有的悲伤的力量。"我"记得那是在乡下的一个火车站,阳光照亮了铁道沿线那排树木直至它的拦腰处。"我"心想:"树啊,你们没有什么可对我说的了,我变凉的心听不见你们的声音了。可是我身处这大自然之中,嗯对,带着冷漠,带着无聊,抬眼看着那条将你们发亮的前额和你们幽暗的躯干彼此分离的长线。如果我曾经以为自己是诗人,现在我知道我并不是。或许,在我那干巴巴生命的剩余部分,自然不再对我说出的启示还可以从人那里获取,但是,我本或能够为之歌唱的岁月已一去不复返了。""我"很快发现,用可能的人类观察取代不可能的启示,是一种毫无价值的自我安慰。那是斯万所走的路。

回到巴黎家中，"我"发现桌上有一些请帖，其中一个是盖尔芒特亲王府的午后沙龙。这个姓已经在我脑际消失很久了，现在它忽然出现在请帖上，重新又散发出"我"看到贡布雷教堂坏家伙希尔贝的彩绘玻璃时感受到的那种奇异魅力。"我"于是决定动身前往。

"我"在香榭丽舍大道遇到夏吕斯男爵，也要前去赴兄嫂家的沙龙。这位曾经大腹便便风度翩翩能言善辩在上流社会里睥睨众生的沙龙国王如今已满头银矿白发苍苍，陪在边上的是他的仆人兼伴侣絮比安。夏吕斯男爵目光呆滞，与其说是坐在车里，不如说是让人搁在车里。尽管他已经背驼得不成样子，但对从边上经过的一位贵妇（他昔日完全瞧不上对方）仍坚持脱帽致敬，一鞠到底，泻下一挂白银。因为中风，夏吕斯说什么也没人再能听明白，但他仍一个劲地喋喋不休，和过去一样，甚至还有勇气保留了一向的男风，据絮比安透露，新近又喜欢上了一个十岁男孩。

"我"在离盖尔芒特亲王府不远处下了车，再次想起前一天"我"试图将树上的明暗分割线记录下来的那种厌倦和无聊。那个结论没有改变，但已不再那么残忍地刺激"我"的敏感。"我"总是换了新地方就能找到新乐趣，哪怕它毫无意义，比如去参加盖尔芒特亲王府沙龙的乐趣。"我"想起贝戈特对"我"说："您有病，但人们不能可怜您，因为您有精神上的快乐。"他是上了"我"多大的当啊。在那种毫无结果的清醒中，快乐实在是少得可怜啊！要说"我"有过什么快乐，也全都花费在一个个不同的女人身上。哪怕让"我"多活一百年，并且腿脚完好，也不过是毫无意义地延长了生命的驻留时间而已。至于"智力的快乐"，岂不就是那种靠着敏锐的目光或正确的推理获得的东西吗？这种冷漠的观察既无快乐可言，更不会出任何成果，斯万已经证明了这一点。

就在"我"山穷水尽之际，事情有了转机。为了避让一辆迎面来的电车，"我"在高低不平的石板上连连后退。当"我"定下神来，正好一脚高一脚低踩在人行道上，顷刻间，"我"所有的沮丧都在突然降临的至福感前烟消云散。"我"在生命的不同时期数次遭遇过这种至福之感，在巴尔贝克附近乘车兜风看到那些树木的时候，在看到马丹维尔钟楼的时候，在尝到浸泡在茶水中的马德莱娜点心的时候。于"我"而言，那就是由凡德伊小姐和她女友新近整理出来的《凡德伊七重奏》中综合展示的那种至福。有过那次"马德莱娜"的经验，这一次追踪至福之源就变得相对容易。"我"认出那是威尼斯！在圣马可教堂的圣洗堂内，"我"也曾这样两只脚一高一低踩在两块石板上，现在它将"我"的整个威尼斯之旅还给了"我"。若不是阿尔贝蒂娜死了，"我"念叨多年的威尼斯之旅或许至今都未能成行。可是为什么贡布雷和威尼斯的形象，在此一刻彼一时，给了"我"相同的快乐，并且以不需其他证据支持的确定性与充分性，令"我"对死亡无动于衷？

"我"一边思考着这个问题一边进了盖尔芒特公馆。一位在盖尔芒特亲王府上服务多年的管家认出了"我"来，并带"我"去了二楼书房。这时，第二个提示出现了。其实是一位仆人过来，将勺子不小心磕碰到了碟子上发出了声响。那同样的至福感一时间再次涌上心头。让"我"变得如此愉快的仍是那排在"我"观察并描绘时觉着十分厌烦的树木。当时，酷热的暑气中混合着烟味，不过已被周边森林的清新气息冲淡，"我"冲着那排树在车厢里拔开了一个啤酒瓶塞子。刚才有那么一小会儿，"我"有些迷迷瞪瞪，仆人的勺子敲到碟子上的声响就给了"我"一种错觉，以为是车停在那片小树林前，那位正修理火车轮子上什么东西的铁道工的锤子发出的声响。这一天，那些欲将"我"从沮丧中拉出来并恢复"我"对于文字的信仰的征象可谓是有心要叠堆而至，因为那位将"我"引到书房的管家为"我"送来了各式小蛋糕和一杯橙汁，"我"就用他给我的餐巾擦了一下嘴。"我"很多年前第一次受邀来参加盖尔芒特亲王夫人的沙龙还忐忑不安生怕对方写错了名字拒绝接待我，现在"我"感到这位仆人打开了海滩边的一扇窗户，所有一切都在邀请"我"沿着涨潮时的防波坝下去散步，"我"拿来擦嘴的餐巾和"我"到达巴尔贝克的第一天拿来擦嘴的餐巾正属同一种类型，都硬绷绷地上了浆，那会儿"我"面朝海滩站在窗前，痛苦地想要擦干自己；而现在，对盖尔芒特亲王府的书房，这块餐巾就像孔雀开屏一样，将一大片蓝绿的大海的羽毛分布在它每一个褶子、每一条折痕之中，在它上面，纯净的盐性的苍穹鼓胀成一个个蔚蓝的乳房。"我"不仅仅是在享受这些色彩，更在享受将它们抬升起来的"我"的生命这一片刻。"我"在巴尔贝克无疑也被它们吸引，但也许疲倦和忧伤的感受妨碍了"我"在那时就享受这份快乐。现在，它们摆脱了外在感觉中的不完美，变得纯净空灵，令"我"全身被喜悦充盈鼓胀。

亲爱的"我"，究竟是我借着"我"的想象在文学，还是"我"借着我的文学在想象，一切尚在前行的已在完成，一切已在完成的还没有开始执行。无论如何"我"必须尽快往下探索，因为客厅里的音乐会就要结束，"我"得进去见一些旧友。

我们在生命的某个时期说的片言只语、做的最无关紧要的动作都处于被包围状态，带着一层逻辑上与其互不相属的那些事物的反光处于它们之中，而智力为了推理需要将两者分离开来，令其互不相干。这样，那些片言只语、那些简单的动作便被封闭起来,就像在一千个密闭的瓶子里,每个都塞满一种颜色的东西。而通过比较刚才那一连串各不相同的至福印象,"我"发现了它们的共同点:它们都紧随于"我"过去的印象和"我"现在的印象的叠合之后,都是在"我"不知此时何时此处何处的眩晕中突然涌现的。是的,"我"此刻体验到的正是这种超越时空的生命。唯有在借助过去与现在的同一性找到那个唯一的、它能生存其中的境域并能够享用诸事物 Essence 时,这样的生命才会显现出来。这处于时间之外的生命便是新生。这便是为什么,在"我"品尝泡了茶水的马德莱娜点心的时候,在"我"脚踩两块高低不同的石板的时候,在"我"听到勺子磕碰盘子的时候,在"我"拿僵硬的餐巾擦嘴的时候,"我"对于死亡的忧虑便立刻停止了。是的,"我"已进入不再受死亡困扰的新生之境,已沐浴在不再受时间法则威胁的至福之中。这样的新生只由诸事物的 Essence 来滋养,也只能在诸事物的 Essence 中存活并得到欢乐。因而,那个受困于庸常迷径的生命,仍旧萎靡于对于**现在**的观察,因为感官不能提供**现在**以那种养分,仍萎靡于对于**过去**的思量,因为智力榨干了**过去**,仍萎靡于对于**未来**的期待,因为这**未来**是意愿借用**现在**和**过去**的碎片构筑而成的,意愿还从其中抽去了**未来**的现实性,只保留了它分配给**未来**的、符合功利主义与狭隘人生目标的那部分。

我们的记忆有时候也能从事类似的过去与现在的叠合,并且也能从这样的叠合中得到些许快乐。我们和朋友喝酒聊天,回忆过去,扯出一段段往事,仿佛它们已浸泡到了我们眼前的酒杯之中,令我们唏嘘,令我们大笑。但这样的快感只能持续很短的时间,因为我们仍是借助智力在一遍遍搜索我们那些已被生活法则归类存放的记忆,它们只是暂时摆到了一起,其实仍彼此隔绝于它们存放其中的密闭的玻璃瓶。我们获得快乐只不过是因为瞥到了它们透过玻璃瓶彼此给予的反光。唯有那极偶然降临的非意愿性记忆才有机会打碎那千个千色的玻璃瓶,并借助自由流淌于它们之间的 Essence,将这些瓶子里的事物以准确的明暗、深浅、轻重之比重新融合成一个个全新的、五彩斑斓、交相辉映的生命晶体。

"我"在短短几个小时里一次又一次领受了新生的至福。它们让"我"摆脱了因无能于文学而生的沮丧,恢复了对文学最初的热爱与信念。可"我"要把这一个个全新的生命晶体放在哪里呢?显然,"我"别无选择,除了为其制作一件艺术品,一本复杂又华丽的魔法书,一个巨大的精神的容器,就像教堂那样。是的,教堂。"我"最初的阅读就是在圣伊莱尔教堂钟楼的钟声陪伴下进行的,"我"最初的写作也是由夕阳中三座教堂的钟楼激发的。是的,书籍,你接生"我"最初的文学狂喜的马厩,是"我"在迟暮之年重获新生的教堂!

两个那边，已通过斯万家与盖尔芒特家的联姻汇合，取道梅塞格利斯那边到盖尔芒特家那边或是反之，不再荒诞不经，而是一个顺理成章的事情。"我"的教堂岂不是也已在此刻、在两个精神实体之上合拢，并将所有"我"在少年时领略过的活力晶体包容其中。将这个庞大的建筑逐步形成的整个过程放置于词语之中，便是修建"我"自己的文学教堂并借此新生的过程。历史不再深远，社会不再庞大，因为它们都已从我们身上碾过。这位成年的"我"已经离我很近，不仅"我"的视线，"我"的口气，都近乎我的视线我的口气。在"我"抬眼间瞥见将带给"我"新生的建筑的轮廓之际，"我"认为自己应当弃绝所有耽误自己写作的社交生活，全身投入文学创作。"我"是否真的不明白，或是以"我"担任的角色无法说出这样一个事实：教堂因将两个那边融合在一起而成为两者的新生形象，那么文学的新生也需要世界的诸多两极融合其中方能降临。文学不只是觉醒形式，它必须还包含为觉醒提供反向动力的沉沦。就让"我"继续抒发自己此刻的急欲投身创造前的喜悦吧：

亲爱的希尔贝特、亲爱的罗贝，你们跨越阶级结合在一起自然出于世俗的目标，但你们还完成了一项无论是你们各自的意志还是"我"或是**我**的或是我的意志或是任何人的意志或是任何阶级的意志都无法阻挡的工程，因为你们和他人一起为我造就的这座教堂只是为了显现我们寻求新生的全部真实，而你们与所有这些人物的病痛与黑暗、快乐与骄傲、懒惰与贪婪、爱欲与嫉妒、悔恨与轻蔑，自尊与虚荣，也都将在这座崭新的教堂里面得到它们应有的公正。

音乐会已经结束。"我"步入亲王府客厅，遇到了一个又一个"我"不再认识的旧友，混在许多"我"同样不认识的年轻面孔中间。一位胖妇人过来向"我"问好。"我"回以微笑，尽管"我"没认出来对方是谁。不过"我"感觉她长得像斯万夫人，岁月在她脸上竟然完全失去了功效，因而"我"在自己的微笑中加了一点尊敬的意味。"我"只是稍一迟疑，这位胖夫人就说："您把我当成我妈了。确实，我变得和她越来越像。"于是，"我"认出了希尔贝特。

我俩谈的很多内容都与她故去的丈夫"我"的好友罗贝·德·圣卢有关。希尔贝特希望"我"上她家去，她可以再叫上几个密友搞个小型聚会。"我"提议不如同时叫上几个年轻的姑娘。"我"对她们并无所求，只为复活"我"的白日梦和往昔的悲伤。有时"我"许愿外婆和阿尔贝蒂娜与"我"所相信的相反，仍然还活着，能奇迹般地来到"我"身边。"我"以为看到了她们，"我"的心便急着要冲上前去。"我"是忘了一件事，那就是，如果阿尔贝蒂娜真的还活着，从外观上，她现在应该和当年出现在巴尔贝克海滩的戈达尔夫人比较接近。刚才有一位贵妇约"我"一起晚餐。"我"提醒她，单独跟一个年轻人一起吃饭或许会对她的名声造成不良影响，结果引来四周一片哄笑。"我"这才反应过来，"我"只有在"我"母亲面前，"我"才永远都是一个孩子。

希尔贝特想了想，决定把女儿叫来，把她介绍给我。当她再次出现的时候，身边多了一个十六七岁的女孩。她就是希尔贝特和罗贝的女儿圣卢小姐。她有一双深沉的眼睛，显得干净、幽深、锐利。令我惊讶的是她迷人的鼻子，和她母亲她外婆的鼻子就像是一个模子里出来的。不过那呈鹰钩状微微隆起鼻梁的曲线却是圣卢的，而不是斯万的。圣卢这位盖尔芒特的灵魂已消散，可他那颗迷人的长着飞鸟般锐利眼睛的脑袋却落在了圣卢小姐的双肩之上，这会让认识她父亲的人久久地魂牵梦绕。无色且无迹可寻的时间，可以这么说，为了让"我"看到它、触摸到它，它便像揉捏一件杰作一般给了圣卢小姐以肉身，相应地，在"我"身上却干得三心二意。眼前这件杰作，便是"我"将要建造的、我已经建成的、闪耀着喜剧之光的教堂的尖顶。

对于很多作家描述成为命运的那些东西，我似乎描述成了事件。在这个意义上，这本书的总体结构确乎更像是一个事件结构，而非命运结构。并非我不重视命运，或者说，我笔下的人物的遭遇完全没有命定色彩，只是对于命运的理解，我一直颇多犹疑。在诸神的黄昏，作为最初的作家的预言家已失去编辑命定故事的资格，命运的实际发生已变得比希腊人复杂得多。巴尔扎克和福楼拜将欲望运动纳入物理定理控制之下，试图将这种复杂性简化，我认为这是远远不够的。没有神的目光照耀，我们不可能预言世界，而只能借助记忆追溯过去，并反复地观看，猜想。静候某一天，那不速的记忆将世界真相的百态包裹并融解于其无限纯净的透明容器之中。如果生命尚有幸福可言，那便是唯一能求得的幸福，因为那意味着我们体内尚有神明之光残留。我没有能力像巴尔扎克那样用超凡的理解力和统治力率众生欲火照亮生命之道，也没能力像波德莱尔那般绝对，将世界劈成两半，并用这一半反抗那一半，但我至少尽力抵抗了沉沦。伟大的先辈作家们一再邀请我们睁开眼睛，将目光投向窗外，投向广阔的世界和世界之上的天空，我只想请求你们多一些时间闭上眼睛，从自己身上探究解放的可能。

2022 年 5 月 7 日初稿

2022 年 11 月 18 日二稿

2023 年 3 月 4 日终稿

对话

华语流行音乐与产业在中国（1982—2022）

——邵懿德先生访谈录

华语流行音乐与产业在中国(1982—2022)
——邵懿德先生访谈录*

■ 文／黄文倩　温伯学

邵懿德,曾在中国台湾、中国香港、中国内地等多地担任华语流行音乐的幕后操盘手多年,先后担任过新闻集团〔V〕音乐台大中华地区总监、EMI百代唱片中国区总经理与竹书文化董事总经理、滚石移动美妙音乐执行长、北京电通广告首席艺术顾问等职务,深谙音乐产业的结构与趋势,现返台为文化艺术工作者。

本文以邵懿德先生2022年6月18日在"中国,细微观察"演讲系列中所讲《唱歌不简单:流行音乐产业的四十年河东河西》的演讲稿为基础,再由黄文倩、温伯学进一步访问、整理、改稿,并经邵懿德先生修正定稿。

——黄文倩、温伯学

一、前言:一粒砂、一个人、一世界

邵懿德(以下简称邵):"华语流行音乐与产业在中国四十年",是一个很大的题目,音乐也只是流行文化的一部分而已,如果充分展开,还涉及政治转型、社会变迁、经济条件,包括台湾地区四十年大环境的变动,以及与世界的联结。是这样的

---

* 本文原题《华语流行音乐/产业在中国四十年——邵懿德先生访谈录》,于2023年7月台北《思想》杂志第47期刊出。感谢邵先生、《思想》杂志与作者授权给《文学》转发。

环境造就了我这一代人,这一代人喜欢什么音乐? 唱什么歌? 这些又代表什么意义?

我本人是1997年开始定居工作在北京,前后超过二十年在北京生活,也叫"京漂"。北京是中国的政治中心,也是文化的首都,特色就是五湖四海、人口混杂,真正的北京人其实并不多。外地人落脚在北京生活不容易,但大家还是混在北京,因为这里有家乡不会有的机会,是全中国的缩影。

黄文倩(以下简称黄):您当初是在怎么样的机缘与时势下,赴中国大陆工作/生活? 同时具体来说,您主要的工作包括哪些内容?

邵:1990年我退伍,之后第一份工作是到台视的外制单位《八千里路云和月》,那时就有机会到大陆出差。我曾经陪着张大春和诗人林燿德两人,一个拍东北线、一个拍江南,走当年乾隆皇帝走过的路线。我们去把那些事情拍下来,张大春当主持人,介绍当地的现况跟过去的历史,那是1992年。我去过大陆的很多城市,所以对那里有一定的理解。

那时候北京的条件还不太好,很多人在公园里卖茶为生,一小罐茶一毛钱。我去南京的时候,南京是个大火炉,晚上睡觉都要把床搬到街上来睡。当时许多家庭还要用外汇券,连三大件(电视、电冰箱、洗衣机)都没有,都要靠海外的亲戚送。两岸隔绝了一段时间,开放以后,我们正好有机会看到现在的中国和过去我们想象的有什么不同。

1993年我到TVBS工作,那还是有线台的年代。开放有线台后我做的第一个节目是《2100全民开讲》,第一通call in电话就是我接的;除了这档晚间9点到10点的政论节目,晚间10点到11点还有一个叫《超级频道》的综艺节目,有《苦苓晚点名》、白冰冰的《接触第六感》、曹启泰的《男人放轻松》、黄薇的时尚节目,还有张小燕的脱口秀,我就负责这两个带状节目。

我在TVBS主要就是负责整个制作(production)和节目的企划、审定,底下有蛮多人的,会和他们配合,决定每次访谈的对象。在TVBS只待了差不多一年,1994年就被挖角到香港的Channel V,它是Star TV旗下的。

定居在北京也是因为Channel V派我去开展业务。我从一个人开始,后来有四五十人的规模。那时中国的国务院新闻办公室,只准许外资媒体在中国设立代表处,意思是不能有实质的盈利工作。但当时开展最好的两个频道,除了Channel V,还有ESPN体育频道,在中国的覆盖率和收视率都是最好的。

黄:您定居北京是1997年,从90年代到新世纪2010年代,中国的转变应该是很大的,海峡两岸暨香港、澳门的市场也改变了,不同历史阶段的差异性,落实到个人而言,您感受到工作与生活上哪些关键变化?

邵:1997年香港回归,后来奥运也申办成功,整个社会气氛是比较宽松和自由的。1997到2008年这段时间,中国经济发展状况蛮好的,物价又保持很低的水平,各种建设不断地开展。以前外国人在中国只能买外销房,到2000年左右才取消外销房的限制,开放港、澳、台人士和外国人在中国买房,带动起房地产经济。那十年都是靠房地产在驱动整个经济,同时文化层面上也热络地交流、发展,各领域都出现很多代表性人物。

2002年以后我就离开电视圈了,转到唱片公司工作。2003年先是到EMI百代唱片,后来改名叫金牌大风,它收购了EMI。我先去上海待了大半年,后来又被叫回北京的办公室,就又搬回北京。

2003年到2017年我都在做唱片公司,做音乐方面的工作,等于是从甲方跑到乙方;媒体甲方,唱片公司乙方是要来求媒体的。但唱片公司业内还是会有公认的好作品,比如王菲、张学友的专辑,评价好是肯定的,还是有个公认标准,所以艺人会不会拿到奖,竞争还是蛮激烈的。比如BMG(属索尼唱片)一定要给刘德华,但环球唱片一定想给张学友,那要怎么摆平?而且要让他们同时出席,就要去协调,这是在甲方做媒体的状况,但到唱片公司之后就变成我要去求媒体了,要去帮艺人争取,整个角色就转换过来。刚开始我蛮不适应的,一段时间后才明白唱片公司的运转是怎么回事。

二、以摇滚为起点:90年代的"非常中国"

黄:90年代制作的节目中,您认为有哪些曾经在中国很有影响力?

邵:从1997年到2002年,我们每年都会举办"华语歌曲榜中榜Top 20"的颁奖典礼。每年选出20首最好华语歌曲,再选出最佳男、女歌手、最佳新人、最佳摇滚乐队等。

我们先在台湾办了两届,1997年开始尝试在大陆办,这类大型颁奖活动很难拿到批文,要和官方打很多交道。1997年我以庆祝香港回归为名义,先办了《非常中国》的庆祝晚会,找来当时北京最厉害的歌手参加演出,在一家四星级饭店的Disco House,是日本当红制作人小室哲哉投资的空间,还满不错的,当时赞助商是百事可乐。

成功落地之后,在上海申请成功,1998年就把这套节目扩大。后来每一年都会找一个合作单位,我们找来中央电视台的第四台(国际频道)合作,由我们两家同时挂名牵头。当时郎昆是第四台的主任,我们这边则有台长吴雅珊和他对接。

1994 年到 Channel V,第一个制作的节目《非常中国》是跟音乐相关的节目,另一个是和电影有关的节目。制作《非常中国》期间,我每个月至少要飞到北京一个礼拜左右,每次去要采集 8 至 9 集的节目素材,带回香港进行制播。为了应付大量的内容,我会事前联系好当地可以配合的制作单位,提供他们采访名单。这个节目主要是以报导音乐人为主,一开始我就锁定上不了中央电视台、主流不会报导的音乐人,这些反而都是当时外界最好奇的,因为我们没有这样的艺人。他们有一种北方汉子的形象,包括何勇、张楚、窦唯、崔健、唐朝乐队、黑豹乐队等摇滚音乐人。

黄: 您觉得这个节目对大陆的影响是什么?

邵: 当时几乎没有这种类型的音乐节目,央视会播出的比较像是歌唱节目或者综艺节目的形式。《非常中国》都是外景拍摄,前期都在做摇滚乐,但是两年过后,也几乎都报导过了,连新疆歌王、灰狼乐队的主唱艾斯卡尔都拍过,当时还安排他到北京的新疆街接受访问。我特别喜欢去上海拍外景,去到巷弄里,旁边都会有居委会的告示,上面都是一些奇怪的标语,我就安排音乐人站在标语前面跟主持人互动,《非常中国》的表现形式比较活泼,内地节目就比较呆板一点。

黄: 那时候要考虑收视率吗? 因为您提到 Star TV 只在三星级以上的宾馆才看得到?

邵: 也有。但当时频道还不普遍,他们不重视收视率,也没有出现各台竞争的格局。当时还是有线电视台,后来是因为电视台改制,已经没有有线电视台了,都被地方的省市台并成为地方台了,当然最高的还是央视。我们当初还是从有线电视的渠道让一般老百姓看到节目。

后来大概地下音乐人报导差不多了,我就做偏流行的歌手,像是红极一时的毛阿敏、韦唯、艾敬、屠红刚、谢晓东等人,还有歌手出新专辑的时候我们也会去报导,所以我们每年都有题材可以做,报导的范围和对象也越来越多。

1993 年,魔岩唱片已经去到北京了,张培仁(Landy)和贾敏恕开始在"百花录音棚"协助制作、录音,把窦唯、张楚、何勇和唐朝乐队等人的几张经典专辑做出来,称作"中国火"系列。

黄: 当年连中央电视台都不知道这些人,您怎么有渠道知道这些非主流音乐人的重要性?

邵: 之前就会有一些信息。如果是了解音乐的人,就会知道北京有哪一拨人在玩摇滚,都是通过一些地下渠道得知的。香港的音乐杂志《MCB 音乐殖民地》,虽然主要以介绍西洋摇滚乐、另类音乐和电子乐为主,但也会介绍相关的信息,当时大家已经注意到中国有一批人在玩这种类型的音乐。

其次我认识了北京早期的歌手也是音乐制作人王迪,他和崔健、刘元都是一起长大的朋友,对北京圈内玩音乐的人如数家珍,透过他的人脉才结识这些朋友。

和我对接的在地制作团队也会提供消息,我就根据这些资料去采访。工作内容就是安排拍摄、访问,再穿插他们的表演。《非常中国》分作三个部分,每一集节目有半小时左右的时间,会介绍三个乐队,扣掉中间安插的广告,每个乐队大概有八分钟。

《非常中国》刚开始没有在大陆播出,因为我们是透过卫星播送,早期在中国要用到大耳朵(卫星天线)才能看得到卫星电视台。而且 Star TV 也只有在三星级以上的宾馆、酒店才看得到,所以它并不能算是真正的落地。

后来我们和北京的有线台合作发行,签谈一个全国有线联播网,希望尽量多找一些愿意和我们合作的有线台,大概有 15 到 20 个,每年我们会给他们一笔费用,让他们在节目中插入广告免费播出。这就是第二阶段,我们的节目可以在有线台被看到了,除了《非常中国》还有另外一个以流行歌曲为主的《华语歌曲榜中榜》。

这个阶段节目就需要被审查了。我们放了很多港、台歌曲,北京有线电视台的节目部主任会负责审播。那时和我们竞争的频道是 MTV,他们也和我们一样,透过有线电视台发行节目,像是《天籁村》等。

黄: 你们算是台湾最早到大陆制作音乐电视节目的单位吗?

邵: 我当然是第一个,另还有一个朋友阿舌(Author,现为 Legacy Taipei 总经理),他是在台湾拍以另类摇滚为主题的节目,叫《U ROCK》。我们一开始也是从另类摇滚切入,因为觉得这会最吸引人,他们的生活态度很不一样。

我在文化圈的前辈陈冠中那几年也在北京做"大地唱片",他就形容这一批聚集在北京的人像是波希米亚主义者①。正是因为有这一群不打领带的"闲人",北京才显得好玩,五湖四海的人都在这里。你也可以将这群无所事事地挤在北京的人视为一种"文化盲流",我们当时就在观察这个阶层。他们其实是蛮底层的,平常也没什么收入,靠偶尔才有的一两场演出过活。我也不知道他们是怎么撑过来的,可能也有别的兼职;每次采访去到的地方,都是胡同里很破旧的房子,有的在地下室,只有一盏灯,他们就在里面排练,那时他们很喜欢玩重金属、另类音乐,也有搞行为艺术的,我觉得那个时代的氛围蛮有趣的。

---

① 参见陈冠中著:《波希米亚北京》,《移动的边界:有关三个城市及一些阅读》,台北:英属盖曼群岛商网路与书股份有限公司台湾分公司,2005 年,第 107 页。

黄：您觉得这样的节目有没有影响到大陆年轻一代的作家、艺术家？台北《人间》杂志出版过一本书，讨论摇滚乐对大陆年轻一代的影响（王翔：《临界点：中国"民谣—摇滚"中的"青年主体"》），那个影响是非常深的，不论显性的还是隐性的。您又做摇滚又做流行，就您的观察，摇滚乐有没有对大陆哪些作家、艺术家有影响？

邵：我觉得他们喜欢的是一种外来的青少年文化的产物，这对他们的影响最大。不见得是某首歌，他们接受的是没看过的，像 MTV、Channel V 节目的 promo（宣传短片），会在正式节目播出之前播放，介绍频道的内容。这些画面都设计得非常生动有趣，整个频道被包装得非常有青少年文化的气息，还有英美的音乐录像带，尤其是次文化的内容，像是 Lifestyle 方面，滑板、穿搭、饶舌，是最吸引他们的，这些是影响比较大的层面。如果说摇滚乐对大陆哪些作家有影响，既是导演也是曾为"下半身诗人"的尹丽川和摇滚浪子何勇短暂结婚，可以说明一些当年交陪的情况，电影导演张元、张扬、姜文，还有北京爷们王朔，偶尔会有陈丹青，还有周迅、赵薇、王菲、朴树、张亚东……这些人总混在一起，总的来说崔健还是影响最大。

当年其实是很自由，蛮安全的。连 Disco 舞厅已经开始在中国大范围流行了，透过舞厅有更多青少年接触到不同的音乐、舞曲，舞厅也会自己接 Channel V 播我们的节目。

黄：您提到 Channel V 的影响力下沉至三、四线城市，具体来说是什么意思？

邵：大陆的行政区的分级是四级结构，从省级、地级、县级，到乡级，除此之外还有自治区、直辖市，还有特别行政区，像香港。提到这个，主要是和宣传有关。中国那么大，做宣传一定以省的一级城市为主，除了北上广深，四个一线城市之外，光是新一线城市就有 15 个，像是成都、重庆。

在大陆要怎么把歌宣传到红，对唱片公司是很重要的任务。我们会去开新歌发表会、新专辑发布会、歌手粉丝见面会，要跑遍这些一线城市。90 年代比较强势的是电台，电台很重要。当时还有《音乐生活报》，是全中国一、二线城市，超过80 个电台联合做的报纸。各个地区都会把排行前十名的歌曲列出来，透过电台的网络形成一个排行榜，每个地区的榜单都会有加值的分数，再综合排出名次。这个榜单对唱片公司来说很重要、很有影响力，同时也会影响到电台的播放率。当年电台的商业操作还不是很灵活，唱片公司也不会直接付钱给电台，但我们会和电台的DJ 合作。

每个省市都会有几个大 DJ 出面接待唱片公司和艺人，做地陪、招呼我们吃喝玩乐，同时也要上他的节目；我们在那里开发布会，DJ 也会来当主持，我们就给他红包，大概就是这样。如果这个艺人是我负责的，我就要跟着去，把这些城市都跑遍。

　　黄：在一、二线城市的宣传和三、四线城市的宣传有什么差别？毕竟大陆的城乡差距还是很大的。

　　邵：早年是。但2000年以后城乡差距就没有那么大了，城镇的发展水平都已经不错了，只要当地给得起钱我们就会去。举例来说，成都附近有一个叫攀枝花市，是一个五线城市，但周华健可能就去那里开过四五次演唱会。

　　三、四线城市还有一种特色是，有很多房地产开发商，他们是出钱的赞助商，就会邀请老板喜欢的艺人。大陆形成一种独特的演出市场，我们称之为"走穴"，中国是非常庞大的市场，这其中也有很多骗子，演出完还没拿到费用的事也常常有。如果是唱片公司自己组织的演唱会，一定会联系好不同地方的 promoter，卖秀给他，票房好坏和我们没有关系，事前就会拿到一定的费用。除非像周杰伦这样的特大牌，不但可以拿到卖秀的保底金，现在至少可以卖到1500万人民币，票房还可以再做分红。

　　这套机制是90年代就已经开始建立起来了，当时他们制作演唱会的能力还不够好，几个破喇叭、支个台子就开始唱。90年代演唱会的制作、录音才开始起步，这也是港、台把这套模式带进去，教会他们的。

三、被压抑的回归：港台抒情华语音乐/产业在内地

　　黄：所谓"华语歌曲"涵盖的地理范围很大，除了大陆，还包括好几个华人小区。您怎么界定华语歌曲？

　　邵：我们是处于一个"华人文化圈"的一分子，除了我们还包括新加坡、马来西亚、海外华人、中国香港和中国内地。从日韩的角度看，这也是所谓"汉字文化圈"，以汉语文字所统一的族群。自胡适主张白话文运动以来，华人社群就分享了一种共同的文字语言，也更加凝聚了民族的认同感。所谓的华语音乐就是从属于这种新兴的国族意识，反过来塑造强化国民意识的一种东西。今天我们谈华语音乐，不能忘记它有一个国族意识的背景，因为它深刻影响到每个人的理性与感性，身体与灵魂。

　　反观中国内地在早期并不称华语音乐，就是叫中国音乐，主要是革命红歌和样板剧、传统戏曲、美声唱法的民歌、改编自苏联民谣的歌曲。一直到90年代初才有一种指称叫做"华语乐坛"，其实这是"中国乐坛"的外部。港台流行音乐制造了一个"华语乐坛"，从外部逐渐渗透中国内地内部，全新打造大中华唱片市场，加上新

马日韩国际市场,为华语音乐流行打下了坚实的基础。

黄: 您曾以"被压抑的回归",形容大陆对于台湾的民歌、邓丽君的偏爱,"白天听老邓,晚上听小邓"。您认为这个现象的意义何在?

邵: 80 年代的中国人,刚刚从"文革"的创伤脱离出来,邓小平推动经济上的改革开放,同时知识界也引进西方的新思潮。反思"文革"的"伤痕文学",北岛、芒克创办《今天》诗刊的现代诗歌运动,李泽厚、金观涛等学者对中国文化传统的重新诠释形成的"文化热",在社会面上起到了文化启蒙的作用,也有"人的觉醒"的呼声。邓丽君的流行歌曲恰逢其时,在底层人民和知识界都广受欢迎,当《甜蜜蜜》《小城故事》《何日君再来》在对岸传唱的时候,已经戏称"白天听老邓、晚上听小邓"。当年的情感表达很枯竭,小邓不带"政治性"的抒情歌曲,让大陆人感觉原来歌是可以这么唱的,情感可以这么表达,透过地下管道流通,反而成为具有疗愈心理一种"被压抑回归"的认同。大陆仍称之为"靡靡之音""黄色歌曲",但是即使大陆官方搞了一下"反精神污染运动",最终还是挡不住小邓的魅力。

黄: 根据您综合式的直觉与理解,中国内地在 80 年代以后,整体上接受港台流行音乐的主题、风格,大概有什么样的喜好? 或是否有什么性别上的差异?

邵: 从 1949 年后两岸隔绝,其实大陆人对台湾是非常陌生的,彼此并不了解对方。改革开放以后,他们对台湾的印象还是很模糊。但因为 1983 年开始,中央电视台开始制作春晚,会有一些表演歌曲节目,例如 1984 年春晚,大陆歌手奚秀兰就演唱了《高山青》,大陆人就透过这首歌,对台湾产生一种幻想,这首歌也常被误认为传统歌谣,但其实它是一首流行歌曲。还有另一首以台湾景点闻名的歌曲是潘安邦的《外婆的澎湖湾》,也是透过春晚传播的。80 年代香港最红的两个人,是汪明荃和罗文,汪明荃唱《万水千山总是情》,是歌颂大山大河的歌曲,罗文则是唱《狮子山下》,代表香港精神,内地人也是透过这些歌曲认识香港。你提到主题部分,其实蛮多的,但流行歌曲最多的还是情歌,占 80% 以上。

黄: 为什么情歌可以这么普遍?

邵: 情歌最容易接受,最容易挑起欲望,无论是悲、喜,或者两者夹杂,触动会比较大。中华人民共和国早期只有革命歌曲,没有这类民歌小调,可能有一些山歌,但也因为"文革"暂停了一段时间。大陆最先接受的还是爱情主题的歌曲,比如邓丽君的《月亮代表我的心》《甜蜜蜜》《再见我的爱人》《小城故事》《在水一方》《漫步人生路》《忘记他》……所有这些歌都是爱情主题,最容易被大陆接受。

另一类就是歌颂祖国的爱国歌曲,在大陆也很受欢迎,比如侯德健的《龙的传人》、邓丽君的《梅花》、凤飞飞的《我是中国人》,这类有形成一群受众。再来就是从70年代延续到80年代的校园民谣,和弦简单、不插电配器的歌曲,像《月琴》《童年》《橄榄树》《光阴的故事》,这些都在当时很受欢迎;这些校园民歌和70年代的歌曲有很大的不同,它的特征是大多在讲述自己成长经验的故事,比如《抓泥鳅》,80年代有很多这样的作品。如果我们把视角放在台湾新电影,就会发现更多这样的题材。这与音乐是共通的,而且当时很多电影都需要歌曲配合。

还有另一个城市转型的主题。80年代,台北正值城市转型的过渡阶段,在解严之前整个台北市已经开始脱胎换骨了,跟70年代很不同,各种建设不断开始,所以才会有像罗大佑的《现象七十二变》《鹿港小镇》来反映城市转型的问题。城市转型的主题也体现在当时比较盛行的当代艺术的创作,以及在台湾新电影当中,都能看到这样的主题。包括詹宏志也多次提到,台北如何成为一个城市人生活的地方。

另外很有趣的是,80年代大陆也很流行经典红歌,叫《红太阳》金曲大连唱。如果在北京打"的"(叫出租车)的话,司机师傅的后照镜上一定会挂着一个毛主席像,放着《红太阳》金曲大连唱,包括《太阳最红,毛主席最亲》,由李玲玉、屠洪刚等人演唱。80年代的大陆,一面听着邓丽君、一面听经典红歌,你会发现他们处于两个极端,是很有趣的对照组。对他们来说,也可能是对早年的一种怀旧。

黄:您1997年才过去,怎么会知道80年代的这些现象?

邵:这是我自己的观察,还有透过北京的朋友交流,回溯看80年代是如何成形的。另外关于男、女歌手的比较,我觉得最重要的两个人,一个是邓丽君,一个是罗大佑。以邓丽君来说,1982年她第一次参与制作自己的专辑《淡淡幽情》,这张专辑把整个宋词用现代的编曲重新演绎,里面最有名的歌曲是《但愿人长久》。我的感觉是,这张专辑回到了华人传统文化的底蕴,寻找新的资源、开创全新的风格,是她过去从没有过的尝试,而且也非常受欢迎。罗大佑和她相反,如果说邓丽君是回到过去,那罗大佑就是寄望未来的,他写的《未来的主人翁》这首歌,就对孩子给予很多的关注,是献给孩子的歌。歌词写到"不要被科学游戏污染的天空"、"不要被现实生活超越的时空"、不要变成"计算机儿童"和"钥匙儿童",最后一句很有趣,"我们需要阳光青草泥土开阔的蓝天,我们不要红色的污泥塑成红色的梦魇"很有先知性。这是针对当年台湾污染的问题,比如RCA事件(台湾美国无线电公司污染案),但现在当然就不行了。

黄:80年代的中国听众是透过什么样的媒介听到这些歌曲?因为老百姓普遍经济状况还蛮辛苦的。

邵：是透过盗版的卡带。也有录像厅。

温伯学（以下简称温）：罗大佑在大陆年轻一辈的影响力是大于对台湾的，两边的听众对于他的理解很不一样，您会怎么看这样的差异？

邵：简单来说，虽然罗大佑有批判性，但他还是有大中国的情怀，而且近年他在中国巡演去过很多地方，还和李宗盛、周华健、张震岳组成"纵贯线"，一起巡回了百场以上，所以他们对大陆的理解很深刻，有很大一批受众。

对照台湾，罗大佑在小巨蛋都卖得很辛苦，但他还是努力朝这个方向做，也在Legacy（传乐展演空间）办演出，因为他是一个真正的词曲创作人。周杰伦就可惜在他不会写词，只能用音乐去表现自己，罗大佑更全才。再加上台湾更新换代太快了，小朋友已经不太知道罗大佑了，更不要说他的老歌，只有被重新翻唱才有复活的机会。

黄：以罗大佑和邓丽君为首的台湾歌手，在大陆一直流行到什么年代？

邵：一直到邓丽君1995年过世。她过世的时候我做了两集专题，访问大陆的歌手，每个人都在称赞邓丽君，有好几个人都哭了，都是当年大陆最流行的歌手，包括毛阿敏、韦唯、那英、艾敬、崔健、唐朝乐队、黑豹乐队，他们还做过摇滚群星纪念邓丽君的专辑，翻唱她的歌。我觉得邓丽君真的是一个非常标志性的人物。

黄：您在先前的讲座有提到民歌，大陆到底是在什么样的条件或机缘下接受台湾民歌的？他们喜欢邓丽君、罗大佑比较容易理解，但喜欢台湾的校园民歌究竟是怎么回事？您印象中有哪些大受欢迎的民歌？像您上次提到胡德夫在新世纪以后，在北京演唱会唱李双泽的《美丽岛》，唱到台下的年轻人热泪盈眶，这究竟意味着什么？

邵：1992年，香港有一位作词人刘卓辉做了大地唱片，陈冠中任总经理，当时还找了创作人高晓松、制作人黄小茂，他们成功推红了《校园民谣1（1983—1993）》，里面都是大陆原创的民歌，但是受台湾启发。老狼唱《同桌的你》《睡在我上铺的兄弟》，还包含景冈山、郁冬、沈庆、丁薇等人；1995年，老狼推出个人专辑《恋恋风尘》，校园民歌形成一个轰动的效应。大陆开始做校园民歌的关键，是透过侯德健（当年侯德健的女朋友程琳，也是很有名的女歌手）认识台湾的校园民歌，所以他们才会制作大陆版的校园民歌，也去学校发掘一些新人，无形中也培养了一群粉丝。开始有了豆瓣以后，他们就把这些歌词的意思、自己的感想都传上网，有蛮大一批受众，里面既有喜欢大陆校园民谣的，也有喜欢台湾校园民歌的，他们喜欢称作校园民谣，但其实是差不多的意思。在大陆民谣还有各地的譬如陕西民谣等等，所谓校园民谣还是偏向民歌类型的。大陆是先受到台湾校园民歌影响，才开始做他们自己本土的校园民谣。

黄：校园民歌为什么吸引他们？是清新的风格吗？

邵：大陆的校园民谣就是简单的吉他和弦，人人可以哼唱的，旋律也不错，所以传唱度高，在校园间会形成一股风气，同学们在吉他社练习，容易传下去的东西。

黄：所以是一种风格，跟内容有没有关系？譬如会偏向唱爱情题材或民族题材吗？像《少年中国》或《美丽岛》，都是属于一个比较文化意识上的题材，为什么这种歌会在大陆很红？

邵：爱情题材也是有的。其实也没有到非常红，但就会有一批受众。

温：像台湾校园民歌，有陶晓清的广播或透过金韵奖来挖掘新人，大陆的校园民谣、大地唱片，又是怎么挖掘到老狼等人呢？

邵：就是去学校找。学校都会有些社团，他们会透过社团去找，然后一个牵一个，是私下管道认识的，比如黄小茂跟崔健很熟，又或者像高晓松是住在大院里头的子弟，彼此都认识，认识就会有消息，他们身边也会有我们以前说的 groupie（追星族），有一些女生围在身边。高晓松认识窦唯，窦唯身边有王靖雯，就是后来的王菲，在音乐圈子里面一个传一个，就会找到他们需要的人。

温：圆明园的画家村也是差不多在这个时期吗？

邵：对，画家村是先在圆明园后来搬到东村，来北京的这群"波希米亚人"，他们也住不起贵的房子，像圆明园、东村这样的地方，都是一些违章建筑、小破房子。他们的经济条件也只能住在那里，家里面也没有厕所，都要去外面上，包括很多北漂的画家、音乐人，还有诗人，很大一批诗人群体都住在那里。

黄：有一种说法是，80 年代大陆到处都是诗人。

邵：80 年代是诗人最火的时候，每个人都觉得自己是诗人，有名的诗人一出来万人空巷，就像摇滚乐手一样。我觉得主要是当年精神苦闷，学生也没有什么消遣、娱乐，而诗又感觉是一个很有美学的、很有生活风格的一种形式，听到诗，就觉得有一种新的想象。所以 80 年代，诗真的是非常受欢迎，我记得有一个很有名的传奇诗人叫做海子。但过了 80 年代这些都没了，失去了受众，大诗家们都散了。

黄：会不会也是因为其他新的文化力量进来，造成诗人的影响力往下降，包含像港台的流行音乐等等，就稀释了对诗的需求，可以从别的文化找到寄托，就不见得是诗了。

邵：对，西方的流行文化、港台的流行文化进来之后，就开始分众了。

黄：90 年代大陆比较接受的台湾流行音乐人是谁？

邵：太多了，1990 年代之后，时代已经不一样了，音乐的类型也变多了。我们开始能听到像庾澄庆的《快乐颂》、郑智化的《水手》、张雨生的《带我去月球》。最近重新上映的《少年吔,安啦!》的电影原声带,里面有还叫吴俊霖的伍佰,还有像是新宝岛康乐队,唱《多情兄》这样结合国语、台湾闽南语、客家话的歌曲,语言的类型越来越丰富。

黄:大陆可以接受这么多语言类型吗？他们听得懂吗？

邵:当年他们还是透过录音带、CD听到这些歌,尤其是盗版还是占大多数,他们的接受度还是蛮高的,就连江蕙在大陆都有一定数量的粉丝。大陆太大了,东南西北的趣味都不一样,一个歌手在北方很红,不一定能唱到南方;广东受香港影响,福建、厦门一带就受台湾的影响,所以像洪荣宏也能红到对岸。

我们的音乐类型,像流行的、舞曲的,或像伍佰这种蓝调摇滚的,类型越来越多元化,对大陆影响的层面,就有了和80年代不同的面目,不会单独集中在几个人身上。我有点出几个人,像偶像团体小虎队、林强等。

黄:90年代以前,官方对港台流行音乐在大陆的接受状况,持什么态度？

邵:上面说过,大陆官方媒体中央电视台在1983年才开始制播的春节联欢晚会,曾经起过推波助澜的作用。1984年香港歌手张明敏翻唱台湾潘安邦的《外婆的澎湖湾》,1987年费翔翻唱高凌风《冬天里的一把火》造成全国轰动,1988年侯德健上春晚唱《龙的传人》,官方似乎是有意识开放港台艺人在内地演出,背后当然有统战的考虑。

80年代之前比较多老歌手,像我刚刚提到的汪明荃和罗文等,1989年正好是张国荣、谭咏麟的时代,再过了三年,"四大天王"就出来了。张学友、刘德华、黎明、郭富城和张国荣、谭咏麟几乎影响了整个90年代,也配合港片的推播。

当时大陆还停留在VCD的时代,质量很差,有很多录像厅,只是摆几张椅子,放映VCD,就开始收门票。这在大陆当时的三、四线城市非常普遍,透过这种方式,更多的人认识港片和香港音乐。而且几乎每部港片都有插曲,这些歌曲在官方媒体不会播,但就透过电影传播出去。

黄:香港的音乐、电影对内地影响很深,那对台湾呢？是我们的流行文化影响香港多,还是香港影响我们多？

邵:我觉得在那个时期是互相影响的,包括大陆和我们也是互相影响的。真言社老板倪重华本来要签崔健,但是没签成,后来签下他的萨克斯风手刘元,制作他的专辑;还有张培仁,虽然后来也以失败作结,但吸引他们的,是北方人做音乐的一种特别的个性和野性,那是台湾完全没有的东西,所以他们想要把它带回台湾。这是大陆反向对台湾的影响。后来倪重华做"台客摇滚"也是奠基于此。

香港对台湾的影响就更不要说。我去香港工作的时候，我们的管理层都是香港人，香港的办公室是 regional office（区域办事处），他们的老板就直接是国外的母公司，而台湾的办公室就只是分公司，需要先呈报给区域办事处。当时的五大唱片公司，都是掌握在香港人手上，台湾则是赚钱的金鸡母。

黄：所谓"外国老板"是美国人还是日本人？为什么美国、日本愿意投资在亚洲分公司？

邵：老板通常在澳洲或日本，唱片公司会将整个亚洲视为一个区域（管理亚洲的分公司）。在日本通常是一个日本人和一个老外，香港人的英文比较好，可以直接回报给亚洲的分公司，亚洲分公司再回报给纽约或者伦敦，大概就是这样的系统。当然欧洲、北美也有另外的分公司。

因为亚洲的唱片销量很高，所以自成一个市场。据我所知，日本现在还是全球第二大唱片销售市场，第一大当然还是美国，中国现在是第六大，已经超过韩国了。日本的唱片销量特别大，这可能跟美军也有关系，直到现在实体唱片的销量也还不错，他们对于金曲的操作也很熟练，三十年来都还是这样。

当时因为经理层都是香港人，他们一定会特别照顾香港音乐人，这是毋庸置疑的；所以"四大天王"可以用最好的规格、最好的资源投入，把他们推到最高的位置，这就是当时香港唱片公司运作的方式。台湾分公司只能接受香港的指导，各种通路都以香港的一线明星优先。当时有一句笑话说，香港随便一个人来台湾，即便他不会唱，都能成为歌手。

这也导致台湾有一种香港情结，大陆也有，觉得香港的艺人就是高人一等。当然也是因为香港最早接受西洋流行音乐的影响，而且在视觉形象上做得是最成功的，造型、设计的人才都是最高端的。

黄：大陆曾有过所谓"反资产阶级法权"的观念，他们认为一切知识和文艺作品都是人类共享的，著作权则是西方资产阶级发明出来的观念。您刚才也提到，当年香港和台湾的流行音乐在大陆能这么有影响力是跟盗版有关。今天已经进入更加便利的网络时代，我很好奇像您对盗版的观念有什么变化？您怎么理解盗版这件事？当年会去抓盗版吗？

邵：会抓，但是盗版根本告不完。我觉得盗版这个问题，要放在中国大陆一个大的背景去看。

大陆接受版权观念是比较晚的事情，我认为一直到 2015 年开始才解决得比较好，这也跟中国加入世贸组织有关。

黄：那港台歌手赚得到钱吗？

邵：还是靠演出。

我为什么在讲座里面会说有很多"倒买倒卖的骗子"，是因为在音乐产业中，如果正版的内容要发行，就要通过发行商，在大陆叫音像公司。音像公司就像出版社一样，他们会和国营公司买批号，有批号才能发行。

举例来说，音像公司会告诉唱片公司预计卖出的数量，可能是 50 万张唱片，双方签约、交付内容，但最后音像公司却卖出了 200 万张，但这件事唱片公司也无从查，因此就形成一个产业链。很多大陆的发行商都一手做正版、一手做盗版，但是最后还是只付给唱片公司 50 万张的费用。

这些正版商当年还都是现金交易，听说曾经为了买张学友的版权，北京有一个音像公司的女老板搬了 600 万人民币的现金给张学友。他们一定要拿到版权，拿到之后才能往下游去分，让其他下游公司去卖，转手再从他们身上把钱收回来；而且每个公司印出来的东西都不一样，所以张学友的专辑就会有各种版本，专辑内歌曲的数目也不同。

这是当年关于发行和盗版的问题。后来到了网络时代，盗版就更狠了，现在都用串流媒体听。

四、网络时代的流行音乐、产业发展与两岸及香港互涉

黄：您怎么看港、台音乐的时代变化，又如何相互影响？

邵：80 年代的香港和台湾已经被称为是"亚洲四小龙"，70 年代香港总督麦理浩政府采取经济上"积极的不干预"政策，全面放开市场自由竞争。台湾则有蒋经国主持的十大建设，推动台湾产业转型，经济发展有成。80 年代流行音乐产业也粗具规模，本土三大唱片公司宝丽金、滚石、飞碟主导了华语乐坛的半壁江山。港台音乐创作人已经敏感到二地城市化的节奏与本土在地创生的趋势。社会管制也开始松动，直到台湾地区宣布解严，过去的禁忌松绑，向往民主自由开放社会的力量沛然成形，旺盛的消费力也构成港台流行音乐的第一波高潮。

由于亚洲经济市场强劲增长，跨国公司操作的模式通常将亚洲总部设在澳洲、新加坡或是中国香港，以此作为跳板。香港人有英文好的优势，又得天独厚理解西方人的商业思维，很快香港建立起一个"大中华市场"，以香港为中心设区域办事处，在台湾设立在地分公司，从金融、传媒产业到广告、影视、音乐，几乎清一色由港人担任高层管理的工作，进一步扩散港台音乐对中国内地的影响，并建立起产业规模。

1993 年张学友的国语专辑《吻别》仅仅在台湾就创下了 136 万张的销售量,整个大中华区超过 400 多万张,这个销量在全球仅次于当年的迈克·杰克逊,麦当娜还排在他后面。当年也只有滚石推出的"天王杀手"周华健能与之匹敌。

香港的唱片高层已经顺利打造好张学友、刘德华、郭富城、黎明"四大天王"的品牌,加上精心制作的演唱会(show),卖秀走穴是一门好生意。港台明星在大陆各地举办万人演唱会或是歌迷见面会,主要靠报纸、电视、电台卖力的宣传(早年很多演出都是电台主持人牵头主办的),已经将影响力下沉到大陆三、四线的城市。

黄:影响力下沉到三、四线城市是什么意思?你觉得当中有什么样的价值与限制?

邵:港台的优势还包括 80 年代中一直延续到 90 年代末的港台影视产品,电视热播琼瑶、金庸的电视剧,港产片大量涌入大陆时兴的录像厅,或是以 VCD、DVD 设备放映的家庭。港片中穿插的歌曲配乐,叶丽仪的《上海滩》、黄霑的《沧海一声笑》、罗大佑创作、陈淑桦演唱的《滚滚红尘》,无不透过影视剧渗透进入各个角落。这对港台音乐影响中国内地起了决定性的作用。大陆的影视剧也有样学样,刘欢、孙楠是 90 年代崛起的歌手,不像其他歌手有八股色彩,他们的声音同样风靡全国。

下沉到三、四线城市表示你的歌和人都火了,一首歌就够吃十年,艺人的巡演可以从一线到四线城市跑十年。某种程度他的价值有点像是美国的乡村音乐,幅员辽阔的国家非常接受这样的艺人而不会厌倦。他的限制是,艺人如果只是吃他的老本,终有山穷水尽的一天。

黄:这个过程中,香港可有独特的地位?

邵:"九七金融危机"到 2000 年,香港陷入低潮,似乎失去往日的风光。台湾反而绝地逢生,涌现一大批新人站上舞台。周杰伦 2001 年首次取代"四大天王"在颁奖典礼拿到最佳男歌手奖,五月天、F4、蔡依林、孙燕姿、林俊杰、潘玮柏、陶喆、伍佰、张惠妹、王菲、林忆莲、陈奕迅……已经实现音乐的世代交替,而这批港台歌手又影响了大陆二十年。1996 年以后,几乎各国际唱片公司都在大陆设立办事处,寻求发行和签约大陆艺人的机会,进一步扩大市场的版图。

香港北上寻求机会,它的独特地位就逐渐消失了,像是港片一样,本土的音乐人越来越困难。

黄:照您的说法算起来,香港和台湾一共影响了内地四十年?

邵:这四十年可以千禧年(2000 年)区分为前二十年、后二十年。前二十年可以说是传统唱片产业从转型时代到黄金时代。后二十年则是全球音乐产业进入网络时代,面临"唱片已死",独立音乐人崛起的时代。

就像房地产行业一样,早期港商结合中央与地方政府,联手开发地皮进行城市改造,带来一整套商业模式。这个模式被大陆精明的商人照搬全收,2000 年后大陆的地产开发商强势崛起,经过二十年的野蛮生长,今天前十大地产集团已经没有港商了。

1995 年微软发表 Windows 95,代表网络计算机时代已经席卷全球。2001 年网络科技泡沫破裂,经济停滞,科技巨头集体过冬。此时的音乐产业亦面临前所未有的网络冲击,盗版 MP3 充斥网上,免费下载歌曲,使得全球唱片销量狂跌,业者束手无策。2002 年以搜索引擎起家的百度,推出 MP3 在线音乐服务,内地许多自制歌曲,成为排行榜前十,例如 2003 年刀狼的《2002 年的第一场雪》,2004 年杨臣刚的《老鼠爱大米》,都是当年冠军。

温:我自己在 2015 前后听了很多独立音乐,那时候刚好是宋冬野、万能青年旅店在台湾很红的时候,但是到了草东没有派对起来之后,情势又有点反转过来,变成大陆很多音乐节主打的艺人都是台湾的乐团。所以就您的角度观察,有这样的改变吗?

邵:说到音乐节,大陆有太多音乐节了,在疫情前,每年有 300 多场,几乎每天都有。至于邀请什么样的艺人,还是看音乐节的定位。"简单生活节"因为是台湾团队办的,主要就会多请台湾艺人,像伍佰、刘若英、陈珊妮、陈绮贞都是偏向流行的常客;大陆办的"迷笛音乐节"就比较支持地下乐团,如木马、脑浊这些比较不知名的乐团,但也邀请草东。最具影响力的"草莓音乐节"则两者兼有,他们对前卫的艺人有很好的鉴赏能力,常见推动演出在内地走红。

黄:那为什么他们愿意吸纳台湾乐团变成他们主打的艺人?

邵:有新鲜感。比如说摩登天空这家公司,本身就有超过 300 组艺人,所以每年就要举办超过 60 场音乐节,几乎每三天就要办一场,有很多舞台可以消化他的艺人。但同时也需要港台的艺人,像是香港的岑宁儿,台湾的陈绮贞、张悬。台湾的简单生活节,再到上海、成都举办,现在这种型态的音乐节已经成为大陆年轻人主流的一种消费场景。

黄:音乐节是要付费的吗?

邵:要,而且越来越贵!原来学生免费,现在已经涨到不管学生还是成人了。成都最近有一场音乐节,9 月份要举办,卖 999 元人民币。

草莓音乐节比较便宜,现在好像也涨到 250 块人民币。有些网友就在评论说,要请大牌一点的卡司才值得这个价码,如果把 Radiohead、Coldplay、Billie Ellish 请来,那卖得再贵也愿意付。

音乐节有个限制,就是艺人的新鲜感越来越低,但 artist list 一定要好,才会吸引人,日本发展最好的就是 FUJI ROCK 和 SUMMER SONIC。这类大型的音乐活动,有好几个舞台,各种的音乐类型都有,不同受众都可以玩得很开心。再加上现在又有很多电音 party,完全只放电子音乐,就是和西方的流行音乐文化结合在一起。

黄:音乐节的形式它主要发生在一、二线城市,还是三、四线城市?

邵:现在都有,因为太多了,还有一些地方会为了造镇,产生一种新的商业模式。例如摩登天空会和地方政府合作,政府就提供一个公园让它挂名,让摩登天空固定时间在这个公园里办音乐活动。对音乐公司来说是新的商业模式,对地方政府而言可以带动地方经济,双方互谋其利。

黄:大陆引进台湾乐团加入音乐节,会不会也显示名单比较多元,感觉比较有新意?

邵:就是有新鲜感。而且乐团本身在港台就累积了不少粉丝,这些在数据后台都是可以查得到的。主办方也要为自己的粉丝群做分众,会很清楚知道乐迷买票的取向是什么。

现在很多音乐节都有自己的 APP,透过自己的 APP 卖票,而不是给其他的票口公司,所以他们可以把最大的利润留在自己公司,而且透过会员的数据,消费者的喜好在后台完全可以看得到。透过数据就可以计算出来,下次需要请什么类型的。这多厉害啊,一般唱片公司做不了这个事情,要全新的音乐公司才可以做到。

温:两边的接受度是有差异的,两边的音乐人做出来的风味是完全不同的。但是比如像痛仰乐队这个层级的乐团,来台湾却只能在 500 人的场地表演,这个接受度的差异是不是很难去突破?或是说大陆艺人很难在台湾发展。

邵:其实崔健来演出也不到 1 000 人看,即使他得了最佳男歌手奖也一样,因为整个受众不对。他们现在也没什么需要来台湾,在大陆就已经赚很多钱了,比如周云蓬,台湾还蛮喜欢他的,虽然他有身障的问题。还有宋冬野该是台湾文青的最爱,但是离流行还是太远,也许以后抖音的洗脑歌手来台演出还比较受欢迎。

黄:周云蓬在大陆现在应该粉丝还是更多。

邵:对,因为大陆的基数太大了,光他们这样的粉丝群就已经足够支撑他们了。

温:想请老师聊一下对崔健的理解,也是因为刚刚的问题,台湾的听众好像很难跨越去理解崔健的影响力。

邵:世代不同,连周杰伦这次出新专辑也是反应两极,显示出世代的趣味不一样。那也不只是台湾这么说，大陆也这么说，说他"周郎才尽"，重复在抄袭自己以前的作品。最伟大的作品应该还是第一张，或是《范特西》。

温：我之前看了《中国摇滚三十年》的纪录片，里面有很多人也会一直说他们觉得崔健的时代任务早已经完成了。就老师个人的观点或是观察，会怎么评价崔健？

邵：崔健已经成为一个时代的象征，而且是属于他的那个时代的象征。他特别不一样，在那个时候他也面临一些大的变动，还有摸索怎么走音乐这条路，他又是真正的词曲创作者，而且他的音乐形式又包括爵士、rap 跟 rock，几种形式拼在一起。

我觉得我们可以拿美国的一个例子来比较，对于时代的影响力，他有点像鲍勃·迪伦（Bob Dylan）。虽然 2000 年以后他推出新专辑，但小朋友不会知道他是谁，关注度也不够，这是一样的。前阵子过世的莱昂纳德·科恩（Leonard Cohen）也是一样，但是他们已经在那个年代树立一个标杆，到了那个高度，既然有那个高度，他只要继续保持他的创作就可以了，最后拿一个终身成就奖。终于中央电视台要颁给崔健了，但也不一定。

现在这个时代我觉得最有意思的是，还是会有新的朋友会去了解他的音乐、他的创作。崔健也想追上这个时代，在歌曲内容里头他也表现出他了解什么是飞狗、什么是抖音，等等，虽然他写的东西见仁见智，我们也可以批评，就像批评周杰伦一样。但我觉得当他已经达到那种高度以后，没有必要再去质疑他，像这样有创作能力的歌手，也跟罗大佑一样，他还是在做他们自己该做的音乐这条路。

温：老师有提到中国的整个音乐产业的主导权慢慢被电信公司取代。我自己在摸索中国大陆流行音乐的过程中，比较难像台湾通过一个个唱片公司，有线索地去了解整个脉络，会不会也是因为这个主客易位的关系，所以所谓唱片产业，比较没有办法在大陆被完整建立起来？

邵：这个事情要从 2001 年网络泡沫开始谈起，大量大陆网站倒闭，包括百度、搜狐、网易，几乎都在美国要下市了，后来是网易的老板丁磊，去韩国学习了他们的电信公司在做的 Ringtones、Ringing Bell，彩铃、彩信、回铃，才救回来。

用户通过电信发的短讯，每一则就可以有一毛或一块的收入，网易找电信业者合作，用这个彩信彩铃把公司救回来。彩信需要背景音乐，这个时候他们就开始在上面操作，去搜集这些歌的版权，来卖这个东西。那还是门户网站的时代，2006年，中国最大的电信公司中国移动，就在成都成立了一个音乐基地，把各大唱片公司协调起来，在它的网络服务底下来发展彩信。

中国移动把所有的音乐版权收集起来,最后再跟唱片公司拆账,要把网络公司踢出去。这时候那些网络公司、门户网站已经躲过了要灭亡的时期,又经营起广告、手游等,有别的盈利方法,所以他们就把彩信的经营转给中国移动。

中国移动还办了一个音乐会,通过手机发给各个粉丝链接,送演唱会的门票。用户喜欢谁,中国移动每个月就主打谁,这个主打对唱片公司来说就很重要了,它就专门在做这个垄断的事情。所有唱片公司都把版权交给它,再跟他们拆账,但也不清楚拆账透不透明。后来中国移动又通过一个叫 SP 的公司取代门户网站做 sevice provider,是做后台的小型的电信公司,专门制作彩铃,或者是一段相声也可以拿去骗钱,例如吉祥三宝当初红的时候,就放一段吉祥三宝的音乐,像是《老鼠爱大米》会红就是通过彩铃,还有《秋天不回来》《香水有毒》等,都是这个机制下的产物,红遍全大陆,当年的音乐都是这么出来的。

电信公司、中国移动再加上 SP 的合作,就变成很大的一个垄断集团。唱片公司就倒霉了,也不知道收不收得到钱。那个时候滚石唱片也加入投资,成立滚石移动,就是想做类似 SP 的公司,刚开始做得不错,后来也倒闭了,跟高层也有些关系,很可惜。整件事后来产生一个大弊案,成都的移动音乐基地的音乐总监卷款潜逃到加拿大去,抓也抓不回来,后来中国移动就把音乐的部门缩小,现在就变得没那么大影响力了。

温:所以那时候唱片公司的内容会受制于这个中国移动的选择吗?

邵:一方面我们面临 MP3 盗版,一方面彩铃这个利润,都被电信公司拿去了。唱片公司回过头还是得靠演出去挣钱。

温:所以可以说大陆比较没有酝酿的时间,像台湾建立一个相对完整的词、曲、编、录、唱的合作体系,到后期 A&R 的流程,等等。要去理解,可能都必须通过选秀节目,或是从某一张专辑发现某一个制作人很厉害,它是一个一个冒上来的,而不形成一个完整的产业链的感觉。

邵:不能这么说,我在 90 年代认识王菲的制作人张亚东已经很厉害了,在 90 年代末产业链也很成熟,和港台一致了。

如果说是一种封闭循环的产业链,《中国好声音》曾经想这样做,先做了一个节目,有选秀歌手上来,然后它想把这些人全部先签下来,签好卖身契,《超级女声》《超级男声》也是这种型态。全部签完了以后,放在一家民营娱乐公司里——因为电视台是国营的,不能做这种事——在民营公司里谁持有股份又是学问了,《中国好声音》是那英和她姐姐有一半以上股份,湖南卫视是天娱,龙丹妮做得很大。他们就是通过这种方式形成一种死循环,选完秀以后形成很大的影响力,再组织演唱会、全国巡演,利润都归到这个公司,就不是属于体制内,但可能要反馈一些给体制内的费用。他们现在这种互相交叉补全的关系,我搞不清楚了。

这种就属于比较死循环的产业模式,有造星的能力。腾讯现在也想做,就找网红、自己上传音乐的人,把他们集中起来,帮他们找制作人,好的专业词、曲作者帮他们写歌,然后上传成短视频去抖音神曲,后面再通过数据、AI算出谁最受欢迎,最后再组一个拼盘去巡演,这就是腾讯现在在做的事情。所以整个排行榜下来,会发现怎么这些歌都没听过!但可能在二、三线城市都很流行,现在就是这么一个情况。

黄:网络时代的盗版状况怎么样?

邵:网络时代,是从把 CD 的格式变成 MP3 开始。在大陆叫"马屁三",很多音乐人很痛恨 MP3,因为数字化之后,资源就会很快贴在网络上,不论是国外还是国内,这些档案马上就被下载了。

百度当年看到这个趋势,就把很多盗版网站连接起来,在自己的页面上做了一个 MP3 的排行榜,变相鼓励大家下载盗版。中国当年刚加入世贸组织不久,还没有管制著作权的问题,业界希望能告百度,因为它几乎已经把产值整个吸收殆尽了,但诉讼也没有用。2005 年四大唱片(环球唱片、华纳唱片、Sony BMG 及 EMI),加上香港的公司一共有七大唱片一起告百度侵权,在北京的法院,最后百度被判败诉,但只赔了 167 万人民币;2008 年中国音乐著作权协会告百度,也只赔了 106 万,到了 2011 年他们成立了一个词曲创作人联盟,由高晓松牵头,几百人凑在一起,要求百度下线、道歉、赔偿,但最后也不了了之,从 2000 年到 2011 年都是这样。

黄:这件事情对港台音乐圈的影响是什么?

邵:实体唱片的销售量大幅下降。21 世纪以前,也就是计算机出现以前,应该是实体唱片的黄金时代。其实唱片公司也是自己革自己的命,发明 CD 取代了黑胶唱片,黑胶的盗版成本很高,但因为黑胶唱片的成本占预算的 50%,CD 的成本只要 10%,所以几家唱片公司就联合起来发行 CD,殊不知网络时代一来,CD 介质很容易就被变成音乐档案的格式上传到网络上。

黄:音乐圈怎么面对这个问题?

邵:一直抗议啊,香港、台湾都有人上街头抗议,但是没用,大陆政府也是从 2015 年才开始认真重视这个问题。

现在 Apple Music、Spotify 等串流媒体上的音乐都是正版的,一定要唱片公司授权,Spotify 到现在还在赔钱,就是因为付出太多版权金,那是最大的成本支出。反过来说,唱片公司也必须靠这个授权金继续维持运营,对它来说这是很大一笔收入。虽然实体收入下降,但唱片公司从串流媒体的授权金能拿到更多的钱回来,这几年世界三大唱片公司都是赚钱的,市值也越来越高。版权现在是最值钱的,Rupert Murdoch 把 FOX 卖给迪斯尼,就有 277 亿美金的价值。现在的唱片公司还能存活就是因为有足够大的曲库,台湾的滚石音乐现在就是靠授权给几家不同的串流媒体存活。

黄: 小众歌手、个体户做音乐是不是比较难生存?

邵: 不一定,他们也有自己的渠道,例如 YouTube,或者台湾有个网站叫 Street Voice,是张培仁创办的中子创新所经营的,会推很多新人,任何人都可以上传自己的创作;如果是用英文创作,也可以上传到国外的网站,或者直接跟 Spotify 谈,不一定要经过唱片公司。像台湾的乐团落日飞车就是这样,已经有一定流量之后,直接跟 Spotify 母公司谈艺人协议。当你的作品有价值了以后,就可以直接跟平台谈,平台方会有点播量与分红的计算公式,这些钱对于新的音乐人来说不一定够,但如果能帮助营销、产生流量,就有机会通过线下的演出赚钱。

黄: 你们当年如何因应百度所推出的 MP3 在线音乐服务? 在大陆与港台流行音乐史上,有过什么样的斗争或矛盾吗?

邵: 从互联网门户网站到移动互联网,传统音乐产业从 2000 年至今面临五大挑战,分别是:演进的过程是从盗版 MP3、经选秀、经彩铃、再经串流媒体,到短视频。简单说就是从音乐盗版网站、经电视综艺节目、经电信运营商、在线串流音乐,到短视频直播。这些平台不但有集资的能力,而且取代唱片公司拥有推红歌曲的话语权,唱片公司也必须适应平台造星的能力,寻求优势互补的合作机会,但是主客易位已经显而易见。

回顾 80 年代大陆本土的唱片公司还在低度发展,除了盗版或是找人模仿港台歌曲"扒带子"(直接抄袭),自身并不具有开发包装艺人,对产品导向、企划、制作、营销、发行的完整能力,甚至对版权合约的认识也一知半解,又充斥许多鱼龙混杂的骗子,因此市场总是一锤子买卖,很难坐实坐大。

90 年代初,大陆的唱片公司才开始粗具规模,并有南北之分。北京,滚石唱片王牌企划张培仁自组"魔岩唱片",找到唐朝乐队和窦唯、张楚、何勇等组成"中国摇滚新势力",并在 1994 年到香港演出大获好评,可惜日后拆伙无功而返。港人为 Beyond 乐队填词的刘卓辉成立"大地唱片",由陈冠中担任总经理,找来制作人黄小茂和高晓松,1994 年推出"校园民歌 1",在大陆引起轰动,老狼主唱的《同桌的你》至今还是经典歌曲。并且推红了艾敬《我的 1997》。另一位港商 Lesli 成立"红星唱片",签约艺人田震、郑钧、黑豹乐队、许巍均为一时之选,还有"京文唱片""正大国际"等,成为中国流行音乐的中坚力量。

南方,广州"新时代唱片公司",签下了有"甜姐儿"之称的杨钰莹,她的专辑在订货会上预订已经破百万张,本土唱片公司已经摸索出新的商业模式。此后,内地本土唱片公司如雨后春笋般冒出设立,国际与本土唱片公司合纵连横的战国时代来临了。

2006年湖南卫视制作一档选秀节目《超级女声》,没想到这个节目一炮而红,选秀通过手机短信投票的方式(这也是盈利的方式),选出前三名人选。李宇春成了当年的风云人物,甚至吸引粉丝在全国各城市的地铁口为她拉票,李宇春成为本土产生的新偶像。

黄:这一段历史的变化,跟科技的进展有一定的关系吧?

邵:2007年乔布斯发布苹果第一代智能型手机,改变了世界,从此在线音乐下载,存储在手机上聆听的习惯,已经成为全球时尚。

2008年北京成功举办奥运会,原鲍家街43号乐队主唱汪峰,脱队单飞主唱的歌曲《飞得更高》《我爱你中国》,大获成功,是官方体制一致认可符合国情的主旋律。大陆歌手扭转港台的影响,已经颇具成效,"中国崛起"已经成为举国上下的唯一叙事。

2010年后,挟带庞大资本的网络巨头,开始试水音乐的在线运用,腾讯、网易、阿里巴巴、百度,分别通过并购或合作的形式,瓜分了在线音乐市场,抢夺独家正版授权的歌曲,这使得传统唱片公司因为销售曲库而有利可图,但是主导作用已经边缘化。

网络、电信业者主导平台,边缘化音乐内容的生产者,造成一个歧型的格局。某内地论者称:"似乎存在着两个华语乐坛:一个在江湖之上,打造魔音贯耳、批量生产、算法分发的网络'神曲',一个在殿堂之中,遵循传统制作流程,工业化淬炼高质量音乐。"什么是"好音乐"?没有流量就是不存在的音乐?正在考验今天的音乐产业。

但是无可避免,科技创新已经变革传统唱片公司的命,港台流行音乐主导的地位,已经让位给大陆土生土长的偶像明星和快歌热舞,唯今之计,是与狼共舞,还是另辟蹊径?

黄:抖音、B站、快播、小红书,这些短视频平台,推出的"神曲"排行榜是否决定了华语音乐的未来?

根据IFPI国际唱片协会的统计,2018年中国已经超过韩国成为全球第六大音乐销售国,整个亚洲区域则是全球第二大。中国大陆市场的强势崛起,对音乐人而言到底意味什么?

邵:摩登天空是一家创立于 1997 年的公司,创办人沈黎辉刚开始只是为了自己担任主唱,模仿英式摇滚乐团的"清醒乐队"出专辑而成立的。一直以来都是 indie 的厂牌,签约一些玩另类摇滚、朋克、电音的小公司。2006 年一度面临倒闭,却因为把所有身家财产全部押上搞了"摩登天空音乐节",两年后又创立"草莓音乐节",通过这个音乐节活动盈利起死回生。目前已经成长为公司员工将近 400 人,签约乐团艺人超过 300 组,每年运作超过 30 个音乐节,数百场演唱会,在纽约、伦敦成立分公司的大型音乐王国,这简直是大陆本土唱片公司的奇迹。摩登天空清楚意识到自己和网络平台公司的不同,他们以音乐艺人内容为核心,注重场景体验,满足分众用户的需求。网络平台公司则是把用户、流量当成核心,在资本市场的支撑下,可以大量生产网红歌手和网络神曲,这二股力量也偶有重合,目前就是分庭抗礼。

滚石唱片今年成立 40 周年,可谓台湾本土最老牌的唱片公司。2005 年走过差点破产的阴影,近年拜曲库授权各大流媒体平台而恢复生机。今年为纪念滚石 40 特别企画一个项目叫"滚石撞乐队",挑选两岸 40 支乐队改编翻唱滚石历年的经典歌曲,这个企画无疑是新旧传承的"老歌新唱"。对于年轻世代来说,签约主流唱片公司对他们来说也许不重要,更多的年轻人自主经营 YT, IG,从词曲创作、影音内容到营销都不假外求,唱片公司与这些独立音乐人合作,也必须提升自己的加值服务,用更好的团队与企划,协助歌手乐团更上层楼。

平台就像是"水能载舟,亦能覆舟",洗脑神曲固然能火一阵子,我们还是要看到艺人的完整表演水平,是不是言之有物,对创作有所革新。

常有人问我什么是"巨星"?放长时段来看,巨星是非常少的,韩国 BTS, Black Pink 红成这样,可能都算不上。对音乐的贡献从历史看,19 世纪现代乐派取代古典乐派,马勒、斯特拉文斯基到约翰·凯吉,这个脉络具有革命性的意义。美国从非裔蓝调、咆哮爵士到酷爵士,迈尔·戴维斯(Miles Davis)无疑是史上第一人,接下来才有迈克·杰克逊。这是一个很难产生"巨星"的时代,唯有放长历史时段,后人才能理解他们真正的力量。

五、结语

黄:您回顾这四十年华语歌曲的沧桑历史,有什么感想?

邵:"好音乐"未来还是会面对新的平台与技术变革,此消彼长是全球音乐的现状。国际唱片公司从过去的"五大"到今天只剩下"三大",资本跨足平台与内容已经进入融合的趋势,从音乐创作的软件到传播的载体一直在变,唯一不变的还是音乐人的梦想和坚持,聆听受众更多元包容的喜好。这个世界并不平静,我们不免是听"被制造出来的声音",即使"余下只有噪音"。除了大热歌曲,人们更应该去聆听这世界不同角落里那些幽暗的声音,越是边缘弱势的声音,有一天越可能成为主流。疫情期间参加陆综《乘风破浪的姐姐》王心凌爆红,台剧《想见你》主题曲《Last dance》让伍佰在大陆又重新翻红,华语音乐今天你河东,明天我河西,你方唱罢我登场,很难说孰重孰轻。流行音乐已经与文学、电影、当代艺术具有同等的高度,不断吸引下个世代,继续努力改变未尽理想的现况。

我最后的感想是:我们不能忽视乌克兰的战争还在继续,这让人们质疑音乐在生活中的目的。但我想引用诺贝尔和平奖得主,南非前总统曼德拉的话作结:

"音乐和舞蹈让我与世界和平相处,与自己和平相处。"

——纳尔逊·曼德拉

"It's music and dancing that make me at peace with the world and at peace with myself."

——Nelson Rolinlahla Mandela(1918—2013)

音乐带给我们的快乐,与人们追求和平与自由的生活,并不矛盾。

附录　邵懿德心中改变华语音乐的 50 张专辑(80 年代之后)

1　邓丽君《淡淡幽情》1982

2　罗大佑《之乎者也》1982

3　侯德健《新鞋子旧鞋子》1984

4　群星《明天会更好》1985

5　薛岳《天梯》(机场)1985

6　凤飞飞《掌声响起》1986

7　李寿全《8 又二分之一》1986

8　李宗盛《生命中的精灵》1986

9　齐秦《冬雨》1987

10 黑名单工作室《抓狂歌》1989

11 崔健《新长征路上的摇滚》1989

12 小虎队《青苹果乐园》1989

13 Beyond《大地》1990

14 林强《向前走》1990

15 郭富城《对你爱不完》1990

16 黑豹乐队《无地自容》1991

17 唐朝乐队《唐朝》1992

18 周华健《花心》1993

19 张学友《吻别》1993

20 窦唯《黑梦》1994

21 伍佰《浪人情歌》1994

22 刘德华《忘情水》1994

23 王菲《天空》1994

24 张国荣《宠爱》1995

25 那英《白天不懂夜的黑》1995

26 朱哲琴《央金玛》1997

27 陶喆《陶喆》1997

28 张惠妹《Bad Boy》1997

29 梅艳芳《女人花》1997

30 张震岳《秘密基地》1998

31 群星《既然我们是兄弟》1999

32 五月天《爱情万岁》2000

33 林忆莲《林忆莲》2000

34 周杰伦《范特西》2001

35 陈奕迅《反正是我》2001

36 许巍《时光·漫步》2002

37 蔡依林《看我 72 变》2003

38 宋岳庭《宋岳庭的羽毛》2005

39 老狼《北京的冬天》2007

40 群星《北京欢迎你》2008

41 汪峰《信仰在空中飘扬》2009

心路

七十自寿杂咏七首

七十自寿杂咏七首

■ 文／陈思和

之一　复兴公园

思南公馆旧时邻,法国梧桐草绿茵。博浪少年徒幻灭,下邳智者点迷津。
须离血地寻新路,几脉香烟继火薪。离祖命相多转益,根子长在宝麒麟。

【自注】少年时期我一度待业,因无聊,在复兴公园学拳,遇一叶姓朋友,为我卜卦算命,说我须离祖血地,承几脉香火,似乎指出了我以后学术与精神发展的道路。

之二　卢湾区图书馆

野火荒山无寸草,鸿英遗籍在卢湾。蹉跎岁月求文字,至暗时间梦凤鸾。
自毁鲦濠惭少作,吟诗宗禹度关山。书评最是心仪事,起步人生学办刊。

【自注】鸿英图书馆系黄炎培先生所创,藏书甚丰,五十年代初被合并,一部分图书期刊入卢湾区图书馆收藏。我七十年代中期在卢湾区图书馆参加书评小组,学习写书评、办刊物、读古籍,开始走上学文学的道路。诗中"鲦濠"是我初学旧体诗时自编的集子,后识其浅薄,自毁。"宗禹"是指我曾经拜江阴黄汉栋先生为师,学习唐代诗人刘禹锡的诗歌、撰写刘禹锡的评传,我学诗是从学刘禹锡开始的。

之三 复旦大学

癫张狂素新毛体,名校龙蛇溯远长。望道千难经苦旅,步青一悟顿飞黄。

植芳雨露承胡鲁,修水涓流泽蒋章。独立精神撑大业,自由思想用无疆。

【自注】一九七八年四月四日,我接到复旦大学发出的第二批录取通知书,几天后我去中文系报到,第一次站在校门口,仰望着"复旦大学"四个龙飞凤舞的大字,怦然心动,似乎冥冥中意识到,这将是我安身立命之地。诗中提到陈望道、苏步青、贾植芳、蒋天枢、章培恒等复旦名师,除了贾先生外,都没有直接给我上过课,但无论亲疏,他们的人格力量,在我的精神成长中有过很大影响。

之四 李辉

楚璧隋珠美少年,青春勃发舞翩跹。三年共读探无治,一世同行堪比肩。

论稿巴金初试笔,文丛火凤奉前贤。李辉与我遵师诲,黑水白山眺紫烟。

【自注】李辉与我,大学同窗,我们一起研究现代作家巴金。毕业后我留校任教,李辉从事新闻媒体工作,撰写大量报告文学和人物传记。我们合作出版了第一部论文集《巴金论稿》,携手主编"火凤凰文库"。诗中"黑水白山"指甘肃张掖,贾植芳先生藏书捐赠张掖河西学院,我们在那里开展了一系列纪念先生的活动。先生为我们树立了人格榜样:高山仰止,景行行止。

之五 王晓明

书坊邂逅缘前定,万寿行宫意气昂。身在广场崇批判,庙廊文史待商量。

九三潮涌须礁石,四十路旋经曲觞。君子之交如淡水,犹能携手战玄黄。

【自注】我与王晓明最初相识在淮海中路新华书店,一九八五年万寿寺会议后携手合作,一起研究"二十世纪中国文学史"、主办"重写文学史"专栏、提倡"人文精神寻思"、主编"火凤凰新批评文丛"等,都在自觉履行一个知识分子的使命。

之六 事功

复旦中文尊十老,卿云邺架百年长。儒林傲骨朱东润,学界狷狂照隅堂。

执掌杏坛旗祭酒，书藏秘阁墨存香。秉承遗教烹鲜小，二十年辛鬓已霜。

【自注】新世纪起，我担任十二年中文系系主任，继而担任八年图书馆馆长，以求在事功上回报复旦的栽培。朱东润先生曾担纲中文系主任，郭绍虞先生曾任图书馆馆长，他们都是我的前辈，为我树立了人生榜样。

之七　登高

曾忆壮游登泰岳，行程十里九迢迢。朱颜晚霞添俊逸，青丝云雾更妖娆。

凌空子美微天下，伏地冯唐别舜尧。岗位民间安立命，老翁就此不参朝。

【自注】人生七十古来稀。二零二四年元月二十八日，我整七十岁，将按有关规定办理退休手续。但在学术事业上，依然会登高望远、攀登不息。

二零二四年元月二十八日

著述

从哲学命题到诗命题
——试论维特根斯坦的七句"诗话"

从哲学命题到诗命题
——试论维特根斯坦的七句"诗话"

■ 文／张汉良

一、《逻辑哲学论》简介

在 20 世纪的分析哲学传统中,维特根斯坦(Ludwig Wittgenstein, 1889—1951)允称最重要的哲学家。他上承弗雷格(Gottlob Frege, 1848—1925)和罗素(Bertrant Russell, 1872—1970)的数理逻辑,挟其非凡才具,学术的深度更上层楼,直接影响了以剑桥和牛津为中心的分析哲学与日常语言哲学,以及维也纳学派的逻辑实证论。维特根斯坦的第一本著作,也是他在世时出版的唯一的哲学论文——《逻辑哲学论》(Wittgenstein 1992［1922］;1971［1961］),学界咸认是一本奇书。从 1923 年其剑桥学友弗兰克·拉姆齐(Frank P. Ramsey, 1903—1930)的评介开始(Ramsey 1923),此书的各种"导读"甚多。论者各有怀抱,颇能反映出学界研究范式从分析哲学到解构思潮的演变(Anscombe 1963［1959］; Stenuis 1960; Black 1960, 1964; McGinn 2006; White 2006)。在前一范式中,以康乃尔大学麦克斯·布莱克(Max Black, 1909—1988)的注疏较为详尽。作者本身为当代分析哲学大师、弗雷格专家,但深知导读此书非易与之事,劈头就说:"任何哲学经典都没有本书难以掌握。"("No philosophical classic is harder to master.")(Black 1964:1)

分析哲学家虽侧重语言——尤其是日常语言的分析,包括语法和语义分析两方面,但追根究底他们关注的是"现实"本体或"现实论"的("realism")课题(McGinn 2006),亦即语言和现实的客观对应关系。在这个前提下才可细分阵营,或强调语言结构与事物结构先验性的"同构同形"（"isomorphism"）与"象似"（iconic）关系（Anscombe 1959：67）；或主张推理演算循其本身理则，积小致巨，以微致显，初与外在世界无关。此所以早年注疏《逻辑哲学论》者，如维氏的弟子安斯科姆（G. E. M. Anscombe, 1919—2001）、冯·赖特（G. H. von Wright, 1916—2003）和出身伦敦大学的布莱克，无不在逻辑实证论的范围内运作。由于后期维特根斯坦的语言思想有强烈的语用学和相对主义转向，以 1953 年出版的遗作《哲学探索》（*Philosophical Investigations*）为代表，分析哲学之外的广大学界深受这本著作的吸引，特以伦理哲学家、文艺理论和文化研究学者为甚，同时带动了通俗化的"语言游戏"（language game）和"家族相似性"（family resemblances）等口号。就在这种新的学术氛围下，标榜着后现代、后结构，主张论述悬宕、意义匮缺，以个人实践与治疗为旨趣的"新维特根斯坦"（"The New Wittgenstein"）诠释团体崛起，俨然有蔚为主流之势。（Crary & Read, eds. 2000；Ware 2015）吊诡的是，《逻辑哲学论》以言简意赅的片断组成，除前面的数理逻辑命题推理外，该书泛论语言、本体、实存、自我、信仰、美感等哲学课题。作者的思维高妙细腻，语句则晦涩难解，这种警句式的笔体，甚至沦为"诗话"式的风格反倒赋予了诠释者极大的自由，任凭他们望文生义。笔者决定另起炉灶，探讨《逻辑哲学论》的"诗学"含义，必须说明的是，笔者的敷衍表述与分析哲学传统无关，而企图为诗学另辟蹊径。

《逻辑哲学论》确切写作时间不详，总体说来这是一个长期构思、陆续写作片段的过程，从维特根斯坦于 1911 年赴剑桥念书开始，到 1918 年一次大战结束期间，作者从其庞杂的笔记中整理出来的。根据维特根斯坦致罗素的书信，最后定稿完成于 1918 年 8 月，在意大利被俘前两个月（Monk 1990：156）。原稿以德文书写，为一篇两万字的论文，几经波折，后由罗素为序推荐，1921 年披露在德国的《自然哲学年鉴》里，英译德文对照本翌年在伦敦出版（Wittgenstein 1992［1922］；von Wright 1973），1961 年又有新译本出现。关于中文译本，此处仅举二例：张申府（1927【陈启伟修订本 1988】）与牟宗三（1987）两个译本皆取名为《名理论》，古意盎然，直追先秦。

二、哲学诗话探索

《逻辑哲学论》未作篇章区分，但以数字标示出七个主要的命题句子，1、2、3、4、5、6、7。如：

1：“世界是总体——就这么回事。”

1.1：“世界是所有事实的总体，而非物件的总体。”

1.1.1：“世界由事实决定，亦即全体事实。”……

2、2.01、2.011、……2.0121、……

4.4661、……

5.6331、……

6.54、……

7

1.1 由 1 发展而出，为其引申，也在说明 1。依此类推，1.1.1 和 1.1 的关系相似。这七个命题句作为该“节”的题目，分别导出不等的子命题句：命题（1）导出 6 句；命题（2）78 句；命题（3）73 句；命题（4）108 句；命题（5）149 句；命题（6）104 句；最后一个命题（7）0 句。第 7“节”的命题句 7 是自足的，也是整篇结论，无须以子命题句增补说明。

这种写作体例和编辑方式在今天的科学著作里，包括符号学和语言学，已很普遍。维氏的体例或参照怀特海（Alfred North Whitehead，1861—1947）与罗素的《数学原理》（1910—1913），但就哲学论文而言，它毕竟有异于传统写法。我们可以确定的是，这绝非作者无心插柳之举（Mayer 1993；Gibson 1996），但他万未预料到此数字体例竟然引发了后世诠释的争议。近年有学者建议放弃直线循序阅读，把《逻辑哲学论》依“树状”重排，以超文本方式从事二维阅读（Hacker 2015；Kuusela 2015）。此说引起传统循序阅读学者的反弹自不在话下（Kraft 2016）。说穿了，文本内的交叉式阅读本为常态，但未必要导致具体编辑方式的重排。然而此桩公案非本文关注，就此带过。如纯就自然基数而言，整本论文仅得七个句子，故本文戏称“七句诗话”。笔者根据英译，试意译如下，括号内的斜体字是维特根斯坦原稿的德文，其后方括号内的是英文翻译。

1. 世界【宇宙】是总体——就这么回“事”【就这件事实】（*Fall*［case］）。

2. 所谓“事实”（*Tatsache*［fact］）就是“事物状态”（*Sachverhalten*［states of affairs］）的存在（*Bestehen*［existence］）。

3. “逻辑”给“事实”所绘的“图画”（*Das logische Bild*［A logical picture］＝“逻辑的图画”）便是“思想”（*Gedanke*［thought］）。

4. “思想”是具有“意义”（*Sinn*［sense］）的“命题”（Satz［proposition］）。

5. “命题”是“基本【原子】命题”（*der Elementarsätz*）“组构成的函项【真值

函项】"(*Wahrheitsfunktion* [truth-function])。而"基本【原子】命题"自身即是其函项。

　　6. "真值函项"的形式(*Form* [form])是[p-, ξ-, N(ξ-)]。这是命题的一般表达式。

　　7. 我们无法说出来的【用语言表达的】就应该沉默以对。

这七句直述句命题怎么看也不像诗话,尤其是第6句,如发问卷请读者票选,勉强入围的大概是3和7二句吧!最可能的理由是:从维特根斯坦论述语境抽离出来的这两句话蛮像传统诗论里的说法。君不闻:"在心为志,发言为诗""诗如画""董源山水,出自胸臆"?既然逻辑用语言来厘清思想,那么说"思如画"亦不为过。君不闻:"意在言外""得意忘言""诗有别趣,非关理也"?显然有些想来应属于诗的事物,竟能以吊诡的方式超越语言。假如诗人果真无法以语言表达,只好沉默以对。进一步观察,1、7二句最短,前者仅得六辅句"厘清"(1.1、1.11、1.12、1.13、1.2、1.21),后者则挂零,正因为句7为全书结论,无须进一步说明。

　　其实句1和句7首尾呼应,仿佛画了一个圆,此处稍作解说。句1的"世界",原德语为Die Welt,犹如英语的"world",汉语的"寰宇"或"天下",泛指全称的(universal)"现实"世界总体(*Gesamheit*[totality]),故笔者在括号内加注"宇宙",以契合德语原有的含义。重要的是,所谓"现实"并不是指涉所有个别(particular)具体事物或物件(*der Dinge* [things])的总和,而是指被语言命题表述过、再现过的事物——亦即维氏称为"事实"(*der Tatsachen* [facts])者——的"全称"。德语用的是"alles",先后两个英译本作"everything"或"all",我把它译为"总体"。这"共相"向来是哲学关注研究的对象。"共相"或"总体"如何构成的?由所有的"事实"陈述构成,而非未被语言表述过的、"赤裸裸"的"事物"所组成。我们已知、可知,甚至未知但可推论的万物,或世界总体,无论正、负,都需要透过语言再现。一旦透过语言,它就被语言的特质、规则、律法所中介,譬如必须受到语法的制约。在句子里有"主词"(名)和"谓词"(或称"述词")以表"名",如此才能组成命题句表"义"(*Sinn*[sense]),其形式即如句6所示。假如事物都需要通过命题句表义,在它们之外的一切——即使存在——是未表义的,换言之,是"无意义"(*Unsinn*[nonsense])的,也是不可被语言再现的。那怎么办?很简单:我们保持缄默。因此句7一句话总结:"我们无法说出来的【用语言表达的】就应该沉默以对。"

　　初看之下,维特根斯坦所谓的命题句是狭义的指称现实事物的直述句,具有可验证的语义值,如(1)"河北在黄河的北边"、(2)"李白是唐代的诗人",甚至被切断的逻辑和语法还原后的诗句：（3）"香稻啄余鹦鹉粒,碧梧栖老凤凰枝"或（4）"映梦窗,零乱碧"。"如某基本命题为真【如（1）"河北在黄河的北边"】,它表达的事物状态是存在的。如该基本命题为伪,事物状态便不存在"（4.25）,比如："吴文英是宋代女词人"为伪,故无其人其诗。维特根斯坦把话说得很满："如果所有为真的基本命题都能胪列出来,我们就会得到整个世界一份完整的报告。世界全貌的描述透过所有基本命题的表达——包括正负真伪的说明——与汇总获取。"（4.26）这种论调没错,然而直陈其事只代表语言的某个面向。姑且不谈虚构问题,什么事物无法以语言表达? 我们往往说某种情绪、某种感觉没法说得出来,无以名状,或者只能意会,不能言传。

这种语言无法充分表现（包括外在世界和内在经验）的现象,可归为第一类与指涉功能有关的语言局限。但另外有一种情况属于第二类的语言局限,即语言无法反身表达"语言表达"这一事实。第一种局限是自明的事实,没有人会天真地认为语言能够百分之百传真。18 世纪以降的哲学家热衷建构的"普世语言"（*characteristica universalis*）——包括罗素在序言中指称的维特根斯坦建构的"理想语言"（Wittgenstein 1971: x）,甚至某些小说家的书面语实验,仅能反映出作家对自然语言限制的自觉,而无法让人同意和认可其解决方案。维特根斯坦并非无自知之明,他说："语言以伪装遮蔽了思想,我们无法根据外衣的样子推论出衣服内思想的样子,因为衣服的式样并不是为了显示体型而设计的,而原有其他的目的。"（4.002）这个诉诸喻词的句子晦涩难解,它在补充说明句 4："'思想'是具有'意义'的'命题'。"笔者之所以说它晦涩难解,是因为紧接着 4 的 4.001 说："命题的总体就是语言。"4.001 和 4.002 似乎有矛盾。单就 4 和 4.001 两句话看来,维氏显然认为思维和语言是一体之两面,而且强调了语言的及物性。也许外衣和身体断层的喻词流露出第一类"言有未逮"的困境。

关于第二类局限,我可以举公孙龙的《指物论》以为类比说明。他说"物莫非指,而指非指"。显示凡"物"皆可被符号"指"示,但指示这动作或行为则无法被它本身反射作自我指示。譬如说,你可以食指"指"月,或指其他可见的外物,但不能以食指"指"食指本身。因此维特根斯坦说：

> 命题句可再现全体现实——显然命题句与现实有象似之处,然而命题句无法再现【使】象似关系【成立】的逻辑形式。
>
> 如要再现逻辑形式,我们必须处身在逻辑之外的命题中,换言之,处身在世界之外。（4.12）

命题无法再现逻辑形式;然而逻辑形式有若镜象,反影在命题里。

任何反影在语言里的物事,语言都无法再现。

本身就是语言表述的物事,我们无法再用语言表述。(4.121)

顺着公孙龙的思路,4.12 比较容易理解,但 4.121 似乎又提出了与其背反的悖论。这里面涉及维特根斯坦极其晦涩和引起争议的两种表达方式,一种是"说"(*sagt*, say),另一种是"显"(*zeigt* [show])或上引文中的"反影"(*spiegel* [mirror])。在这个复词中我故意用"影"而非看起来比较通顺的"映",以彰显原文的镜像隐喻(4.121—4.1212)。在这一小节,维特根斯坦下了一个结论:"凡能显(被显,*gezeigt*,[shown])者,无法说(被说,*gesagt* [said])出来"(4.1212)。

无法以语言表达的,我们只能"呈显"之。这个说法相当费解。论者或谓需透过维特根斯坦著名的图像(*Das Bild* [picture])理论理解。根据 4.1212,"显"似乎代表更广泛的、全面的认知过程,"说"仅为局部,属于"显"的一部分。但是没有理由我们不能反过来论辩,谓"显"也可以被"说"出。语言有全覆盖的建模能力并不表示语言是万能的,但是在所有的符号系统中,只有语言兼为诠释系统和被诠释系统。命题句能"说出"现实,如:下面的书写符号〈姑苏城外寒山寺,夜半钟声到客船〉,在语法、语义结构上和被说出来的事物状态"寒山寺的钟声午夜响起时,渡船到了"有对应关系【按此处依照书写研究(graphemics)体例,双尖号〈 〉内的文字代表书符,上下引号""内的文字代表概念】。

如何形成这种对应关系? 其逻辑形式如何? 为什么不能被"说出来"? 我们当然可以用一套后设语言(元语言),把这个自然语言中的句子视为对象语言,作细致的符号和语义分析,再现、说明它。表面上看来,"指非指"的比喻提供了一个可能的答案,即:你必须跳到可被再现的世界之外,才能讨论"指亦为指"的可能;然而,在语言世界里,有一个层次属于后设语言,它可以处理语言再现的逻辑。维特根斯坦的命题句关注的是直述句和现实的对应关系,即"物莫非指";但是我们也需要考虑对象语言与后设语言的关系,即"指非指"或"指亦指"。

从 20 世纪 30 年代的卡尔纳普(Rudolf Carnap, 1891—1970)和塔斯基(Alfred Tarski, 1901—1983)到 20 世纪 60 年代的雅格布森(Roman Jakobson, 1896—1982),后设语言与对象语言的辩证和互动已成学界常识。20 世纪 50 年代末期,雅格布森把这一对关键词援用到诗学研究上去,指出语言的各种功能,包括指涉功能和后设功能。在本文的语境里,如诗是对象语言,诗话则是后设语言,以诗语言——而非世界——为对象。"今天天气很好!"是以命题句指涉(再现)说话者经验中的外在现实,建构了事物状态,但我们常听人说:"今天的天气哈哈哈!"这时命题的及物性消失了,也可以说语言的后设自省功能取代了及物功能。至于言不及义,故作幽默犹为余事。我们的愿望、情绪、信仰、美感都属于命题直述句所能表达之外的"事物",必须以另外的方式"呈显"。与维特根斯坦同时,但在牛津执教的奥斯汀(J. L. Austin, 1911—1960)发展出语言行动理论,特别指出描述性(constative)用语之外的践行性(performative)用语,它能导至行动,但在一般情况之下,无法被证实其真伪。

我们以综述的方式,处理了维特根斯坦七句诗话中的五句。遗漏的是最像诗话的第三句和最不像诗话的第六句,笔者在下面各节分别申论。

三、逻辑怎能为思想绘图?

本节暂时先处理句 3 论图像,第四节则探讨句 6 语言逻辑推理所导出的伦理学(如"唯我论")议题。如前文所引,句 6 为推理演算程式,而句 3 则是典型的维氏文风笔体,看似平淡无奇,但颇为费解。

> 3 逻辑给事实所绘的图像(*Das logische Bild*【逻辑的画】*der Tatsachen*〔A logical picture of facts〕)便是思想(*der Gedanke*〔a thought〕)。

此句之所以费解是因为它包括了"逻辑""事实""图像""思想"四个(如不含"逻辑",至少三个)看似自明的日常用语却又语义晦涩的术语,它们到底指涉什么概念? 四者之间的关系又如何建立与厘清? 要回答这两个问题显然不是简单的事,必须仔细跟踪从句 1 开始启动的严密推理。对于一般读者,我们可以初步假设:这句话包含了一个"逻辑"作为"图像"的隐喻,加上接下去的两个辅句补充说明。

> 3.01 "事物的状态是可想象的":因为我们能在脑海中绘出它来。
> 3.02 真实思想的总体便是一幅世界的图像。

为何说这些话里包含了隐喻? 到底是输入性的"逻辑推理过程"和"绘画创作过程"为类比,还是"逻辑推论"函项的"输出"结果——维特根斯坦所谓的"真值"——是"绘画成品"或"图象"? 那"事实"和"世界"(总体事实)该往哪儿摆? 它同时可以作逻辑推论形式的产品和绘画的产品——图像的形式兼内容吗? 笔者兼用、通用"绘画"和"图象",以呈显维氏用语的多义性。此外,难道图像的形式和内容可以区分吗? 这种古典论调会引起什么疑虑? 底下稍作申论。

依通俗的说法,绘画是某种"表达"或"再现"的方式,有其媒介特质。在传统"再现的"(或称为"具象的")绘画中,再现的是具象的物件或客体,如人物、山水、静物等,不一而足。在非具象的绘画,如"抽象表现主义"作品里,画家表现的是某种结构性的美感经验,或勉强称之为情绪、抽象的概念,甚或反身指涉创作动能,其象似值、语义值为零或趋近于零。至于逻辑,就不同的程度而言,它是利用自然语言或人工语言(如数理符号、电算机程式语言或人工智慧)进行演绎推论——甚至归纳、类比等法则的演算工具,怎么说也和非推论性的绘画沾不上边。唯一的可能就是: 形式逻辑透过演算程式再现世界,"犹如"画家透过绘画再现世界。然而即便"程序"接近,这类比关系仍然不能解决逻辑符号怎能等同绘画的符号——如果真有符号可言。假如此处的质疑成立,那么以自然语言为载体的文学创作,在"内容层"上固然无法为外在和内在世界"绘图",至于文字书符的"表达层",即便局部"象形",也只能糊弄文字蒙求的学童和不谙该语文的外国人。进一步推论,传统所谓的"诗如画"或"诗画一律论"等属于"内容层"的论调殊难成立。维特根斯坦说"逻辑给事实绘图"时,他首先要解释逻辑作为"表达层"的形式问题,其次说明形式的产品——内容层的"事实",怎能和"思想"画上等号。

也许维特根斯坦不是从艺术分类的观点来看思想和绘画的关系。但是有没有可能逻辑能为世界绘画呢? 在什么条件下这是可能的呢? 首先,根据某种古典的知识论,人脑的思维原本就是先验形象式的,所谓"思想"——犹如柏拉图和康德所论——无非是"想'象'"。任何演算都由这绝对唯心的先验形象出发,也回归到先验形象,但是这种先验论维特根斯坦在论经验时(5.634)证明其为非,也与其逻辑建构论不符。其次,就操作程序而言,逻辑演算力大无穷,无远弗届,为一切数学的后设语言,它必然涵盖了现代数学,如微分几何与拓扑学对空间的臆想与演算。在这种情况之下,外观可被经验的形象必须让位给看不见的深层结构,如通俗文化科幻电影里的"变形金刚"所示。表面上看来,这和维特根斯坦给逻辑所划的有限疆界冲突,但是他所谓的世界包括基础二值逻辑的"负"世界(如"没有下雨"为"下雨"之负)和模态逻辑的可能世界:

5.6　　我语言的界限就是我的世界的界限。

5.61　　逻辑覆盖了世界: 但世界的界限也就是逻辑的界限。

必须提醒读者的是,本节讨论的句3不是突如其来的。在它出现之前,维特根斯坦已经在句2引导出的段落中,大幅度地讨论过实存和图画的关系。不过其初步作用系补充句2:"所谓事实,就是事物状态的存在。"我们怎能知道某"物"(Gegenstand[object])呢?"我们未必能知道其外在特质,但必须知道其内在特质"(2.01231)。此处的"外在特质"和"内在特质"为一体之两面,近似笔者经常引述的哲学家普尔斯(皮尔斯)(Charles Sanders Peirce,1839—1914)笔下的"质符"(qualisign)。

容笔者再以先秦名家公孙龙为例,说明何谓内在、外在特质。公孙龙《坚白论》以客问开场:"石坚白三,可乎?"("石头""坚硬""白色",可分开算三件【物事】吗?)。"石""坚""白"三字代表三个概念;"石"是"物","坚"和"白"都是该物先验的内在特质,逻辑上称为"内涵义"。"坚硬"这特质适用于所有的石头,成为其充要条件(本质),推而广之是所谓"外延义"。至于"白"则为次要条件(偶性),因为石头可有各种颜色。"抚之",知其"坚"(坚硬);"视之",知其"白"。"视不得其所坚"(看不出硬度);"抚不得其所白"(摸不出白色)。两者"不相盈"(不并存),而"相离"(分开)。我们可以说,无论特质为内在或外在,凡有共享特质者、具有外延义者可归为一类,即集合概念的"类型"(type)或普尔斯所谓"律则符号"(legisign),如"所有的石头"。单独而论,它是"个体"(token)或普尔斯所谓"个别符号"(sinsign),如你手中抚摸着河边捡到的那块白石头。

笔者引述《坚白论》和普尔斯的符号论以解释维特根斯坦的内在和外在特质,同时巧合地触及了视觉经验——绘画的充要条件。且看维特根斯坦怎么接着说:

> 2.0131　一个占有空间的物体必然处于无限的空间里。(空间的一点便是推论点。)
> 在视觉领域的一小块【点】(der Fleck[a speck])必然具有某种颜色,纵然未必是红色的:包围它的是颜色空间(Farbenraum[colour-space])。每个音符必然有音阶,触摸到的物体必然有硬度,依此类推。

空间的一点(Raumpunkt[spatial point])是为推论点(eine Argumentstelle[an argument-place])显系关键。维特根斯坦认为凡物必有内在特质(如红色),能外显,为人感知。如凡物皆有色相,如2.0251所述:"空间、时间、色彩是为物件的形相",那么企图再现物的绘画甚至语言也应具有相对的特质。但是,色彩固系内涵,却属于偶性（偶然特质），"未必是红色的"，此所以维特根斯坦在接下去的2.0232说："可以这么说，物体是无色的。"

在2.0131里，有一句看似不起眼、插入括号内的句子："……（空间的一点便是推论点。）"这句费解的话语含玄机，是整个逻辑与图像类比的关键。类似的句子有2.11："图画呈现逻辑空间里的一个位置，交代事物状态的存在或不存在。"根据日常经验，我们看到某物（物件、现象……），这视觉经验往往是推理的起点。举些古典文献记载，今天仍然有效的例子：早上出门，看到地上湿了，判断昨晚下过雨；瞧见某人肚子上的疤痕，推测他受过伤或开过刀。这些视觉符号古希腊医学术语叫"τεκμήριον"（tekmérion［英译为 evidence 或 proof］），中文可译作"证据"或"论据"，后来纳入符号学和修辞学领域，即与隐喻相对的"转喻"辞格，它正是符号演绎（semiosis）或逻辑推论的基础。进一步考据，英语单词"theory"（理论）源出于古希腊文的"θεώρημα"［theorema］（"看到的东西""观察""推论"），更上溯到与名词"θέα"［view］（"观""景"）和动词"ὁράω"［"I see"］（"我看""我判断"）的词根；与现代英语里的"theatre"（"剧场"）和"theorem"（"【数学】定理"）同源。如此这般，视觉中呈显的"象"权充了吾人思维（即逻辑推论）的起点，由此建立了图象结构与逻辑推理的类比。这虽是笔者的训诂，但亦可谓维特根斯坦追溯到哲学推论的原初状态。

或许维特根斯坦的图像说没有笔者想象的复杂，我们再举几个句3出现之前的例子，一窥维氏如何建构逻辑与图像的类比。

2.1　我们为自己制造事实的图像。

根据编号，此句应系铺陈前面所介绍的句2"所谓'事实'就是'事物状态'的存在"；同时也预示了句3"逻辑给事实所绘的图画便是思想"。汉语没有字尾变化，但德语（和英语）此处全使用复数的"我们"（"Wir"［we］）为"我们自己"（"uns"［us］）制造出（"machen"［make］）"众事实的众图象"（"Bilder der Tatsachen"［pictures of facts］），除了交代此系普世经验，属哲学共相外，更埋下了作者后来在第5节批判"唯我论"的伏笔。2.1明显地推翻了先验图像的看法，而主张图像如同逻辑思考是建构性的。在这种情况下，不可能有某先前已经存在的事实，然后我们创造出图像再现它，因为事实是被图像建构的，正如事实是逻辑建构的。因此2.12说"图画是现实的模型"。

关于图像"可显"与命题"可说"的关系，我们不妨以安斯科姆女士的解说为例。安斯科姆为维特根斯坦在剑桥的弟子,后为牛津大学哲学教授,即使在牛津执教,她仍然常回剑桥旁听,亲炙业师教诲。维特根斯坦 1951 年去世后,她写了一本简短批判性的《逻辑哲学论导读》,于 1959 年出版,为此类书的开先河之作,半个世纪过去了,不断出现的各种导读不下百种,笔者认为没有一本论理之深度和闪现之亮点,能望安作之项背者。安斯科姆指出:

> 如果我们接受维特根斯坦在 4.022 的论断:"一个为真的命题显示('shows')事物的样子;它乃声言('says')事物就是这个样子",我们可以这么说:"这正显示出命题和图象的差异";图象能显示事物的状态,从事正确的再现,但它肯定无法说出事物的状态。至多我们可以利用图象进而表述事物的状态:我们举起一幅画说:"这就是事物的样子!"

安斯科姆认为维特根斯坦的图象说就是这么单纯的一回事。这岂非最古老的模拟论? 安斯科姆说:"为了直截了当、毫无滞碍地达到'显'之目的,图象的局部成分必须和外物对应。"(Anscombe 1965 [1959]: 65)换言之,绘画首先要具象,其次象和象之间要互动,形成某种关系。

为了举例说明,安斯科姆先画了一个人形素描(65),再画了两个同样,但一正一反的人形(66),一个叫"柏拉图",另一个叫"苏格拉底"。

两个独立的人形("figures")不表义("non-significant"),算不上构图("picture"),因为彼此无关,一但如两人各单手持剑交锋(66),

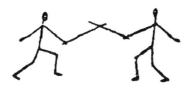

关系便建立了,意义也就"呈显"了,安斯科姆引述 4.022 条目:"命题'显示'('shows')其意义。命题若为真,则'显示'事态;进而'表述'('says')事态果然如此。"根据她的解释,俩人斗剑的图画是自明的,眼见为凭,我们用不着验明正身,指

出他们代表现实世界里的某人和某人。她进一步把这幅素描和维特根斯坦在3.24里所称呼的符号逻辑的"原初图象"（"proto-picture"）作了联结与认同。这原初图象竟然是原子命题"xRy"，亦即 x 和 y 的关系 R，落实举例来说"苏格拉底"（x）和"柏拉图"（y）在"交锋"（R）。安斯科姆读作"（Ex）（Ey）xRy"："存在一些 x，存在一些 y，x 和 y 建立起某种关系 R"，譬如哲学史上的论辩。

这种简易的图象类比未能解决复杂的艺术再现和符号学问题。安斯科姆说一个人形（"figure"）不表义，因为它没能建立命题关系，但是她忘了这人形还可以化约为更细的更基层的视觉符号（譬如线条、方位），而在书写系统中，如甲骨文、金文、大、小篆，有数以十计的表义的人形变奏。此外，拓扑学开发的多变的视觉形象，以及脑神经科学的视觉研究，一再证明"眼见不真"。但是维特根斯坦的符号逻辑不能以这种小闪失丝毫撼动，图象的逻辑意义，尤其作为模型（model 或 logical scaffolding），值得我们进一步考察。

四、《逻辑哲学论》句 6——潜藏的诗话

既然要介绍所有的关键命题，以符号表述的命题句 6 自然不能略过不表。

6　真值函项的形式是 $[\bar{p}, \bar{\xi}, N(\bar{\xi})]$。这是命题的一般表达式。

这段话其实包含两个独立的句子，因此读者不妨遵循维特根斯坦的推理，以易解的后句"这是命题的一般表达式"来解读前句"真值函项的形式是 $[\bar{p}, \bar{\xi}, N(\bar{\xi})]$"。对未尝受过逻辑训练的读者而言，前句可能包含两个困难之处：一是术语"真值函项"；二是方括号内的符号和公式。关于此术语，前面已经稍作解释，这个式子说明原子命题（子命题）和复合命题的语法以及语义值关系。用传统文法的说法，就是单词、片语如何组成子句，子句又如何结合成句子；此过程涉及句构（语法）和语义两方面。

文法和逻辑的界面仅及于此，因为二者各有语用怀抱，合乎文法的句子可能违反逻辑，因而被判定为无意义。依其在《逻辑哲学论》所持立场，维特根斯坦会认为许多不及物的喻词当系无意义的（4.46）。就基本二值逻辑而论，语句的语义值为真值（truth-value），而命题逻辑中的连接词构成复合句，其真值由其组成句或子句的真值决定。因此，我们如知道个别子句的真值，也能借以得知整个复合句的真值。具有此性质的语句连接词称作"真值函项连接词"。笔者曾指出，如"a 比 b

大"换成维氏的逻辑说法,R(Relation[关系])"比"这种功能函项的输入,使a和b两变项建立关系,"大"则系函项"值",是输出的产物(3.1432)。维特根斯坦接踵弗列格使用"函项"(*Funktion*[function])一词,但实指命题的谓词,如"a是哲学家"后面的四个字,前面的名词或人名可以变项——如"维特根斯坦"或"罗素"——置入(Morris 2008:214),以形成语义值为真或伪的句子。

关于第六命题句方括号内的数理逻辑符号,此处稍作解释。1922年奥格登(C. K. Ogden,1889—1957)的英译与1961年D. F. 皮尔斯(D. F. Pears,1921—2009)和麦金尼斯(B. F. McGuinness)合作的英译雷同,仅一冠词有无之差。在拉丁字母p和希腊字母ξ上有一横线,表"全称",由于文书处理困难,笔者将横线移至字母右上方,如上所示。罗素在英译本序言中指出,维特根斯坦未曾详释其符号用法,故作为导师和作序者他权充解人,代作者说明句6如下。

> p^-代表所有的原子命题(基本命题命题或命题成分);
> $ξ^-$代表任何一组命题的集合;
> $N(ξ^-)$代表所有$ξ^-$成员的否定。

维氏大致承袭弗列格所创用的逻辑演算符号和罗素的《数学原理》标记,加上自创者。此处所谓命题的普遍表达形式,实指命题系靠原子命题的不断否定而产生的。整个象征$[p^-,ξ^-,N(ξ^-)]$为一演算式,它使用单一形式操作($N(ξ^-)$)和单一命题变项(p^-),以显示维特根斯坦接下去所谓的任何命题都是"原子命题透过$N(ξ^-)$的运作,持续应用的产物"(6.001)。根据罗素,其程序如下:1. 选择出一系列原子命题;2. 全盘予以否定,因为所有的真值函项可由同时否定(即"not-p and not-q")获取;3. 借合取(conjunctions)与析取(disjunctions)原则,产生新命题,选择出新命题组中的部分,加入原有的语句,依此类推。前一命题作为引数或引句(argument),导出一个新的命题,为其函数值或真值函项(truth-function)。根据逻辑推论导出"函数值"的有效程序是基要的(essential)特质,在逻辑推论之外形成的句子,如公理"凡人皆会死",则属"偶然的"(accidental)泛论(6.1232)。无论从逻辑的观点或语言学的观点来看,语言(句子及命题)在语法和语义层次上的衍生是自然而然的,怎么解释其运算规则却可能因学科、因人而异。末了,语言哲学处理的也可视为"语言学共相"的现象。

进一步而言,我们可参酌命题6前句原文所用"形式"(*Form*[form])一词所示,它指推理演算法或演算程序(algorithm),为逻辑"语法"概念。"形式"一词,维特根斯坦有时用"象征"（*Symbol*［symbol］，例 3.24）表示。构成象征的个别单位，如"p"，他称之为"符号"（*Zeichen*［sign］，例 3.11；3.322），或反是；"象征"与"符号"两个术语时而区分（3.321；3.323），时而互用（3.203；4.24；5.4733）。若要硬性区隔，符号学者会认为象征（作为一个演算"式子"）属于语法（syntactical）层次，而单一符号（即 token，如"一枚代币"）则属字词（lexical）层次，透过语法功能产生表义模式（*Bezeichnungsweise*［mode of signification］）。无论如何，它们与符号学的用法"词"同而"义"殊，两种方法论的参照坐标和功能迥异。

五、命题与哲学课题

笔者介绍了《逻辑哲学论》的六个主要的命题句，略过了第 7 句盖棺定论。依维特根斯坦的理则，全书所讨论的哲学课题，无论巨细，皆由这六句推论而出。在维氏导出的众多议题中，有两个正好是当代文学研究界，从不同的角度出发，所持续关注者。其一是个体与群体，亦即集合论的悖论关系；其二是"我"这个主体与世界再现的悖论，这两个课题或许可为他山之石，提供诗家借镜。

前一个问题系反驳罗素引发的分类悖论（Sutrop 2009）。任何分类工程，分到最后都会面临一个窘境，即该元类无所归属；其成员既自成一类，但亦无可属之类，他作为该类别成员的条件正好是他不属于该类别的成员。对维特根斯坦而言，语言逻辑犹如数学，为纯形式，且应化约至最小，此共相使得"类"的概念为多余。类型的悖论可由单一逻辑公式解决，无须另立律则，条件是该逻辑律则不能施加于自身（6.031；6.123；按 3.332；3.333 已预示，可见维氏推理之周延与布局之慎密）。第二个问题与前一个问题相关，为一体之两面，我们在前面论"再现"时已提过。摹拟性的直述命题句再现外在世界，但无法再现自身。以代名词"我"所指涉的对象，就面临这个"不在场"或无所适从（a-topos）的归属困境。书写"反自传"的罗兰·巴尔特（Roland Barthes, 1915—1980）说得好，在主体世界里没有我的"再现"，没有指涉，有的只是"召唤"（自我称呼）（Barthes 1977：56）；写自传无异于写死亡之书或墓志铭。维特根斯坦认为命题不能再现主体和世界的认知关系，无法再现一个再现世界的主体，西班牙学者萨拉瓦多称之为"消逝的主体"（Zalabardo 2015：87—88），与后结构文学理论诸君所见略同。

或曰：在经验上我建构了我所感知的世界，世界属于我，我也属于这世界。维特根斯坦认为，这经验上的"主体"——身体、心灵——容或是心理学关注与考察的对象（5.641；6.423），但是这个主体其实是不存在的，有的只是一个"形而上的主体"。他说:"万一我要写一本书,书名叫《我发现的世界》,其中理应有章节报道自己的身体,指出身体哪部分归意志驾驭,哪部分不归它管……但我用的方法其实正在孤立主体,而且就更重要的意义而言,无非在彰显没有主体,说穿了,主体本身不可能被这本书提到。"(5.631)因此,"主体不属于世界,位居世界的边缘"(5.632)。那么,这个所谓的"形而上的主体"究竟"存在于"世界的什么位置呢?也许你会说它就像眼睛和视野的关系。可是在视野里面看不到眼睛;你也无法在视野范围内找到某物证明它是眼睛看到的(5.633),如下面维氏所绘的示意图一样(5.6331)。

我眼观物,语言再现可观之物,但我眼不能自观,也无法以语言再现我眼正在自观。我们的经验不可能是先验的,即"先于"经验的。无论我们看到什么都是他者;无论我们描述什么,描述的都是他者(5.634)。

六、结语:命题与诗话

维特根斯坦对存在本体和经验的洞见,包括6.431—6.4312所论生死,对笔者颇有启发。如罗兰·巴尔特的例子所示,它从哲学立场预见到并补强了当代文学批评的主体论述。明代的诗论家谢榛(山东临清人,1495—1575)对诗的语言形式特别关注,除了主格调,重声律外,先生尤其重视诗的"命题"句。兹试拟一场反逻辑的穿越剧,以四溟山人谢榛的诗命题,回应若干世纪后维氏的逻辑命题。

谢榛《四溟诗话》(谢榛 2003;郭绍虞 1998)四卷多为针对用字、造句、音韵、格律的文本考察,偶尔讨论读者反应的空间,但甚少涉及"性灵"等主体经验,以及"意境"等主客情景交融,被维特根斯坦证明为非的现象。他最为人知的一句诗话或许就是:

> 诗有可解、不可解、不必解,若水月镜花,勿泥其迹可也。

此句类似严沧浪"羚羊挂角"的命题,除了破除皮相的摹拟论(按:"凡作诗不宜逼真",卷三,条24)外,无疑在提供读者某些阅读策略。如硬要纳入后世"境界说"的诗话脉络自无不可,但不宜率然以"印象式批评"斥而弃之。

本句可写作:"诗有 x",即"x"代表"可解""不可解""不必解",为输出的谓词变项。"不可解"为"可解"之否定,"不必解"为义务模态变项。决定读者"语用"行为的,亦即"析取"三个变项选其一的条件,是之前输出的隐喻式语意值"迹"(形)="水月""镜花",它们让读者决定和选择"可解""不可解"或"不必解"。"水月"和"镜花"看似有"形",却不稳定。此句的推论十分严谨,能破除者唯"解构"策略也!德里达式的读者可能会瓦解三变项,因为任何符号,纵然输入者已逝世444 年,甚或本非人类所输入者,一旦存在,总是能被人类一再解读的,如古代的月亮里的"玉兔桂树"或几年前流传的火星上的"猴面巨石",因此一体两面的"不可解"是累赘的,至于"不必解"则属于文化和社会伦理语用条件的课题。透过维特根斯坦的疏通,谢榛论命题的逻辑结构正如上例所述。

《四溟诗话》的句子,除卷三、卷四的长篇大论外,虽系脉络不同,概念迥异的"命题",然皆可根据维氏的命题逻辑重组。作者以朴素的推理泛论命题句的诸面相:"命题虽易,不可率然下笔"(卷一,条 37),提醒诗家要事先预设读者,用今天的话说,就是要意识到读者的"诠释视域",然后才进行针对性地造句;避免"题外命意"(卷一,12),否则逻辑断裂,语义失控,"流于迂远";主张"不立意造句"(卷一,条 101),否则诗受理教束缚,丧失趣味。最后这一点"不立意造句"特别凸显出有别于维根斯坦逻辑推论的另类命题法,当能受我辈诗家青睐。以载道为标的,以议论为职志的诗人,多主张先"立意",再造句,写出来的东西,"辞不能达,意不能悉"(卷四,条 58)。"凡立意措辞,欲其两工,殊不易得"(卷三,条 12)。怎能"不立意造句"呢?谢榛认为"意随笔生,不假布置"(卷一,条 82),"意随笔生,而兴不可遏"(卷四,条 58),他建议回到诗的源头,四格之首"兴"。"诗有不立意造句,以兴为主,漫然成篇,此诗之化也。"(卷一,条 101)"诗以一句为主。落于某韵,意随字生,岂必先立意哉?"(卷二,条 9)先立意,再造句,语言输入前所立之意为"辞前意";起兴为句,走笔成诗,亦即语言输出后所得之意,或前文所称"语意值",属"辞后意"(卷四,条 58)。很显然的,他重视语言输出与意义生成的关系,主张音韵的驱动力甚至取代了创作主体的意志力,沦作者为被动,这种形式主义立场与 20 世纪的主流诗论颇为契合。

谢榛有一句话最得我心,琢磨四十余年,仍不得要领,与维特根斯坦带给我的困惑不相上下。他描述诗造句章法:"凡起句当如爆竹,骤响易彻;结句当如撞钟,清音有余。"(卷一,条 112)除了春节大年初一时耳边的"七个龙咚呛咚呛,爆竹震连天"外,我想不出更高雅的例子,可得者唯爱尔兰诗人叶芝(William Butler Yeats,1865—1939)的名件《丽达与天鹅》("Leda and the Swan", 1924)的起句三个字"A sudden blow"（Yeats 1977：441）。可惜它不是拟声字以状爆响，而系维特根斯坦的命题句，直陈其事也。容笔者稍微引申一下，叶芝 1928 年的《航向拜占庭》（"Sailing to Byzantium"）违反常理，以盖棺定论的结句为起句："That is no country for old men...."（"那不是老人的国度"），却也有爆炸效果（Yeats 1977：407）。此诗起句流传甚广，怪咖导演柯恩兄弟（the Coen brothers）曾借用为影片名，倍见震撼力。有趣的是，叶芝于 1929—1930 年续作《拜占庭》（"Byzantium"，1930），以"锣声震撼的大海"（"that gong-tormented sea"）作结（Yeats 1977：498）。我们可以说叶芝的结句表面上翻了谢榛的案，虽非夺胎换骨，但具跨语境的修辞相互辉映之功。与叶芝语法不同，谢榛的命题其实不是维特根斯坦的直述命题句，它是个指示（祈使）句，涉及蕴含价值与义务的模态逻辑，具有语言行为的"语内力量"（illocutionary force），反倒契合维氏结语第 7 句的模态："我们无法说出来的就应该沉默以对。"至于谢榛或叶芝起句与结句的隐喻结构，至少不是《逻辑哲学论》时期的维特根斯坦所关注的。末了，就微观视角与逻辑推论而言，比较文学内的关系研究和文学评价所面对的是"真值函项"的演算问题，这是维特根斯坦给我们的另一层启发，值得我们深究。

参引文献

Anscombe, G. E. M. *An Introduction to Wittgenstein's Tractatus*. 2nd ed. New York：Harper Torchbooks, 1963（1959）.

Black, Max. *A Companion to Wittgenstein's "Tractatus"*. Cambridge：Cambridge University Press, Ithaca & New York：Cornell University Press, 1964.

Barthes, Roland. *Roland Barthes*. Trans. Richard Howard. New York：Hill & Wang, 1977.

Crary, Alice & Read, Rupert, eds. *The New Wittgenstein*. London & New York：Routeledge, 2000.

Gibson, Kevin. "Is the Numbering System in Wittgenstein's Tractatus a Joke?" *Journal of Philosophical Research* 21（1996）：139-148.

Hacker, Peter M. S. "How the Tractatus Was Meant to Be Read?" *Philosophical Quarterly* 65.261（2015）：648-668.

Johnson, Colin. "Symbols in Wittgenstein's Tractatus". *European Journal of Philosophy* 15.3（2007）：367-394.

Kraft, Tim. "How to Read the Tractatus Sequentially". *Nordic Wittgenstein Review* 5. 2（2016）：91-124. https://www.nordicwittgensteinreview.com/article/view/3415

Kuusela, Oskari. "The Tree and the Net：Reading the Tractatus Two-dimensionally". *Rivista di Storia della Filosofia* 2015（2）：229-232.

McGinn, Marie, *Elucidating the Tractatus: Wittgenstein's Early Philosophy and Language*. Oxford: Oxford University Press, 2006.

Mayer, Verna. "The Numbering System of the Tractatus". *Ratio: An International Journal of Analytical Philosophy* 6.2 (1993): 108-120.

Morris, M. *Wittgenstein and the Tractatus*. London: Routledge, 2008.

Ramsey, Frank P. "Critical notice [Book review]. *Tractatus Logico-Philosophicus* by Ludwig Wittgenstein and Bertrant Russell". *Mind*, New Series, 32.128 (Oct. 1923): 465-478.

Stenuis, Erik. *Wittgenstein's Tractatus: A Critical Exposition of the Main Lines of Thoughts*. Oxford: Basil Blackwell, Ithaca: Cornell University Press, 1960.

Sutrop, U. "Wittgenstein's Tractatus 3.333 and Russell's paradox". *Trames* 13 (63/58).2 (2009): 179-197.

Ware, Ben. *Dialectic of the Ladder: Wittgenstein, the Tractatus and Modernism*. London: Bloomsbury Academic, 2015.

White, Roger M. *Wittgenstein's Tractatus Logico-Philosophicus: Reader's Guide*, London: Continuum, 2006.

Wittgenstein, Ludwig. *Tractatus Logico-Philosophicus*. Trans. C. K. Ogden & F. P. Ramsey. London: Routledge & Kegan Paul, 1992 (1st ed. 1922).

—. *Tractatus Logico-Philosophicus*. Trans. D. F. Pears & B. F. McGuinness. 2nd edition, Introduction by Bertrand Russell. London: Routledge & Kegan Paul, 1971 (1st ed. 1961).

Wright, G. H. von, ed. "Introduction", *Ludwig Wittgenstein, Letters to C. K. Ogden*, Oxford: Blackwell, 1973.

谢榛：《四溟诗话》,何文焕、丁福保编,《历代诗话统编》【历代诗话续编二】,民国铅印本,1916 年,北京：北京图书馆出版社,影印,2003 年,第三册,页 591—696,卷一,条 4。

[Xie, Zhen. Simingshihua (Xie Zhen's Poetic Talks). Ho Wenhuan and Ding Fubao, eds. *Lidaishihuatongbian* (Poetic Talks throughout the Dynasties). Beijing: Beijing tushuguan chubianshe, 2003. vol. 3. 591-696.]

郭绍虞主编,宛平校点：《四溟诗话》(与《姜斋诗话》合集),北京：人民文学出版社,1998 年。

[Guo Shaoyu ed. *Simingshihua* (Xie Zhen's Poetic Talks). Beijing: Renminwenxue chubanshe, 1998.]

Yeats, W. B. *The Variorum Edition of the Poems of W. B. Yeats*. Eds., Peter Allt & Russell K. Alspach. New York: Macmillan, 1977.

Zalabardo, José L. *Representation and Reality in Wittgenstein's Tractatus*. Oxford: Oxford University Press, 2015.

現當代文學叢刊

冷戰文藝風景管窺：
中國內地與香港，1949-1967

杜英 著

臺灣學生書局印行

（杜英：《冷战文艺风景管窥：中国内地与
香港，1949—1967》，台北：台湾学生书局，
2020 年。）

书评与回应

·《冷战文艺风景管窥：中国内地与
香港，1949—1976》·

冷战文化视野的有效性、统摄力及其运用方式

冷战视野与中国当代文学研究

跨域视野下的文化冷战

如何把冷战文艺研究推向深入？

风景仍在路上：
关于四篇书评的回应

冷战文化视野的有效性、统摄力及其运用方式

■ 文／朱建国

从 20 世纪 40 年代中后期开始,一直持续到 90 年代初期结束的爆发于资本主义阵营与社会主义阵营之间的冷战,是 20 世纪世界历史上的重要事件。这一历史事件不仅影响了国际政治格局、经济局势的巨大变化,更加对文化的塑造产生了深远影响。不过,关于冷战与冷战史的研究,大多限于史学界。在文学界,关注其实不多。2009 年,方长安出版《冷战·民族·文学:新中国"十七年"中外文学关系研究》(中国社会科学出版社,2009 年)一书,使冷战成为观察"十七年"中外文学关系基本特征的一个重要维度。后来,金进出版《冷战与华语语系文学研究》(复旦大学出版社,2019 年),在冷战视野下探讨中国台港及新马两国的文化发展与中国现代文学传统之间的关系。前者注重中外文学关系的梳理,后者侧重与海外汉学中"华语语系文学"的对话,虽论述主旨有别,但冷战均是其中的重要维度。杜英新近出版的《冷战文艺风景管窥:中国内地与香港,1949—1967》(台湾学生书局,2020 年),同样是以冷战文化视野这一角度切入的力作,且由于论域更为集中、方法论意识更为明显,在冷战文化视野的运用上更加自觉,所以有了更多令人惊喜、启人深思的地方。

一

在杜英的研究设想与理论设计中,冷战文化视野被提炼为考察 20 世纪中期中

冷战文化视野的有效性、统摄力及其运用方式　　217

国文学的一个有效框架,又因为 20 世纪五六十年代中国内地与中国香港、中国台湾"冷战文化面目纷呈,各开一面"①,所以她选择了以个案的方式进入,以内地部分为上编,以香港部分为下编,分开进行叙述。为了更清楚地说明冷战文化视野在本书中的核心作用,笔者先按篇章顺序,对本书内容做一简要介绍。之后,再做一些引申。

上编的内地部分,共计五章,主要考察中华人民共和国成立至 20 世纪 60 年代中期中国内地种种文艺变迁。第一章,以 1949 年后兴起的新的电影类型片"反特片"为切入口,以茅盾的《腐蚀》为个案,分析冷战文化所代表的意识形态与美学风格如何以纠缠、混杂的形式呈现于银幕上,进而考察冷战文化在中国内地的缘起、构型。在具体的分析中,杜英一方面根据《腐蚀》跨文类、跨时间、跨空间的特征,着眼于文本变迁过程中的细节修改,如小说中指向模糊的"特别监牢",在电影中被置换为更具体的"中美特种技术合作所",又如小说中执行特别任务的赵惠明,在电影中化身为"美蒋特务",由此勘察具体的历史文化与时代环境是如何被"镶嵌"在文本中的。另一方面,杜英则将文本引向历史的纵深处,将之作为"20 世纪中期中国文化的转型与冷战文化的肇始",由此展开对"反特片"的源流式的分析。电影《腐蚀》中的"反美主义",以及冷战思维与情感模式,共同构成了五六十年代"反特片"的基本内涵;而"反特片"作为冷战文化在银幕上的呈现,亦构成了"1949 年后文化形态的重要构成部分,也成为时代氛围的心理投影",并在世界冷战的格局中,参与到新的政权与国家形象的构筑之中。

新的政权与国家形象的构筑,除了以"反特片"作为表征之外,更离不开对以西方文学为代表的"世界文学"的态度、立场、选择与挪用。所以,在第二章中,杜英将赵树理 20 世纪 50 年代的小说创作放置在中国小说观念由欧化向民族化流变的趋势中进行理解,探讨了在民族化的向度上,赵树理与民间文艺、大众文艺之间的内在传承,从而进一步超越了以五四新文学为代表的奉"西洋小说为正格"的文艺趣味与美学风格。在第三章中,又以沈从文在小说技巧方面的自我革新为切入点,结合 20 世纪 50 年代的美学大讨论,"在社会主义文艺资源谱系的建构中,中外文学传统被重新取舍组合"的语境下,再度探讨沈从文 1949 年后的文学创作及其面对主流话语的两难。当然,这种对世界文学资源取舍、挪用关系的考察,处理得更详细与绵密的,是在本书的第四章、第五章。

---

① 杜英:《冷战文艺风景管窥:中国内地与香港,1949—1967》,台北:台湾学生书局,2020 年,第 19 页。以下对该书的引用,不再注出。

第四章中,杜英通过柔石的左翼小说《二月》的文本演变过程,探讨了二三十年代的左翼文艺如何在社会主义文艺的接受范式下生成、衍变的内在机制,及其与西方"资产阶级文学"资源的关系问题。这种生成与衍变的内在机制,既包括柔石的《二月》经由著名导演谢铁骊的改编,以及夏衍对剧本和电影的审查与修改,将青春颓唐的主题"重新编码为大革命时代知识分子的思想苦闷之音",并"将萧涧秋由一个徘徊孤行者改写为一个转向时代革命的有志青年";更包括在20世纪60年代的时代语境下,电影《早春二月》同时经历了官方公开批判与普通上海市民观众反响热烈、竞相观看的戏剧化命运。这一命运在杜英看来,恰恰是20世纪60年代前期社会主义文艺意识形态构建的"表征",是新中国文艺对中西文艺遗产进行重新评估、选择的结果。因为正是1960—1963年中苏关系的恶化,以及空前复杂的国际环境,促使国内文坛的批评者,开始"将萧涧秋的道德情怀溯源至19世纪俄罗斯文学",并认为"《二月》是19世纪俄国文学的翻版,萧涧秋和文嫂结婚是陀思妥耶夫斯基自我牺牲式的悲剧",甚至干脆将《早春二月》定性为"一株毒草"。

对于此类"毒草"的定性与批判,最明显地体现在新中国文坛对于中外文艺作品的重估与批判等一系列活动中。这构成了第五章的主要内容,也最能体现出新中国文艺与世界文学的复杂关系。第五章中,杜英以1960年上海批判18、19世纪文艺作品等活动为中心,着重从高校文艺教育与新闻出版两个层面,勘察"文化产品与管理机制及主流意识形态话语体系对于外国文艺资源的清理、整合甚至归化",是如何"共同推动了社会主义文艺场域的建构",以及"影响了本土文艺生态系统的构成"。讨论的话题,既包括中华人民共和国成立后文艺界对西方现代主义文学传统的重估,并最终将其"驱逐"至边缘处境;还包括官方通过一系列批判活动,将上海高校中从事外国文艺教育的教师队伍、课程体系、所选教材,以及从事外国文艺翻译与出版的工作者、根据西洋文学作品改编的连环画等出版物,纷纷列入甄别、清理的对象。可以说,新中国社会主义文艺形态的构建过程,正是通过对这些外国文艺作品及相关人、物的清理,即"'破'西方文艺之迷思来'立'新中国文艺之权威",以实现自我建构的。只不过,这种建构过程远非一帆风顺。一系列的批判活动虽然能够暂时"斩断"新中国文坛与世界文学的表面联系,但同样遭遇了文艺界、高教界的阻力,而且在"青年学生中出现了推崇18世纪、19世纪西洋文学的现象"。这说明,社会主义文化进程、文化特征的形塑,乃至文化主导权的确立,本身就是本土文化与外来文化、官方话语与民间力量缠绕共生、彼此竞争的结果,绝非单一的维度可以解释清楚。

统观本书论述内地部分的五章内容,可圈可点之处甚多。杜英的文本分析能力出众,拥有良好的艺术感受力,对于文本细节的阐释,也极为到位。而且,善于发掘一手材料,利用现代文学研究界少有人关注的原始档案,以支撑具体的历史论断。但在笔者看来,这些最终都指向了"冷战文化视野"。换句话说,文本的分析与解读、档案材料的运用,乃至推演的具体论断,都是为了证明冷战文化视野在本课题中的有效性与统摄力;而冷战文化视野的运用,亦成为本书讨论20世纪中期中国内地文学转型、社会主义文艺体制构建与文艺场域型构的最重要的学术创新。比如,在第一章中,杜英通过仔细比对小说、剧本与电影之间的修改,尤其是对电影《腐蚀》拍摄技巧的分析,以看出"改写"背后的美学因素与文化政治,并将"反特片"在新中国的兴起,定义为"银幕版的冷战在中国"的文化表达。又比如,在第四章中,杜英通过对一系列上海档案馆所藏档案的查阅,指出当时的主流话语将《早春二月》视为"修正主义"电影来猛烈批判,事实上正是革命的现实需求对左翼文化传统的改造,以及在冷战文化的历史语境下,对"帝国主义"与"修正主义"话语进行批判的反映,是冷战政治诉求的表达。总之,"冷战文化视野"在杜英手中,犹如一把锋利的手术刀,层层解剖新中国社会主义文艺型构过程中的种种缠绕、共生、竞争、抵牾;又如一种"结构化力量",统摄了新中国社会主义文艺体制的建构与文艺生态的形成,既覆盖具体的文本、技巧、观念、批评与美学风格,又涉及文艺队伍、教育、出版、翻译、政策种种。这可以视为冷战文化视野具有有效性与统摄力的第一个方面。

二

本书后半部分专论香港文坛,共计五章,主要讨论20世纪五六十年代香港的文艺思潮与文艺制度。在第六、第七、第八三章中,杜英集中讨论了20世纪50年代香港最重要的现代派刊物《文艺新潮》的文学创作与美学特征,通过对相关文本的解读,勾勒出香港现代主义文学的发展脉络。如果依据中国现当代文学研究的一般路数,这三章应分别归于报刊研究、作家研究、文本研究。但作者视野开阔,另辟蹊径,在三章中引入了冷战文化视野,不仅非常清楚、全面地考察了以《文艺新潮》、文艺新潮社同人为代表的现代主义在香港的发展历程,且最大程度地还原了香港现代主义的复杂性、多面性。

这种复杂性、多面性,在专论《文艺新潮》的第六章,具体体现在刊物的文学理念、办刊模式、文学翻译三个方面。《文艺新潮》的文学理念不仅秉承了西方现代主义文学倡导的带有乌托邦的理想主义色彩,而且"承载着在香港的中国青年强烈的民族意识与政治关怀",把西方现代派着重表现的危机与焦虑,转接为对现实政治的苦闷,以"运用现代派的文学形式针对时局发出心声"。同时,《文艺新潮》面对香港之境况,采取了独立运作的办刊模式,一方面"高举现代主义的旗帜、宣扬民主自由的理想、偏向独立的政治立场",另一方面又"对于在港左派文人与右派文人、台湾文学与世界文学都采取兼容并包的开放态度"。在文学翻译方面,《文艺新潮》不仅怀有强烈的现实关怀与时代意识,更加具有世界主义的情怀,尤其对战后的世界文坛动向情有独钟。以《文艺新潮》为代表的现代主义文艺的复杂多面,在杜英看来,主要是由冷战文化带来的。一方面,香港特定的历史处境与地理位置,决定了香港处于文化冷战的前沿,特殊的地缘政治结构,也决定了这一时期的香港是唯一不受国家机器控制的政治文化空间。因此,西方文学传统下的现代主义文艺思潮,以及20世纪三四十年代现代文学传统中的现代主义思潮,可以借由这一"不分左右"的文化空间落地生根、开花结果。无论是杜英概括的"人类灵性的探求者",还是"文学的乌托邦",乃至《文艺新潮》中的翻译凸显出来的"世界主义情怀",都可以看到现代主义潮流在香港的筑造。但另一方面,杜英也提醒我们,正是因为冷战文化的影响,使得香港的现代主义思潮出现了更为混杂的一面。她颇为辩证地分析到,"冷战时代的左右之争,反而令香港文化界营造了一种强烈的中国意识;这种中国意识又与香港的反殖民主义情绪相裹挟,香港知识分子及文化人士的被殖民身份与离散处境激发了他们投身于中华文化再造运动"。所以,我们也可以在昆南的小说《穷巷里的呼喊》中体会到冷战带给"我"的精神创伤、彷徨痛苦,以及"我"的灵魂无以寄托的焦灼感;又可以在文艺新潮社同人对世界文坛的关注中,看到他们希望借助译介世界文学,探寻世界文化前途与人类出路的时代追求。冷战文化视野的引入,揭橥了《文艺新潮》的多面性与混杂性,也为香港现代主义文艺思潮的研究提供了全新的、更宽广的理论视野与更具解释力的框架,使本书的研究超越了民族国家、后殖民理论、美援文艺体制等框架带来的对香港文坛的单一维度分析。这是冷战文化视野具有有效性与统摄力的第二个方面。

第三,更关键的是,冷战文化视野的引入,使中国内地与香港的文艺进程得以并置在同一个时空中进行考察。一直以来,中国内地与香港文艺发展的历史叙述,事实上是沿着两条看似交叉、实则平行的路径展开的。香港文艺的发展状况,如何"有效连接"20世纪中国文学的历史进程,一直是内地文学史家的理论难题。最常见的编撰方式是只做拼盘式的简单化处理,或者以"民族主义""中原心态"进行叙述。而这却又是香港学者刻意回避的一个话题,香港一地及其文学历史,在他们看来,只是"借来的空间、借来的时间"。① 因此,二者虽然叙述的同是香港的文学历史,其中的"空间分歧"却自不待言。就像杜英所说,之前的研究者"多关注发生在本地的文人活动,缺乏三地文化互动的广阔视野,难以将对方实质性地、对话性地纳入彼此的研究体系中",甚至直言,"既有文学研究者多聚焦于各自所属的地理空间,并囿于地缘政治或意识形态,未能在世界文化冷战格局下对 1945 年至 1960 年代三地的文艺'交接处'作深入考察,也缺乏对不同文化阵营的文艺竞争与冲突作整体性分析"。冷战文化视野的引入,正是为了弥合两地文艺的"空间分歧",以对这一时期的文艺作整体性分析。

第七章中,杜英处理的文艺新潮社同人,其实是一个跨地域、跨空间、跨文化的文人群体,既包括离沪赴港的南来文人,如马朗、杨际光、刘以鬯、徐訏等人;又包括受到《文艺新潮》深刻影响的往返于内地、香港的青年作家,如昆南、李维陵等人。这批作家因在内地与香港之间的流动性、跨界性,而"成为香港与内地文学相交集的独特风景"。所谓的"相交集",不仅指他们通过人员流动、创办刊物、文学写作等方式,将内地的文学传统迁移至香港;也指他们在内地文学经验的基础上,通过对香港的"地方性"书写,促进了香港现代主义文艺的生成。杜英在书中高度概括了这种文学史现象,说 20 世纪 50 年代"大量内地文人移居台港,两地文坛诗友互动密切,香港由此展开了一段不同的文艺传统汇集、碰撞并生长于斯的文化进程。而内地现代主义文学由南来文人之空间流转而于香港薪火相传:一方面现代主义美学传统在此衍生融汇,与同时代内地现代派创作之匮乏形成对照;另一方面通过书写此时此地,推动香港都市生活经验之现代文艺生成"。

但是,现有的文学史框架在面对上述跨地域、跨空间、跨文化的文学史现象时,其实有些难以招架。这里既有学科规划与学术体制限制了论域扩容的因素,也有文化认同、立场姿态使研究者不自觉地故步自封的原因。但更关键的,或许是我们在文学史研究中普遍缺乏足够的空间思维与空间意识所致。这种空间意识,不仅指在具体的研究中须凸显作家与具体的文学空间、地域、都市之间的内在关联,如本书分析的马朗对于香港都市的想象。而且指的是,论者能够在更为广阔的空间视野下,以空间与空间之间的流动、勾连、博弈、互动为考察重点,凸显文人之间的互动、文学作品的流布、文学风貌的转换、文学传统的衍变,等等。如果说,前者早已成为学界熟知的空间视域下的文学研究范式,甚至还有可能会陷入都市文学、地域文学研究"套路"的话;那么,后者无疑是空间视域下文学研究的一个新方向,能

---

① 陈国球:《借来的文学时空》,《读书》1997 年第 7 期。

够将作家作品研究延展至更宽广的历史深处,是更具深度与广度的文学史架构,体现了更大的学术抱负。

本书在考察马朗、杨际光、李维陵等重要作家时,即能体现出这一点。书中一方面固然论述了这些作家与都市香港之关联;但更重要的是,通过对这些作家的分析,杜英"将上海与香港、台湾文人文脉相勾连",并"将此种文学现象置于1950年代香港文艺场域形构与文人空间迁移及内地文艺传统流布之关系的框架下,予以讨论"。在专论马朗的一节中,杜英从马朗跨越沪港的人生经历出发,选取历经十年跨度、分别写于上海与香港的代表诗作进行对比式解读。将写于1946年的上海的《车中怀远人》与写于1957年的香港的《北角之夜》对照分析,以看出诗人之都市想象在内地与香港之间的空间流转。将写于1945年的《雨景》与写于1956年的《空虚》对照分析,以考察意象在时空流转中的迁移。在外人看来颇为变扭的"南腔北调",事实上构成了这一时期像马朗这样的"南来文人"的常态,而杜英通过马朗这一个案,也在中国内地与香港之间寻求到了更为丰富、鲜活的文学互动细节,从而清楚地描绘出20世纪50年代"南来文人对于香港的文学书写及其在香港的文艺活动如何裹挟着上海与香港、内地与海外、中国与西方的经验世界与文学探索,并参与形塑战后香港青年的城市想象与文学体验"的动态过程。这一动态过程的描述,不仅讲清楚了战后香港文艺青年建构本土文化身份的历史来源,而且在空间理论的启发下,以更具跨地域、跨空间、跨文化的冷战文化视野,将两地文艺发展并置在一起讨论,使作家的空间流动、文学经验的迁移、文学传统的变迁有了真正具体的指涉,进一步"落地"了20世纪70年代以来最新的"空间理论"在文学史研究中的应用,打破了惯有的中国内地与香港之间的文学史区隔,在历史的叙述层面弥合了两地的"空间分歧"。由此,作为冷战时代战后香港文艺青年创作主旨最佳概括的体认香港、关怀中国、想象世界,亦非理论的照搬演绎,而是冷战文化视野下文学现象的"整体性分析"。

第四,冷战文化视野的引入,进一步超越了对作品的"新批评"式的解读,沟通了文本内部的形式创新与外部的文化政治,使本书对相关文学作品的理解有了更宏阔的历史视野与阐释空间。第八章中,杜英以昆南的《夜之夜》为切入口,重新考察了20世纪50年代昆南所代表的香港现代主义如何得以塑造,其文化资本、形式创新、意义生成的机制又是如何形成这一重要课题。杜英通过对小说《夜之夜》形式创新方面的分析,勾连出昆南对于波德莱尔、艾略特等现代派作家艺术技巧的借重,尤其提到小说结尾的灵感,正是来源于小说家昆南对于诗人艾略特《荒原》的"仿写"。同时,也没有止步于作品形式层面的审美分析,或纠缠于昆南早在

19 岁那年就已接触到波德莱尔的诗作等细节,而进一步拓展至宏观历史情境的探讨。因为,正是 20 世纪 50 年代文化冷战的风起云涌,以及"美国在香港投入大量资金与人力推动其文化外交战略,为战后的香港文学青年打开了一扇通往西方现代主义的窗口"。这扇窗口,一方面是美国借助香港美新处等冷战文化机构,包装西方现代主义,传播本土现代派文艺,以此遏制共产主义的文化扩张。另一方面,则是在地化的美援文艺体制,不可避免地影响了现代主义在香港的传播。目前为止,关于昆南小说《夜之夜》的研究,鲜有特别突出的研究成果,或纠缠于文本内部,或泛泛而谈昆南与现代主义之间的联系。杜英从文本出发,关联到昆南的诗歌《布尔乔亚之歌》与《卖梦的人》,在跨文类重写的视域下,以跨文化分析为方法,终于打通了文本内部的形式创新与文本外部的美学政治之间的界限,展露出冷战文化视野下香港现代主义发展脉络的"三重维度":既有形式创新方面的因袭、艺术技巧的挪用,又有美援文艺体制的影响,同时还深刻烙印着殖民地中国青年的时代苦闷。此番香港现代主义的"炼金术",在杜英的分析中如抽丝剥茧般一一呈现,具体文本细节的解读可谓绵密如细发,而对宏观历史情境的把握又如大刀阔斧般利落。冷战文化作为这一时期的"结构化力量",既来源于历史本身,贴合历史情境,又真正变身为文学、文本分析的"利器",使文本内外得以勾连与互通,真正将"微观史"的细节阐释与"宏观史"的历史判断紧密结合在一起,进一步证实了冷战文化视野的有效性与统摄力。

当然,本书第九章、第十章在分析冷战时期香港左派电影的形塑与电影检查制度的变迁时,亦可体察到冷战文化视野的有效性与统摄力。限于篇幅,不再赘述。总体来说,杜英专论香港文坛的五章内容,重新打开了理解这一时期香港文坛的空间,无论是解释框架、文学史架构,还是作家作品、文学制度的研究,均可看到冷战文化视野所具备的有效性、统摄力在其中发挥的重要作用,以及这一视野本身蕴含的思想能量与理论潜能。

三

上述梳理说明,冷战文化视野作为本书的核心议题,相比于研究者经常采用的民族国家视野、后殖民理论视野与美援文化框架,无疑更具有效性与统摄力。但我们也须警醒,任何一种理论视野与预设,亦必然地有其适用的语境。进而言之,在具体的研究过程中,作者若选取的个案不够恰切,或处理的方式不够严密,其有效性与统摄力难免会打折扣。笔者以为,本书专论赵树理的第二章与专论沈从文的

第三章,就出现了这种情况。

就第二章、第三章本身的学术质量来说,不仅精彩,而且发人深省。比如,将"通俗化"与"新启蒙运动"视为"赵树理文艺观和文化构想的核心",极为准确地概括出赵树理作为"人民文艺"典范的最主要原因。又比如,以"风景诗学的重构"来梳理沈从文1949年后的文学创作,亦是一个很好的切入口。不过,整体来看两章内容,似乎有"游离"冷战文化视野与整本书的缺憾。这主要体现在研究个案的选取与具体的处理方式两个方面。

从选取个案来说,传统的单个作家、作品分析,其实并不适合放在冷战文化视野的框架下予以讨论。这从本书考察的其他个案中,即可发现。以冷战文化视野为核心选择个案,需考虑到该个案是否具有跨地域、跨空间,乃至跨文化的特点。这是由冷战文化的基本特征决定的。一方面,我们固然可以将冷战文化深描为一种"结构化力量",将之定性为一种时代氛围、文化烙印、思维方式与情感模式。但另一方面,若从历史化的角度来理解,冷战文化更是一种文化输出与文化抵抗的双向过程,是以美国为首的资本主义国家利用其自身的政治优势进行文化输出、文化外交,而以苏联为首的社会主义国家进行文化抵抗、文化转译的过程,并在这一双向过程中,形成了跨地域、跨空间,乃至跨文化的全球性文化现象,属于全球史的一部分。对于这一点,杜英有相当的理论自觉。所以,在讨论1960年上海批判18世纪、19世纪的外国文学作品这一个案时,不仅重点论述当时官方文艺话语体系的运作机制,还特别引入普通青年大学生的视角,指出"18世纪、19世纪西洋文学之于其时青年的持久影响力",由此向读者显示"'十七年'时期社会主义文艺场域构型的流动性与文艺生态结构的含混性",进一步呈现"中国社会主义文化对于世界文学的接受与变异,以及跨文化流通的可能及其限度",以"打开既有国别文学框架"的研究空间。进而言之,"冷战文化视野"作为国家官方文艺政策的"显影",固然因其"结构化力量"而体现出有效性与统摄力,但"生活世界的韧性""某种文化的相对自主性""文化传统与价值观念在社会转型与变迁过程中的持续性"①,却显示出该视野的理论限度。而杜英通过"历史化"的理解方式,揭示了冷战文化对新中国社会主义文艺的生成究竟意味着什么,造成了何种层面的影响,其限度又在何处,不仅展现出特定历史条件下社会主义文艺的多个侧面,而且对"一体化"的历史叙述构成"松动"。但是,在第二章、第三章中,笔者并没有看到如此细密的处理

---

① 肖文明:《国家与文化领导权——上海大众文化的社会主义改造(1949—1966)》,香港:三联书店(香港)有限公司,2021年,第57页。

方式。虽然里面也有提到冷战文化对于赵树理、沈从文二人的影响，及其与新中国社会主义文艺体制的关系，但作者并没有进入到历史的内部与褶皱处展开讨论，冷战文化对他们到底意味着什么，在哪个层面影响了二人的文学创作，以及影响的限度在哪里，说得不够显豁。

此外，本书若能添加美援文艺体制下的个案进行研究，就更为完整。1950 年，美国政府开始在香港、台湾设立"美新处"及一系列基金会组织，通过投放大量人力物力财力，以图书出版、文化展览等形式，包装美国文化形象，进行"文化外交"，以此影响亚洲地区的文化重建。在此机缘下，香港"美新处"主导了一项"书籍翻译项目"，"工作之一就是挑选美国经典作家名著和引起文坛轰动的当代文学作品译成中文出版发行，以达到'扬美'的文化宣传目的"。① 当时大量的作家，如海明威、福克纳、艾略特等，都被重新编码并纳入翻译项目之中。类似的冷战文化语境下的翻译，在中国内地，同样在有计划地进行，只是选择的对象更多倾向于俄苏文学。若能选取个别案例，借助跨文化理论，分别考察同一时期中国内地与香港对于世界文学的"移植、挪用、吸纳、改写"，不仅可以勘察"当代文学在建构自身的过程中，如何吸纳、借鉴各种思想艺术资源，包括外国文学"②，呈现中国当代文学化用世界文学资源的历史面貌；还可以将中国内地与香港的文艺变迁并置于同一空间内进行考察，以互相参照的方式，分析冷战文化在不同历史、文化语境下的展开方式。更关键的是，通过考察冷战文化在跨地域、跨空间、跨文化条件下的缠绕共生与竞争博弈，可以以整体性的视野，进一步弥合两岸及香港的"空间分歧"，甚至在世界文学的语境下，重新理解中国问题。由此，才能真正释放冷战文化视野的理论潜能，即："引入冷战文化的框架，或以文人的空间流转及其作品的传播流布为线索，或以同一时期不同区域小至文艺专题、大至文艺生态作对照，我们可以对冷战时期文艺流变作整体把握之尝试。它试图将文学史的书写从既有的政治—文化等理论的简单捆绑中拆解下来，探寻一个既不被'拼盘'文学史简化处理，也不被当下流行的国族意识或激进的民族主义单向度整合的文学史撰写框架。"早在1999 年，洪子诚先生就提到，"台湾、香港等地区的文学与中国大陆文学，在文学史研究中如何'整合'的问题，需要提出另外的文学史模型来予以解决"③。若以此来

① 于冬云、宋宝平：《文化输出与文化利用：〈老人与海〉张爱玲译本与海观译本比较》，《天津师范大学学报》2021 年第 6 期。
② 洪子诚：《当代文学中的世界文学》，北京：北京大学出版社，2022 年，第 2 页。
③ 洪子诚：《中国当代文学史》，北京：北京大学出版社，1999 年，第 4 页。

看，"冷战文化视野"或可为解决这一学术难题提供一种较为恰切的方式。

　　总而言之，冷战文化本身就是一个极为复杂的课题，同时又是一个极具学术生命力的话题。本书中的"冷战文化视野"，既是杜英对之前研究中的"空间理论"的进一步拓展，更是借助空间理论，将研究对象"重新拉回文学史内部"后，提炼出的更具深度与广度的处理方式。当然，更加难能可贵的是，面对冷战文化这一极具有效性与统摄力的视野，杜英并没有固守，而是力求探究对象本身的丰富性与复杂性，这使本书体现出既开阔通达又绵密细致，既大开大阖又掘隐发微的学术品质。这种方法论的自觉、清醒与自反意识，与执拗于某一"教条"、某一"理论"、某一"主义"的研究者，是决然不同的。

冷战视野与中国当代文学研究

■ 文／刘　东

　　中国内地、中国香港与中国台湾的文学作品虽然使用相同的语言媒介,然而限于冷战以来地缘格局的影响与塑造,事实上长期处于平行发展的状态,既形成了各自的创作脉络,也型塑出不同的认知模式与研究框架。但与此同时,无论是对台港两地文学互动的梳理①,还是对陆、台文教建制的对比研究②,在学科内部尝试突破地理界限,借以形成整合性视野的诉求无疑同时构成了与之相呼应的一条隐线。此中集大成者,要数海外汉学所倡导的"华语语系文学"(Sinophone studies),虽然不同学者对这一概念的界定差异甚大③,内地、香港、台湾学界对这一框架也争议颇多④,但"华语语系文学"在事实上已开始成为一部分青年研究者汇通三地文学

---

① 刘奎:《冷战初期台湾地区与香港诗坛的交流与互动》,北京:九州出版社,2018 年。

② 余敏玲主编:《两岸分治:学术建制、图像宣传与族群政治(1945—2000)》,台北:"中研院"近代史研究所,2012 年。

③ 可参考 Tsai, Chien-hsin, and Bernards, Brian, eds. Sinophone Studies:A Critical Reader. New York:Columbia University Press, 2013。史书美:《反离散:华语语系研究论》,联经出版公司,2017 年。王德威:《根的政治,势的诗学——华语论述与中国文学》,《中国现代文学》,2013 年第 4 期。王德威:《华夷之变:华语语系研究的新视界》,《中国现代文学》2018 年第 4 期。

④ 赵刚:《西奴风与落花生:评史书美的"华语语系"概念》,http://ben.chinatide.net/? p =13272。黄锦树:《这样的"华语语系"论可以休矣! ——史书美的"反离散"到底在反什么?》,https://storystudio.tw/article/sobooks/sinophone-literature-review/,2018 年 1 月 2 日。

经验的"脚手架"。①

以上变化都发生在近二十年间,刚好重叠着杜英的学术成长经历。在这一学术环境下,作者自觉形成突破既有学术范式的意愿与诉求,也便顺理成章了。从这个意义上讲,《冷战文艺风景管窥》一书无疑是近年来试图以"冷战"视野统合内地、香港、台湾三地文学史的一部力作。因此本书虽然题作"管窥",九份个案看上去又互不关联,读者却不能因此将此中怀抱轻轻放过。这里的"冷战"不能简单理解成一个时段概念,而是包含了一种综览内地、香港、台湾三地文学的总体性视野,这相当清晰地呈现在本书绪论中。在这篇详细阐述自己问题意识的源流的文章里,作者首先指出内地、香港、台湾三地既有文学史叙述框架的局限,进而综述了欧美学界冷战研究的近年趋势及其文化转向,又耐心梳理了近年来港台学界在文化冷战在亚洲这一论题上所取得的进展。很显然,引国际冷战文化研究视野"激活"中国文学研究,是作者未言明的关怀。

作者对于香港文学的研究精彩地呈现了这一点。本书第十章利用香港历史档案馆(the Public Records Office of Hong Kong)所藏资料,对港府电影检查制度演变进行了详细梳理,清晰地呈现出冷战对峙格局所带来的多重影响。地处冷战前沿的英属殖民地香港,需要同时面临来自美国与中共的压力,其内部则更是各种价值与实力的角斗场。文艺产品的进与出,文艺思潮的出与入,既是角力,也是生意,既是文艺,也是政治,把这种对峙格局带入对香港文艺的解读,无疑有助于我们更为"贴近文学与政治及经济更为纷繁复杂的历史面目"②。

应该说,杜英的研究顺应并介入了港台地区的学术前沿探讨,作者对文化冷战在香港这一问题的探讨,是在台湾相关研究的延长线上。从事 20 世纪 50 年代台湾文学研究的学者利用政府解密档案,多角度推进了国民党文艺体制的相关研究。③ 近年来,一些研究者将视野扩展到国际,以美国新闻处(United States

---

① Shernuk, Kyle. Becoming Ethnic and Chinese: Sinophone Transculturation at the Millennial Turn. Doctoral dissertation, Harvard University, Graduate School of Arts & Sciences, 2020. 林祁汉:《华语语系脉络下的少数族裔写作:夏曼·蓝波安、达德拉凡·伊苞及阿来的移动叙事研究》,中兴大学硕士研究生学位论文,2017 年。

② 杜英:《冷战文艺风景管窥》,台北:台湾学生书局,2021 年。本文有关引文均出自本书,下不出注。

③ 徐秀慧:《战后初期(1945—1949)台湾的文化场域与文学思潮》,稻乡出版社,2007 年。封德屏:《国民党文艺政策及其实践(1928—1981)》,淡江大学中国文学系博士学位论文,2008 年。

Information Service)、亚洲基金会(the Asian Foundation)等机构为中心,借助相关档案,创造性地揭示美国政府及相关团体如何借助资助、译介、出版等多种途径,直接、间接地参与了台湾地区冷战时期文化的建构,并塑造其文艺体制。这种"美援文化"(美元文化)所带来的影响,并不弱于国民党政权的管理。① 本书的若干研究,无疑密切地呼应了以上话题。

这也意味着台湾相关研究可以看成是杜英研究的"隐含他者"。比如本书花大篇幅,分别从思潮、作家、作品三个角度切入香港杂志《文艺新潮》,试图呈现现代主义在香港落地时的独特面貌。作者认为,现代主义文学在香港的兴旺与冷战背景下美新处的大力译介密不可分,但香港文人对现代主义的偏好也有个人遭际的因素,"香港现代主义的审美原则亦难以概括为'非政治性'"。前者是延长了台湾相关研究的思路——揭示香港接受现代主义的冷战背景,后者则是回应了相关结论——作者似乎不十分认可"美元体制"等类似说法对于文学场域自主性的"忽视"。要言之,作者对香港现代主义的定位,是以台湾同时期现代主义发展为参照的。

这种港台互相参照的视野或许正体现了作者在绪论中所期待呈现的"不同文艺场域与文学实践所形成的结构性关系"。所谓"结构性关系",是指在"三地文化互动的广阔视野"的基础上,看到区域之间的"关联性"与"碰撞性"。作者专门引用洪子诚《新诗史中的两岸》来阐释这种"让有关联而又互异的因素产生比较和碰撞"的研究期待。②

但这种研究思路似乎并未贯彻全书,总体而言,在有关香港的部分落实较好,在处理内地部分时则略显薄弱。其中,呈现香港与内地的"结构性关系"最可圈可点的一章要属作者对香港左翼电影的讨论。该章特别讨论到上海与香港的合拍片问题,提到香港影片在内地的接受视域问题,也触及了香港左翼的主体位置等问题,这使得香港左翼电影这一话题成了一条管道,同时切开了香港与内地两个文学场域,为读者展开了一个更为动态、更具时空感的文学与政治图景。这种对于"不稳定性"的呈现,是既有 50—70 年代文学研究中较少呈现出的部分,值得继续挖掘。

而反观内地其他各章,则较少在"关系"的层面落笔,或许就难触及"冷战视

---

① 王梅香:《隐蔽权力:美援文艺体制下的台港文学(1950—1962)》,台湾清华大学社会学研究所博士生学位论文,2015 年。

② 洪子诚:《"当代文学"的概念》,《文学评论》1998 年第 6 期。

野"的问题。无论是赵树理、沈从文,还是《腐蚀》与《早春二月》,并没有突破内地既有研究范式,我们或许能够在各章里找到些许冷战"意味",但各章中"冷战"一词的具体指涉其实相当含混且侧重不一。这说明作者在写作各章时尚未将"冷战视野"凝结为统一的问题意识,各章的写作都是在既有学术体系内完成的,回应的仍然是赵树理研究、沈从文研究等细分领域中内地学者集中探讨的话题。这并不是想表达作者的细读及理论阐发不够有说服力,而是说上述个案对于作者所提出的"冷战视野"论证力偏弱。

与三地文学发展分途同步发生的,还有三地文学研究体系与范式的对立。冷战时期的学术工作同样为既有语境所型塑,其影响延续至今。虽然近年来受海外汉学影响,港台研究有融合态势,内地与港台学界的对话交流也日益频繁,但学者们的研究仍被现代分裂的学术出版条件所规约。杜英熟稔各地的文献与研究进展,是不同学术体系的"知情人",但各种经验并不会天然综合为一种更大的视野,而是很有可能分散在既有的不同学术体系内并行不悖运转。换言之,如果作者对内地文学的讨论基本在内地既定的研究框架内,对香港地区文学的讨论是在港台研究的前沿,全书无疑会呈现为两种学术体系生产内容的"拼盘",而不会有彼此"激活"之效。

应该说,在既有港台研究的框架内,在香港个案中呈现港台之间的"结构性关系",还是一个相对轻松的任务,而真正要落实大陆与台湾、内地与香港之间"结构性关系"这一话题,则更挑战研究者的能力与想象力。比如作者借助《文艺新潮》探讨了内地南来文人群体,但南来的身份其实并不就意味着内地视野,也难折射"结构性关系"。反观香港左翼电影一章,其所携带出的包括不同政治群体与政治构想、行政管理体系与商业运作机制,则能较好勾连出一系列相关话题。对香港左翼工作者而言,内地既构成了某种想象性投射,又是现实政治压力的来源,既是革命理想的实践平台,也是市场所在地。而对内地来说,香港左翼电影其实构成了它文学与文化生态中相当内在的一部分,虽然时而被接纳,时而被排斥。这无疑构成了一个相当有效的个案。我们能够借助这一窗口,"管窥"到大陆各类文化、政治团体在香港所展开的活动,也能反过来看到香港各类文化制品如何真实介入了内地当代文学文化地形。

同样,对于大陆与台湾关系而言,两者以"敌"的形态长期存在于对方的文化生产中,所谓"关系"看上去举目即是,不证自明,但要想落实这种"结构性关系"同样仰赖个案的寻找。比如作者对《腐蚀》及后续电影改编的讨论,虽然触及了当代文学如何表现国民党的问题,也触及了如何表现美国的问题(所谓"冷战"是在这个意思上呈现的），但这在某种程度上仍是在"想象"维度的讨论，中国台湾与美国都是以抽象化的形态出现的，也就无法真正呈现出所谓"结构性关系"。但另一方面，这种"结构性关系"又是真实存在的。比如，国民党方面长期密切关注大陆地区的动向，其中央委员会第六组（又名大陆工作委员会）出版了大量的内参册子，国民党对大陆文化工作政策的制定无法脱离开大陆的背景，很多政策都是对于大陆相关态势的反应。如国民党在台湾开展的中华文化复兴运动，就与大陆的"文革"紧密相关。而大陆与台湾在东南亚地区对于华人的争取，更可视作两岸文化工作的延伸。

本书前半部分涉及内地各章，真正涉及"比较"视野的，是讨论上海地区"批判18、19世纪文艺作品"运动的第五章。这一章的精彩之处在于，借助对社会主义文学框架内容纳/排斥外国文艺作品的讨论，本章动态性地呈现出外国文学同时作为正面与负面的双重资源存在，凸显了社会主义文艺建构过程中的不稳定性与紧张感。这一结论与洪子诚的看法不谋而合。[1] 不过，值得注意的是，在这一讨论中，作者已经将中国内地、中国香港、中国台湾三地关系的讨论转化为中国当代文学与其他"对子"之间的关系了，这实际上潜在扩展了作者所谓"冷战视野"的内涵，也超出了作者既定的"三地"框架。

事实上，本书并没有为"冷战"下一个明确的定义，当作者在"三地"的框架中讨论冷战时或许还存在稳定性的指涉，可一旦将中国当代文学围绕"冷战"的其他面向拉入视野，就要面临概念进一步明确化的问题。

通过绪论我们能够意识到：书中"冷战视野"的形成，无疑直接得益于国际冷战文化研究的推进，也承袭了相关研究对"冷战"的前理解。宋怡明认为，此前西方学界关于冷战的研究集中在美苏两国，忽略了美苏以外的政治力量，忽略了外交之外的领域，不注重分析冷战与其他历史进程的关联性。而关于亚洲冷战文化的相关研究，无疑推进了冷战研究的以上方面。[2] 但值得提出的问题是，亚洲板块的接入，是会补足还是会冲击此前的认知框架？借用托尼·史密斯（Tony Smith）的说法，我们能否真正找来一个"新瓶子"来装"新酒"？[3]

---

[1] 洪子诚：《1954年的一份书目——中国当代文学中的世界文学》，《小说评论》2022年第2期。

[2] Zheng, Yangwen, Liu, Hong and Szonyi, Michael. *The Cold War in Asia: The Battle for Hearts and Minds*, Brill, 2010.

[3] Smith, Tony. "New Bottles for New Wine: A Pericentric Framework for the Study of the Cold War", *Diplomatic History*, Vol. 24, No. 4, 2000.

同样的问题也可以提给杜英。当我们将内地相关文学经验引入冷战文化研究的框架之时，是否也能够带动起我们对于"冷战"概念的反思？从理论上看，"中国当代文学"这一概念所包含的特定建制性意涵、文艺规范以及乌托邦冲动是冷战的结果①，也是更长时段一系列革命与国家建设实践的历史缔造，因此无法安然地摆放在既定的研究框架内。而从作者的写作实践来看，由于内地文学经验的引入，本书既定的"三地"框架受到了更多组"结构性关系"的冲击，如洪子诚所介绍的，18、19世纪经典现实主义与中国当代文学的关系，实际上是整个社会主义世界共同遭遇的理论难题②，中国当代文学不止在与港台文学的参照中定位自身，而是首要在一个庞大的社会主义"世界"定位自身。洪子诚的新著《中国当代文学中的世界文学》，也正是围绕这一"对子"所展开的探索。而与冷战相关，我们能举出的"对子"有很多，中国当代文学与"第三世界"的关系问题③，中国与欧美左翼民主力量的关系④，中国当代文学与东亚(后)殖民经验的关系问题⑤，每当我们为中国当代文学找寻到新关联的时候，既在唤起我们对于中国当代文学本身的全新理解，也同样在突破我们既有的对"冷战"的认识与反思。

　　所谓"冷战"并不是一个匀质的时间概念，不同区域其实享有着相对独立的"冷战"时间。沃伦斯坦曾犀利指出，所谓"冷战"，是一种基于美苏两个超级大国的处境而诞生的叙述方式，对于亚洲而言，是爆发了实实在在的"热战"。沃伦斯坦的说法有助于我们将"冷战"相对化，悬置从杜鲁门宣言到苏联解体这一"自然"的分期方式，而开始思考亚洲经验与既有冷战框架之间的适配性问题。⑥

　　比如汪晖认为，"冷战史研究的经典框架是战后两极国际秩序的形成，在美苏争霸的框架下，论述苏联的解体和美国世界霸权的确立。这一论述将战后持续不断的'热战'和抵抗运动纳入代理人战争的视野，忽略这些局部战争和遍布世界不

---

①　洪子诚：《当代文学中的世界文学》，北京：北京大学出版社，2022年。贺桂梅：《书写"中国气派"——当代文学与民族形式建构》，北京：北京大学出版社，2020年。

②　洪子诚：《当代文学中的世界文学》，北京：北京大学出版社，2022年。

③　胡亮宇：《在远近与东西之间：中国社会主义文艺中的第三世界(1950—1970年代)》，北京大学博士学位论文，2021年。

④　Gao, Yunxiang. *Arise Africa*, *Roar China-Black and Chinese Citizens of the World in the Twentieth Century*, University of North Carolina Press, 2021.

⑤　陈光兴：《去帝国：亚洲作为方法》，台北：行人出版社，2006年。

⑥　Zheng, Yangwen, Liu, Hong and Szonyi, Michael. *The Cold War in Asia: The Battle for Hearts and Minds*, Brill, 2010.

同国家的、相互发生关联和呼应的抵抗和批判运动对于战后秩序的冲击和重塑"①,因此,他将冷战描述为"冷战与去冷战两种趋势消长起伏的过程",殷之光的新著则是一次钩沉"去冷战"方面历史的尝试。② 换言之,当我们关注到冷战期间美、苏两国对于世界其他国家与地区的关系的结构性缔造时,是否也看到了这个庞大的"中间地带"里抵抗的一面? 我想补充的是,除了抵抗的一面,是否也存在"挪用""合谋"与彼此耗损的一面? 如何理解对峙格局所带来的"大生态"与区域内部的"小生态"之间的关系? (比如,在中国内部,如何理解中国少数民族地区对中国当代文学新范式的接受及其文化实践?③)如何理解超民族—国家实践与民族—国家体系之间的关系? 一旦将问题复杂化,"冷战"一词便好像能生出更多的通路,通向更多的学术可能性。

近年来,海内外围绕中国 50—70 年代文学与文化的论著,都瞩目于"世界性"这一话题。前引研究挂一漏万,却也约略呈现出某种文学研究的新趋势,杜英的研究也在这一脉络之中。在以上研究的参照中,我们能够意识到:地理意义上的世界与文学世界并不一定重合,研究者所构建的文学拓扑,其实已经内含了研究者的问题意识。研究者应该对所引参照系形成某种问题自觉。或许需要追问:"世界性"中的"世界",指的是哪个世界? 是苏联东欧社会主义世界,是亚非拉第三世界,还是东亚世界? 更重要的,我们为什么要构建起这个"世界"? 对于"世界"的框定,已经决定了我们能够使用、如何搭建何种理论框架。而另一方面,所谓"世界"绝不只是"世界想象",而必须走入"世界文学"的"深水区",打入"世界"内部,在一种更为综合、立体的研究框架下,更为综合地理解各地经验的独特性,找到可供交流、互动的"焊点"。这对中国当代文学研究者的兴趣视野、语言能力、知识储备都提出了更高的要求,杜英对香港文学的研究为我们做出了相当优异的示范。近年来,一批关心中国文学研究的外国文学研究者也做出了相当好的示范。④

① 汪晖:《世纪的诞生:中国革命与政治的逻辑》,北京:生活·读书·新知三联书店,2020 年。
② 殷之光:《新世界:亚非团结的中国实践与渊源》,北京:当代世界出版社,2022 年。
③ Freeman, Joshua L. *Print and Power in the Communist Borderlands: The Rise of Uyghur National Culture*. Doctoral dissertation, Harvard University, Graduate School of Arts & Sciences, 2019.
④ 魏然:《在笔与枪之间:〈讲话〉在阿根廷的阅读与挪用》,《文艺理论与批评》2019 年第 3 期。魏然:《南方的合奏——〈在延安文艺座谈会上的讲话〉与 1970 年代阿根廷文艺批评》,《中国现代文学研究丛刊》2022 年第 5 期。蒋晖:《中国的非洲文学研究展开的历史前提、普遍形式和基本问题》,《文艺理论与批评》2019 年第 5 期。蒋晖:《论非洲文学是天然的左翼文学》,《文艺理论与批评》2016 年第 2 期。

认识框架的搭建并非一帆风顺,作为一个极富争议性的研究领域,不同知识传统、学术生产体制的学者的共同参与,将会推动这一话题在冲突中展开更为多重丰富的面向。50—70年代文学研究近年来成为中国当代文学研究的热点,即使作为一名中国现代文学研究的青年研究者,也身体性地感知到了近年来"40—70年代文学研究""社会史视野下的中国文学研究"对中国现代文学既有"领域"内相关研究(尤其是左翼文学研究以及延安文艺研究)所形成的冲击与推进,无论是持积极态度的学者做出的体系性构建,还是抱持批评态度的学者深入史料做出的回应。在不无争议的学术演进中,一批作品被重新解读,一些作品则获得挖掘,对左翼文学的发展机制、延安文艺的生产机制的深入认识,也反过来丰富了我们对于"文学""作家""读者""阅读"等概念的理解。过去十年来的发展经验提示我们,在一个健康的学术生态与讨论空间中,学术终将在争议中前进。我们有理由相信:围绕冷战视野、"世界性"与中国当代文学的相关讨论,同样将进一步深化我们对于20世纪50—70年代文学与文化状况的认知。不妨再设立一个十年之约,让我们瞩目于此。

跨域视野下的文化冷战

■ 文／张倍瑜

二战结束后至 20 世纪 60 年代这短暂的二十年间，中国内地、中国香港和中国台湾的文艺流变和构型可谓是错综复杂、纵横交错。冷战政治、本地的社会政治发展、文化身份的构建和各地对现代性的诠释都与该时期文艺的生产、流通和接收互相嵌置、互相影响。杜英的著作《冷战文艺风景管窥：中国内地与香港，1949—1965》以该时期文人在不同空间的流转及其作品的传播为线索，深入剖析了不同文化场域间的关联性、互动性和竞争性，为文化冷战背景下的文艺风景提供了跨域的和整体的视角。而对"文艺风景"的内涵，作者也给予了新的诠释，从两个不同的角度切入：一个是以内地和香港的电影、剧本、小说和诗歌等文本流变为主题，另一个角度则从文艺生态建制入手，管窥两地文艺机制（生产、评价和审查体制）的缘起和变化，为我们理解不同政治力量和官僚体系参与文艺场域的建构产生影响提供了生动具体的例子。该著作最精彩的地方在于作者既延续了传统文学研究中对文本的重视，又大胆地尝试了跨学科，用类似"知识考古"的方法，对每一种文艺背后的生产机制进行了细致入微的解剖，将其置于复杂多变的历史场景中进行还原，这一方法是对前人研究重要的突破。

全书除去导论外，共设有十个章节。作者聚焦于内地和香港，选取个别话题切入，前五章讨论了该时期新中国（内地的）文艺流派和场域的演变。贯穿其中的是不同文人及其所代表的美学范式在主流的社会主义左翼文艺话语下的沉浮和困境。后五章聚焦于香港文艺场域与冷战文化的关系，其内部又可再细分为两大部分。其中三个篇章聚焦香港现代主义代表刊物《文艺新潮》以及围绕此刊物的跨地域的南来文人群体,他们的友谊与创作,交往与互动等重要议题。另两章关注的是另一种重要的文艺媒介:电影——香港左派电影的身份构建和香港电检制度的嬗变轨迹。在资料上,作者除了使用文学文本和评论,还援引了大量的官方档案,包括上海档案馆馆藏的关于20世纪五六十年代政府对外国文艺作品翻译的干涉和审查,港英政府档案关于电影审查的备案和条例,和美国国家档案馆收藏的美国新闻署在香港进行的反共的文宣活动资料。官方政府档案为文艺作品的分析提供了具体的历史语境,使作者得以"历史化地透视各种政治力量在当地文艺场域建构过程中深度参与及其长久影响"。

第一章以"反特片"《腐蚀》为线索,追溯了该作品经由40年代茅盾的小说连载、到50年代改编成剧本和电影的整个文本流变过程。通过对前后几个文本的对比和观察,作者敏锐地捕捉到了编剧和导演是如何用特定的电影表现手法、文艺表征和人物性格的细节改写来折射国内政治运动中"反美反蒋"的文化情绪,同时反映了中美在冷战格局下的敌友关系的心理。作者对"反特片"的讨论并非局限于文本的分析,而是将其命运——1951年遭遇停映和批判——置于新政权关于"反革命分子"和"特务"的政治、法律、文化的话语谱系中考察。本质上,杜英认为电影女主角的人道主义形象和影片"光明的"政治新生的结尾与当时政治运动的目标相违背,注定了其悲剧的命运。这背后彰显的是社会主义体制下政治、文学和电影的跨界影响和合作。第一章最后,作者尝试超越《腐蚀》的原型,将此类"反特片"中的政治编码和叙事方式与冷战格局下美新处在台湾和香港资助的图书项目做比较,进而得出结论:尽管政治取向各有不同,但是他们都试图通过"银幕上的战争语言缓解时代的焦虑,强化新政权的政治合法性"(第81页)。

第二章和第三章应并置来解读。作者在这两章中分别聚焦两位命运截然不同的文艺个体(赵树理和沈从文)及他们作品中的美学与主流社会的文艺思想产生的碰撞和磨合。赵树理被誉为"人民文学"的典范,其作品在形式上具有"文艺大众化"的示范性。而沈从文更像是赵树理的反面,他在1949年后便逐渐在文坛淡去,几次想要"复笔"重返文坛未果。两位同时期文坛巨匠迥然的命运为读者思考不同美学范式与主流的社会主义文艺思潮之间可调和/不可调和的限域。通过对赵树理小说的形式和图景展开细致的文本分析,作者认为赵树理之所以能成为该时代文艺典范,是因为其作品顺应了"中国小说观念由欧化向民族化流变的趋势"。他的作品关注国家政策如何渗透乡村社会的日常运转,既源自"人民文学",亦带有现代文学的美学传统,是处于文艺转折时期的混杂性的体现。沈从文的困境则体现了他作品中"静"的文学方式与"动"的时代社会的格格不入。他作为自由主义文人的代表,其作品的魅力在于"风景画的笔法"和"抽象的抒情",此种"有情"的美学范式,本质上与50年代强调的功用性社会主义文艺环境有着难以调和的矛盾。沈从文复笔的失败也印证了前一章赵树理面对的困境:1949年后的新文艺"未能提供反映崭新的社会生活型态、技巧高度纯属、想象丰饶自由的艺术典范"(第148页)。哪怕是像赵树理这般的文艺典范,也充其量代表了一种转折时期的混杂体。

第四章在分析手法上和第一章有着异曲同工之处,作者都选取了特定文本在不同时代的流变,通过梳理其改写的过程以及在政策层面和公众领域的接收程度来透视政治在文艺场域的运作。不同于迎合了冷战文化的"反特片",第四章讨论的文本是在五四新文化运动中诞生的左翼小说《二月》。该小说在20世纪60年代经历改编后被拍摄成电影《早春二月》,得到了青年学生的热烈追捧,却遭遇了主流报刊和文艺部门的严厉批评。本质上,20世纪30年代的左翼文化自带五四时期的浪漫主义和自由主义情调,这种美学气质因承袭了西方文艺遗产,与20世纪60年代的革命话语更是难以兼容。这点似乎又与前一章沈从文"风景诗学"的审美困境相互呼应。

第五章在内容上延续了前一章关于社会主义文艺对西方/外国文艺的评估和继承问题。如果说前一章《早春二月》代表的左翼文学中的西方影响已经是经过过滤和本土化的了,那么这里讨论的18、19世纪外国文艺作品的翻译问题更为直观地反映了官方文艺话语对外国文艺资源的焦虑,印证了在探索社会主义文艺主体性过程中的困境。作者认为管理部门对于外国作品的重估和清理实质上是不断变化和流动的,往往随着政策、体制改革和管制力度的变化有关。在此基础上,作者提出了一个更重要的观点,那就是被管控的对象和参与主体拥有相当的能动性,在很大程度上干扰了官方话语的认知模式和本土作品的写作范式,比如翻译者通过前言、后记和评论参与了本土文艺的生产和衍生。因此,社会主义文化身份和主体性的构建并不是封闭隔绝,而是与外来文化相互沟通、彼此竞争的结果。

该著作下编部分聚焦于香港。由于香港在冷战期间特殊的"中间地"和"中转站"的角色,其文艺场域往往沟通连接着若干个不同的地理空间,如内地、台湾/美国,以及东南亚。第六章、第七章和第八章都围绕香港现代派标志性刊物《文艺新潮》展开,却从不同角度切入香港文学的跨域性、流动性和世界性。首先,作者就文艺新潮社成员的组成和其刊物《文艺新潮》的理念进行介绍。总结来说,该社集结了旅沪南下的内地文人、香港本地青年作家和迁台或台湾本地文人,他们倡导乌托邦式的真善美、自由民主,即关注世界、又心怀香港本土,同时因离散情节而自带强烈的中国意识。紧接着第七章以《文艺新潮》的中坚分子马朗、杨际光、李维陵为中心,探讨这些离散在殖民地香港的中国青年如何通过各自的创作来"体认香港、关怀中国、想象世界"。第八章聚焦文艺新潮社的另一位代表性人物昆南及其作品中的现代主义。昆南作品展现的是一种与"美援文化"背后的美学政治不同的现代主义,他挪用着西方现代派的符号,沿着世界主义的轨迹,临摹着殖民地青年的苦闷、焦灼和不安。这是一种有别于西方现代派的、产生于香港本土的现代主义构型。书中最后两章聚焦于香港电影建制如何在内地、港英政府、美国和台湾政治势力多重限制下的活动。作者的讨论分两个方面进行,一个是具有"中间性"身份的香港左派电影公司身处夹缝中的处境,一个是香港电检制度如何平衡各方势力维持其对文化的独立掌控权。值得强调的是,所谓的香港"左派",并非意识形态和政治标签,而是相对于内地革命文艺异质性的存在。香港"左派"的文化活动(拍摄戏曲片、伦理片)更多是与美台势力支持下商业化、资本主义的主流电影产品相对立,强调一种理想主义的、进步和爱国的电影制作模式。同《文艺新潮》一样,左派电影公司的存在构建了一种"中间性"文化,是对非黑即白二元对立的冷战思维的一种"修正"和挑战。

如果说该著作是以文人及其作品在不同地域和空间流转为线索的,那么作者显然在下编香港部分的处理更为出色,上编内地部分大致上没有体现出跨域的视野。一部分原因可能在于作者对案例的选择,诸如赵树理、沈从文及左翼电影《二月》的改编是发生在社会主义文艺场域中,并未与其他地理空间产生联系。唯独上编中第一章"反特片"的最后一部分将跨域视野(国际的、台湾和香港的)融入内地的政治运动和文艺语境,起到了点睛之效。如果在资料允许的情况下,作者能在其他上编部分的案例中适当添加关于不同美学范式在香港/台湾,抑或其他海外华人离散地的传播,相信会在整本书的逻辑构思上更加连贯一致。

在第九章中,作者指出内地和香港左派公司通过合拍戏曲电影进行海外文宣工作,但是因为方言等问题,效果并不理想。比如泉州方言拍摄的《陈三五娘》在新加坡不如粤剧电影《搜书院》。在这里,我想提出一些疑问。新加坡第一方言正是厦漳泉代表的闽南话,以此来解释泉州方言的《陈三五娘》票房不理想似乎说不通,而且潮汕方言、粤语和闽南语族群间往往能互相听懂,20世纪五六十年代的东南亚华人早已跨出各自的方言族群,能操多种方言交流,因此不排除其他方言族群亦能看懂《陈三五娘》。这就需要作者进一步探究为何《陈三五娘》的初始票房不理想。其实,方言戏曲电影,例如潮剧《苏六娘》在新加坡掀起过一场热潮,海外市场同时出现了三个版本的《苏六娘》,分别是香港左派电影公司与内地合拍的版本、香港右派电影公司所拍版本,和香港非左非右的独立制片公司所拍。就戏曲美学而言,三个版本并无太大差别,大多以"内地水准"为标杆,香港本地演员参照内地戏改后的程式美学进行模仿和练习。当然,对海外华人离散地的社会主义美学的研究并不是该书讨论的范畴。

　　总体说来,《冷战文艺风景管窥:中国内地与香港,1949—1967》是一本内容丰富、分析精彩、观点犀利的著作。作者杜英熟稔地结合文学理论分析和历史叙事两种不同的方法,将1949年后内地和香港的文艺风景与风云变幻的国际国内政治的交错勾连展现得淋漓尽致,是一本不可多得的冷战文化史佳作。

如何把冷战文艺研究推向深入？

■ 文／李超宇

近年来，"冷战"视野下的中国现当代文学研究有逐渐升温之势，仅著作方面就有刘奎《冷战初期台湾与香港诗坛的交流与互动》（2017）、金进《冷战与华语语系文学研究》（2019）等。杜英《冷战文艺风景管窥：中国内地与香港，1949—1967》（台湾学生书局，2020年）在这一背景下出版，比较集中地呈现出了当下冷战文艺研究的共性特征。

在本书的导论中，杜英对于"冷战"视野带来的世界眼光和国际格局进行了系统的阐述："引入冷战文化的框架，……一方面可更为历史化地透视各种政治力量在台港文艺场域建构过程中的深度参与及其长久影响；另一方面，也将战后文艺走向与文人流转置于更为广阔的国际冷战格局下进行理解与反思。"①应当说，通过对档案材料和外文文献的大量调阅，本书对香港的讨论（第六章至第十章）很好地实现了这两方面的研究预期。作者爬梳史料的耐心细致是令人钦佩的，而香港这一研究对象本身的优势和特殊性也是研究能够取得突破的关键。常被称作"弹丸之地"的小小香港却在一个特定的历史时期集中了多方势力在此斗争博弈，香港因此成了冷战文艺研究天然的"小切口"，研究者只要以它作为根据地，就会不断地牵连、辐射、带动出越来越多的人与事，从而使文章如滚雪球一般越做越大。本书

---

① 杜英：《冷战文艺风景管窥：中国内地与香港，1949—1967》，台北：台湾学生书局，2020年，第29—30页。以下对该书的引用，不再注出。

的第九章《跨界的限阈：香港左派电影的冷战命运》就以香港为基地,成功地带出了中国大陆、中国台湾、美国等地的文艺政策与文艺活动,特别是对上海香港合拍片的讨论,不仅详尽地交代了上海与香港双方的合作情况,合作拍片在文化战略上的意义,而且牵出了邵氏兄弟与各方的复杂关系,以及文化部与上海电影局对于合作拍片的态度的微妙差异……本章可以说是用"小切口"写出"大文章"的优秀范例。

相比之下,作者对内地文艺的讨论(第一章至第五章)就显得有些平淡。失去了香港这一天然"小切口"之后,作者也在有意识地寻找其他的"小切口",如选择单个作家,单篇作品或者某一种文艺现象作为研究的出发点。这样的选择无疑是正确的,作者使用的档案材料的数量也不亚于第六章至第十章,但结果却是"在呈现更丰富的细节和差异之外,却往往还是落入既有的认识格局"①。究竟原因,在于作者没能完整地贯彻自己在导论中提出的两条原则,即对研究对象进行"历史化地透视"与把研究对象"置于更为广阔的国际冷战格局"。

一、怎样实现真正的历史化?

掌握大量的史料是做好研究的基础和前提,但史料文本在进入论著之前还是需要经过一番拣选的。或许是由于学界对冷战文艺的研究还处于草创阶段,研究者在行文中很容易出现不加拣选、堆砌罗列的问题,本书的第二章、第三章、第五章、第六章等章节就或多或少存在这种情况。这样的罗列与真正的历史化显然还存在着一定的距离,甚至在有些时候还会对历史化产生障碍。以第五章《西洋文艺的取舍：批判 18、19 世纪文艺作品》为例,由于作者把目光都集中在 20 世纪 60 年代的上海,所以在有意无意间就把这一时一地的情形当成了历史的全貌。事实上,"新中国成立后,文艺界虽然推崇社会主义现实主义文艺,特别是俄苏文学,但对西方 20 世纪以前的'古典'文艺并未采取排斥的态度。相反,比起三四十年代外国古典作家的翻译、研究,'当代'取得了更大的进展"②。本书作者在梳理史料的过程中或许没有注意到这一非常重要的具有普遍性的历史事实,导致 20 世纪 60 年代的上海批判被无限放大,与之相对应的结论就难免会以偏概全了:"管理机构期待

---

① 姜涛：《"重新研究"的方法和意义》,《读书》2015 年第 8 期。
② 洪子诚：《1964:"我们知道的比莎士比亚少?"——中国当代文学中的世界文学》,《文艺研究》2021 年第 11 期。

通过规范附加文本,引导读者对外国文艺作品的理解合乎主流意识形态导向;外国文艺的教育者工作者通过创作附加文本获得另类情感的存寄与自我身份的建构;读者通过寻找、捕捉激发阅读快感与审美愉悦的作品获得人性共鸣、人类共情的体验。"这种带有全称判断性质的群体划分把新中国的广大读者和外国文艺的教育者工作者都划在了管理机构的对立面,他们似乎都不愿站在阶级立场、人民立场去阅读和分析外国作品,都在巧借各种机会暗度陈仓,寻找所谓的"另类情感""人性共鸣""人类共情"。这样的结论无疑是有违历史事实的。

洪子诚在讨论相关话题时进一步指出:"对于当代文学如何处理外国文学的观察、讨论,不能只在外部展开,从方法的层面,如何从静态、外部描述,进到内部的结构性分析,以呈现民族化过程的复杂状况,是要注重考虑的问题。"①本书作者在第五章的讨论显然还没有"进到内部的结构性分析",而在第一章和第四章对《腐蚀》和《二月》的讨论中,作者尝试进入作品的内部,但仍然有些浅尝辄止。究其原因,仍然是缺乏将文本充分历史化的耐心。比如在第一章讨论"反特片"时,作者认为国共两党的"反特片"都是同样的"套路":"在人物塑造上,'我方'的主角总是显得格外有吸引力;'敌方'的人物总是爱上主角,进而背叛自己所属的政治阵营。……此外,警察形象(侦察员、边防战士等)总是千篇一律被设置为神般的存在,他们总是掌控剧情走向,明察秋毫、挫败阴谋。"短短一段话用了四个"总是",显示出作者对此类影片已经熟稔到有点不耐烦的程度。但事实真的如作者概括得那么简单吗? 且不说国共两党的电影在立场上有本质的不同,单说共产党一方的"反特片"就各不相同,各具特色。即使是把"反特"放在次要位置的《霓虹灯下的哨兵》,编导也没有按照"总是"的公式草率从事,他们精心设计的人物关系没有落入任何类型的俗套,影片一经上映就得到了广大群众的喜爱。作者在导论中引用过洪子诚的话——"深入研究实为揭发同中之异",但自己却在对"反特片"的研究中满足于概括"异中之同",这样的概括当然也有其意义,但任何课题一经这种类型化的概括便会失去生产性和生长点。真正的历史化还是应当耐心地回到文本中去寻找"同中之异"的。

相比之下,作者在第四章对《二月》的处理显得更为耐心,在运用相关的影评时亦没有简单地堆砌罗列,但对于争论双方观点的源头还是少了一点分析。在笔者看来,双方观点的源头可以一直追溯到 1929 年鲁迅的《柔石作〈二月〉小引》,在

---

① 洪子诚:《1954 年的一份书目——中国当代文学中的世界文学》,《小说评论》2022 年第 2 期。

这篇文章中，鲁迅对萧涧秋形象的把握同样是模糊的："萧君的决心遁走，恐怕是胃弱而禁食的了，虽然我还无从明白其前因，是由于气质的本然，还是战后的暂时的劳顿。"①如果是"气质的本然"，那意味着萧涧秋终究还是一个小资产阶级；如果是"战后的暂时的劳顿"，那就要把萧涧秋当作一个革命者来看待。虽然"小资产阶级"也可以"革命"，但在萧涧秋身上，二者的冲突和张力明显大于其同一性，这就为20世纪60年代电影《早春二月》引发的争议埋下了伏笔——夏衍、陈荒煤拔高人物的要求明显是要把萧涧秋往一个革命者的方向塑造；而《早春二月》的批判者们则坚信萧涧秋只是一个小资产阶级人道主义者，那么这种人就是不值得拔高的，是必须批判的。如果作者能够引入更多关于《二月》的早期评论加以分析，可能会使本章的线索更为清晰。

二、怎样用"冷战"视野发现新问题？

本书的部分内容曾在期刊上发表，其中关于香港的部分多为作者在"冷战"类项目的研究中取得的阶段性成果，而关于赵树理、沈从文等作家的章节原本归属于其他项目，这就使得本书的第二章、第三章显得有些游离。事实上，内地方面还有很多与冷战相关的作家作品可供作者开掘，比如本书第一章在讨论《腐蚀》时已经注意到了"中美合作所"的问题，其实完全可以在接下来的章节用"冷战"的视角继续讨论《红岩》和电影《烈火中永生》，这样的讨论可能会比讨论赵树理、沈从文等作家更加切题。

即使一定要在本书中使用赵树理和沈从文的研究成果，作者也可以尝试在"冷战"的视野下发现两人更多的文本，以对原来的成果加以修改和充实。比如沈从文的书信中就有很多与"冷战"相关的，1959年1月7日，沈从文在给他的大哥沈云麓的信中提到："这几天来，全北京都为苏联卫星上天兴奋。（我觉得真是只有请求入党，来纪念这件大事，才足表示对社会主义阵营理想全面的拥护和成功深深信心！）这一来，实在太好了，把以美帝为首的资本主义阵营加速崩溃的事情，必然将在亚、非及南美各处都有具体的反美行动来证明！"②像这类书信可以非常直观地

① 鲁迅：《柔石作〈二月〉小引》，《鲁迅全集》第四卷，北京：人民文学出版社，2005年，第153页。
② 沈从文：《19590107致沈云麓》，《沈从文全集》第20卷，太原：北岳文艺出版社，2002年，第280页。

反映出"冷战"对于作家个体情绪与言行的影响。1958 年炮击金门期间,赵树理在《人民日报》上发表了《当心棒子——驳斥杜勒斯好战声明》。1960 年艾森豪威尔窜访台湾期间,赵树理又连写三首反美诗歌《告艾森豪威尔》《微妙的夜半》《戏为美国总统献策》,在义正词严地谴责美帝国主义的同时,又不乏幽默风趣的调侃,充分展示出了对帝国主义"纸老虎"的蔑视。类似的文本还有很多,而且很少有人关注,其实是一片大有可为的研究领域。

　　作者或许也意识到了这两章与"冷战"关联性不强的问题,所以在讨论一些问题时也尝试与"冷战"进行关联。如作者在讨论赵树理时指出:"对于中国传统和民间本土资源的倚重与 1949 年后世界冷战格局下中国的民族身份建构、赶超欧美的社会主义远景构想有关。"可惜作者仅仅点到为止,没有详细展开。事实上,从这个视角看待赵树理,可以把不少老问题重新激活,甚至可以激发出新的问题。比如鲁迅和赵树理对待"大团圆"的不同态度已经是一个老问题了,但如果与民族身份建构的问题关联起来,我们就会从赵树理的表述中看出一种民族自信心的确立:"假如团圆是中国的规律的话,为什么外国人不来懂懂团圆?我们应该懂得悲剧,他们也应该懂得团圆。"①这种在平等的基础上互相学习、不卑不亢的态度,正是新中国赋予作家们的。再如作者在本章通过引用竹内好的《新颖的赵树理文学》,提出了一个很好的问题:"赵树理的创作代表着'人民文学',却又跳出了大多数'人民文学'公式化、概念化的叙述模式。……竹内好将赵树理文学定义为'现代文学'向'人民文学'的过渡,但未具体说明其'新颖性'的含义。本章要追问的是,赵树理的创作如何能够在 20 世纪 40—50 年代被想象为新的文艺形态的典范,并被用以命名和描述一个时代的文艺?"这其实是作者在"社会主义远景"的视野下提出的一个新问题,但是通观本章的论述,作者似乎并没有解决这个问题,作者在大量罗列小说史料的基础上得出这样的结论:"赵树理及其创作之所以能够成为 20 世纪 40—50 年代文学进行自我想象的基点,恰恰因为其顺应了中国小说观念由欧化向民族化流变的趋势。"然而,仅仅是"顺应趋势"并不能说明赵树理独特的"新颖"之处,更不能说明为什么赵树理就总是能够避免"公式化、概念化的叙述模式"。事实上,只要稍加耐心地阅读赵树理的作品和相关评论,就完全可以回答这个新问题。事实上,当年周扬、陈荒煤等对赵树理的评论已经部分地给出了这个问题的答案。除此之外,笔者还发现了赵树理本人

---

① 赵树理:《从曲艺中吸取养料》,《赵树理全集》第五卷,北京:大众文艺出版社,2006 年,第267 页。

就有着避免公式化、概念化的自觉,比如《孟祥英翻身》的开头,赵树理说自己要写"一个人从不英雄怎样变成英雄"的过程,"至于她生产渡荒的英雄事迹,报上登载得很多,我就不详谈了"。① 再如《实干家潘永福》的开头:"有些事他作过而一般作地方工作的老同志也都作过(如抗旱、灭蝗、土改、民兵等项),别人也写过。关于这一类事,我就暂且不写在这篇文章里。"②这两段话充分反映出赵树理在写人物故事时都在自觉地规避别人已经写过的内容,这是赵树理文学能够保持"新颖"的又一个关键所在。

总而言之,"冷战文艺风景"这个题目下还是有很多文章可做的,只要研究者在面对材料和研究对象时能够多一分耐心,就必然可以取得一个又一个新的突破。

---

① 赵树理:《孟祥英翻身》,《赵树理全集》第二卷,第 375 页。
② 赵树理:《实干家潘永福》,《赵树理全集》第五卷,第 422 页。

风景仍在路上：关于四篇书评的回应

■ 文／杜　英

　　首先感谢四位书评人对于《冷战文艺风景管窥：中国内地与香港，1949—1967》深切细致的评论和延展而出的问题，使我有机会反顾拙作的选题缘起、篇章构架与讨论路径。

　　国共内战、共和国的建立以及世界冷战格局的开启，使得中国内地与港澳台构建起不同的文化生产机制与场域生态。在中国文学与史学研究者的推动下，战后初期两个历史时段，四个地理空间交接处的复杂面相，已渐次显现，但尚待开发的空间仍然相当宽阔。拙作引入冷战文化的研究视角，或以文人的空间流转及其作品的传播流布为线索，或以同一时期不同区域小至文艺专题、大至文艺生态作对照，旨在对五六十年代两地文艺的相交相离作考察，尝试捕捉冷战时期中国文艺流衍之动向。我在《冷战文艺风景管窥》的前言中特别说明，拙作取名"管窥"，实乃坐井观天；探寻"风景"，冀望看取不同区域文艺形态参差对照之处，而非进行单一区域文化系统专深之讨论。后者文学史家，著述多矣。无论是起伏跌宕的内地文艺进程，还是复杂多元的香港文化生态，都非我的文献积累与理论准备所可以企及。它们既非抽象的理论操练可以抵达，也非史料的堆积缀集可以通透。面对浩瀚的文献压力与复杂的历史语境，我仅仅记录下个人粗浅的"管窥"体验。

　　四位书评人都提供了未来可以继续开拓的研究议题、材料线索与理论范畴。他们在多有肯定的同时，亦指出了拙作的诸种不足。较之下篇香港部分的跨域研究,上篇内地部分多限于社会主义文艺场域内的讨论。张倍瑜认为,"一部分原因可能在于作者对案例的选择,诸如赵树理、沈从文及左翼电影《二月》的改编是发生在社会主义文艺场域中,并未与其他地理空间产生联系。"李超宇建议第一章之后,"其实完全可以在接下来的章节用'冷战'视角继续讨论《红岩》和电影《烈火中永生》",较之赵树理等更切"冷战"之题。刘东指出,"在既有港台研究的框架内,在香港个案中呈现港台之间的'结构性关系',还是一个相对轻松的任务,而真正要落实大陆与台湾、内地与香港之间'结构性关系'这一话题,则更挑战研究者的能力与想象力"。朱建国亦认为,"以冷战文化视野为核心选择个案,需考虑到该个案是否具有跨地域、跨空间,乃至跨文化的特点"。此外,"本书若能添加美援文艺体制下的个案进行研究,就更为完整"。拙作原拟一章专门讨论香港"美新处"的图书项目,后因版权问题当时未能收入,拟于明年单独刊出。

20世纪五六十年代不同区域文艺间的参差对照,无论是否有物理时空的交集,本身的构型与流变之于考察中国文学的流衍与冷战文学的生成,或许仍有相当意义。上编所处理的内地文艺形态与机制可以用社会主义美学来予以描述,而社会主义美学又是冷战文化研究的应有课题。冷战文化研究提出了冷战背景下关于思想与意义的结构,行为模式、情感态度等系列问题。我所遭遇的困境在于:下篇所处理的香港部分,尚缺乏能力找到一个贴切的美学名目来予以描述。这一名目应与该地在冷战国际格局中的特别处境构成关联但又非简单化的对应关系。此外,限于学识积累,下篇未能与上篇构成文艺专题的一一呼应,比如60年代港片新类型"珍姐邦"间谍片、香港的通俗文学等都未能涉及。

关于文艺的跨域流动问题,较之香港与台湾、新加坡及东南亚等区域的文化互动的常态化,同时期香港与内地的文化互动关系往往集中于特定对象。第九章所讨论的香港左派电影公司隶属于内地领导,其人员与部分产品得以游走于内地与香港之间。比如,香港南方影业有限公司实为中国电影发行放映总公司在港的分支机构,主要代理内地电影在香港、澳门以及东南亚地区的发行。这些电影机构生产和发行的电影对新中国对外文宣与侨务工作做出了贡献;内地通过购买部分影片的发行权、合拍戏曲片、授予文化部大奖、提供经济支持和文化领导、邀请参与内地电影的指导,使得香港左派电影成为新中国电影共同体的构成分子。1964年廖承志在北京召开的香港电影工作会议上的总结报告中指出,"香港的电影是祖国电影事业的一部分",其所肩负的使命为"面向华侨,面向亚洲、非洲的人民",其艺术思想"应该是属于资产阶级性质的革命电影,是反帝国主义、反封建主义的电影,也就是新民主主义革命的电影"。它和内地的社会主义电影构成的补充关系。① 这里的"香港电影",主要针对香港左派电影。中央关于香港左派出版事业的政策规划与此相似。早在1956年廖承志就提出港澳和海外出版事业的方针为"'因地制宜、我行我素'八个字,同时还应该做到自给自足。我们的工作应该是为港澳同胞和海外侨胞服务,面向海外"②。

五六十年代"南来文人"推动了内地与香港的文化勾连(见第六至七章),但大多缺乏香港左派文化机构及其产品进入内地文化场域的通道。所谓"南来文人"的称谓本身就隐含了跨界流动及其文化潜能。关于这一概念的界定与讨论具有代表性的是小思。她看到许地山、茅盾、戴望舒、叶灵凤等人,"好像是从香港的北边来到香港,所以用了'南来'这个词。但后来这群人有一些回去,有一些死在这里,有一些去往更南的南洋","所以南来的人对我们有好处,因为我们本地的人要发展,需要外来的人给我们启发或者互动"。③ 小思以"南来文人"来命名这一文人群体,是以香港的地理空间为观察视点,以本土文化的开放为发展动力。南来的,还包括不同阶层、族群、身份、行业的群体。比如,香港电影资料馆出版的"香港影人口述历史丛书"之一即为《南来香港》(2000)。该书封面的英文标题 *Hong Kong Here I Come*,再次回应了"南来"一词所隐含的香港视点与动力元素。也有学者将"南来"译为"south-bound",暗示着某种南北之分的地缘政治与空间迁移。王宏志从王韬因政治问题而被清廷通缉,被迫羁旅香港二十三年的经历中概括出"王韬模式":南来香港,寻求护荫;"以中原心态关照香港文化的边缘位置,深感不满";"在香港受到西方文化的冲击,思想上跟国内人士有所不同";利用香港的特殊空间从事文化活动;仍然希望"落叶归根",返回故乡。他认为,这种模式在后来的大量南来文人身上以不同形式及在不同程度上得到了体现。④ 但到了六七十年代,南来文人大多已留居本地,其心境与话语已不同于50年代。

五六十年代的香港文化特别品格的形塑与徐讦、马朗、张爱玲、宋淇、易文、朱石麟、罗斌等大量来自内地的文人、影人及出版人等的文艺实践密不可分。反过来看,香港的多元文化空间也成就了他们各自的美学风格。我喜爱的导演胡金铨即

---

① 廖承志:《关于香港的电影工作》(一九六四年八月),《廖承志文集》上,香港:三联书店(香港)有限公司,1990年,第451—453页。

② 廖承志:《港澳和海外出版工作要因地制宜》(一九五六年五月八日),《廖承志文集》上,第323页。

③ 《小思谈香港南来文人:灵根自植花过[疑为,果]飘零》,《外滩画报》2015年,https://mp.weixin.qq.com/s/8mBFrj-XFfXrO-3VyguwHg

④ 王宏志:《南来文化人:"王韬模式"》,《二十一世纪》2005年10月号,第69—77页。

是一例。1949年,年仅17岁胡金铨只身来港,辗转做过印刷厂的校对、长城电影公司的美工、永华与邵氏的演员、"美新处""美国之音"的节目监制等各类工作。直到1965年他才独立执导,短短几年即一跃而为国际知名导演。他钟爱中国古典文化与京剧艺术,对于明史资料的收集尤为用力。此外,他对同时代的导演黑泽明、伊力·卡山(Elia Kazan)、费里尼等亦有关注研究。他导演的电影《龙门客栈》(1967)、《侠女》(1971)、《山中传奇》(1979)不仅成为香港新派武侠电影的先驱之作,而且代表了华语电影艺术性探索的一个高峰。李安、徐克、侯孝贤等都受从其独树一帜的传统美学风格中获得过启示与灵感。1978年胡金铨曾被英国《国际电影年鉴》选为年度世界五大导演之一。

刘东留给我的问题是:"当我们将大陆相关文学经验引入冷战文化研究的框架之时,是否也能够带动起我们对于'冷战'概念的反思?"我想,答案应该是肯定的。但问题的关键可能在于反思什么与如何反思。我所期待的反思应为双向互动,互通有无:冷战文化研究的视野可以启发、丰富或延展关于大陆文学经验的叙述与思考;而后者自身亦可回应、修正或挑战前者的理论框架与认知概念。此外,尚须明晰化的是我们所反思的是何种语境、哪个时期以及所指为何的"冷战"概念。不同时空的历史语境与学术话语体系中,"冷战"的概念内涵并不完全重合。国际冷战史研究本身经历多次的自我挑战与调整,比如50年代的传统学派(Orthodoxy)、六七十年代的修正学派(Revisionism)、70年代到80年代的"后修正学派"(Post-revisionism),以及新世纪以来全球视野下长时段多面向的研究。

认知概念的厘清本身即具有拓展彼此的认知视野、提供反观自我路径的意义。据《牛津英语词典》前美国版负责人Katherine Connor Martin的考察,早在1938年英语中就出现"冷战"(Cold War)一词,用以描述希特勒的某些政策。大约直至1945年该词才被乔治·奥威尔用来指称二战结束后的状况。奥威尔在散文《你和原子弹》("You and the Atom Bomb")中预测未来仅有两三个超级大国拥有某种强大的武器,世界由此而发生分裂。这种分裂可能使大规模的战争告终,取而代之的是一种并非和平的和平无限延长。1947年有美国记者(Walter Lippman)发表了一系列文章回应美国外交官乔治·坎南的"遏制"政策,使用并普及了"冷战"一词。[①]

尽管"冷战"并非中国本土词汇,但这并不意味着它缺乏在地性与流通度。检索1946至2000年间的《人民日报》,除了1965至1976年较低外,该词每年出现的

---

① Katherine Connor Martin, "George Orwell and the origin of the term 'cold war'", October 24, 2015, https://blog.oup.com/2015/10/george-orwell-cold-war/

篇目总数少则数十,多则数百,其中尤以 1959 至 1960 年、1993 至 1997 年为高峰时段。① 就《人民日报》而言,"冷战"最早出现于 1948 年 6 月 1 日的新华社陕北电文。"华氏广播称:'过去两周中,苏联政府虽两次答复美国的建议认为结束冷战'(编者按:所谓'冷战',是指美国反动派以战争恫吓对苏联及所有爱好和平的人民所进行的外交战和宣传战,因为并不开火,故被称为冷战。)"②华氏即华莱士(Henry Agard Wallace),1948 年竞选美国总统,反对马歇尔计划和杜鲁门主义。编者对于"冷战"一词予以特别界说,由此可见其在何种意义上使用这一概念。这一界定尽管侧重于国际关系与外交层面,但亦关注到宣传层面。该报中"冷战"出现的文章大都为国际时事时评,词语内涵所指随着中国对外政策与国际政治格局的变动而有所调整。而对于内地报刊而言,"一边倒""反对以美国为首的帝国主义""反对以苏共领导集团为中心的现代修正主义"等,可能是日常言说中凸显本土立场、所指更为明晰化且更具流通性的"冷战"概念的对应物。

　　文化外交侧重于由境内到境外,由本土到世界的文宣活动,是文化冷战研究所关注的对象。张倍瑜提到的海外华人离散地的社会主义美学研究,即属于这一范畴,③

---

① 1948 至 1958 年较为稳定,少则几十多则上百篇(1956 年 258 篇,1957 年 218 篇,1958 年 241 篇);1959 至 1960 年出现篇目总数显著增加(1959 年 636 篇,1960 年 446 篇);1965 至 1972 年减少(1967 年 1 篇,1968 年无,1969 年 2 篇,1970 年 1 篇,1971 年 2 篇,1972 年 2 篇,1973 年 11 篇,1974 年 9 篇,1975 年 12 篇),1976 年至 1980 年代出现次数在十到几十余次左右(1976 年 19 篇,1977 年 16 篇,1979 年 17 篇,1980 年 21 篇,1981 年 21 篇,1982 年 4 篇)。1992 年开始增加至 124 篇,1993 至 1997 年大量出现(1993 年 177 篇,1994 年 266 篇,1995 年 302 篇,1996 年 268 篇,1997 年 277 篇)。

② 新华社陕北电:《美帝拒绝与苏谈判　违背世界人民愿望　华莱士猛抨援蒋内战政策》,《人民日报》1948 年 6 月 1 日,第 2 版。该文报道,"美第三党总统候选人华莱士,于二十二日向美国反动的所谓'两党外交政策'的制造者范登堡、马歇尔、康纳利提出挑战,要求和他们举行关于美国外交政策的十次公开辩论"。

③ 关于张倍瑜所质疑的闽南戏电影《陈三五娘》(天马电影制片厂,1957)的方言问题,拙作所引用的是 1960 年香港南方影业有限公司许敦乐的报告。南方负责内地电影在香港、澳门、东南亚的发行。报告人并未透露其关于该片方言在地接受情况所依为何,亦未交代语言问题对于票房影响的程度如何。许敦乐还提到影响该票房的其他元素。我也请教了我的漳州籍学生,她说泉州的口音和厦门漳州的闽南语口音比较不同,一些词汇表达也不一样,自己只能听懂部分泉州话。这些方言问题还需求助于方言研究的成果。感谢张倍瑜的问题,以后阅读当多多留心,有机会再作补充修正。附上该报告的简要信息,供读者参阅。1960 年 4 月 20 日,中国电影 1960 年 4 月 20 日,中国电影工作者联谊会邀请了李志民和许敦乐介绍中国影片在国外的发行情况。据许敦乐的报告,《梁山伯与祝英台》《天仙配》《秦香莲》这一类故事的戏曲片,因故事家喻户晓,音乐与表演都比较动人,受到海外(转下页)

是特别值得深入的课题。而国内文化场域的构型则显示出由外及内的影响路径之曲折，是冷战文化研究亟需探讨的话题。诸如内地"反特片""反特小说"等类型小说与电影，其命名本身即可见出二元对立的思维框架与情感立场。但就其内容而言，则更为复杂。本土意识形态诉求与大众娱乐媒介、政治教化与惊悚悬疑及感官刺激等，如何彼此挪用又相互牵制，都是值得探索的话题。五六十年代乃全球特工类型小说与电影风行的时代，詹姆斯·邦德小说既是一例。关于特工文学与电影类型，无论是纵向的本土演变的考察，还是横向的跨区域的比较，都有其学术意义。这些限于精力与篇幅，拙作都未能开展，还有待更多学者的关注与讨论。① 若纵深考察"反特"小说与电影的当代发展史，更能见出本地文化进程与国际冷战发展的交错。2007 年，"反特片"经典《羊城暗哨》(1957)被改编成同名电视连续剧。该剧的宣传文案称，"电视版《羊城暗哨》演绎全新间谍大片"，融合

(接上页)观众欢迎；而京戏、地方戏曲，因为方言问题或折子戏形式等，发行效果不好。比如，豫剧电影《花木兰》(长春电影制片厂，1956)、京剧电影《借东风》(北京电影制片厂，1957)、豫剧电影《穆桂英挂帅》(江南电影制片厂，1958)、闽南戏电影《陈三五娘》(天马电影制片厂，1957)。其中，《陈三五娘》在新加坡演出时，观众仅有四五千人次，而粤剧电影《搜书院》(上海电影制片厂，1956)则有高达 30 万观众。许敦乐提到，其中差距的原因在于电影《陈三五娘》讲的是福建省泉州府附近的方言，很多在新加坡的福建和潮汕籍华侨听不懂，再加上演员"不漂亮"，票房不佳。参见杜英：《冷战文艺风景管窥：中国内地与香港，1949—1967》，台北：台湾学生书局，2020 年，第 350 页。

① 李超宇关于第一章所谓"国共两党的'反特片'"的讨论"缺乏将文本充分历史化的耐心"的批评，不符合实际；所引文字与观点断章取义、张冠李戴。首先，"反特片"乃特指是 1949 年后内地兴起的一种电影类型片；其次，该章从未讨论任何五六十年代台湾国民党的电影。如第一章标题"幕布上的冷战：《腐蚀》的改编与意义"所示，该章开头就标明"本章以茅盾的《腐蚀》为个案，追踪其从小说连载(1941)到改编成剧本(1950)、电影(1950)，再到小说再版(1954)的文本流变。"(《冷战文艺风景管窥：中国内地与香港，1949—1967》，第 32页。)该章仅在结尾处，提及 1955 年驻台北的美国新闻处所策划的一项图书项目。其中，新美处所拟定的一个间谍故事大纲与电影《腐蚀》与《英雄虎胆》在情节设置与人物塑造上，政治取向各不相同，但都受到了文化政治的影响："主角塑造中的性别政治与党派政治的考虑；情节设计背后的中国政治与冷战政治；情节强、节奏快的通俗形式的追求。"(第 79—80 页)全章从未涉及任何国民党的间谍电影或小说。李宇超的批评亦有以偏概全处。比如，他批评第五章"由于作者把目光都集中在 20 世纪 60 年代的上海，所以在有意无意间就把这一时一地的情形当成了历史的全貌。"首先该章聚焦的是 1960 年而非 20 世纪 60 年代的上海。该章开头即已交代"本章以 1960 年上海批判 18、19 世纪文艺作品的活动为中心，检视新中国对于外国文艺作品的教育、出版、改编等问题。"(第 178 页)其次，文中的论述针对的是前文所分析的具体个案，本人并无概括所谓"历史的全貌"的意图。

了原"反特惊险片"的情节与"时下谍战题材"的新鲜元素。①《羊城暗哨》从"反特片"到"间谍片"的指称变迁,折射出交叠衍生的时代文化心理之流变。它们不是非此即彼的取代,而是新旧并置的融合。这种新旧交织、曲折行进的漫长的文化进程可能并非"冷战""后冷战",甚至"后后冷战"的分期所能涵盖。国际冷战史着眼于全球格局,一般将"冷战"划定在 1947 到 1992 年期间。但就中国而言,1972 年中美关系解冻、1979 年中美建交、1989 年中苏关系正常化等,都代表了其对外关系的重要变动。中国对外关系有时可以构成与国际冷战格局走向(尤其是美苏关系)并不一致的时间轴。而冷战文化的前世今生所折射不仅是地方文化进程与国际政治发展之勾连,更能彰显地方文化场域引力之强大。后者往往有更多纵深的情感积累和认知联结。

不同区域、不同使用者亦可隔空对话、彼此命名,看似抽象的"冷战"概念由此肉身化、在地化。我阅读内地档案,发现材料中常使用"右派"一词来标识美国和中国台湾资助或支持的香港电影公司及其电影工作者与影片;而美国和中国香港的档案则常使用"左派"来标识内地领导与支持的香港电影公司及其电影工作者与影片。所谓香港左派电影与香港右派电影的概念,双方用于标识他者的次数似乎远远高于进行自我指称的次数。② 两者通过如此分类,将其竞争对手"他者化",进而构建起自身的身份认同与文化合法性。虽然目前的研究界依然沿用"左派"与"右派"来指称并区分香港电影机构及影人,但不再囿于赞助者的政治动机的讨论,而着重于电影机制运作的深度考辨,比如电影公司的制片、发行与放映机制,电影生产及其接受、影人影院及电检制度等。电影机制的钩沉爬梳应可以帮助我们反思如下问题:这些概念的命名者、使用者以及背后赋予的情感与价值是什么?这些标识与电影的内容形式及接受状况是否以及如何构成关系。它或许可以避免文化冷战研究中的两极化视角,钩沉香港与内地、台湾等的复杂文化关系,进而考察香港不同文化力量与机构的身份建构与生存竞争,考察多方力量如何互相激发、共同形塑香港文化的生态与进程。

同样的反思也可以诉诸"世界"等概念。刘东指出,"研究者应该对所引参照系形成某种问题自觉。或许需要追问:'世界性'中的'世界',指的是哪个世界?

---

① 电视版《羊城暗哨》演绎全新间谍大片,http://www.chinadaily.com.cn/hqylss/2007-03/22/content_834173.htm。

② 我的阅读印象中内地报刊似乎主要使用"香港电影""香港进步电影""香港爱国电影"等词语来指称香港左派电影。

是苏联东欧社会主义世界,是亚非拉第三世界,还是东亚世界?更重要的,我们为什么要构建起这个'世界'?对于'世界'的框定,已经决定了我们能够使用、如何搭建何种理论框架"。关于这个问题,洪子诚先生的新作《中国当代文学中的世界文学》提供了研究的典范。不同于比较文学的研究路径,洪先生关注大陆文学如何在"世界文学"的视野中来想象与建构自身,为世界文学提供何种普遍性的"中国经验"。这种"世界文学"以俄苏文学和英法文学为主要构成,侧重于欧洲 19 世纪的现实主义和 20 世纪的现代主义文学思潮。① 拙作第四章聚焦 1960 年上海"批判 18、19 世纪文艺作品"运动。第六章关于香港《文艺新潮》的讨论也涉及其文学翻译问题。沪港两地的个案研究或可折射出想象与构建世界文学谱系的不同路径。

近二十年来国际学术界关于"世界文学"理论有活跃而广泛的讨论,最有影响力的代表性学说包括帕斯卡尔·卡萨诺瓦的"文学的世界共和国"、弗朗哥·莫莱蒂的"远距离阅读"与形态学的比较方法、艾米丽·阿普特的"不可译"与"修复性翻译"、以及大卫·达姆罗什的"流通说"等。达姆罗什从流通的角度界定世界文学的概念:"1. 世界文学是对民族文学的椭圆形折射。2. 世界文学是从翻译中获益的作品。3. 世界文学不是一套文本经典而是一种阅读模式,一种超越我们的时空与世界交流的方式。"②

如果我们将世界文学看作本地与世界连接和交流的一种方式,那么,这种"连接"本身如同一面镜子,既能让我们反观本土文学进程所不易自察的种种盲点,也可以提供海外学者构建"世界文学"理论所未能顾及的地方特质。无论上海还是香港的个案,都通过翻译、出版、流通等环节构建起各自的世界文学版图,并在此大背景中凸显出自身文学的重要意义。这亦是一种置身世界、表达立场、反顾自我的文学身份构建。以何种文学来言说"世界"?以何种世界来言说"文学"?以何种"世界文学"来呈现本地文学的意义?这些问题都可以从沪港两地的个案中略窥一二。与此相关的问题还包括:地方与世界的其他连接方式如何塑形了各自的"世界文学"的版图;我们以何种世界来思考(其他)世界,以何种文学来界说(其他)文学等。这些话题可能都有助于透视想象与理解世界文学与文学世界背后的

---

① 洪子诚:《自序》,第 5 页;《1954 年的一份书目》,第 3—4 页,收入《中国当代文学中的世界文学》,北京:北京大学出版社,2022 年。

② David Damrosch, *What Is World Literature?* (Princeton, N. J.: Princeton University Press, 2003), p.281.

思维框架与规范体系。

不知上述想法是否回答了刘东的问题。不过,这些回应显然都是后见之明。我当初进入冷战文化研究的领域,完全没有朱建国和刘东的理论自觉与学术抱负。读博期间,我对于内地四五十年代之交的文学转折非常感兴趣。这无疑与阅读前辈学者洪子诚、钱理群、赵园、陈思和、程光炜、王中忱、贺桂梅、陈顺馨等的卓越研究有关。他们的著述既是我进入这一课题的重要参照,也是我时时回顾、常温常新的宝藏资源。在导师赵园先生的指导下,2005年我初步确立了博士论文的选题为1949至1956年上海的社会主义文化改造。① 当我还挣扎于资料搜集与思路构架时,曾求教于王德威先生。王老师谦谦君子,居然给一个素未谋面的学生回复了一封长长的电邮。他提醒我未来作20世纪中期的文化转折研究,尤其应该有港台视野。毕业后,有幸来到华东师范大学中文系工作。这里卧虎藏龙,个个都是学界楷模。本来以为完成博士论文后,可以松懈下来,但终究架不住我系学术氛围浓郁、同侪锐意进取的隐形压力。再加上赵园老师在电话的另一端,屡屡教导我做学问要有长远打算,找到适合自己的新课题。此时的我,对文学转折的研究渐生疲顿之感,且陷入就内地文学讨论内地文学可能沦为自说自话的困境。

2012年我的冷战文化研究计划获得玛丽·居里基金会的资助。在柏林自由大学期间,热心的罗梅君(Mechthild Leutner)教授拨冗阅读了我的研究计划。会面时,她的第一个问题就让我醍醐灌顶。她说:"你是不是要做成哪些政府机构花了多少预算生产了哪些文宣产品的比较研究?"我说:"不要。"我还是心心念念那些动人心魄的作品,那些聚散离合的文人命运。于是,我开始反顾写作博士论文时未能纳入讨论的话题,包括那些离港北上和离沪赴港的文化人群体。由此进入,冷战时期本地文学与周边文学、文化构型与政治介入、区域文艺场域与中国文学传统等多重互动的历史面目逐层呈现出来。至今仍然感恩于那些令我怦然心动的香港文艺,那种沉重刻骨的忧郁与清澈如水的理想,将我从琐碎且冗长的档案爬梳中解救出来。就这样无知者无畏地冲进了一片完全陌生的领域。也感恩于小思、郑树森、黄继持、熊志琴、黄爱玲、樊善标、周爱灵、傅葆石、赵稀方、黄万华等前辈学者的资料辑录与精湛研究,犹如绘制香港文化的地形图,有声有色。现在回首,偶然的邂逅都变得美好得有些恍惚。

最后,拙作将"冷战文化"作为一个视角而非仅仅是历史背景,旨在探索将不

---

① 拙作《重构文艺机制与文艺范式:上海,1949—1956》(上海:上海三联书店,2012年)是在博士论文基础上修改而成。

同区域的文化进程放在同一界面上予以探讨的可能性；而所谓"结构性关系"所投射的仅仅是研究者基于这一界面，认知不同文化进程的纷繁多样的一种可能路径。四位书评人提出的议题，代表着进入历史的路径的多种可能性。拙作挂一漏万，仅为抛砖引玉。期待内地的文学转折研究可以拓展为长时段的、跨区域的研究，汲取其他学科如国际冷战史、媒介研究、华语文学研究的成果与方法，在冷战文化视野下探索重新进入中国当代文学的研究路径。这些看似美丽的设想，还需倚靠未来有志于此的学者矫正、丰富与实现。风景仍在路上。

作者简介

王柏华　　复旦大学

孙　昊　　复旦大学

傅　越　　复旦大学

傅光明　　首都师范大学

康　赫(本名陈骈俊)　　作家

黄文倩　　台湾淡江大学

温伯学　　台湾淡江大学

陈思和　　复旦大学

张汉良　　台湾大学

朱建国　　天津师范大学

刘　东　　香港城市大学

张倍瑜　　暨南大学

李超宇　　中共山西省委党校

杜　英　　华东师范大学

《文学》稿约启事

陈思和、王德威两位先生主编《文学》系列文丛,每年推出两卷,每卷三十万字,力邀海内外学者共同来参与和支持这项工作,不吝赐稿。

《文学》自定位于前沿文学理论探索。

谓之"前沿",即不介绍一般的理论现象和文学现象,也不讨论具体的学术史料和文学事件,力求具有理论前瞻性,重在研讨学术之根本。若能够联系现实处境而生发的重大问题并给以真诚的探讨,尤其欢迎;对中外理论体系和文学现象进行深入思考和系统阐述,填补中国理论领域空白,尤其欢迎;通过对中外作家的深刻阐述而推动当下文学创作和文学理论发展,尤其欢迎。

谓之"文学理论",本文丛坚持讨论文学为宗旨,包括中西方文学理论、美学、中国现当代文学及外国文学的研究。题涉中国古代文学研究者,如能以新的视角叩访古典传统,或关怀古今文学的演变,也在本文丛选用之列。作家论必须推陈出新,有创意性,不做泛泛而论。

《文学》欢迎国内外理论工作者、现当代文学的研究者将倾注心血的学术思想雕琢打磨、精益求精、系统阐述的代表作;欢迎青年学者锐意求新、打破陈说和传统偏见,具有颠覆性的学术争鸣;欢迎海外学者以新视角研究中国文学的新成果,以扩充中国文学繁复多姿的研究视野。

《文学》精心推出"书评"栏目,所收的并不是泛泛的褒奖或针砭之作,而是希望对所评议对象涉及的议题,有一定研究心得和追踪眼光的专家,以独立品格与原作者形成学术对话。

《文学》力求能够反映前沿性、深刻性和创新性的大块文章,不做篇幅的限制,但须符合学术规范。论文请附内容提要(不超过三百字)与关键词。引用、注释务请核对无误。注释采用脚注。

稿件联系人:金理;

电子稿以 word 格式发至:wenxuecongkan@163.com;

打印稿寄:上海市邯郸路 220 号复旦大学中文系　金理　收　200433。

三个月后未接采用通知,稿件可自行处理。本文丛有权删改采用稿,不同意者请注明。请勿一稿多投。欢迎海内外同仁赐稿。惠稿者请注明姓名、电话、单位和通讯地址。一经刊用,即致薄酬。

《文学》主编　陈思和　王德威

图书在版编目(CIP)数据

欧美诗歌与动物伦理/陈思和,王德威主编. —上海:复旦大学出版社,2024.6
(文学. 第十八辑)
ISBN 978-7-309-17391-8

Ⅰ.①欧… Ⅱ.①陈…②王… Ⅲ.①中国文学-古典文学研究-文集②诗歌研究-欧洲-文集③诗歌研究-美洲-文集 Ⅳ.①I206.2-53②I507.2-53③I707.2-53

中国国家版本馆 CIP 数据核字(2024)第 084001 号

欧美诗歌与动物伦理
陈思和 王德威 主编
责任编辑/杜怡顺

复旦大学出版社有限公司出版发行
上海市国权路 579 号 邮编:200433
网址:fupnet@ fudanpress.com http://www.fudanpress.com
门市零售:86-21-65102580 团体订购:86-21-65104505
出版部电话:86-21-65642845
常熟市华顺印刷有限公司

开本 787 毫米×1092 毫米 1/16 印张 16.5 字数 295 千字
2024 年 6 月第 1 版
2024 年 6 月第 1 版第 1 次印刷

ISBN 978-7-309-17391-8/I · 1403
定价:78.00 元